Wetterbericht
Sag die Zukunft voraus!

Wetterbericht
Sag die Zukunft voraus!

.

Bibliografische Information der Deutschen Nationalbibliothek: Die Deutsche Nationalbibliothek verzeichnet diese Publikation in der Deutschen Nationalbibliografie; Detaillierte bibliografische Daten sind im Internet über dnb.dnb.de abrufbar.

Verlag: BoD · Books on Demand GmbH, In de Tarpen 42,
22848 Norderstedt
Druck: Libri Plureos GmbH, Friedensallee 273,
22763 Hamburg
ISBN: 978-3-7693-1304-8

Inhalt

Handelnde Personen:

Ralf Winkler: Computerfreak, Student der Meteorologie, Technische Hochschule

Michael Schüttke: Ralfs WG Genosse, Student der Meteorologie, technische Hochschule, nicht sehr ehrgeizig aber mit reichen Eltern

Andreas Schüttke: Michaels Vater, Besitzer einer Aktienhandelsgesellschaft

Dr. Frank Schirrmacher: Geheimdienstkoordinator der Bundesregierung

Martin Gotzkowski: Kanzleramtsminister

Jana Meißner: Ralfs Freundin

Carola: Michaels Freundin

Theo Wunder: Journalist der Tageszeitung „Täglicher Beobachter"

Professor Theodor Riemann-Eberlin: Dekan der Fakultät IT der Meteorologie der Hochschule

Dietmar Krüger: Dozent Seminargruppe von Ralf und Michael

Isolde Wegner: Leiterin der Arbeitsgruppe Meteorologietransformation

Connor: Isoldes Verbindungsmann zum Verfassungsschutz

John Winsley: geheimnisvoller Besucher bei Isolde

Sven Müller: Anführer der Bewegung „Preserve Environment", genannt Silberlippe

Studentenbude einer WG in Berlin

„Micha schnell, mach mal bei deinem Laptop die Tagesschau an!"

Michael war in der Küche und hörte nichts. Der Mixer lief.

So laut er konnte rief Ralf zum zweiten Mal: „Micha, komm schnell her!"

Jetzt hatte Michael den Hilferuf seines Studienkumpels gehört, aber nicht verstanden, worum es ging: „Ist was passiert? Warum schreist du hier so rum?"

„Schnell, mach die Tagesschau an. Es ist was passiert! Ich muss wissen, was. Bei deinem Laptop kenne ich das Passwort nicht."

Spöttisch erwiderte Michael: „Du weißt nicht, was passiert ist? Wie schrecklich, sonst bist du doch immer auf dem Laufenden."

„Zum Teufel, mach das Ding endlich an. Vielleicht stimmt der Wetterbericht heute endlich. Mein Computer sagt mir, dass ein Putsch gegen die Regierung von Bahrein stattgefunden hat. Ich muss wissen, ob sie darüber berichten."

Während er seinen Laptop einschaltete, spottete Michael weiter: „Dein Wetterbericht stimmt genau so wenig, wie der im Fernsehen. Der Unterschied ist nur, dass die ihre Arbeit bezahlt kriegen und du dir das Gehirn kostenlos verrenkst."

Es war kurz vor zwanzig Uhr. Gerade noch rechtzeitig hatte Michael den Livestream der Tagesschau in Gang gesetzt. Gespannt schauten beide auf den Bildschirm. Die ersten drei Meldungen zeigten belanglose Ereignisse. Von Bahrein war nirgendwo die Rede.

Enttäuscht lehnte sich Ralf zurück: „Wenn wirklich ein Putsch stattgefunden hätte, wäre das in den ersten drei Meldungen berichtet worden. Leider hat mein Wetterbericht wieder nicht gestimmt."

Michael meinte spöttisch: „Vielleicht haben die Virenscanner zu viel von deinen illegalen Viren rausgefischt. Warum du noch nicht aufgeflogen bist, ist mir ein ewiges Rätsel.

Lageraum des Kanzleramts

Dr. Frank Schirrmacher, der smarte Geheimdienstkoordinator der Bundesregierung stand vor einem überdimensionalen Bildschirm im Büro des Kanzleramtsministers. Er war eine elegante Erscheinung, denn er legte viel Wert auf seine Garderobe.

Auf dem Bildschirm gegenüber dem wuchtigen Schreibtisch des Kanzleramtsministers war eine Karte des Nahen Ostens zu sehen. Hinter dem Schreibtisch saß Minister Martin Gotzkowski höchst selbst, ein bulliger Typ mit Glatze. Er hatte schon einige Höhen und Tiefen der gegenwärtigen Regierung überstanden und ließ sich deshalb nicht so leicht erschüttern.

Während auf der Karte des Bildschirms in Wellen hunderte Lichter aufflammten und wieder verloschen, referierte Schirrmacher: „Herr Minister, sie sehen hier die Netzwerkaktivitäten aller im Moment eingeschalteten Computer im Nahen Osten. Wir beobachten dieses Phänomen seit einigen Wochen." Er schaltete eine Karte von Deutschland ein: „Auch hier ist wellenförmiges Aufleuchten in Berlin, München, Frankfurt und in einigen ländlichen

Gebieten der Bundesrepublik zu beobachten. Es scheint, als würden die Computeraktivitäten miteinander koordiniert."

„Ja und? Was geht das die Bundesregierung an? Sollen sich doch die einschlägigen Virenspezialisten damit befassen.", sagte Gotzkowski ungeduldig.

Schirrmacher lächelte überheblich: „Es könnten illegale Aktivitäten sein. Wenn hunderte Computer in unserem Land mit tausenden Computern im Ausland gleichgeschaltet agieren, müssen wir uns schon damit befassen. Es scheint von Deutschland auszugehen. Wenn davon die Presse erfährt, dürfen Sie wieder Kraft Ihres Amtes die Affäre als beendet erklären und das möchte ich Ihnen nicht schon wieder zumuten."

„Sind hier die Russen aktiv, die Chinesen oder die CIA? Unsere dickfälligen Dienste haben mal wieder die Zeit verschlafen.", motzte Gotzkowski wegwerfend.

„Zurzeit können wir die Aktivitäten nicht zuordnen, Herr Minister. Aber wir arbeiten dran."

„Ach Sie arbeiten dran? Ist ja mal was ganz Neues. Dann informieren Sie mich, wenn sie damit fertig sind. Ich habe noch einen Termin beim Kanzler.", stand auf und ging aus dem Raum.

Ralfs und Michaels Studentenbude

Ralf drehte sich um und wollte sich wieder seinem Computerprogramm zuwenden.

Michael hatte andere Pläne: „Wir waren doch heute mit Carola und Jana im Studentenclub verabredet. Die können wir nicht schon wieder versetzen."

Ralf nuschelte abwesend: „Geh alleine, ich glaube, ich weiß woran es liegt."

„Nichts da, du kommst heute mit. Du musst endlich mal raus aus deinem Programmierkäfig." Michael versuchte, ihm die Tastatur wegzunehmen. Das stieß auf heftige Gegenwehr.

„Kannst du mich nicht wenigstens dieses Modul zu Ende programmieren lassen, sonst mache ich immer neue Fehler. Dann komme ich nie zum Ende!", antwortete Ralf erbost über so viel Unverständnis.

„Hör doch einfach auf! Heute wirst du sowieso nicht mehr fertig! Meinst du wirklich, deine Computerhockerei macht Sinn?"

„Ich will die Zukunft der Gesellschaft vorhersagen. Klar macht das Sinn!", Ralf hatte sich in diese Idee verbissen. Sie ließ ihn nicht mehr los.

„Ich gebe dir noch fünf Minuten. Wenn du dann nicht aufhörst, gehe ich allein los. Jana und Carola warten bestimmt nicht, bis der Herr Superprogrammierer endlich die Tastatur zerhackt haben."

„Ich verstehe das nicht. Wo liegt die Ursache für das Problem? Ob ich noch nicht genügend Computer zusammengeschaltet habe? Ich brauche einfach mehr Daten, um ausreichend Durchgänge rechnen zu können.", sagte Ralf abwesend zu sich selbst und laut an Michael gewandt: „Es ist auch eine Zeitfrage. Wenn jemand hinter einem steht und drängelt, wird das im Leben nichts."

Michael antwortete in seiner schnoddrigen Art: „Irgendeinen Grund wird es schon geben. Jedenfalls freut es mich für die Bewohner von Bahrein, dass sie von einer brutalen

Militärjunta offenbar verschont bleiben. Heute wirst du das Problem nicht mehr lösen. Mach die verdammte Kiste aus und komm endlich. Die Mädels warten nicht ewig."

Widerwillig schaltete Ralf seinen Computer ab. In Eile machten sich die beiden auf den Weg.

Studentenclub nahe der Hochschule

Im Club war es brechend voll, die Luft stickig, die Bässe dröhnten. Jana und Carola hatten nicht auf die zwei Nachzügler gewartet. Sie standen inmitten einer Gruppe von Studenten, hielten jede ein Glas Bier in der Hand und amüsierten sich prächtig.

Michael sprach die Mädchen an: „Da seid ihr ja. Entschuldigt bitte. Ralf ist mal wieder mit seiner Programmierung nicht fertig geworden. Wenn ich ihn nicht losgeeist hätte, wären wir noch nicht da."

Jana und Carola hätten unterschiedlicher nicht sein können. Jana war eine vollschlanke Brünette mit braunen Augen. Trotz ihrer Jugend entwickelte sie bereits ein Gespür dafür, wann ein Mann weibliche Unterstützung benötigte. Das war der Grund, warum sie sich mehr für Ralf interessierte.

Carolas blonde Haare bildeten einen schönen Kontrast zu ihren braunen Augen. Sie hatte eine schlanke Figur und trug gern weit ausgeschnittene, enganliegende Blusen und Kleider. Mit ihrem Sexappeal war sie das natürliche Ziel von Michaels Bemühungen um das weibliche Geschlecht.

Jana fragte Ralf neugierig: „Was programmierst du denn? Ich hätte nicht die Geduld, mich stundenlang vor einen Computer zu setzen, wenn ich es nicht müsste."

„Ach, es ist nur so eine Idee. Ich versuche, die Methoden der Meteorologie auf andere Gebiete zu übertragen."

Michael ergänzte: „Ralf ist ein richtiger Nerd geworden. Ich konnte ihn nur mit Mühe überreden, mitzukommen. Stell dir vor, heute hat er versucht, den Sturz der Regierung von Bahrein vorherzusagen. Aber es war mal wieder nichts. Jedenfalls gab es in der Tagesschau darüber keine Meldung. Wenn das so weiter geht, wird bei uns der Bundeskanzler von einer entfesselten Meute abgesetzt, ohne dass er es vorhersagen kann. Das wäre eine Pleite für sein Projekt."

Aus Michaels spöttischer Erklärung wurden die Mädels nicht schlau.

Jana wandte sich an Ralf: „Was hat es mit Meteorologie zu tun, wenn in Bahrein die Regierung stürzt?"

„Auf den ersten Blick nichts. Beim Studium habe ich erkannt, dass man für den Wetterbericht immer die Zukunft vorhersagen muss. Im Gegensatz dazu betreffen normale Nachrichten meist nur die Vergangenheit. Dabei wäre es super, wenn man auch hier künftige Entwicklungen vorhersehen könnte. In der Geschichte gibt es genügend Beispiele, dass Staaten zerfallen, wenn die Grundlage verschwindet, die die Gemeinschaft zusammenhält. Eine rechtzeitige Erkenntnis würde den Menschen viel Leid ersparen. Man könnte eher gegensteuern.

Mir ist der Gedanke gekommen, solche Vorhersagen mit den Methoden der Meteorologie zu gewinnen. Eigentlich geht es immer um Statistik. Mit welchen Daten man die Statistik füllt, ist prinzipiell egal. Es können Wetterdaten sein. Es können aber auch Wirtschaftsdaten sein, dann erhält man ein Bild der wirtschaftlichen Entwicklung. Oder man versucht aus Meinungsäußerungen einer größeren Bevölkerungsgruppe ein Stimmungsbild zu bekommen."

Jana schaute ihn ungläubig an: „Und heute hast du versucht, die Regierung von Bahrein zu stürzen? Ist das nicht gefährlich?"

„Erstmal: ich sehe das völlig unpolitisch. Ich will keine Politik machen, sondern Entwicklungen beobachten. Zweitens: ich habe nicht versucht, die Regierung zu stürzen. Durch die bloße Vorhersage ändert sich schließlich auch nicht das Wetter. Ich sammle Daten und analysiere sie, genau wie beim Wetter. Daraus versuche ich die künftige Entwicklung zu erkennen."

„Das hast du heute wohl nicht gekonnt!" Jana grinste. Sie glaubte offenbar nicht an Ralfs Fähigkeiten.

„Eigentlich sprach alles für meine Vorhersage. Es waren nur zu wenig Daten. Die Unsicherheit kommt daher, dass man ein großes Archiv braucht, um Vergangenheit und Zukunft zu verbinden. Außerdem muss man Variationen berechnen können, um am Ende einen Mittelwert zu erhalten. Wegen Michaels Drängelei hatte ich dafür leider keine Zeit."

Michael konterte: „Jetzt bin ich wohl schuld? Wenn ich dich nicht regelmäßig von deinem Computer losstemmen würde, kämst du gar nicht mehr aus unserer Wohnung raus. Du solltest mir dankbar sein."

Jana wollte die Situation entspannen: „Lass uns tanzen!" forderte sie Ralf auf.

Weil es sehr laut war, mussten sich Jana und Ralf direkt ins Ohr sprechen. Das schien beiden ganz recht zu sein. Sie begannen die Nähe zu genießen. Jana war nicht klar, was

Ralf mit seinem Programm erreichen wollte: „Warum ist es so wichtig, gesellschaftliche Entwicklungen vorherzusehen?"

„Mir geht es darum zu beweisen, dass die Vorhersagemethoden der Meteorologie auch auf andere Bereiche anwendbar sind. Das würde uns erlauben, die Zukunft vorherzusehen. Künftige Entwicklungen ließen sich genauer erkennen."

„Ist es wirklich wünschenswert die Zukunft zu kennen? Ich möchte lieber nicht wissen, was alles auf mich zukommt. Solange das positiv ist, alles OK. Aber was, wenn mir ein schweres Leben vorhergesagt würde, der frühe Tod, Krieg oder Krankheit. Ich fände gut, wenn das im Dunkeln bliebe."

„Da musst du keine Angst haben. Es geht nicht um einzelne Personen. Ich bin kein Wahrsager."

Jana nickte und hatte eine Idee: „Würde so eine Vorhersage die Regierungsarbeit verändern? Möchtest du das?"

„Soweit habe ich noch nicht gedacht. Aber ja, möglich wäre es."

„Dann pass gut auf, dass dir die Geheimdienste nicht auf die Zehen treten! Das könnte böse enden."

„Ach, dazu bin ich ein viel zu kleines Licht.", beruhigte Ralf seine Tanzpartnerin.

Für Jana und Ralf wurde es nicht langweilig. Sie tanzten den ganzen Abend lang. Weit nach Mitternacht drängte Jana, den Abend zu beenden. Auch Carola und Michael wollten nach Hause. Morgen früh rief wieder das Studium. Da sollte man ausgeschlafen sein, wofür es eigentlich zu spät war.

Ein verlängertes Wochenende bei Michael zu Hause

Michaels studentischer Eifer hielt sich wieder mal in Grenzen. Es zog ihn nach Hause zu seinen Eltern. Ab und zu überkam ihn der Drang, dort die Beine unter den Tisch zu stellen. Er wurde verwöhnt. Das Essen stand immer pünktlich da, ohne dass man sich mit Einkaufen, Kochen und Abwaschen Mühe machen musste. Seine Eltern tolerierten auch seine abendlichen Eskapaden. In seiner Heimatstadt Frankfurt gab es reichlich Möglichkeiten, sich zu amüsieren und neue Mädchen aufzureißen. Das dafür nötige Kleingeld war kein Problem. Seine Erzeuger ließen sich nicht lumpen, wenn Michaels Bedarf zu befriedigen war.

Für das kommende Wochenende hatte er Ralf eingeladen. Er meinte, sich bei ihm für die ständige Hilfe beim Studium revanchieren zu müssen. Ein Besuch zu Hause würde ihn nichts kosten und Ralf hätte die Gelegenheit Frankfurt kennenzulernen, was ihm bisher nicht vergönnt war.

Die beiden beschlossen, auf die Vorlesungen am Freitag zu verzichten. Damit wäre auch der wichtigste Abend der Woche gerettet, denn die Vergnügungsmeile Frankfurts sollte unsicher gemacht werden.

Michael liebte sein Kabrio über alles. In Berlin gab es selten Gelegenheit, so zu fahren, wie Michael sich das wünschte. Der dichte Großstadtverkehr und die ständig lauernden Geschwindigkeitskontrollen bremsten ihn zu oft aus.

Zum Glück spielte am Reisetag das Wetter mit. Es war warm und der Himmel wolkenlos. Sie fuhren oben ohne.

Der Fahrtwind auf der Autobahn machte ab einhundertfünfzig Kilometer eine Unterhaltung unmöglich. Die beiden hingen ihren Gedanken nach. Ralf dachte an sein Projekt und wie er es weiter voranbringen könnte. Michael sortierte die Möglichkeiten des Frankfurter Nachtlebens vor.

Irgendwann kam in der Ferne die Skyline von Frankfurt in Sicht. Michael hatte bei diesem Anblick immer ein Gefühl von Heimat. Ralf hatte das noch nie gesehen. Er staunte, wie weit vor der Stadt die Wolkenkratzer bereits die Landschaft bestimmten.

Endlich war es so weit und Michael steuerte sein Kabrio zielsicher durch die Vororte Frankfurts auf der dem Bankenviertel gegenüber liegenden Mainseite. Eine breite Einfahrt öffnete sich auf Befehl aus der Fernbedienung im Auto, gab den Blick auf eine kubistische Villa mit großen Fenstern und einer Fassade aus grauem Sichtbeton frei.

Drinnen begrüßte sie eine junge Frau mit dunkelblauem Faltenrock, steifer Bluse und moderner Kurzhaarfrisur: „Guten Tag Herr Schüttke. Schön, sie wieder zu Hause zu sehen. Ihre Mama befindet sich in der Bibliothek. Der Papa ist leider noch nicht anwesend."

„Svetlana, zeigen sie bitte Herrn Winkler das Gästezimmer. Er möchte sich bestimmt ein bisschen frisch machen, bevor er zum Abendessen kommt.", und zu Ralf gewandt: "Lass dir Zeit. Wir treffen uns in einer halben Stunde im Salon. Klingele einfach nach Svetlana, dann zeigt sie dir den Weg." Und an Svetlana gewandt: „Bringen sie bitte das Gepäck in mein Zimmer und lassen sie die Wäsche waschen."

Ralf war solche Förmlichkeiten von zu Hause nicht gewöhnt. Bei ihm ging es direkter zu und Personal gab es sowieso nicht. Dieses Haus strahlte einen gediegenen Luxus aus. Gut gepflegte Zimmerpflanzen wechselten sich mit antiken Skulpturen ab. Im Foyer stand eine Sitzgruppe mit weißen Sesseln. Die Atmosphäre machte ihn befangen.

Svetlana forderte ihn auf, ihr zu folgen. Zielstrebig steuerte sie einen Aufzug an.

Sein Zimmer lag im dritten Stock. Selbstverständlich gab es ein eigenes Bad. Der Balkon bot einen fantastischen Blick über den Main. Im Hintergrund waren die Wolkenkratzer des Bankenviertels zu sehen. Früh würde die Morgensonne ins Zimmer scheinen.

Ralf hatte seine besten Sachen mitgebracht. Kritisch begutachtete er sich im Wandspiegel. Er war mit seiner Erscheinung nicht zufrieden. Die Kleidung sah alt und zu oft gewaschen aus. Das Gefühl, unpassend angezogen zu sein, war in diesem Luxustempel besonders stark.

Was soll's, dachte er, zuckte die Schultern und klingelte nach Svetlana.

Im Salon saß Frau Schüttke und wartete auf das Erscheinen der Familie. Die Hausherrin hatte sich bereits einen Drink gemixt. Ralf gab sie, ohne seine Antwort abzuwarten ebenfalls einen, hob ihr Glas und sagte: „Willkommen in Frankfurt."

Frau Schüttke war neugierig. Nachdem sie Ralfs Namen abgefragt hatte, wollte sie wissen, welche Berufe seine Eltern hätten.

„Meine Mutter ist Altenpflegerin und mein Vater arbeitet bei BMW in der Motorradproduktion.", bekannte Ralf offenherzig. Das brachte ihm ein verstehendes Nicken von Frau Schüttke ein.

„Und was machen sie?", Ralf dachte, er hätte eine verwöhnte Hausfrau vor sich.

„Frankfurt ist ein gutes Pflaster für bekannte und unbekannte Künstler. In meiner Galerie fördere ich junge Talente mit Ausstellungen und gebe ihnen die Chance, bekannt zu werden."

Ungeduldig schaute sie auf ihre Uhr: „Ich möchte mal wissen, wo mein Mann und mein Sohn bleiben. Sie wissen genau, dass wir um sieben essen."

„Was macht denn ihr Mann beruflich?", wollte Ralf wissen.

„Er hat eine Firma für Aktienhandel. Im Commerzbank Tower hat er eine Etage gemietet. Wenn es länger dauert, kann ich von meinem Schlafzimmer die erleuchteten Büros in der dreiundvierzigsten Etage sehen. Euretwegen hätte er sich auch mal loseisen können."

Michael betrat den Raum. Sein Outfit sah sportlich und teuer aus.

„Entschuldige Mama. Nach der langen Fahrt brauchte ich ein heißes Bad. Weil ich weiß, dass du Wert auf adrette Kleidung legst, hat es etwas länger gedauert. Papa ist auch noch nicht erschienen."

„Papa ist entschuldigt. Schließlich verdient er das Geld, das du in Berlin auf den Kopf haust!", sagte sie spitz und: „Setz dich, wir wollen essen!"

Während der Mahlzeit drehte sich das Gespräch vorwiegend um Michaels Studienergebnisse. Es glich eher einer Examination. Offenbar war Michaels Mutter mit den Noten ihres Sohnes unzufrieden. Der antwortete einsilbig, um keine Ansatzpunkte für weitere Kritik zu bieten. Das Erscheinen seines Vaters erlöste ihn von der peinlichen Befragung.

Hartmut Schüttke begrüßte als erstes seine Frau mit einem Kuss auf die Stirn. Dann wandte er sich Ralf zu. Der sprang auf, machte einen Diener und sagte artig: „Ralf Winkler."

Michaels Papa grinste amüsiert und nannte seinen Namen: „Behalten sie ruhig Platz, Herr Winkler, nicht so förmlich."

Michael schaute missbilligend. Fehlte nur noch, dass er die Hacken zusammengeknallt hätte, dachte er.

Das Abendbrot verlief weniger steif, als Ralf befürchtet hatte. Andeutungsweise erzählte er von seiner Idee mit Hilfe der Meteorologie die Zukunft vorherzusagen. Das schien Herrn Schüttke besonders zu interessieren. Er bat Ralf, ihm am nächsten Tag Einzelheiten zu verraten.

Endlich war das Essen beendet und die Freunde entlassen.

Vergnügungsmeile zwischen Zeil und Bleichstraße in Frankfurt

Michael hatte sich mit Ralf in die Bibliothek zurückgezogen. Das Vorglühen wollten sie gleich zu Hause erledigen. Der elterliche Vorrat an alkoholischen Getränken unterstützte es und half, Geld zu sparen.

Michael hatte von beiden Erzeugern je einen großzügigen Zuschuss für den Abend zugesteckt bekommen, jeweils mit dem Hinweis, dem anderen nichts zu verraten. Aber wegen des teuren Pflasters in Frankfurt sollte der noch geschont werden.

Endlich war es so weit und Michael rief ein Taxi, das sie zum ersten Club bringen sollte.

Das Etablissement hatte eben erst aufgemacht. Sie wurden von dröhnenden Bässen und gähnender Leere empfangen. Die Damenwelt war noch nicht vertreten.

Mit den Worten: „Nichts ist schlimmer als eine leere Kneipe.", bugsierte Michael seinen Studienkumpel wieder hinaus. Das üppige Eintrittsgeld war verschossen, aber das schien ihn nicht zu stören.

Im nächsten Club war mehr los und Michael offenbar bekannt. Mit lautem Hallo wurde er begrüßt. Das Publikum war jung, teuer und lässig angezogen. Bei Ralf löste das Minderwertigkeitskomplexe aus. Die Mädels begrüßten Michael mit Küsschen, Küsschen. Ralf streiften abschätzige Blicke.

Sein Partner erwies sich als guter Kumpel und stellte ihn vor: „Das ist Ralf. Er arbeitet daran, die Zukunft wissenschaftlich vorherzusagen. Behandelt ihn gut! Er wird mal helfen, unsere Regierung zu stürzen."

Kritische Einstellungen gegenüber dem Establishment waren bei den Kindern dieser Schicht traditionell beliebt. Mit feinem Gespür für die richtigen Worte hatte Michael das Interesse an Ralf geweckt. Der musste nun erklären, wie ihm die Vorhersagen gelingen sollten. Die meisten der ihn umringenden Mädchen verstanden nicht, worum es ging. Das war allerdings nebensächlich. Das Interesse der holden Weiblichkeit tat ihm gut und kitzelte sein Ego. Seine wenig hippe Kleidung war vergessen.

So zogen sie die ganze Nacht durch die Clubs, ohne sich auf eine nähere Bekanntschaft einzulassen.

Michaels Elternhaus am nächsten Morgen

Ralf erwachte mit einem höllischen Kater am Sonnabend gegen halb elf. Vor dem Bett stand Michael, der zum Aufstehen nötigte.

„Los, komm raus aus dem Kahn. Svetlana macht dir Frühstück und danach wollte ich dir Frankfurt zeigen."

Nachdem Ralf mit Mühe eine Scheibe Toastbrot mit Kaffee heruntergewürgt hatte, wollte ihn Vater Schüttke sprechen. Auch das noch, dachte er. Lieber wäre ihm ein Spaziergang an frischer Luft gewesen.

„Sagen sie mir, falls ich zu neugierig bin. Sie haben gestern etwas angedeutet, was mich sehr interessiert. Sie wissen vielleicht, dass meine Firma Aktienhandel betreibt. Dabei sind Schwankungen der entscheidende Faktor. Entweder es passiert ein Unglück oder etwas Gutes. Je größer die Schwankung, desto größer der Gewinn. Solange alles bleibt, wie es ist, kann man kein Geld verdienen. Wir arbeiten heutzutage im Millisekunden Bereich. Umso wichtiger wäre es, auf künftige Entwicklungen gefasst zu sein, egal ob positiv oder negativ. Wenn uns jemand zuverlässig vorhersagen könnte, was passieren wird, hätte ich einen großen Vorsprung vor der Konkurrenz. Können sie das?"

„Ich hatte die Idee, wie man es machen könnte, bin aber erst am Anfang meines Projekts. Ob es mir gelingt, kann ich noch nicht sagen. Mir geht es um Voraussagen gesellschaftlicher Entwicklungen. Mit Aktienkursen habe ich mich noch nicht beschäftigt."

Trotz seines Katers erklärte Ralf Einzelheiten seines Projekts. Jemand aus der Finanzwelt könnte ein guter Kunde werden. Er wollte ihn nicht verprellen und hoffte, einen Fuß in die Tür der Frankfurter Hochfinanz zu bekommen. Vorsorglich verschwieg er, dass die meisten seiner Ergebnisse mit unlauteren Mitteln zustande kamen.

„Es sollen möglichst viele Daten gesammelt werden. Das machen die großen Datenkonzerne wie Google und Co. auch. Aber sie gehen über einen bestimmten Punkt nicht hinaus. Der Grund ist, dass sie mit Werbung Geld verdienen wollen. Haben sie es erreicht, ist der Job erledigt."

Michaels Vater hörte aufmerksam zu.

„Mit Hilfe von Cookies werden Profile ihrer Nutzer angelegt. Ist ihnen schon mal aufgefallen, dass sie immer wieder Werbung für das gleiche Produkt bekommen, wenn sie etwas im Web gesucht haben?"

„Stimmt!", sagte Herr Schüttke: „Das hat mich schon oft genervt."

„Ich will mit meinem Projekt mehr erreichen. Wenn viele Menschen nach bestimmten Dingen suchen, ist das ein Zeichen, dass in naher Zukunft eine gesellschaftliche Entwicklung eintreten wird. Beispiel: suchen viele nach einem Job, ist das ein Hinweis auf hohe Arbeitslosigkeit."

„Das verstehe ich.", sagte Herr Schüttke: „Haben sie eine Idee, wie das auf mein Fachgebiet angewendet werden könnte?"

„Das weiß ich nicht. Prinzipiell lässt sich aber nahezu jede Entwicklung vorhersagen, wenn man genügend Daten zur Verfügung hat. Wenn mein Projekt abgeschlossen ist, könnte ich vielleicht auch für sie Vorhersagen berechnen."

„Das würde mich sehr freuen. Ich könnte sie großzügig unterstützen."

Michaels Vater verabschiedete sich mit dem Hinweis, Ralf solle sich jederzeit an ihn wenden. Er hatte die Hoffnung, der Konkurrenz damit ein Stück voraus zu sein. Als aufmerksamem Beobachter war ihm nicht entgangen, dass sich dunkle Wolken am Horizont der gesellschaftlichen Entwicklung zusammenbrauten.

Der Sonnabend verging mit Besichtigung von Zeil und Römer. Michael lud ihn zu einem Handkäs mit Musik in einer der Touristenkneipen ein. Der dazu gereichte saure Äppelwoi begeisterte Ralf weniger, was vielleicht an seinem nur langsam abklingenden Kater lag.

Dienstzimmer Professor Theodor Riemann-Eberlin

Hinterm Schreibtisch thronte der Dekan Professor Riemann-Eberlin. Seine breit ausladende Gestalt, Stirnglatze und Hornbrille verliehen ihm ein Respekt gebietendes Aussehen. Hinzu kam seine jähzornige Art. Diese Eigenschaften hatte er in der Vergangenheit gut genutzt, um Konkurrenten an die Seite zu drängen.

Es kam selten vor, dass sich der Dekan der Fakultät IT der Meteorologie wegen eines Studenten aus der Reserve locken ließ. Ralf hatte es geschafft. Er saß seit geraumer Zeit im Sekretariat des hohen Herrn und wartete darauf, sich den angekündigten Rüffel abzuholen. Ab und zu drangen laute Worte des Professors an seine Ohren, ohne dass der Inhalt verständlich war.

Im Zimmer des Chefs schlugen die Wogen hoch. Vor dem Schreibtisch saß Dozent Dietmar Krüger, Verantwortlicher für die Seminargruppe von Ralf und Michael. Er versuchte den Spagat zwischen wissenschaftlicher

Karriereleiter und Unterstützung seiner Studenten. Jetzt prasselten die Vorwürfe seines Chefs auf ihn ein. Der arme Sünder im Vorzimmer erregte sein Mitleid. Während sich der Chef austobte, wälzte er die Möglichkeiten hin und her. Er wollte Ralf helfen, aber nicht auf eigene Kosten.

Für Ralf war die Situation äußerst unangenehm. Der unerlaubte Zugriff auf die Serverfarm der Hochschule war entdeckt worden. Nun saß er wie auf Kohlen und erwartete seine Bestrafung. Insgeheim hoffte er, dass seine anderen Vergehen unter der Decke geblieben waren.

Krüger wollte den Zorn seines Chefs bändigen.

„Herr Professor, Ralf Winkler ist einer meiner besten Studenten. Mit seinen Ideen und seiner frischen Herangehensweise trägt er wesentlich zum Lernerfolg der Seminargruppe bei. Allerdings schießt er manchmal über das Ziel hinaus."

Erbost fiel der Chef seinem Dozenten ins Wort: „Und wenn er Einstein persönlich wäre, niemand hat das Recht, sich in das Serversystem unserer Hochschule zu hacken. Das muss Konsequenzen haben!"

„Er hatte vor einiger Zeit einen größeren Zugang zum Serversystem beantragt. Er wollte zehn Prozent auf Dauer beanspruchen, was im verwehrt wurde."

„Das war auch berechtigt. Wo kämen wir hin, wenn sich jeder Student kostbare Rechenpower reservieren lassen würde, nur um irgendwelche Schnapsideen außerhalb des Lehrplans zu verfolgen.", der Professor ließ sich nicht beruhigen.

„Aber Herr Professor, sie hatten doch selbst vorgeschlagen, bestimmte Algorithmen der meteorologischen

Forschung auf ihre Anwendbarkeit in anderen Wissenschaftsgebieten zu prüfen. Das war Bestandteil einer ihrer Vorlesungen. Ich erinnere an die von ihnen eingesetzte Forschungsgruppe. Die kam allerdings bisher zu keinem verwertbaren Ergebnis. Ralf Winkler hat mir vorgeschlagen, gesellschaftliche Entwicklungen auf ihre Vorhersagbarkeit zu prüfen. Ich sagte ihm damals, die dafür erforderliche Rechenpower würde die Möglichkeiten unserer Hochschule übersteigen."

Die Idee, meteorologische Algorithmen auf andere Wissensgebiete zu übertragen hatte der Professor trotz der anfänglichen Misserfolge nicht aufgegeben. Deshalb wollte er sich nicht von irgendeinem dahergelaufenen Studenten in die Suppe spucken lassen. Am Ende ginge der Forscherdrang noch so weit, dass ihm der Erfolg entrissen würde. Es galt, ein Exempel zu statuieren.

„Ich werde nicht zulassen, dass Studenten sich unerlaubt größeren Zugang zu unserem Serversystem verschaffen! Haben die Mitglieder ihrer Seminargruppe zu viel Freizeit? Dieser überschäumende Forscherdrang muss eingedämmt werden! Was schlagen sie vor, wie ich mit dem Herrn verfahren soll?", polterte der Chef und unterstrich jeden Satz mit ausholenden Gesten.

Krüger machte ein ratloses Gesicht: „Spielen sie darauf an, ihn zu exmatrikulieren? Soweit würde ich nicht gehen. Ich schlage vor, ihm zusätzliche Aufgaben zu übertragen. Er könnte mich als persönlicher Assistent bei der Lehrtätigkeit unterstützen. Das wird seine sonstigen Aktivitäten bremsen. Natürlich darf es nicht wie eine Belohnung aussehen. Vor der Seminargruppe sollte man es auch auswerten."

Der Zorn des Professors verrauchte langsam. Er sinnierte: „Außer der Exmatrikulation gibt es eigentlich keine weiteren Möglichkeiten. Zusätzliche Aufgaben scheinen mir ein probates Mittel zu sein. Dann holen sie den Kandidaten bitte herein, damit wir ihm klarmachen können, welche Konsequenzen sein Handeln eigentlich hätte."

Die Tür zum Allerheiligsten ging auf, was den Delinquenten veranlasste, sich schlagartig von seinem Sitz zu erheben. Dietmar Krüger bedeutete ihm, einzutreten. Ein Sitzplatz wurde ihm nicht angeboten. Mit rotem Kopf stand er vor seinem Richter.

Der Professor ergriff sogleich das Wort: „Sie haben es also geschafft, sich in unser Serversystem zu hacken! Wie war das möglich? Hatten sie dabei Hilfe?"

„Nein, während des normalen Studiums kann jeder, der es möchte, einen Zugang zum Server beantragen. Das habe ich genutzt. Ich habe dann meinen Account auf Sicherheitslücken untersucht und tatsächlich eine gefunden. Mehr kann ich dazu nicht sagen."

Das war freilich nicht die ganze Wahrheit. Der umfangreichere Zugang war erst durch das Einschleusen eines von ihm programmierten Virus möglich geworden. Dadurch konnte Ralf einen beliebig großen Anteil der Rechenkapazität für seine Zwecke abzweigen. Er konnte nicht widerstehen und verwendete die Möglichkeiten zu großzügig. Die ungewöhnliche Kapazitätsauslastung führte letztlich zur Entdeckung. Das sollte der Professor aber lieber nicht erfahren.

„Soso, sie haben eine Sicherheitslücke entdeckt. Die haben wir zum Glück geschlossen. Vielleicht sollte ich ihnen dankbar sein?", fragte der Professor drohend.

Schuldbewusst blickte Ralf zu Boden und schüttelte unmerklich den Kopf.

„Eigentlich müsste ich sie exmatrikulieren! Ich hoffe, das ist ihnen klar. Was war denn der Grund für ihren hohen Kapazitätsbedarf?"

„Herr Professor, sie haben in einer Vorlesung mehr Forschungsinitiativen von den Studenten verlangt. Außerdem regten sie an, die Algorithmen der Meteorologie auf andere Gebiete anzuwenden. Das wollte ich aufgreifen. Ich habe aber gemerkt, dass ich viel mehr Rechnerkapazität benötigte ..."

Der Professor fiel ihm ins Wort: „Und da dachten sie, die könnten sie sich einfach auf kriminelle Weise beschaffen?"

„Ich hatte einen Antrag gestellt, der abgelehnt wurde. Was hätte ich denn machen sollen?"

Der Professor erboste sich schon wieder: „Was hätte ich denn machen sollen?", echote er: „Jedenfalls nicht Gesetze verletzen, um ihr Ziel zu erreichen. Der Zweck heiligt auch beim Studium nicht die Mittel!", zur Bekräftigung seiner Worte schlug der Herrscher der Sektion mit der flachen Hand auf den Schreibtisch und sah den Dozenten erwartungsvoll an.

Der wandte sich an seinen Studenten: „Vor der Exmatrikulation haben sie ihre guten Studienergebnisse gerettet. Der Wissenserwerb scheint ihnen zuzufliegen. Das hat wohl zu viel Freizeit zur Folge. Ihr Fehlverhalten werden wir in der Seminargruppe auswerten. Zur Bewährung wollen wir ihnen eine zusätzliche Aufgabe geben. Sie werden mich als Assistent vertreten. Fassen sie das aber bitte nicht als Belobigung auf. Es kommt sehr viel Arbeit auf sie zu. Sind sie damit einverstanden?"

Ralf fiel ein Stein vom Herzen. Er hatte sich schon auf Exmatrikulation eingestellt: „Wie gestaltet sich diese Assistenz praktisch?", wollte er wissen.

Der Dozent antwortete: „Das klären wir in einem separaten Gespräch. Sie können jetzt gehen!"

Ralf verbeugte sich linkisch, sagte auf Wiedersehen und verschwand schnellstmöglich aus dem Dunstkreis der Fakultätsleitung.

Ralfs und Michaels Studentenbude

Ralf saß wieder vor seinem Computer. Seit die Verbindung zum Server der Hochschule gekappt wurde, benötigte er ein neues Tor, bei dem alle Daten zusammenliefen. Sein eigener Computer wäre dazu viel zu schwach. Ohnehin hatte er das System so gestaltet, dass der Computer in der Studentenbude nur als Anzeigeterminal diente. Nun hatte er das Problem, dass die Verbindung zu seinem Netzwerk in den verschiedenen Ländern abgerissen war. Dadurch ließen sich keine Recherchen mehr durchführen. Die Vorhersage von Ereignissen war nicht mehr möglich, so als würden Wettervorhersagen ohne den dafür nötigen Zentralcomputer des Wetterdienstes versucht.

Als Ausweg war Ralf nur eingefallen, einen anderen großen Rechner außerhalb der Hochschule zu kapern. Davon durfte niemand wissen. Während er als Student der Hochschule bei Entdeckung mit Milde rechnen konnte, verstieß sein Vorgehen nun eindeutig gegen Gesetze. Das war ihm bewusst. Die Schuld gab er der unnachgiebigen Haltung der Hochschule. Anstatt seine revolutionäre Idee anzuerkennen, hatte die Fakultätsleitung dafür gesorgt, dass er mit seinem Projekt fast wieder bei null beginnen musste.

Hinzu kam die neue Belastung als Assistent des Dozenten. Wie angedroht, übertrug er ihm die vielfältigsten Aufgaben. Vor- und Nachbereitung von Vorlesungen, Ausarbeiten von Manuskripten oder Leitung von Zusammenkünften der Seminargruppe waren ein kleiner Ausschnitt davon. Ralf fragte sich oft, wie Dietmar Krüger dieses umfangreiche Programm bisher allein bewältigt hatte.

Ralfs Haupttätigkeit, das Studium, musste auch weitergehen. Alle Belastungen zusammen sorgten dafür, dass Ralf mehr und mehr Zeit seines Nachtschlafes opferte.

Michael kam soeben aus dem Studentenclub nach Hause. So wie er seinen Studienkumpel verlassen hatte, fand er ihn nach Stunden wieder vor. Der reagierte nicht auf seinen Gruß, sondern quälte ununterbrochen weiter die Tastatur. Michael stellte sich hinter Ralf und sah ihm eine Weile über die Schulter. Ralf benutzte die zurzeit angesagteste Programmiersprache Python. Damit hatte sich Michael bisher nicht ausreichend beschäftigt. Er konnte dem Geschehen auf dem Bildschirm nicht gut folgen. Aber er sah, dass Ralf immer wieder große Teile seines eben geschriebenen Programmcodes löschte und hektisch neu schrieb.

Nach einer Weile sprach er ihn an: „Willst du nicht für heute aufhören? Du machst anscheinend immer wieder den gleichen Fehler!"

Ralf erschrak. Er hatte seinen Zimmergenossen nicht kommen hören. Die unverhoffte Ansprache in seinem Rücken erschien ihm wie von einem Geist. Er drehte sich um und nahm erst jetzt Michael wahr: „Musst du mich so erschrecken? Was willst du denn von mir?", fuhr er ihn an.

„Ich wollte, dass du aufhörst, deinen Computer zu quälen. Dein hektisches Löschen und neu Schreiben bringt dich offensichtlich nicht weiter. Ich habe die Erfahrung gemacht, dass man am nächsten Tag einen Programmierfehler sofort sieht, der sich am Abend im Code versteckt hat.

Jana hat nach dir gefragt. Du solltest sie nicht so vernachlässigen. Sonst schnappt sie dir ein anderer weg. Komm lieber mit in den Club. Das löst die Knoten im Hirn."

„Du hast gut reden, mein lieber. Du musst auch nicht neben deinem Studium als Assi von Krüger arbeiten und ihm den Arsch abwischen. Am liebsten würde ich alles hinschmeißen und ein Startup gründen!"

„Dann hättest du keinen Abschluss, was bestimmt nicht gut wäre."

„Ich habe ein viel größeres Problem. Die haben die Verbindung zum Zentralrechner gekappt. Jetzt komme ich an meine internationale Computerfarm nicht mehr ran."

„Dann miete dir doch einen auf dem freien Markt!"

„Und wovon soll ich das bezahlen?", fragte Ralf genervt.

„Wenn es sich im Rahmen bewegt, könnte ich dir helfen. Wie wäre es zum Beispiel, wenn du dich auf ein übersichtlicheres Gebiet, als den Nahen Osten beschränkst? Dann benötigst du auch nicht so große Rechenleistung. Was hältst du von Deutschland? Bei uns kommt man doch viel leichter an Daten heran. Ganz anders als im Nahen Osten, wo Diktatoren Interesse daran haben, vieles zu verheimlichen. Hier in Deutschland werden im Vergleich dazu viel mehr Daten veröffentlicht."

„Das ist vielleicht eine Idee zur Simulation allgemeiner Prozesse. Trotzdem brauche ich hohe Rechenleistung, die es für wenig Geld auf dem freien Markt nicht gibt. Ich muss sie mir anders beschaffen."

„Mensch Ralf, mach bloß nichts Ungesetzliches! Sonst kann ich dich später im Knast besuchen."

Tagungsraum der meteorologischen Fakultät

Der lange Konferenztisch war voll besetzt. An der Stirnseite thronte der Dekan: „Meine Dame, meine Herren, vielen Dank, dass sie es so kurzfristig einrichten konnten, heute zu erscheinen."

Bemerkenswert an der Männerrunde war die Tatsache, dass nur eine einzige Frau dabei war. Isolde Wegener hatte das dreißigste Lebensjahr noch nicht erreicht. Sie war eine schlanke Blondine mit einer langen Mähne, die sie stets offen trug. Modische Kleidung ergänzte ihr Auftreten. Ihr hübsches Gesicht hatte dazu geführt, dass sie hinter vorgehaltener Hand die holde Isolde genannt wurde. Die wissenschaftliche Karriere begann sie, wie viele in der Runde als Studentin. Mathematisches Talent, scharfer analytischer Verstand und gute Lernergebnisse führten am Ende des Studiums zur Übernahme in ein festes Arbeitsverhältnis.

Als bei Professor Riemann-Eberlin die Idee aufkam, meteorologische Berechnungen auf andere Fachgebiete anzuwenden, ernannte er sie zur Leiterin einer Arbeitsgruppe. Kollegen munkelten von einem Verhältnis mit dem Dekan. Aber dem Professor kam es nur darauf an, in der herrschenden Männerdomäne der Gleichberechtigung zum Durchbruch zu verhelfen. Weil sie die einzige Frau weit und breit war, gab es keine Auswahl.

Die herausragende Stellung als emanzipierte Frau hatte nicht nur Vorteile. Wenn etwas nicht zur Zufriedenheit des Professors verlief, war sie das naturgegebene Ziel seiner Kritik. So auch heute, weil die Ergebnisse der Arbeitsgruppe zu wünschen übrigließen.

Das Gespräch mit Ralf Winkler zeigte dem Professor, dass auch andere seine Idee verwirklichen könnten. Das stieß dem Herrn Chef sauer auf. Er sah seine Felle davonschwimmen, wenn es nicht endlich nachvollziehbare Ergebnisse geben würde.

Nach der förmlichen Begrüßung kam er sogleich zur Sache und ließ seinem Zorn freien Lauf: „Einige Mitarbeiter meiner Fakultät meinen offenbar, sie hätten unendlich viel Zeit, um Innovationen an den Start zu bringen. Aber gute Ideen haben auch andere Zeitgenossen. Mir ist besonders ein gewisser Ralf Winkler aufgefallen, Student im dritten Jahr. Einige werden ihn kennen. Er hat sich nicht nur in unseren Zentralrechner gehackt. Vor allem hat er meine Idee, der Übertragung meteorologischer Algorithmen auf andere Gebiete weiterentwickelt, als das in ihrer schönen Arbeitsgruppe der Fall ist. Zu allem Überfluss hat er allein erreicht, was sie mit zwölf Mitarbeitern nicht geschafft haben. Frau Wegner, was sagen sie dazu?"

Darauf gab es keine gute Antwort. Isolde war ratlos. Fadenscheinige Begründungen mit allgemeiner Überlastung durch andere Forschungsvorhaben waren nicht ratsam. Die würden nur den Zorn ihres Vorgesetzten auf ihr Haupt ziehen. Deshalb trat sie die Flucht nach vorn an: „Wir könnten diesen Studenten in unsere Arbeitsgruppe aufnehmen."

Rüde unterbrach sie der Professor: „… und ihn dafür belohnen, dass er mit seiner Hackerei gegen Recht und Gesetz verstoßen hat?"

Isolde schüttelte heftig den Kopf: „Da bin ich anderer Meinung. Diese Einbindung würde den Forscherdrang eindämmen. Er hätte Zugang zu unserem Zentralrechner, und müsste damit keine Gesetze mehr übertreten. Nicht zuletzt könnten wir von seinen Forschungsergebnissen profitieren."

Dieser Vorschlag fand die Zustimmung aller Mitglieder der Arbeitsgruppe. Hatten doch die meisten mit Forschungsaufgaben und Lehre genug zu tun. Da kam ihnen eine zusätzliche Arbeitskraft gerade recht.

So hatte es der Professor noch nicht gesehen. Gegen diese Argumentation war nichts einzuwenden. Er seufzte ergeben: „Na schön, dann soll es so sein. Frau Wegner, setzen sie sich bitte mit dem Herrn in Verbindung. Ich erwarte zum Ausgleich positive Ergebnisse. Meine Dame, meine Herren, machen sie sich an die Arbeit."

Ralfs und Michaels Studentenbude

Ralf saß vor seinem Computer und versuchte, in einen Großrechner einzudringen. Von der günstigen Entwicklung hatte er noch nichts mitbekommen. Ohne Zugang zu erheblichen Rechenkapazitäten war es nicht möglich, die entstehende Datenfülle zu beherrschen.

Und es gab noch ein weiteres Problem. Ralf war klargeworden, dass er bei Entdeckung seiner Aktivitäten damit rechnen müsste, nicht mehr an seinen eigenen PC heranzukommen. Als Ausweg wollte er ein unabhängiges Terminal programmieren. Das gab ihm die Möglichkeit von jedem beliebigen Computer aus auf seine Daten zuzugreifen. Diese Software musste allerdings auch auf irgendwelchen Computern abgelegt werden. Deshalb wollte er mit Hilfe der von ihm programmierten Viren, einige fremde PC für die Speicherung des Terminals benutzen.

Es war viel zusätzliche Arbeit, die nicht nötig gewesen wäre, hätte die Fakultätsleitung ihm den Zugang zu ihrem Großrechner gestattet. Der Arbeitsdruck war enorm, zumal Dozent Krüger ihn ausgiebig mit zusätzlichen Aufgaben eindeckte. Zum Glück ging ihm sein Mitbewohner nicht auf die Nerven. Studienkumpel Michael trieb sich nach den Pflichtveranstaltungen lieber in Studentenclubs herum.

Als es an der Wohnungstür läutete, fuhr Ralf erschrocken auf, denn er hatte sich tief in seine Programmierung versenkt. Wer könnte das sein? Stand etwa die Polizei schon vor der Tür? Ehe er die Tür öffnete, ging er ans Fenster und schaute nach, ob draußen ein Rollkommando zu sehen war. Weit und breit waren keine blauen Autos oder Ansammlungen von Uniformierten sichtbar. Er atmete hörbar aus. Wäre er entdeckt worden, hätte es das Ende seines Projekts bedeutet.

Langanhaltend klingelte es erneut. Er öffnete die Wohnungstür und traute seinen Augen nicht. Draußen stand Jana und grinste ihn verlegen an.

„Habe ich dich geweckt oder warum dauert es so lange?", fragte sie provozierend.

Ralf stotterte vor Überraschung: „N-nein, ich arbeite gerade an einem schwierigen Programmierproblem und habe nicht mit Besuch gerechnet."

Jana merkte, dass sie Ralf überrumpelt hatte: „Aber hereinlassen willst du mich schon, oder soll ich wieder gehen?"

Ralf schüttelte den Kopf und bat Jana mit einer linkischen Armbewegung herein.

Die setzte sich sogleich ohne Scheu auf Ralfs Bürostuhl und begann, ihn auszufragen: „Was ist los mit dir? Ich sehe dich gar nicht mehr. Ich habe Michael gebeten, dir Grüße auszurichten. Hat er das gemacht? Was treibst du eigentlich die ganze Zeit? Ich kann mir nicht vorstellen, dass du mehr lernen musst als alle anderen."

Nach jeder Frage öffnete Ralf den Mund, um zu antworten. Aber dazu ließ ihm Jana keine Zeit. Erst als sie ihr Repertoire an Fragen abgespult hatte, versiegte ihr Redestrom.

„Ich habe im Moment wirklich keine Zeit, in irgendwelchen Clubs abzuhängen." Er schilderte Jana seine Probleme mit der Fakultätsleitung. Dass er versuchte, in einen anderen Großrechner einzudringen, ließ er lieber weg. Jeder Mitwisser war einer zu viel, obwohl er nicht glaubte, dass Jana ihn verraten würde.

Jana hatte echtes Interesse an Ralfs Ideen. Aus den dürftigen Erklärungen im Club war sie nicht schlau geworden: „Kannst du mir als blutigem Laien mit einfachen Worten erklären, wie deine Programmierung funktioniert?"

Ralf freute sich über ihr Interesse: „Ich habe dir schon im Club gesagt, was der Unterschied zwischen Nachrichten und Wetterbericht ist. Kannst du dich erinnern?"

Jana nickte: „Das eine zeigt die Vergangenheit und das andere die Zukunft."

„Sehr gut, du hast es verstanden. Ich habe mich gefragt, ob man das bei den Nachrichten ändern könnte. Für viele wäre es sehr interessant, politische oder wirtschaftliche Entwicklungen viel genauer voraussagen zu können, als das mit den bisher angewendeten Methoden möglich ist. Wie wäre es, die Berechnungsmethoden der Meteorologie auf solche Probleme anzuwenden?"

Jana hatte das Problem verstanden und antwortete mit Kopfnicken: „Ein genialer Gedanke. Bist du selbst darauf gekommen?"

„Nicht direkt. Unser Dekan hat die Idee in einer Vorlesung erwähnt. Ich hörte, dass er sogar eine Arbeitsgruppe eingesetzt hat. Die sind aber nicht weit gekommen. Das ist wahrscheinlich der Hauptgrund, warum sie mich nicht an ihren Großrechner lassen. Der Herr Professor hat Angst, dass ihm jemand seine Idee wegschnappen könnte. Weil ich die Ablehnung nicht hinnehmen wollte, habe ich den Rechner gekapert und bin aufgeflogen.", erzählte er nun doch. „Anschließend wurde ich vor die Leitung zitiert und durfte mir einen Rüffel abholen, der sich gewaschen hatte."

„Und was machst du nun?"

„Ich muss mir anders helfen. Wie, will ich dir lieber nicht erklären. Aber Vorstellungen habe ich."

„Oh Ralf, werde bloß nicht kriminell!", sagte Jana besorgt.

„Mach dir keine Sorgen. Ich habe alles im Griff."

Für Jana war das keine Entwarnung. Ihr weiblicher Instinkt sagte, dass an der Geschichte ein Haken wäre: „Ich kann dir beim Programmieren nicht helfen. Wenn du aber sonst Hilfe brauchst, stehe ich jederzeit zur Verfügung."

Es knisterte zwischen den beiden. Janas dunkle Augen bekamen diesen besonderen Ausdruck. Das war für Ralf das Signal, Jana etwas näher zu kommen. In diesem Moment ging die Wohnungstür auf. Michael erschien und zerstörte die traute Zweisamkeit.

Er wusste sofort, was los war: „Oh, habe ich euch gestört? Tut mir leid, ich wusste nicht, dass du hohen Besuch hast."

„Ist schon OK. Ich wollte sowieso gerade gehen." Jana erhob sich von ihrem Platz und ging Richtung Ausgang.

Ralf lief ihr hinterher: „Jana warte eine Sekunde! Wir können uns doch wieder treffen. Lass uns in den nächsten Tagen Essen gehen, oder ins Kino!"

„Hast du denn Zeit? Ich hatte den Eindruck, du wärst voll ausgelastet.", stellte sie spöttisch fest.

Michael schaute sich die Szene grinsend an. Ralf wollte sich keine Blöße geben und verabredete sich mit Jana. Mit Bedauern über den schnellen Abgang und einem tiefen Blick in Janas unergründliche Augen verabschiedete er sich von ihr.

„Dich hat es wohl ganz schön erwischt?", stellte Michael fest, als die beiden allein waren.

„Dafür hast du das Talent immer zum falschen Zeitpunkt zu erscheinen. Lass mich in Ruhe!", sagte er erbost, setzte sich an seinen Platz und begann vernehmlich die Tastatur zu bearbeiten.

Fakultätsgebäude der Meteorologie

Das Gebäude der meteorologischen Fakultät war ein wenig in die Jahre gekommen. Nach neunzehnhundertfünfzig gebaut, hatte es viele Umbauten erfahren. Das sah man ihm an. Kabel wurden über oder unter Putz neu verlegt, ohne dass sich hinterher ein Maler der zerhackten Wände angenommen hätte. Abgesehen von längst fälligen Renovierungsarbeiten war die Raumaufteilung für heutige Bedürfnisse von Forschung und Lehre nicht mehr geeignet. Besonders störend war die herrschende Enge. Viele Dozenten mussten sich ihre Büros mit anderen Kollegen teilen. Dieser missliche Umstand war vor allem entstanden, als der neue Großrechner Platz finden musste. Eine Menge Büros wurden dafür geopfert. Auch für Lehrveranstaltungen der Seminargruppen gab es nur einen Raum, in dem nicht alle Studenten einen Sitzplatz finden konnten.

Ralf ging mit schnellen Schritten den langen Gang entlang. Sein Ziel war der Seminarraum. Er wollte seiner Pflicht zur Vertretung des Dozenten nachkommen. Leider hatte er über der Programmierung seines Projekts die Zeit verpasst. Zu allem Übel musste er sich unvorbereitet den Fragen seiner Kommilitonen stellen.

Auf halbem Weg kam ihm Isolde Wegner entgegen. Als sie ihn erkannte, stoppte sie seine schnellen Schritte: „Bist du nicht Ralf Winkler?"

Ralf nickte bestätigend und verwundert, dass sich die Leiterin der Arbeitsgruppe Meteorologietransformation an ihn wandte. Auch dass die holde Isolde deren Leiterin war, hatte sich herumgesprochen. Das Lehrpersonal interessierte sich normalerweise nicht für einzelne Studenten. Was könnte sie von ihm wollen?

„Ich muss etwas mit dir besprechen. Hast du einen Moment Zeit in mein Büro zu kommen?"

„Das geht leider nicht. Ich muss meine Seminargruppe bespaßen, bin schon spät dran. Aber danach ginge es. Was gibt es denn?" Weil beide am gleichen Thema arbeiteten, wurde er misstrauisch.

„Das erzähle ich dir in meinem Büro. Viel Spaß beim Bespaßen, bis nachher.", Isolde ging weiter und Ralf war entlassen.

Als Ralf den Seminarraum betrat, empfingen ihn einige mit demonstrativem Klopfen, andere sahen provozierend auf ihre Uhren. Manche Kommilitonen empfanden die Vertretung des Dozenten Krüger als Bevorzugung. Sie konnten nicht wissen, dass es als Strafe gedacht war. Wenn Ralf auch noch zu spät kam, erregte das Kritik.

Ralf entschuldigte sich und gab das Thema bekannt. Es sollte die Vorlesung zur Programmiersprache Python nachbereitet werden. In diesem Thema kannte er sich aus und hoffte, dass niemand seine fehlende Vorbereitung bemerkte.

Sein Mitbewohner Michael stellte gleich zu Anfang eine Frage zur praktischen Handhabung von mehrfach verschachtelten If – Then Funktionen. Das hatte Ralf schon oft geübt. Er schlug vor, ein kleines Computermenü zu entwerfen. Damit wollte er beweisen, dass Python für solche Programmierungen besonders gut geeignet war. Er entwarf ein wenig Programmcode an der Tafel und forderte seine Zuhörer auf, mit ihren Laptops die Konstruktion nachzubauen.

Das gelang niemandem, denn Ralf hatte einen entscheidenden Fehler eingebaut. Nachdem alle vergeblich versuchten, das Problem zu lösen, schauten sie Ralf fragend an.

„Was nun, liebe Leute? Es kann jedem passieren, dass sich ein Fehler einschleicht. Jetzt dürft ihr nicht die Nerven verlieren und solltet versuchen, den Fehler zu finden. Bis zum Ende der Stunde habt ihr Zeit. Ich bin gespannt, wer als erster das Problem sieht. Wer hinter das Problem gekommen ist, für den habe ich noch eine kleine Zusatzaufgabe."

Die Kommilitonen arbeiteten konzentriert. Bis zum Ende der Lehrveranstaltung hatte Ralf seine Ruhe und konnte sich der Frage widmen, was Isolde mit ihm besprechen wollte. Eigentlich konnte es sich nur um die erweiterte Anwendung der Algorithmen der Meteorologie handeln. Er wusste, dass Isolde die Arbeitsgruppe leitete. Er wusste auch, dass es um den Fortschritt der Arbeiten nicht gut bestellt war. Sollte die Dame ihn aushorchen wollen? Das musste er verhindern. Er hatte immer noch einen Groll in sich. Die ganze Bande hatte ihm größte Schwierigkeiten bereitet. Wenn sie nun meinten, von ihm profitieren zu können, um ihre eigene Arbeit voranzubringen, waren sie auf dem Holzweg.

Dienstzimmer von Isolde Wegner

Ralf klopfte kurz und trat ein, ohne ein Herein abzuwarten. Innerlich hatte er sich auf Aushorchen vorbereitet und war auf Krawall gebürstet.

Isolde saß hinter ihrem Schreibtisch. Es umgaben sie Computerbildschirm, einige Stapel Fachliteratur und ein Berg bedruckter Din A4 Seiten. Sie war in ihre Arbeit vertieft und hatte Ralf nicht so schnell erwartet. Erschrocken sah sie auf. Dann lehnte sie sich entspannt zurück. Vor ihrem Schreibtisch stand ein ungepolsterter Stuhl ohne Armlehnen. Weitere Sitzmöglichkeiten gab es nicht.

Mit einer kurzen Bewegung bot sie ihm den Stuhl an: „Setz dich bitte. Ich hoffe, du hast Zeit. Es dauert etwas länger."

Also doch aushorchen, dachte Ralf und schaute provozierend auf die Uhr seines Handys: „Mehr als eine halbe Stunde habe ich nicht. Dietmar Krüger hat mich mit Arbeiten eingedeckt. Studieren muss ich nebenbei auch noch!"

Isolde wedelte mit der Hand, um Ralfs Bemerkung wegzuwischen: „Ich möchte mit dir über unsere Arbeitsgruppe sprechen. Wir haben beschlossen, dich aufzunehmen. Damit du mitarbeiten kannst, bekommst du wieder Zugang zu unserem Großrechner. Was hältst du von diesem Angebot?"

Damit hatte Ralf nicht gerechnet. Er hatte sich innerlich auf Opposition vorbereitet und musste nun umsteuern: „Das bedeutet zusätzliche Arbeit. Ich habe schon genügend Aufgaben und schaffe es gerade so, mein Studium nebenbei zu absolvieren."

Isolde versprach sich von der Mitarbeit des begabten Studenten neue Impulse für ihre Arbeitsgruppe. Das wäre ihrer Karriere förderlich und würde das Ansehen beim Dekan erhöhen: „Es ist uns klar, dass dein Studium nicht unter weiteren Anforderungen leiden darf. Ich glaube, dass Dietmar Krügers Aufgaben auch von jemand anderem erledigt werden könnten. Der Zugang zu unserem Computer ist auch nicht zu verachten."

„Stimmt, aber was verlangt die Fakultät als Gegenleistung von mir?"

„Was du bisher privat erreicht hast, sollst du im Rahmen der Arbeitsgruppe weiterführen. Du hättest keinen Stress mehr, dass dich jemand bei etwas Ungesetzlichem erwischt. Würde dich das reizen?"

„Was wird mit den von mir erreichten Ergebnissen? Die müsste ich dann mit allen anderen teilen? Wer weiß, wer dann den Ruhm einstreichen darf. Ich bestimmt nicht."

„Warum bist du so pessimistisch? Klar erwarten wir, dass du deine Ergebnisse mit uns teilst. Aber alle anderen müssen das auch. Ich organisiere die Teilaufgaben. Dadurch kommen alle schneller zum Ziel. Denk an den Rechnerzugang in fast unbegrenzter Höhe."

Dieses Angebot fand Ralf verlockend. Von solcher Rechenkapazität hatte er bisher nur geträumt.

„Unter diesen Voraussetzungen könnte ich mir eine Mitarbeit vorstellen. Auf welches Gebiet sollen denn die meteorologischen Algorithmen angewendet werden?"

„Wir haben uns bisher auf wirtschaftliche Entwicklungen konzentriert. Unser größtes Problem war, die

Parameter so zu formulieren, dass sie in die Algorithmen passten. Worauf hast du denn deine Arbeit gerichtet?"

„Ich habe versucht, gesellschaftliche Entwicklungen vorherzusagen. Allerdings ist das besonders schwierig, denn wirtschaftliche Parameter lassen sich in Zahlen ausdrücken, gesellschaftliche sind weich und nur schwer in Zahlen fassbar."

Nun entspann sich eine fachliche Diskussion über das Für und Wider der unterschiedlichen Herangehensweisen. Die Hochschule hatte sich auf die Nutzung legal zugänglicher Quellen beschränkt. Kennziffern der Wirtschaft waren leicht über statistische Daten erreichbar. Die meisten Länder veröffentlichten solche Daten regelmäßig.

Eine ganz andere Herausforderung war die Vorhersage gesellschaftlicher Entwicklungen. Hier gab es keine statistischen Daten. Einzige leicht zugängliche Quellen waren Umfrageergebnisse. Aber nur in hochentwickelten Industrieländern standen sie zur Verfügung. Wollte man in Entwicklungsländern politische Vorgänge erfassen, musste man anders vorgehen. Ralf hatte eine eigene Methode gefunden. Der Grundgedanke war, Browserverläufe von Internetnutzern auszulesen. Das machten die großen Datendienste schon lange. Die Nutzer stellten ihnen die sogar freiwillig zur Verfügung, indem sie die Installation von Cookies zuließen. Jeder Nutzer wurde beim Besuch einer Webseite gefragt, ob er die Installation erlauben würde. Diese Cookies, eigentlich harmlose kleine Textdateien, ermöglichten die Auswertung.

Das Problem für Ralf war, an diesen ewig fließenden Datenstrom heranzukommen. Hier begann es illegal zu werden. Seine Computerviren taten ihren Dienst.

Leider hatte er noch nicht bemerkt, dass die von ihm verursachten Datenströme bereits entdeckt worden waren. Frischfröhlich machte er immer weiter und wiegte sich in vermeintlicher Sicherheit.

Zusätzlich hatte er die Viren so programmiert, dass ein geringer Prozentsatz der Rechenpower für seinen Bedarf abgezweigt wurde. Das verschaffte ihm einen dezentralen Großrechner. Die abgezweigte Rechenleistung war bei jedem einzelnen Gerät so gering, dass der jeweilige Besitzer davon nichts bemerkte. Gleichzeitig war die Zahl der heimlich verbundenen PCs so hoch, dass es egal war, ob einzelne Rechner an- oder ausgeschaltet waren. Allerdings entstanden dadurch sehr hohe Datenströme, die eigentlich an einem Großrechner verarbeitet werden mussten. Dafür hatte er bisher den Zentralrechner der Hochschule benutzt. Weil ihm diese Möglichkeit genommen worden war, entstand ein Flaschenhals, der sein ganzes System verlangsamte.

Wonach Menschen im Internet suchten, gab ein gutes Bild der gesellschaftlichen Lage ab. Wenn eine Mehrzahl nach Konsumartikeln suchte, ging es den Menschen gut. Sie hatten deshalb nichts weiter zu tun, als überflüssiges Geld unter die Leute zu bringen.

Erkundigten sich Menschen verstärkt nach Oppositionsparteien, war das ein erstes Signal, dass die Stimmung kippen könnte. Wenn eine Mehrheit Informationen in zwielichtigen Milieus suchte, zeigte das eine weitere Verschärfung der Lage.

Auf diese Weise konnte man die Stimmungen in Ländern erkunden. Ähnlich wie beim Wetter musste man dann nur noch die zukünftige Entwicklung interpolieren.

Soweit schienen solche Analysen einfach zu sein. Die Schwierigkeit war, weiche Informationen, wie Browserverläufe in berechenbare Größen umzuwandeln. Diese Aufgabe hatte Ralf begonnen. Das Kappen der Verbindung zum Großrechner der Schule verhinderte weiteren Fortschritt.

Das Angebot von Isolde, ihm wieder Zugang zu Rechenkapazitäten zu gewähren, kam ihm deshalb sehr gelegen. Auf keinen Fall durfte Irgendjemand von seinen illegalen Computerviren erfahren. Seine größte Sorge war, dass man ihn zwingen würde, an einem Computer der Hochschule zu arbeiten. Er musste erreichen, weiter an seinem eigenen PC werkeln zu können.

Ralf fragte: „Wie habt ihr euch die Zusammenarbeit konkret vorgestellt?"

„Die Arbeit haben wir in Schwerpunkte aufgeteilt. Wir kommen regelmäßig zusammen und jeder berichtet über seine Arbeitsergebnisse. Damit können wir auf Fortschritte oder Misserfolge gut reagieren."

Ralf wollte es genauer wissen: „Wo erledigen die Mitglieder der Arbeitsgruppe ihre Aufgaben?"

„Jeder hat seinen Arbeitsplatz in der Hochschule und kann dort alles abarbeiten. Bei dir gibt es allerdings ein Problem. Du siehst ja, wie beengt wir sind. Leider können wir dir hier keinen eigenen Arbeitsplatz zur Verfügung stellen. Wäre es dir möglich, deinen eigenen PC weiter zu benutzen?"

So hatte sich Ralf das vorgestellt. Damit brauchte er nur Informationen weiterzugeben, die ihn nicht kompromittierten.

„Wenn du erreichst, dass mich Dietmar Krüger mit seinen Zusatzaufgaben in Ruhe lässt, könnte ich mir die Mitarbeit in der Arbeitsgruppe vorstellen. Studieren und Forschen passt besser zusammen, als Hilfsarbeiten auszuführen."

Isolde sagte Ralf die Entlastung zu. Und sie wollte den Zugang zum Hochschulrechner so schnell wie möglich wieder freischalten lassen. Damit waren alle Bedenken ausgeräumt. Ein so gutes Ergebnis hatte er nicht erwartet. Erfreut erhob er sich, reichte Isolde die Hand und verließ ihr Zimmer.

Ralfs und Michaels Studentenbude

Ralf fand seinen Kumpel Michael tief über den Computer gebeugt vor: „Hallo Micha, es gibt interessante Neuigkeiten.", verkündete er beschwingt.

„Bei mir leider nicht. Du hast uns eine Aufgabe gegeben, die ich bisher nicht lösen konnte. Ich sitze hier schon eine halbe Ewigkeit und kann den Fehler nicht finden."

„Schau doch mal nach Klammerfehlern. So viele Klammern wie du öffnest, musst du hinten auch wieder schließen. Ist ganz einfach."

Beide schauten sich den Programmtext an und siehe da, der Fehler war schnell gefunden.

„Jetzt musst du nur noch meine Zusatzaufgabe lösen, dann kommst du bei der nächsten Lehrveranstaltung groß raus. Auf mich müsst ihr ab sofort als Hilfsdozent verzichten. Die holde Isolde hat mich gnädig in ihre Arbeitsgruppe aufgenommen. Stell dir vor, ich bekomme sogar erweiterten Zugang zu Rechenkapazitäten."

„Da hast du ja eine steile Karriere hingelegt. Vom akut exmatrikulationsgefährdeten Studenten zum hochgeachteten Mitglied einer wichtigen Sonderarbeitsgruppe ist es ein weiter Weg.", bemerkte Michael spöttisch.

„Stimmt, ich muss nur verhindern, dass diese Spießer von meinem großangelegten Virenangriff erfahren. Sonst fährt denen der Schreck in alle Glieder."

Michael war besorgt: „Ich hoffe, du kriegst das hin. Wenn herauskommt, dass Hackerangriffe von unserer Schule ausgegangen sind und man dir zu allem Überfluss freiwillig die Ressourcen dafür zur Verfügung gestellt hat, kann sich der Dekan gratulieren."

„Ich werde schon dafür sorgen, dass das nicht passiert. Erst mal will ich aber mein externes Terminal fertigstellen. Dann kann ich von jedem beliebigen Computer aus meine Daten abfragen. Wer weiß, ob ich sowas mal brauche."

Ralf setzte sich an seinen Schreibtisch und begann in bekannter Weise die Tastatur zu bearbeiten. Um zu probieren, ob sein Terminal funktionierte, musste er immer wieder Daten dort einspeisen. Die kamen natürlich von den durch seine Viren infizierten Computern. Damit die Menge der Daten nicht ins uferlose anschwoll, hatte er Michaels Hinweis berücksichtigt und beschränkte die Abfrage auf inländische Computer. Dabei bemerkte er einen eigenartigen Nebeneffekt. Die von ihm gesammelten Daten unterschieden sich in merkwürdiger Weise von offiziellen Verlautbarungen der Bundesregierung. Weil er sich über politische

Entwicklungen ständig auf dem Laufenden hielt, fielen ihm die Differenzen schnell auf. Sollte es einen Unterschied zwischen den offiziellen Zahlen und den tatsächlichen Verhältnissen geben? Das konnte er sich für Deutschland nicht vorstellen. Deshalb führte er die Differenzen auf die ungenügende Verarbeitung seiner von ihm erhobenen Daten zurück. Dieses Problem musste warten. Wichtig war, sein externes Terminal fertigzustellen.

Leider konnte er sein Vorhaben nicht ungestört fortsetzen. Es klingelte an der Wohnungstür. Draußen standen Jana und Carola und begehrten Einlass.

Ralf hätte sie am liebsten weggeschickt. Michael kam ihm zuvor und ließ die Mädchen ein, während Ralf einfach weiterarbeitete.

„Schön, dass ihr uns besucht. Was führt euch hierher?", fragte Michael erfreut.

Jana sprach mehr zu Ralf als zu Michael: „Wir wollen euch in den Studentenclub entführen. Heute ist ein bekannter Rapper zu Gast. Das wird lustig."

Unwillig brummelte Ralf: „Da müsst ihr ohne mich gehen. Ich habe zu tun!"

„Och sei doch kein Spielverderber.", bettelte Carola.

„Mit euch beiden macht es viel mehr Spaß als allein.", Jana rüttelte an Ralfs Schulter.

Auch Michael hatte Lust zum Ausgehen. Kurz entschlossen nahm er Ralf die Computermaus weg. Da half kein Protest. Widerstrebend trennte er sich von seiner Arbeit. Zu viert machten sie sich auf den Weg zum Vergnügen.

Konspirative Wohnung des Verfassungsschutzes

Nachdem Isolde sich vergewissert hatte, dass niemand von den Mietern des Hauses ihren Gang in die zweite Etage bemerkte, klingelt sie an der Wohnungstür von Müller. Als hätte der vermeintliche Herr Müller bereits hinter der Tür gewartet, öffnete sie sich sofort. Aufmerksam schaute Connor an Isolde vorbei. Er prüfte, während er sie vorbeiließ, ob sich sonst jemand im Flur befand. Die Luft war rein. Er schloss die Tür leise und begab sich mit seiner Besucherin ins Wohnzimmer.

„Hallo Isolde. Du wolltest mich sprechen. Was gibt es denn so dringendes?"

„Es gibt ein Problem mit einem Studenten unserer Fakultät. Wir versuchen seit einiger Zeit meteorologische Algorithmen auf Gebiete der Wirtschaft anzuwenden, leider erfolglos. Dieser Student verfolgt offenbar ähnliche Ziele.", Isolde beschrieb Ralfs Aktivitäten.

„Ich musste ihm erlauben, an seinem eigenen Computer weiterzuarbeiten. Das schien ihm sehr zu gefallen. Er stimmte sofort zu. Damit entzieht er sich leider unserer Kontrolle."

„Schön und gut, aber was geht es den Verfassungsschutz an, wenn ihr Probleme mit euren Studenten habt? Wenn wir uns um jeden renitenten Zeitgenossen kümmern sollten, könnten wir die Zahl unserer Mitarbeiter locker verfünffachen."

„Vielleicht hast du Recht. Ich habe mir den Kopf zerbrochen, ob daraus Probleme erwachsen könnten. Man muss das Konfliktpotenzial sehen. Angenommen es gibt Unterschiede zwischen offiziellen Regierungsinformationen und den tatsächlichen Verhältnissen. Was, wenn er das herausbekommt? "

„Wie kommst du darauf, dass es Unterschiede geben könnte? Ich gehe davon aus, dass offizielle Verlautbarungen den Tatsachen entsprechen.", wiegelte der Geheimdienstmann ab: „Aber ich kann mir gern die Daten deines ominösen Studenten aufschreiben."

Der Verfassungsschutz wiegelte nicht ohne Hintergedanken ab. Die merkwürdigen Aktivitäten mit vernetzten Computern waren seit einiger Zeit aufgefallen. Viele Mitarbeiter hatte man gebeten, Augen und Ohren offen zu halten. Aber es sollte nichts nach außen dringen. Deshalb wurden solche Informanten wie Isolde im Unklaren gelassen. Er bat sie, die Entwicklung im Blick zu behalten. Direkte Eingriffe seien nicht notwendig.

Studentenclub nahe der Hochschule

Ralf wollte bei Jana punkten.

Er erzählte ihr: „Die Hochschule hat den Zugang zum Großrechner wieder freigegeben. Sie haben mich sogar in ihre Sonderarbeitsgruppe aufgenommen.

„Du wirst noch Karriere machen. Am Ende tragen sie dir eine Professur an.", sagte sie bewundernd.

Ralfs innere Stimme warnte ihn, nicht zu viel von seinen Ergebnissen preiszugeben. Aber Alkohol löste die Zunge.

„Wenn es so weiter geht, wird es nichts mit der Professur. Im Vertrauen, ich habe etwas entdeckt, was bestimmt nicht an die Öffentlichkeit kommen darf!"

„Jetzt machst du mich aber neugierig, was denn?"

„Das darfst du niemandem erzählen. Ich bin mir selbst noch nicht sicher."

Jana machte große Augen.

„Es gibt merkwürdige Differenzen zwischen den offiziellen Verlautbarungen über die Lage unseres Landes und meinen eigenen Erkenntnissen. Aber psst, das darf niemand wissen!"

Jana staunte:

„Wenn du solche Erkenntnisse hast, ist das vielleicht gefährlich. Besser du erzählst es nicht jedem."

Ralf wiegelte ab: „Es könnte sich auch um eine Fehlinterpretation handeln. Meine Berechnungen sind noch nicht genügend ausgefeilt. Stell dir vor, wir wären erst am Anfang der Einführung unserer heutigen Vorhersagemethoden für das Wetter. Damals haben sich viele Leute über den ungenauen Wetterbericht beklagt. Noch heute liegen die manchmal schwer daneben, sind aber besser geworden. So ungefähr sehe ich meinen Stand der Arbeit."

„Trotzdem, man möchte es nicht glauben. Wenn publik würde, dass die oben uns nicht die Wahrheit sagen, wäre das ein schwerer Schlag für die Demokratie."

„Ich muss es ja nicht veröffentlichen.", sagte Ralf spöttisch. Er war von der Stichhaltigkeit seiner Ergebnisse nicht überzeugt. Wenn Jana sich Sorgen machte, war ihm das Recht. Sein Ziel, Jana näher zu kommen, würde das sicher unterstützen.

Tagung der Sonderarbeitsgruppe

Die Sonderarbeitsgruppe „Übertragung meteorologischer Algorithmen auf weitere Bereiche", so der etwas sperrige Name, kam zur ersten Sitzung mit dem neuen Mitglied Ralf Winkler zusammen. Man traf sich wie immer im Tagungsraum der meteorologischen Fakultät. Dieses Mal saß der Versammlung Isolde vor. Professor Riemann-Eberlin hatte sich ganz gegen seine Art bescheiden an den Rand gesetzt. Weit hinten am Tischende war ein neuer Stuhl für Ralf aufgestellt worden. Die Gegenwart des Professors und so vieler Dozenten und Doktoren machte ihn befangen. Klar, er würde zu seinem Forschungsstand etwas sagen müssen, wollte aber auf keinen Fall das heiße Thema der von ihm in Umlauf gebrachten Viren ansprechen.

Isolde eröffnete die Tagung und stellte Ralf Winkler als neues Mitglied vor. Sie forderte ihn auf, etwas zu seiner Person zu sagen und seinen Ansatz für die Lösung der Aufgaben zu erläutern. Alle Blicke richteten sich erwartungsvoll auf ihn.

Ralf war nicht vorbereitet, als erster reden zu müssen.

„Also, ja, ich äh, ich interessiere mich für Meteorologie."

Einige der Anwesenden lachten über den missglückten Start. Isolde kam ihm zu Hilfe: „Dein Interesse für Meteorologie haben wir bei der Immatrikulation vorausgesetzt. Was hat dich bewogen, sich mit unserem Thema zu beschäftigen?"

Nun war der Bann gebrochen. Er schilderte, wie er durch die Anregung von Professor Riemann-Eberlin auf ähnliche Gedanken wie die Arbeitsgruppe gekommen war. Der quittierte das mit beifälligem Nicken.

„Zu welchen Ergebnissen sind sie bisher gekommen?", wollte Dietmar Krüger wissen.

Ralf überlegte eine Weile, denn seine Auskunft sollte, allgemein und unkonkret sein: „Die Anwendung der Algorithmen ist prinzipiell möglich. Die größte Schwierigkeit sehe ich darin, relativ weiche Fakten so umzuwandeln, dass sie in die Rechenmodelle passen."

Der Professor schaltete sich ein: „Wir können davon ausgehen, dass das keine neuen Erkenntnisse sind. Was haben sie uns Neues zu erzählen?"

Ralf versuchte, sich aus der Affäre zu ziehen: „Bisher hatte ich keine Verbindung zur Arbeitsgruppe. Ich wusste nicht, dass sie sich auf statistische Themen konzentriert haben. Ich habe mich um gesellschaftliche Aussagen gekümmert. Das sind sehr weiche Fakten. Deren Interpretation ist schwierig. Leider bin ich damit nicht weitergekommen."

Das war gelogen, aber davon sollte die Arbeitsgruppe erst einmal nichts erfahren, sonst hätte er seine illegalen Aktivitäten aufdecken müssen.

Der Professor war nicht erbaut vom Alleingang seines Studenten. Er dozierte: „Wir sollten nicht den zweiten Schritt vor dem ersten machen. Ich appelliere, dass wir uns zunächst auf leichter lösbare Probleme, wie Statistik konzentrieren. Das gilt auch für Herrn Winkler. Wenn wir statistisch die Zukunft zuverlässig vorhersehen können, stehen uns weitere Schritte offen."

Diese Ansage zeigte Ralf, dass er mit seiner Zurückhaltung recht hatte. Aber er war Keinesfalls gewillt, sich den Vorgaben der Arbeitsgruppe anzuschließen. Er zog es vor, zu schweigen.

Isolde beendete die Versammlung: „Ich schlage vor, wir kommen in den nächsten Tagen zu Einzelgesprächen zusammen. Wir vertagen uns auf nächste Woche. Ralf, komm bitte im Anschluss in mein Arbeitszimmer!"

Dienstzimmer von Isolde Wegner

Isolde sah es als ihre Aufgabe an, ihr neues Arbeitsgruppenmitglied auf den rechten Weg zu führen. Ralf hatte durch seinen Angriff auf den Hochschulrechner bewiesen, dass er nicht vor illegalen Schritten zurückschreckte. Dem musste von Anfang an ein Riegel vorgeschoben werden.

„Setz dich und hör mir zu!", begrüßte sie den Eintretenden. Sie wartete, bis Ralf sich gesetzt hatte. Eine Pause entstand. Mit gerunzelter Stirn schaute sie ihn böse an.

„Willst du uns verarschen?", begann sie.

Ralf war erschrocken über den unvermittelten Angriff: "Aber Isolde, ich..."

Isolde unterbrach ihn mit einer herrischen Handbewegung: „Du interessierst dich für Meteorologie? Soso, wer hätte das gedacht?" Der beißende Spott war nicht zu überhören.

„Du gehst dem Dekan um den Bart. Seine Anregung hätte dich auf die Spur gebracht. Danach erklärst du, dass du dich mit ganz anderen Themen beschäftigst als alle anderen. Wir haben dich in unsere Arbeitsgruppe aufgenommen, damit du uns hilfst. Wir haben dich nicht aufgenommen, damit du weiter dein eigenes Ding durchziehst. Der Zugang zu unserem Rechner stand unter dem Vorbehalt, dass du dich einfügst. Wir können das auch wieder rückgängig machen!"

„Isolde, ich hatte keinen Zugang zu eurer Arbeitsgruppe. Ich konnte nicht wissen, was ihr macht. Mir schien die Wahl des Themenschwerpunkts erfolgversprechend."

Isolde war immer noch wütend: „Du bist aber damit nicht weitergekommen. Das wäre ein Grund für Zusammenarbeit. Ich erwarte, dass du dich mit Dietmar Krüger in Verbindung setzt. Er wird dir Teilaufgaben übertragen, die uns allen helfen. Habe ich mich klar ausgedrückt?"

Wenn die wüsste, dachte sich Ralf im Stillen. Nach dieser Ansage blieb ihm nichts übrig, als auf die Forderungen einzugehen. Dietmar würde ihm weitere Aufgaben ins Auge drücken. Seine Situation wäre nicht gebessert. Die Unterstützung des Dozenten würde nur durch andere Beschäftigungen ausgetauscht, von Entlastung keine Spur.

Er zuckte resigniert mit den Schultern: „Wenn du meinst, dass ich das tun muss, dann ist es so."

„Allerdings, so ist das! Und jetzt geh mir aus den Augen und mach einen Termin mit Dietmar aus. Ich muss arbeiten."

Damit war Ralf entlassen. Er erhob sich und verließ grußlos das Zimmer. Zum Zeichen des Protests schloss er geräuschvoll die Tür. Dietmar Krüger suchte er nicht auf. Er wollte erst darüber nachdenken, wie es weiter gehen könnte.

Ralfs und Michaels Studentenbude

Als Ralf die Wohnung betrat, fand er Michael tief über seinen PC gebeugt. Sein Kumpel sah nicht auf, denn er war mit einer schwierigen Belegarbeit beschäftigt. Die Fertigstellung zeichnete sich nicht ab.

Ralf, immer noch verärgert über die rüde Behandlung durch Isolde, sah die Nöte seines Freundes nicht: „Du glaubst nicht, was mir passiert ist.", begann er.

Michael erwiderte genervt: „Kannst du bitte akzeptieren, dass du nicht immer im Mittelpunkt stehst? Ich habe im Moment meine eigenen Probleme und würde am liebsten alles hinschmeißen!"

Damit hatte Ralf nicht gerechnet: „Was meinst du mit hinschmeißen?"

„Ich bin eben nicht so ein Überflieger wie du. Ich verstehe diese komplizierten Berechnungen einfach nicht. Es interessiert mich auch nicht wirklich. Unter Meteorologie hatte ich mir etwas anderes vorgestellt."

Ralf schluckte: „Du willst dein Studium abbrechen? Das fällt dir nach drei Jahren ein? Was willst du denn ohne Abschluss machen? Und was sagen deine Eltern dazu, die dir alles finanziert haben?"

„Ich denke schon längere Zeit darüber nach, die Sektion zu wechseln. Politik hat mich schon immer interessiert. Letztens habe ich eine Veranstaltung besucht, bei der der Außenminister zu Gast war. Der hat aus dem Nähkästchen geplaudert. Es war sehr aufschlussreich. An solchen Dingen möchte ich mitwirken. Jeder Mensch hat das Recht, einmal getroffene Entscheidungen zu korrigieren. Das werden auch meine Eltern verstehen."

Damit hatte Ralf nicht gerechnet. Michael musste ihn auch früher öfter um Hilfe bitten. Dass es aber so schlecht um die Motivation seines Freundes stand, hätte er nicht gedacht. Um die Wogen zu glätten, bot er ihm Hilfe bei der

Belegarbeit an. Beide setzten sich nebeneinander und begannen die Probleme zu lösen.

Nachdem die Arbeit zu einem brauchbaren Abschluss gekommen war, bat Ralf darum, Michaels Computer benutzen zu dürfen. Er wollte das externe Terminal an einem anderen Rechner ausprobieren. Es musste sichergestellt sein, dass es auf jedem beliebigen PC funktionierte. Das Gespräch mit Isolde hatte ihm erneut die Notwendigkeit gezeigt, über dieses Werkzeug im Notfall verfügen zu können.

Um die Funktion zu testen, mussten die in Umlauf gebrachten Viren aktiviert werden. Es hatte sich herausgestellt, dass Voraussagen umso sicherer waren, je konkreter die Fragestellung formuliert wurde. Ralf war dazu übergegangen, sich auf Schwerpunkte zu konzentrieren. Ein Schwerpunkt waren Maßnahmen der Regierungen. Erfahrungsgemäß gab es immer ein gewisses Protestpotenzial in der Bevölkerung. Gefährlich könnte es dann werden, wenn seine Berechnungen für die Zukunft eine stärkere Verbreitung von Protesten vorhersagten. Sein Ziel war es, zu erkennen, ab wann Protestwellen eine sich selbst verstärkende Wirkung hatten. Dann bestand die Gefahr, dass Regierungen intensiv reagierten. Das könnte in demokratischen Staaten zur verstärkten Beschneidung bürgerlicher Freiheiten führen. In Diktaturen wären auch größere Repressalien und Militärputsche möglich.

Solche Entwicklungen als Ziel vorhersehbar zu machen, hatte sich erst im Lauf der Arbeit herausgebildet. Ralf war immer klarer geworden, welch großes Interesse an diesen Vorhersagen Regierungen oder Geheimdienste haben könnten. Daher kam seine Angst aufzufliegen. Aber sein

Ehrgeiz sorgte dafür, dass er seine Bedenken immer wieder beiseiteschob.

Er startete eine, wie er meinte, unverfängliche Anfrage zum Thema Demonstrationen von Fridays for Future. Er wollte herausbekommen, ob sich an den Demonstrationen in Zukunft mehr oder weniger Menschen beteiligten. Anfragen dauerten immer eine gewisse Zeit. Das Abfragen von Browserverläufen ließ sich nicht in wenigen Sekunden auf ein bestimmtes Thema konzentrieren. Tausende Computer mussten zur Verbindungsaufnahme mit dem Zentralcomputer gekoppelt werden. Erst danach konnten die Vorhersagealgorithmen ihre Arbeit beginnen. Durch den großen Datenfluss in den Netzwerken und seine Dauer stieg die Wahrscheinlichkeit der Entdeckung an. Ralf saß vor Michaels Computer und starrte gespannt auf den Bildschirm. Wann würde endlich das Ergebnis angezeigt werden?

Bisher schien der Test seines externen Terminals erfolgreich zu verlaufen. Das Programm stürzte zumindest nicht ab. Er hatte eine grafische Anzeige eingebaut. Um fundierte Aussagen zu bekommen, musste die Zahl der abgehörten Quellen registriert werden. Je mehr es waren, desto sicherer die Prognose. Sobald die ersten Ergebnisse einliefen, zeigte ein Zählwerk die Zahl der kontaktierten Computer an. Über eine Prozentanzeige konnte man sehen, wie hoch die Wahrscheinlichkeit war, dass die Anfrage bestätigt wurde.

Als die ersten Ergebnisse eintrafen, lehnte sich Ralf entspannt zurück. Er beobachtete, wie sich die Grafik füllte. Michael hatte sich zurückgezogen, um ein Buch zu lesen. Stolz machte Ralf ihn aufmerksam, dass seine Anfrage ein Ergebnis brachte. Michael unterbrach seine Lektüre, stellte sich hinter Ralf und beobachtete mit ihm die Anzeigen auf dem Bildschirm.

Dann war die Abfrage beendet und brachte ein unerwartetes Ergebnis. Es wurden weniger Teilnehmer an Demonstrationen vorhergesagt. Das war besonders für Michael enttäuschend. Er hatte sich als politisch Interessierter immer besonders für Fridays for Future begeistert. Falls die Vorhersage zuträfe, würde das die derzeitige Regierung freuen.

Michael war skeptisch: „Meinst du, dass deine Vorhersage stimmt? Vielleicht hast du irgendwelche Rahmenbedingungen nicht richtig gesetzt."

Ralf war sich sicher. Ein Fehler könnte nur bei der Interpretation der Browserverläufe entstanden sein. Er prüfte zum wiederholten Mal die Rahmenbedingungen und konnte keinen Fehler entdecken.

„Kannst du keine zweite Abfrage starten? Wenn die auch dieses Ergebnis bringt, hast du die Parameter richtig gesetzt.

Das wollte Ralf nicht gerne machen: „Du weißt, dass die Möglichkeit der Entdeckung steigt, je länger ich das Computernetz online halte. Ich möchte nicht riskieren, beim gegenwärtigen Stand bereits aufzufliegen."

Doch Michael drängelte so lange, bis sich Ralf breitschlagen ließ. Für ihn wäre dieses Werkzeug eine große Hilfe bei seinem neuen Politikstudium. Schließlich einigten sie sich auf eine Abfrage zu Entwicklung der Arbeitslosenzahlen im nächsten Monat. Ihr Ergebnis würde sich gut mit den offiziell gemeldeten Zahlen vergleichen lassen.

Gebannt schauten sie auf den Bildschirm und warteten auf das Ergebnis.

Lageraum des Kanzleramts

Wie oft in letzter Zeit, hatte Dr. Frank Schirrmacher seinen Chef Gotzkowski erneut um einen dringenden Termin gebeten. Der war nicht begeistert, denn es entging ihm ein ausgiebiges Arbeitsessen mit einem der zahlreichen Lobbyisten.

Die Projektionswand gegenüber dem Schreibtisch war eingeschaltet. Dieses Mal zeigte sie die Karte von Deutschland. Die Dichte der darauf sichtbaren Computer war beeindruckend. Besonders in Großstädten wie Berlin, München und Hamburg waren große Mengen zu sehen.

„Herr Minister, ich hätte sie nicht um diesen Termin gebeten, wenn die Lage nicht eskalierte. Die Hacker haben es geschafft, ein dichtes Computernetz zu stricken. Praktisch sind alle größeren Ballungsgebiete betroffen. Der Zweck ist uns ein Rätsel. Wir sehen nur hohen Datenverkehr."

Unwirsch unterbrach ihn der Minister: „Warum klinken sie sich nicht in diese Verbindungen ein? Wir bezahlen hochdotierte Fachleute. Was da passiert, muss herauszubekommen sein! Seit Wochen liegen sie mir mit ihren Tatarenmeldungen in den Ohren. Diese Erscheinung wird immer größer. Aber eine Lösung bieten sie nicht an!"

„Wir haben versucht, den Datenverkehr mitzulesen. Mehr als Einsen und Nullen konnten wir nicht aufzeichnen. Durch die starke Verschlüsselung blieb uns der Sinn bisher verborgen."

„Das darf doch nicht wahr sein. Was ist daran so schwer?"

Dr. Schirrmacher entschloss sich, sein Fachwissen gegenüber dem ungehobelten Minister zu Geltung zu bringen. In leicht überheblichem Tonfall sagte er: „Auch heute noch gibt es Verschlüsselungsmethoden, die nur mit allerhöchstem Rechenaufwand zu knacken sind. Denken sie an die millionenfach verwendeten Kreditkarten. Die vierstellige PIN ist mit Hilfe von Primzahlenpaaren verschlüsselt. Nur wenn man die Primzahlen kennt, kann man die PIN im Klartext lesen."

Die Geduld des Ministers war fast erschöpft: „Warum können sie diese sagenhaften Primzahlen nicht herausbekommen?"

„Weil die Primzahlen selbst nicht gespeichert sind, sondern nur ihr Produkt. Ihre Multiplikation ist leicht. Aber versuchen sie mal aus einem Produkt die zwei Faktoren herauszubekommen, wenn beide nicht bekannt sind. Da sind sie selbst mit den mächtigsten Großrechnern bis ans Ende aller Tage beschäftigt"

„Anscheinend fällt ihnen nur ein, wie es nicht geht. Besser wäre, sie würden herausbekommen, wie wir das Problem lösen!"

Vor allem „wir", dachte sich Dr. Schirrmacher im Stillen. Du wirst garantiert nichts zur Lösung beitragen. Laut sagte er: „Neuerdings gibt es Quantencomputer. Die sind viel schneller als herkömmliche Rechner. Allerdings sind sie nicht weit verbreitet und haben noch hohen Entwicklungsbedarf. Die Amis haben den bisher größten. Dort haben wir nachgefragt. Aber selbst damit ist es unmöglich."

Der Minister hatte ganz gegen seine Art einen konstruktiven Vorschlag: „Es gibt doch jede Menge Zuträger, die heimlich für die Dienste arbeiten. Können sie nicht herausbekommen, ob irgendwer Auffälliges oder Unge-reimtheiten gemeldet hat?"

„Ständig wird irgendwas gemeldet. Wenn wir dem im-mer nachgingen, wäre der Aufwand nicht zu bewältigen." Der Staatssekretär war von diesem Vorschlag nicht erbaut. Allen vermuteten Unregelmäßigkeiten nachzugehen, er-schien ihm wie die Suche nach der Nadel im Heuhaufen.

Seinen Vorschlag ließ sich der Minister nicht so schnell ausreden. Wozu hatte er die Richtlinienkompetenz? „Was wollen sie mir sagen? Eine eigene Idee, haben sie nicht. Aber vor zu viel Arbeit wollen sie die Kollegen schützen. Ich erwarte, Lösungen. Vielleicht ist das Problem aber gar nicht so groß, wie sie mir weismachen wollen."

„Ich fürchte, es ist groß. Wenn es jemand schafft, eine so hohe Zahl von Computern in einem länderübergreifenden Netzwerk unbemerkt zusammenzuschalten, dann steckt dahinter eine große Organisation, möglicherweise die Rus-sen oder die Chinesen."

„Dann sehe ich erst recht keinen Grund, warum wir den Arbeitsaufwand scheuen sollten. Aber ich sehe noch einen anderen Angriffspunkt. Offenbar sind uns die IP-Adressen der verbundenen Computer bekannt. Versuchen sie doch mal in einige davon einzudringen. Vielleicht finden sie et-was, das uns weiterbringt."

Der Staatssekretär antwortete genervt: „Das haben wir schon versucht. Die Hacker sind so schlau, dass sie das Netzwerk immer nur ganz kurz aufrechterhalten. Ist es ab-geschaltet, lässt sich der Datenstrom nicht mehr verfolgen. Damit finden wir die Quelle nicht."

Der Minister wedelte die Argumente mit einer Handbewegung vom Tisch: „Dann setzen sie ein paar Spezialisten ein, die drei, vier Computer rund um die Uhr überwachen. Irgendwann werden die schon was finden. Und jetzt verschwinden sie. Sie sind nicht der Einzige mit sogenannten unlösbaren Problemen!"

Ralfs und Michaels Studentenbude

Langsam trudelten die Zahlen ein. In dem Maß, wie sich die Zahl der abgefragten Computer erhöhte, wurde auch das Ergebnis der Abfrage immer deutlicher. Nach einer halben Stunde stand die Zahl fest. Bevor die Studenten an die Auswertung gehen konnten, schaltete Ralf das Netzwerk ab. Er wollte die online Zeiten so kurz wie möglich halten, um der Entdeckung zu entgehen.

Michael nutzte die Zeit, um die offiziell gemeldeten Arbeitslosenzahlen zu ermitteln. 5,1 Prozent wurden für den letzten Monat gemeldet. Ralfs Abfrage ergab eine wesentlich höhere Zahl. Bei 12,7 Prozent aller abgefragten Computer ergab der Browserverlauf eine Neuanmeldung bei den Arbeitsagenturen. Das Programm sagte auch für den nächsten Monat eine weitere Steigerung voraus.

Michael war schockiert: „Das wäre ja über das doppelte des offiziell Gemeldeten! Bist du sicher, dass dein Algorithmus korrekte Ergebnisse liefert? Ich kann mir nicht vorstellen, dass deine Zahl richtig ist. Wenn dein Wert stimmt, würde es bedeuten, dass die Arbeitslosigkeit von einem Monat zum nächsten um über das doppelte angestiegen wäre."

Ralf war ebenfalls unsicher: „Wirklich erklären kann ich das Ergebnis auch nicht. Meine Zahl ist eine Hochrechnung, also Schätzung. Die Arbeitsagentur bekommt von ihren lokalen Zweigstellen reale Zahlen gemeldet, die sie dann leicht aufsummieren kann. Es ist eine andere Datengrundlage."

„Angenommen, dein Ergebnis wäre wahr, dann müsste es im nächsten Monat einen unglaublichen Konjunktureinbruch geben. Wie wäre der zu erklären? Und wäre er wahrscheinlich?"

„Es könnte aber auch sein, dass die Arbeitsagentur über Monate zu niedrige Zahlen angegeben hat. Nun müssten sie das zugeben, was sie sicher nicht wollen. Sie kommen aus dem Dilemma nicht mehr heraus.", Ralf versuchte, sein Rechercheergebnis zu verteidigen.

„Mein Lieber, stünde ein solcher Konjunktureinbruch bevor, merkte man das noch an anderen Dingen. Ich glaube nicht, dass man das alles verheimlichen könnte. Vielleicht solltest du dir die Auswertung deiner Abfragen nochmal ansehen. Dann findest du bestimmt eine Erklärung für dieses merkwürdige Ergebnis."

Ralf nahm sich vor, alles noch einmal zu prüfen. Dabei fiel ihm ein, dass ihm Michael durch sein neues Politikstudium sogar behilflich sein könnte.

„Wenn du Politik studierst, kommst du doch sicherlich an interne Informationen heran. Hast du dich deshalb schon mal erkundigt?"

„Es könnte sein, dass ich auch Informationen erhalte, die nicht für die Öffentlichkeit bestimmt sind. Wenn ich es mir recht überlege, gibt es sogar Überschneidungen mit deinem

Projekt. Wenn wir Glück haben, geben wir ein Paar ab, dessen Arbeitsgebiete sich gegenseitig ergänzen. Machen wir Schluss für heute. Ich wollte noch in den Club gehen. Kommst du mit? Sicher warten Jana und Carola schon auf uns."

Konspirative Wohnung des Verfassungsschutzes

Isolde war für ein dringendes Gespräch herbeizitiert worden. Dieser Aufforderung kam sie nur ungerne nach. In der letzten Zeit hatte es brisante Enthüllungen über die Arbeit des Verfassungsschutzes gegeben. Die Agentin spielen war sie leid. Ihre Erwartungen, durch die Zusammenarbeit mit dem Verfassungsschutz Änderungen auf direkterem Weg bewirken zu können, hatten sich nicht erfüllt. Connor hielt sich stets bedeckt, wenn sie Fragen hatte. Sie kannte nicht einmal seinen richtigen Namen. Müller, wie an der Wohnungstür ausgewiesen, konnte es bestimmt nicht sein. Besonders missfiel ihr, dass der Informationsfluss so einseitig war. Sie lieferte und er nahm es meist unkommentiert zur Kenntnis. Nur irgendwelche Arbeitsanweisungen, worauf sie besonders achten sollte, wurden immer gern ausgesprochen.

Der Herr Geheimdienst kam sogleich zur Sache: „Isolde, du hattest mir doch letztens von einem Studenten berichtet, der in euren Zentralrechner eingedrungen war. Kannst du mir etwas Näheres dazu sagen?"

Isolde zuckte mit den Schultern: „Ursprünglich wollte ihn der Dekan exmatrikulieren. Doch dann hat er es sich zusammen mit dem Verantwortlichen für die Studiengruppe anders überlegt. Um ihn unter Kontrolle zu bekommen, wurde er in meine Arbeitsgruppe genötigt. Jetzt habe ich das zweifelhafte Vergnügen, seinen ausufernden Forscherdrang in verträgliche Bahnen zu lenken."

„Wie weit deckt sich denn die Arbeit deines neuen Mitarbeiters mit der deiner Arbeitsgruppe?"

Isolde überlegte eine Weile: „Das kann ich nicht genau sagen. Er hat wahrscheinlich bereits einige Zeit vor der Entdeckung seines Eindringens in unseren Computer das Thema bearbeitet. In unserer letzten Arbeitsbesprechung deutete er an, einen anderen Ansatz als wir zu verfolgen. Das hat ihm der Dekan mit Nachdruck verboten. Ob er sich daran hält, weiß ich nicht."

„Er muss doch mit irgendwelchen Daten arbeiten. Wie könnte er sich die beschafft haben?"

„Das weiß ich nicht genau. Ich bin bisher davon ausgegangen, dass er offizielle Quellen benutzt. Er sprach allerdings von weichen Fakten. Wir benutzen Zahlen aus Veröffentlichungen regierungsamtlicher Stellen. Dadurch ist es einfacher, die Daten mit den meteorologischen Algorithmen zu verarbeiten. Zum Beispiel lassen sich Temperatur oder Luftdruck leicht durch wirtschaftliche Kennziffern ersetzen. Das bezeichnen wir als harte Fakten. Weiche Fakten sind Meinungen und große Diskussionsblogs im Web. Wie man sich da eine Übersicht verschaffen könnte, haben wir noch nicht untersucht. Außerdem müsste man eine Meinung erst mal in eine Zahl übersetzen, um sie weiter zu verwenden. Sollte ihm das gelungen sein, wäre er uns um Lichtjahre voraus. Das kann ich mir bei einem Studenten nicht vorstellen."

„Wäre es denn denkbar?"

Isolde reagierte genervt: „Denkbar ist alles. Aber Einstein ist der Gute auch nicht. Nach seinem genauen Vorgehen habe ich ihn noch nicht gefragt. Nach dem Rüffel des Dekans hat er sich bei uns eingegliedert. Bisher hat er über seine Methoden nichts gesagt."

„Dann fühle ihm doch mal genauer auf den Zahn. Mir scheint, dieser Ralf Winkler ist für uns eine interessante Figur."

Nun war Isoldes Neugier geweckt: „Wo ist das Problem? Unser Student wird doch hoffentlich nicht das ganze Staatsgefüge ins Wanken bringen?"

„Wir vermuten, dass jemand großflächige Computerhacks veranstaltet. Ich muss dir nicht erklären, dass das illegal ist. Wenn wir ihm solche Aktivitäten nachweisen könnten, würde er vor Gericht landen. Im Moment versuchen wir einzugrenzen, wer der Verursacher ist. Sag mir möglichst schnell Bescheid, wenn du was herausbekommen hast."

Damit war Isolde entlassen. Tatsächlich war sie durch das Gespräch auf Defizite aufmerksam geworden. Sie nahm sich vor, Ralfs Arbeitsweise näher zu hinterfragen.

Studentenclub nahe der Hochschule

Wie immer war es laut, stickig und voll. Ralf war immer wieder erstaunt, dass Studenten so viel Zeit im Club verbringen konnten. Sollten die nicht besser alle studieren? Er wäre lieber an seinem Computer sitzen geblieben, denn er hatte noch jede Menge Ideen, wie er sein Projekt vorantreiben könnte. Michael dagegen war anders gestrickt. Er genoss das Treiben. Hier und da begrüßte er alte Bekannte, während sie sich einen Weg durch die Menge zur Bar bahnten.

Dort standen auch Jana und Carola. Sie unterhielten sich angeregt, während sie genüsslich an einer Cola nuckelten. Die Mädchen zeigten sich erfreut, als sie die Jungs entdeckten, und begrüßten sie mit Küsschen auf die Wange.

„Ihr kommt wieder mal reichlich spät!", wandte sich Jana an Ralf. „Bist du wirklich so fleißig oder hast du wieder an deinem Projekt gebastelt?"

Ralf erzählte Jana von den Fortschritten. Dabei erwähnte er seinen Eindruck, die Regierung veröffentliche falsche Zahlen. Jana staunte, als sie hörte, die Arbeitslosigkeit würde sich im nächsten Monat verdoppeln.

„Und das kannst du alles vorhersagen? Ist das denn sicher?"

Michael schaltete sich ein: „So sicher wie der Wetterbericht für den nächsten Monat.", erklärte er spöttisch.

„Ach so, dann ist es nur eine vage Vermutung. Es könnte alles ganz anders kommen. Das kenne ich. Manchmal wissen die nicht, wie das Wetter am Nachmittag wird und wollen es für vier Wochen im Voraus vorhersagen. Hast du es mal mit künstlicher Intelligenz versucht?" Jana lachte.

Ralf zog ein säuerliches Gesicht: „Brauche ich nicht. Ich bin selbst intelligent genug. Du weißt genau, wie viele Einflussgrößen es gibt. Das gilt für Wetter, aber auch für mein Spezialgebiet. Da braucht es Rechenpower satt, um sichere Vorhersagen zu bekommen. Für mich gibt es wenig Zweifel, dass die Tendenz richtig ist. Aber man kann immer wieder etwas verbessern. Das will ich nicht abstreiten."

Jana war praktisch veranlagt. Sie versuchte immer einen unkomplizierten Weg zu finden: „Hast du schon mal mit Leuten gesprochen, die an einem ähnlichen Thema arbeiten?"

„So hat es noch niemand versucht. Es gibt in der Hochschule eine Arbeitsgruppe. Die sind hinter dem Mond. Sie haben es sich einfach gemacht und verwenden Daten, die leicht in die Algorithmen einzusetzen sind. Sie kommen trotzdem nicht weiter. Meine Mitarbeit in diesem Zirkel war die Voraussetzung, wieder Zugang zum Großrechner zu bekommen. Die Chefin der Gruppe wollte mich zwingen, ihren Lösungsansatz mit zu erforschen. Zum Schein habe ich zugestimmt. Aber ich denke nicht im Traum daran, mich bevormunden zu lassen. Einfach Zahlen in Formeln einsetzen kann jeder Idiot. Was ich mache, ist anspruchsvoller."

Jana war skeptisch: „Offenbar sind deine Ergebnisse nicht sicher. Die Arbeitslosigkeit soll sich im nächsten Monat verdoppeln? Davon müsste jetzt schon etwas zu merken sein. Ich erkenne keine Anzeichen."

Ralfs Selbstbewusstsein ließ sich nicht erschüttern: „Da geht es dir wie vielen, die sich ihre Informationen nur einseitig holen. Die Medien haben eine größere Tendenz zur Regierungsnähe, als uns lieb sein sollte. Es wird immer nur ein Ausschnitt gezeigt. Dabei gäbe es noch viele Sichtweisen, die regelmäßig zu kurz kommen. Oder man findet Informationen, die nicht ins Bild passen nur versteckt.

Ich gebe zu, dass meine Lösungen noch verbesserungswürdig sind. Es ist nicht so einfach, weiche Informationen in berechenbare Zahlen zu übersetzen. Trotzdem bin ich weiter als die Hirnis in der Arbeitsgruppe. Aber das werde ich ihnen nicht verraten, sonst klauen sie mir womöglich noch meine Ergebnisse."

Jana merkte, dass sie bei Ralf nicht weiterkam. Sie wollte einen erfreulichen Abend mit ihm verbringen. Seine Probleme musste er selbst lösen: „Lass uns noch was trinken und ein bisschen tanzen."

Carola und Michael hatten es ihnen schon vorgemacht. Sie waren auf der Tanzfläche angekommen. Gekonnt schwenkte Michael seine Flamme beim Rock and Roll herum, was ihr sichtlich Spaß machte. Es folgte ein langsamer Song, als Jana und Ralf dazu kamen. Schnell kamen sie sich wieder näher. Ralf versank in Janas dunkelbraunen Augen. Ein intensiver Kuss war die Folge. Mit Schmusen verbrachten sie den Abend. Viel zu schnell war es halb eins.

Carola und Michael wollten nach Hause. Jana und Ralf schlossen sich an. Unterwegs flüsterte Carola intensiv mit Jana. Deren Blick ging von Michael zu Ralf hin und her.

„Was gibt es denn zu flüstern?", fragte Ralf genervt.

„Nichts, nichts. Wir müssen uns auch mal austauschen und können nicht immer über euren Meteorologie Kram reden.", meinte Jana.

Als die vier an der Unterkunft der Mädchen ankamen, geschah etwas Seltsames. Carola und Michael gingen, wie selbstverständlich hinein, während Jana vor der Tür stehen blieb. Als die zwei verschwunden waren, blickte Jana Ralf erwartungsvoll an.

„Was ist, willst du hier Wurzeln schlagen oder weißt du plötzlich nicht mehr, wo du wohnst?"

„Gehst du nicht mit rein?", fragte er unsicher.

Mann, ist der schwer von Begriff, dachte Jana. Laut sagte sie: „Komm endlich. Du hast bestimmt noch was zu trinken im Kühlschrank."

Sie fasste ihn an der Hand und zog ihn hinter sich her. Bei Ralf kreisten die Gedanken. Was sollte Janas Verhalten bedeuten? Wollte sie nur etwas trinken oder sogar bei ihm übernachten? Vor Schreck wagte er nicht, sie zu fragen. In jeder Äußerung sah er die Gefahr, dass Jana ihre Meinung ändern könnte. Deshalb schwieg er vor sich hin. Schweigend erreichten sie Ralfs und Michaels Unterkunft.

Ralfs und Michaels Studentenbude

„Was ist? Gibt es noch was zu trinken. Hier ist ziemlich trockene Luft!", stellte Jana herausfordernd fest.

Beflissen ging Ralf zum Kühlschrank. Einsam stand eine halbvolle Flasche Rotwein in der Tür. Hoffentlich kann man den noch trinken, dachte Ralf.

Laut sagte er: „Ich kann ihnen einen vorzüglichen Rotwein servieren gnä' Frau, leider nur mit Wassergläsern."

Sie prosteten sich zu und tranken einen Schluck: „Oh, Herr Ober, ein vorzüglicher Tropfen, hervorragender Korkgeschmack, leichtes Essigaroma im Abgang.", Jana machte ein säuerliches Gesicht.

Sie mussten lachen. Tatsächlich war der Wein ungenießbar und guter Rat teuer. Ralf konnte sich ohrfeigen, dass er nicht auf Gäste eingestellt war. Er musste versuchen, Jana auf andere Weise bei Laune zu halten, aber wie nur?

„Bist du so eindimensional veranlagt, dass du ohne Alkohol nur deine Arbeit kennst?", fragte Jana spöttisch, als er ihr das Glas aus der Hand nahm. „Denk mal scharf nach, was es noch für Möglichkeiten gibt!"

Wollte Jana fortsetzen, womit sie vorhin begonnen hatten? Auf einen Versuch käme es an. Mangels anderer Sitzgelegenheit saß sie bereits auf der Bettkante. Er setzte sich zu ihr und näherte sich ihrem Mund. Das war das Zeichen für Jana, dass er endlich begriffen hatte, wie der Abend ausklingen sollte. Eine wilde Knutscherei begann. Ralf streichelte ihre Brust, was sie sich mit geschlossenen Augen gefallen ließ. Er ging aufs Ganze und drückte sie auf das Bett. Auch das nahm sie widerstandslos hin. Bei Ralf begann die Hose langsam anzuschwellen. Das blieb nicht unbemerkt. Jana streichelte ihn an dieser empfindlichen Stelle, was die Schwellung anwachsen ließ. Hektisch wurden die Klamotten aufgerissen. Dann lag Ralf halb auf ihr. Jana stöhnte wonnig, als der entscheidende Moment kam.

Danach lagen beide erschöpft und verschwitzt eng aneinandergeschmiegt und genossen ihre Nähe.

„Siehst du, es geht auch ohne Alkohol.", sagte Jana mit ihrem bekannten spöttischen Unterton.

Ralf breitete die Bettdecke über ihnen aus. Ihm wollten eben die Augen zufallen, als die Wohnungstür klapperte und Michael erschien. Der hatte ihm gerade noch gefehlt. Sollte er nicht bei Carola übernachten, wie es Jana offenbar vorhatte?

„Was willst du denn hier? Hat sie dich rausgeschmissen?" fragte er unfreundlich.

„Ich schlafe lieber in meinem eigenen Bett. Aber lasst euch nicht stören. Ich lege mich gleich hin und verspreche auch, nicht zu schnarchen." Er grinste anzüglich.

Jana hielt es unter diesen Umständen nicht mehr an der Seite von Ralf. Sie wollte nach Hause. Aber wie sollte sie so splitternackt aus dem Bett kommen, ohne dass sie sich Michael in ganzer Schönheit präsentierte? Ralf hatte die rettende Idee. Er löste sich widerstrebend von ihr und flüsterte ihr ins Ohr: „Ich habe sowas nicht, aber im Bad hängt Michas Bademantel. Damit kannst du ungesehen im Bad verschwinden und dich anziehen."

Ralf, immer noch nackt, half ihr in den Bademantel, sammelte ihre Sachen ein und folgte ihr ins Bad. „Es ist ein Elend mit Micha. Der hat ein Talent, immer zur falschen Zeit zu erscheinen. Das kennst du ja bereits."

Jana nickte bestätigend, was ihr einen innigen Kuss von Ralf einbrachte. Gern hätte er noch weiter gemacht. Doch Jana schob ihn weg und begann sich anzuziehen.

„Soll ich dich nach Hause bringen?", fragte er.

Jana winkte ab: „Lass mal, du musst morgen früh raus. Ich finde schon alleine zurück. Wir können uns morgen wieder treffen, wenn du magst."

Ralf mochte, und zwar sehr, was er ihr mit einem tiefen Blick in die braunen Augen zu verstehen gab. Sie verabschiedeten sich mit einem neuen, intensiven Kuss an der Wohnungstür. Kurz nachdem Ralf wieder im Bett lag, war er auch schon eingeschlafen.

Tagung der Sonderarbeitsgruppe

Mit einem unguten Gefühl hatte Ralf sich bei der wöchentlichen Tagung eingefunden. Wenn er nicht Gefahr lief, seinen Zugang zum Zentralcomputer wieder zu verlieren, wäre er nicht hingegangen. Die kostbare Zeit war für seine eigene Arbeit verloren. Zumal er nicht erwartete wegen der unterschiedlichen Herangehensweisen Tipps für sich selbst zu bekommen.

Froh darüber, so weit hinten sitzen zu können, machte er sich besonders klein und hoffte, nicht wieder ins Kreuzverhör zu kommen.

Der Dekan hatte sich entschuldigen lassen. Wie immer saß Isolde der Versammlung vor. Sie wollte Erfolge sehen. Nur damit sie sie als ihre eigenen verkaufen und nach oben weiter melden könnte? So mutmaßte Ralf voller Verachtung.

Als erstes meldete sich Dietmar Krüger. Er berichtete, dass sie trotz des einfachen Zahlenmaterials, welches sie benutzten, keinen durchschlagenden Erfolg erzielt hätten. Immer wenn sie nach vierzehn Tagen die vorausgesagte Entwicklung mit der tatsächlichen verglichen, gab es erhebliche Abweichungen. Der lange Zeitraum zwischen Prognose und Ergebniskontrolle erwies sich als sehr hinderlich für den schnellen Fortgang der Arbeiten.

Die werden es nie reißen, dachte Ralf überheblich und verzog sein Gesicht. Sie wollten Entwicklungen vierzehn Tage vorhersehen. Dabei waren sie nicht mal in der Lage, das Wetter für diesen Zeitraum richtig zu bestimmen. Als Krüger begann, seine Arbeit mit Power Point Tafeln langatmig zu illustrieren, schaltete Ralf ab.

Ihm kam die letzte Nacht mit Jana in den Sinn. Sie war ein tolles Mädchen, intelligent und hübsch noch dazu. Mit wohligem Gefühl dachte er an ihre festen Brüste und die aufgerichteten Nippel. Unwillkürlich zogen sich seine

Finger zusammen, als er in die Luft stierte und die Streicheleinheiten vor seinem geistigen Auge nochmals fühlte.

Der entrückte Blick blieb Isolde nicht verborgen. Wo der wohl mit seinen Gedanken war? Der Auftrag des Geheimdienstmannes kam ihr in den Sinn. Ralf aus seinen vermeintlich süßen Tagträumen zu holen, würde bestimmt eine unbedachte Äußerung provozieren.

„Ralf, kannst du die Erfahrungen von Dietmar bestätigen?", fragte sie ihn unvermittelt am Ende des Vortrages.

So plötzlich in die Gegenwart zurückgeholt zu werden, schreckte ihn aus seinem Tagtraum. Dietmars Ausführungen waren nicht zu ihm durchgedrungen. Janas nackter Körper verschwand jäh vor seinem inneren Auge. Alle schauten ihn mit gespannter Erwartung an. Was sollte er bestätigen?

„Ich, äh, weiß nicht.", begann er stotternd. Er überlegte fieberhaft, welche Erfahrungen er bestätigen sollte. Seine Ahnungslosigkeit stellte ihn erneut bloß, ganz wie in der ersten Sitzung. Vereinzeltes schadenfrohes Gelächter war die Folge.

„Wir würden gern hören, wie deine Fortschritte aussehen!", bohrte Isolde weiter.

Das war etwas, das er auf keinen Fall offenlegen wollte: „Über Fortschritte kann ich nichts sagen."

„Was hast du denn die ganze Woche gemacht? Irgendein Ergebnis wirst du doch haben!", Isolde ließ nicht locker.

Dunkel erinnerte er sich an Dietmars Klage über die langen Zeiträume zwischen Prognose und Ergebnis. Diese Erfahrung hatte er auch schon gemacht. Das schien ihm der Brocken zu sein, den er den Anwesenden hinwerfen konnte.

„Das Problem mit dem langen Zeitraum zwischen Vorhersage und Ergebnis hatte ich auch schon. Wenn man immer vierzehn Tage warten muss, kann die Zeit ganz schön lang werden. Weil ich bisher allein gearbeitet habe, blieb mir nichts anderes übrig, als zu warten. Ich hätte da eine Idee. Wie wäre es, wenn wir die Arbeit staffeln?"

Die Anwesenden schauten skeptisch. Wollte dieser Newcomer ihnen Vorschriften machen?

Isolde ergriff die Initiative: „Kannst du uns das Erläutern? Was meinst du mit staffeln?"

„Ganz einfach: jeder, der an den Parametern etwas ändert muss vierzehn Tage warten, bis das Ergebnis sichtbar wird. Wenn beispielsweise jemand die nächste Änderung zwei Tage später vornimmt, muss er auf das Ergebnis der ersten Änderung nur noch zwölf Tage warten, und so weiter. Wir müssten nur dafür sorgen, dass die Experimente mit den Änderungen koordiniert werden und sich inhaltlich nicht überschneiden. Für die Koordination eignet sich unsere wöchentliche Zusammenkunft hervorragend."

Ralf lehnte sich zurück, blickte in die Runde und war mit seinem Blitzeinfall äußerst zufrieden. Er hatte damit unangenehmen Fragen nach seinen Methoden einen schönen Riegel vorgeschoben.

Es entspann sich eine Diskussion über Vor- und Nachteile von Ralfs Vorschlag. Isolde dachte an ihren Auftrag vom Verfassungsschutz. Sie durchschaute Ralfs Manöver nach einiger Überlegung. So leicht wollte sie ihn nicht davonkommen lassen.

„Das ist ja alles sehr beeindruckend. Trotzdem würden mich deine Ergebnisse interessieren. Dazu hast du bisher nichts gesagt.

Es entstand erwartungsvolle Stille. Alle blickten Ralf an. Zu früh gefreut, dachte er sich. Wie sollte er seine Ergebnisse erläutern, ohne die geheimen Datenquellen zu verraten. Er ließ sich mit der Antwort Zeit.

„Ich habe noch nicht die nötige Vorhersagequalität erreicht.", begann er unsicher.

Isolde durchschaute seine vage Aussage: „Das haben wir uns gedacht. Du hast uns in der letzten Versammlung erklärt, dass du versuchst, weiche Fakten zu interpretieren. Wie müssen wir uns das vorstellen?"

„Ich nenne ein Beispiel. Wenn jemand sagt, er wäre mit der Regierungspolitik nicht einverstanden, dann ist das für mich ein weicher Fakt. Das ist nicht mit Zahlen zu beschreiben. Wenn man meteorologische Algorithmen einsetzen will, braucht man aber Zahlen. Ich habe versucht, solche Aussagen in Zahlen zu übersetzen. Wenn man genügend Leute befragt, könnte man daraus dann einen Trend ableiten."

Das war hart an der Grenze, befürchtete Ralf. Sollte jemand hinterfragen, woher er die vielen Zahlen hätte, käme er in arge Bedrängnis.

Doch die Mehrzahl konnte mit seiner Erklärung der weichen Fakten nichts anfangen. Getreu der Weisung des Dekans vom letzten Mal lehnten sie diesen Ansatz ab. Man wollte es weiter mit Zahlen versuchen. Die von Ralf vorgeschlagene Koordinierung fand allgemeine Zustimmung.

Isolde gab Anweisung, sich untereinander enger zu vernetzen, um das Vorgehen besser zu koordinieren.

Sie entließ die Kollegen und hatte dabei das unbestimmte Gefühl, ihr wäre wieder ein wichtiger Aspekt von Ralfs Erläuterungen entgangen.

Ralf war mit sich zufrieden. Erneut hatte er alle Klippen umschifft. Beschwingt entfernte er sich, ehe ihn noch jemand mit bohrenden Fragen belästigen konnte.

Bei seinen Versuchen hatte er sehr bedenkliche Resultate bekommen. Es schälte sich immer mehr heraus, dass in Deutschland nicht alles so glatt lief, wie Regierung und Presse behaupteten. Wenn er seine Variationen berechnete, stellte er ein ums andere Mal fest, dass es bei den realen Verhältnissen wachsende Differenzen zur offiziell dargestellten Lage zu geben schien. Er konnte sich das nicht erklären und es machte ihm zunehmend Sorgen. Was könnte der Grund sein? Waren die Differenzen nur auf seine eigenen Berechnungen zurückzuführen? Er hatte kein umfangreiches Archiv zur Verfügung, eine Grundvoraussetzung für genaue Vorhersagen. Doch so oft er Variationen berechnete, waren die Ergebnisse immer ähnlich. Sie zeigten ihm eine wachsende Entfremdung großer Bevölkerungsgruppen zur offiziell verkündeten Politik. Das konnte nicht alles auf seine fehlerbehafteten Methoden zurückzuführen sein. Würden seine Ergebnisse zutreffen, schlitterte das Land in eine große Katastrophe.

Mit Michael konnte er darüber nicht sprechen. Dessen Gedanken kreisten um Mädchen. Als er es ihm gegenüber einmal erwähnte, tat Michael seine Bedenken mit einer

Handbewegung ab. Er führte das auf Ralfs unausgereifte Berechnungsmethoden zurück.

Studenten Café in der Nähe der TU Berlin

In einer abgelegenen Ecke hatten Jana und Ralf einen Platz gefunden, wo sie sich unbeobachtet fühlten. Jana dominierte die Unterhaltung mit eigenen Problemen. Ralf saß ihr gegenüber und reagierte nur einsilbig. Er war nicht bei der Sache. Nur ja oder nein Antworten zu bekommen war für Jana auf Dauer unbefriedigend. Schließlich reichte es ihr. Mitten im Redefluss fragte sie Ralf leicht angesäuert: „Du interessierst dich wohl nicht sonderlich für mich?"

„Was? Ja, äh nein, natürlich, ich meine klar interessierst du mich. Entschuldige bitte. Ich habe im Moment ziemliche Probleme mit meinem Vorhersage Projekt. Ständig muss ich daran denken, dass es nicht die erwarteten Ergebnisse liefert." Ralf schien für Jana ganz schön durch den Wind zu sein.

„Was ist denn das Problem?"

„Es scheint, als ob offizielle Meldungen nicht den realen Tatsachen entsprechen. Jedenfalls differieren meine Vorhersagen erheblich mit den allgemeinen Meldungen im Fernsehen. Man hat den Eindruck, als wäre manche Berichterstattung fremdgesteuert."

Jana konnte das nicht glauben: „Warum sollten die das machen? Es gibt doch niemanden, der von oben anordnet, was zu berichten wäre?"

„Das ist ja mein Problem. Schließlich leben wir nicht in einer Diktatur, wo Anordnungen von oben kommen. Ist dir schon mal aufgefallen, dass fast alle das gleiche berichten?

Erst letztens wieder. Da gab es diese Krise im Nahen Osten. Alle Medien trommelten gegen den gleichen Feind und sprachen von Kriegsgefahr."

Jana nickte bestätigend.

„Und weißt du, was meine Vorhersagen erbrachten? Die meisten Leute hatten eine ganz andere Meinung. Aber sie fanden anscheinend kein Gehör. Zumindest gab es keine Berichte darüber. Ich verstehe einfach nicht was los ist. Solche Differenzen bekomme ich laufend, wenn ich mein Programm rechnen lasse.", Ralf blickte seine Freundin ratlos an.

„Vielleicht liegt es an deinem Programm? Hast du mal versucht, künstliche Intelligenz einzusetzen?"

„Ich habe die unterschiedlichsten Möglichkeiten, außer KI, ausprobiert. Es ist immer das Gleiche. Bestimmt hast du schon mal eine Grafik beim Wetterbericht gesehen. Je weiter der Vorhersagezeitraum entfernt ist, desto größer sind die Abweichungen von einem Mittelwert, zum Beispiel bei der Temperatur. Dieses Phänomen ist bekannt. Es liegt daran, dass die jeweiligen Rechenmodelle leicht abweichende Werte ergeben, je weiter man in die Zukunft blickt. Genau so sieht es bei mir auch aus. Die Abweichungen werden größer, was in Ordnung ist. Problematisch ist letztlich die Tendenz. Beim Wetter ist das ungefährlich. Wenn aber solche Erscheinungen in der Bevölkerung um sich greifen, dann bedeutet es, dass Staat und Volk sich immer weiter voneinander entfernen. Am Ende steht dann eine Revolution oder … ach, ich weiß es auch nicht."

„Was passiert denn, wenn du deine Modelle öfter durchrechnen lässt?"

„Das traue ich mich nicht."

Jana war überrascht: „Was heißt, du traust dich nicht? Es ist doch völlig ungefährlich, oder etwa nicht?"

Ralf überlegte eine Weile. Er fühlte sich gezwungen, Jana sein Geheimnis zu offenbaren, sonst würde sie das Problem nicht verstehen: „Was ich dir jetzt erzähle, musst du ganz fest für dich behalten. Versprichst du mir das?"

Jana nickte zögernd.

„Hast du dir schon mal überlegt, woher die Daten kommen, mit denen ich arbeite?"

„Ist es etwa nicht legal?"

Ralf antwortete ausweichend: „Normalerweise geben die Leute ihre Daten freiwillig her. Wenn man auf eine Webseite zugreift, wird man immer gefragt, welche Cookies man zulassen möchte. Weil die meisten User schnell die Webseite sehen wollen, oder einfach zu faul sind, sich immer mit diesen Cookies auseinander zu setzen, klicken sie einfach auf „Alle zulassen". Du machst es bestimmt auch so."

Jana nickte bestätigend.

„Solltest du aber nicht. Wenn du alles zulässt, beginnen die Cookies sofort ihr unerwünschtes Werk. Zum Beispiel wird alles aufgezeichnet, was du am Computer machst. Deine Daten landen dann bei Firmen, die Profile von dir anlegen. Die großen Internetkonzerne haben dazu riesige Computerfarmen."

„Ist das denn erlaubt?"

Ralf grinste: „Ist es, weil du vorher zugestimmt hast. Aber die Sammelwut der Konzerne kennt keine Grenzen."

„Das habe ich schon mal gehört. Aber was hat das mit dir zu tun?"

„Dieser Weg, Daten zu bekommen, ist mir verschlossen. Als sozusagen privater Nerd musste ich etwas anderes versuchen. Da bin ich auf die Idee gekommen, Viren in Umlauf zu setzen. Als Nebeneffekt konnte ich mir damit auch noch Rechenpower verschaffen. Ohne die kann ich keine Vorhersagen rechnen. Die von mir in Umlauf gebrachten Viren haben zwei Aufgaben: Sie lesen die Browserverläufe aus und schicken mir die Daten. Von jedem Computer zweigen sie vier Prozent Rechenpower ab und vernetzen sie untereinander. Damit bekomme ich eine riesige Computerfarm und kann meine Module berechnen."

Jana wurde die Problematik langsam klar. Je mehr ihr Ralf offenbarte, desto mehr ahnte sie, diese Vorgehensweise könnte nicht legal sein.

„Merken denn die Nutzer nicht, wenn ihre Computer langsamer werden?"

„Nimm als Beispiel mal deinen Computer. Wenn du ein Programm öffnest und es dauert vier Prozent länger: würdest du es merken?"

Jana musste zugeben, dass ihr das nicht auffallen würde. Sie fragte: „Was passiert denn, wenn viele ihre Computer abschalten? Dann wird doch dein Programm gestört."

Ralf schüttelte den Kopf. „Es kommt nur auf die Menge der angezapften Computer an. Ab einer bestimmten Zahl ist es egal, wenn jemand seinen Computer abschaltet. Ich musste nur genügend Viren in Umlauf bringen."

Die Antwort überzeugte Jana. Gleichzeitig machten sie Ralfs Rechercheergebnisse nachdenklich. Sollten sie zutreffen, dann hätten viele Oppositionelle Recht mit der Behauptung, man würde ihnen gezielt die Wahrheit vorenthalten.

„Wenn deine Ergebnisse richtig sind, dann musst du sie veröffentlichen!"

Ralf wehrte erschrocken ab: „Das kann ich nicht riskieren. Meine Viren sind vollständig illegal. Wenn das herauskommt, lande ich vor Gericht. Außerdem bin ich kein Politiker. Mir geht es um das wissenschaftliche Problem. Veränderungen sollen die zuständigen Leute in der Regierung herbeiführen."

Jana war ratlos. Sie wusste nur, dass die Machenschaften der Regierung nicht geheim bleiben dürften. Vor Gericht sollte Ralf aber auch nicht kommen. Wie könnte sie diesen Zwiespalt lösen? Anscheinend gab es kein Mittel dagegen. In nachdenklicher Stimmung verabschiedeten sie sich. Beim Abschiedskuss sagte sie besorgt: „Ralf mach bloß keinen Fehler!"

Er seufzte schwer. Beide gingen in unterschiedliche Richtungen auseinander.

Studentenbude von Jana und Carola

Als Carola wenig später von einer Veranstaltung zusammen mit Michael beschwingt nach Hause kam, fand sie eine sehr nachdenkliche und einsilbige Jana vor. Im Gegensatz dazu hatte sie ihr Zusammensein mit Michael aufgekratzt. Sie musste ihrer Freundin sogleich von den Erlebnissen berichten. Es sprudelte nur so aus ihr heraus.

Deshalb merkte sie nicht, dass Jana still und in sich gekehrt einsilbig antwortete. Irgendwann fiel es ihr doch auf.

Sie stoppte ihre Erzählung mitten im Satz und fragte, was los sei. Stimmte irgendwas mit Janas Beziehung zu Ralf nicht?

„Nein, ist alles in Ordnung.", antwortete Jana. „Er hat mir nur etwas Schlimmes verraten, worüber ich nicht sprechen darf."

„Was hat er denn angestellt? Er wird doch hoffentlich keine Bank überfallen haben?", Carolas Neugierde war geweckt.

„Ich sagte doch, ich darf darüber nicht sprechen. Aus mir bekommst du nichts heraus!"

„So schlimm kann es doch nicht sein. Ich dachte wir sind Freundinnen?"

„Sind wir auch und trotzdem werde ich es nicht verraten. Aber ich will dir eine Frage stellen. Was würdest du tun, wenn du erfährst, dass Michael Gesetze verletzt und sich strafbar gemacht hat?"

„Willst du sagen, Ralf ist ein Krimineller?"

„Ich sage doch, dass ich es nicht verrate. Aber was würdest du an meiner Stelle machen?"

„Ich würde versuchen, ihn davon abzubringen."

„Wenn es aber etwas Schwerwiegendes wäre, bei dem er am Ende im Recht ist? Stell dir vor, die Regierung würde seit langer Zeit die Bevölkerung falsch informieren, nur so als Beispiel. Wenn Jemand Beweise dafür vorlegen kann, die er mit ungesetzlichen Mitteln bekommen hat, wäre er dann ein Verbrecher?"

„Sprichst du jetzt von Ralf, oder was?"

Jana wurde rot, weil sie merkte, dass sie schon zu viel gesagt hatte: „Nein, es ist nur ein allgemeines Beispiel.", versicherte sie schnell.

Carola kannte ihre Freundin zu gut, um sich von ihr hinters Licht führen zu lassen: „Das kannst du mir doch nicht erzählen. Ich sehe dir an der Nasenspitze an, dass dein Beispiel näher an der Wahrheit ist, als dir lieb sein kann!"

Nun war Janas Widerstand gebrochen: „Also gut, ich werde es dir erzählen. Aber du musst mir versprechen, niemandem etwas zu verraten!"

„Klar, was sonst. Ich werde schweigen wie ein Grab." Carola konnte es kaum erwarten, Janas Geheimnis mit ihr zu teilen.

Jana schilderte ihr, was sie von Ralf erfahren hatte. Auch Ralfs illegales Vorgehen, um mit Viren an Daten zu kommen, ließ sie nicht aus.

Carola reagierte zurückhaltend, anders als von Jana erwartet: „Weißt du, für mich kommt das nicht überraschend. Regierungen haben immer den Drang, Fakten mindestens geschönt darzustellen. Die wollen ja wiedergewählt werden. Eine andere Frage ist, ob man aus diesen Daten die Zukunft richtig vorhersagen kann. Wenn das ginge, hätte das ein großes Konfliktpotential. Regierungen, Geheimdienste oder andere Entscheider könnten ganz anders auf kommende Entwicklungen reagieren, wenn sie zuverlässige Vorhersagen bekämen."

Jana stimmte ihr zu. Sie hatte immer noch gehofft, dass Ralfs Berechnungen fehlerhaft waren: „Falls seine Ergebnisse wirklich der Realität entsprechen, gibt es ein Riesenproblem."

„Vielleicht sollten wir etwas unternehmen. In solchen Fällen hilft nur Öffentlichkeit." Carola war überzeugt, ihrer Freundin helfen zu müssen. Offenbar hatte sie große Sorge, Ralfs Aktivitäten könnten ihm schlecht bekommen.

Jana reagierte abweisend: „Ich glaube nicht, dass wir dagegen etwas tun können. Außerdem habe ich Ralf geschworen, niemandem etwas zu verraten. Wie soll das gehen, wenn wir etwas unternehmen. Ich habe schon jetzt ein schlechtes Gewissen, weil ich dir davon erzählt habe."

Auch Carola wusste nicht weiter: „Was sagt denn Ralf dazu? Ihm müsste doch klar sein, welche Brisanz seine Forschungsergebnisse entwickeln könnten."

„Ich glaube, Ralf sieht das Problem nur von der wissenschaftlichen Seite. Er erkennt zwar an, dass es eine gefährliche Entwicklung geben könnte. Aber er ist der Meinung, seine gewonnenen Erkenntnisse sind einfach noch zu fehlerbehaftet, als dass man daraus praktische Schlussfolgerungen ziehen dürfte."

Du willst die Dinge laufen lassen? Das ist nicht dein Ernst.", protestierte Carola verwundert.

„Was würdest du denn tun? Einen Leserbrief an die Zeitung schreiben?"

Carola überlegte. Plötzlich fiel ihr eine Möglichkeit ein: „Ein Bekannter hat mir mal erzählt, er würde einen Redakteur der Zeitung „Täglicher Beobachter" kennen. Ich habe mich damals noch über seinen Namen amüsiert. Wunder heißt er. Wenn wir den informieren, könnte er in seiner Zeitung eine Story lancieren, ohne Ralf zu erwähnen."

Jana konnte sich das nicht vorstellen. Abgesehen von ihrem Vertrauensbruch müsste Ralf einverstanden sein. Er müsste dem Reporter ein Interview geben und Beweise vorlegen. Dazu wäre er niemals bereit. Ihr Verhältnis mit Ralf wäre danach zu Ende.

Sie bat ihre Freundin: „Vergiss, was ich dir gesagt habe. Versprich mir das. Ich will nicht, dass Ralf meinetwegen Schwierigkeiten bekommt."

Widerwillig lenkte Carola ein. Sie wollte die Freundschaft mit Jana nicht aufs Spiel setzen. Überzeugt war sie nicht und sie sann weiter nach einer Möglichkeit, die Öffentlichkeit zu informieren, ohne Ralf zu gefährden.

Redaktion des Täglichen Beobachters

Carola hatte der Versuchung nicht widerstehen können, sich an die Zeitung zu wenden. Ihre vagen Andeutungen am Telefon hatten den Redakteur Theo Wunder veranlasst, ihr so schnell wie möglich ein Treffen vorzuschlagen. Seine jahrelange journalistische Erfahrung sagte ihm, hier könne eine Riesenstory verborgen sein.

Carolas erste Freude über das schnelle Interesse war einem mulmigen Gefühl gewichen. Wenn Jana wüsste, was sie hier trieb, wäre sie bestimmt nicht einverstanden. Carola beruhigte sich mit dem Gedanken, dass es Ralf eher nutzen könnte, wenn seine Arbeit einer größeren Öffentlichkeit bekannt würde. Der Redakteur schaute sie erwartungsvoll an. Carola wusste nicht, wie sie beginnen sollte und druckste unschlüssig herum.

Theo Wunder war es gewohnt, Interviewpartner zum Reden zu bringen. Nachdem er sich Carolas Unschlüssigkeit eine Weile angehört hatte, entschied er sich zu fragen: „Ihr Bekannter kann also die Zukunft vorhersagen?"

Carola bemerkte den spöttischen Unterton: „Allerdings, das kann er und es ist kein Hokuspokus wie von Wahrsagern aus der Glaskugel!"

„Sie müssen mir schon genauer sagen, wie er das macht."

Carola entschloss sich, die ganze Geschichte zu erzählen. Vorher nahm sie Herrn Wunder das Versprechen ab, strengste Anonymität zu wahren.

Als sie geendet hatte, schaute sie ihr Gegenüber erwartungsvoll an. Der schien nicht sehr beeindruckt zu sein.

„Wissen sie, es ist für mich nicht wirklich etwas Neues, Trends vorherzusagen. Ständig gibt es irgendwelche Umfragen und Datenerhebungen in der Wirtschaft. Die sagen alle Entwicklungen vorher. Wozu braucht man da eine weitere Methode, auch wenn sie neu ist?"

Damit hatte Carola nicht gerechnet. Enttäuscht schaute sie zu Boden.

„Trotzdem würde ich von ihrem Bekannten gerne Näheres erfahren. Könnten sie das arrangieren? Verlassen sie sich darauf, dass ich meine Quellen schütze und alles geheim halte."

Erfreut von dieser unerwarteten Entwicklung sagte Carola zu, obwohl sie nicht wusste, wie sie das Ralf beibringen sollte.

Tagung der Sonderarbeitsgruppe

Wieder einmal war eine Woche vergangen und die Arbeitsgruppe tagte. Es stellte sich heraus, dass Ralfs Vorschlag, die Arbeiten zu staffeln, schnellere Ergebnisse zu bringen schien. Das hob sein Ansehen bei den Kollegen sehr. Nur Isolde reagierte reserviert. Ihr waren Ralfs Äußerungen die ganze Woche nicht aus dem Sinn gegangen. Nachdem sie in Gedanken immer wieder alles durchdachte, kam ihr plötzlich eine wichtige Erkenntnis. Woher bezog Ralf seine Daten? Dazu hatte er nichts gesagt, immer nur von sogenannten weichen Fakten gesprochen. Die konnte er aber nicht aus dem Pool der Arbeitsgruppe nehmen, denn dort hatte man sich entschlossen, mit Zahlen zu arbeiten.

Was war Ralfs Geheimnis, das er so sorgfältig zu verschleiern suchte? Isolde hatte sich vorgenommen, dem heute auf den Grund zu gehen. Dabei musste sie geschickt vorgehen, damit er sich nicht wieder herausreden konnte.

Als der Eingangsvortrag beendet war, ging sie zum Angriff über: „Ralf, berichte uns bitte mal, welche Fortschritte du erreicht hast? Sind deine Prognosen denn auch genauer geworden?"

Ralf antwortete ohne Argwohn: „Ich weiß nicht, ob das so ist. Allerdings sind die Abweichungen bei den einzelnen Rechengängen untereinander sehr viel geringer geworden. Das könnte darauf hindeuten. Nach einer einzigen Woche kann ich aber noch kein abschließendes Urteil abgeben."

„Welche Daten benutzt du denn für deine Berechnungen?"

Diese Frage brachte Ralf in arge Bedrängnis. Er musste sie so unkonkret wie möglich beantworten. Um das zu überdenken, brauchte er Zeit. Durch Ralfs Schweigen trat erwartungsvolle Stille im Raum ein. Alle Augen richteten sich auf ihn. Weil ihm das bewusst wurde, lief er rot an. Wie das Kaninchen auf die Schlange blickte er mit starrem Blick auf Isolde. Die ahnte instinktiv, dass etwas nicht stimmte. Um ihm keine Gelegenheit zum Ausweichen zu geben, bohrte sie nach:

„Was ist los? Diese Frage kann doch nicht so schwer zu beantworten sein!"

„Nein, es ist relativ einfach. Mir stehen nur wenige Daten zur Verfügung. Deshalb kann ich auch keine Garantie für die Richtigkeit meiner Berechnungen geben."

Isolde wollte weiter nachhaken, aber Dietmar Krüger kam ihr zuvor: „Wenn sie nur wenige Daten zur Verfügung haben, wie können sie dann ermessen, dass die Berechnungen immer genauer werden?"

Diese Frage war für Ralf einfach zu beantworten und der Seminargruppenleiter sollte die Antwort eigentlich wissen. Ralf lehnte sich entspannt zurück und antwortete mit einem schiefen Lächeln:

„Ich wende die ihnen bekannten unterschiedlichen Rechenmodelle an. Je mehr die Ergebnisse übereinstimmen, desto genauer ist die Vorhersage. Habe ich bereits im ersten Studienjahr gelernt."

Wer nach dieser Antwort nicht lachte, waren Dietmar Krüger und Isolde. Krüger, weil er sich mit seiner naiven Frage blamiert hatte und Isolde, weil sie als Einzige erkannte, dass ihre Frage nur ausweichend beantwortet worden war.

Krüger wollte seine Scharte wieder auswetzen. Er meldete sich und begann unaufgefordert von seinen Erfahrungen zu erzählen. Auch bei ihm gab es kleine Fortschritte. Er hatte mit der Zuordnung der Parameter zu den

Algorithmen experimentiert. Das und die von Ralf vorgeschlagene Verschachtelung der Rechengänge hatten es bewirkt.

Isolde hätte gerne nochmals bei Ralf nachgefragt. Doch die begonnene Diskussion ging immer weiter von ihm weg. Es hätte den Eindruck gemacht, sie wolle Ralf in die Enge treiben. Sie verzichtete deshalb auf weitere Nachfragen. Als die Versammlung endlich endete, war er wieder einmal froh, der Entdeckung seiner illegalen Datenbeschaffung entronnen zu sein. Beschwingt strebte er seiner Studentenbude zu.

Ralfs und Michaels Studentenbude

Michael war nicht zu Hause. Ralf wollte die Zeit nutzen, um noch ein paar Modellrechnungen auszulösen. Es war ihm lieber, wenn sein Studienkumpel nicht zu viel mitbekam. Dann könnte er im schlimmsten Fall nichts verraten. In der letzten Zeit hatte er verstärkt Berechnungen durchgeführt. Seine Netzaktivitäten schienen bisher niemandem aufzufallen. Er vertraute darauf, dass das so bleiben würde.

Ausgerechnet als die ersten Abfrageergebnisse eintrudelten, klingelte es an der Wohnungstür. Ralf schreckte hoch. Hatte man ihn doch entdeckt? Er ging zum Fenster und sah durch die Gardine. Irgendwelche verdächtigen Fahrzeuge oder Ansammlungen Bewaffneter waren nicht zu sehen. Das musste nicht unbedingt etwas bedeuten. Ein SEK könnte sich auch verstecken, um ihn besser überrumpeln zu können.

Es klingelte erneut, diesmal etwas länger. Er schlich auf Zehenspitzen zur Wohnungstür und blickte durch den

Spion. Draußen stand Carola. Er stieß hörbar die Luft aus und öffnete die Tür:

„Musst du mich so erschrecken? Ist was mit Jana?"

„Wieso erschreckst du dich, wenn es klingelt? Hast du gekifft? Es wäre schön, wenn du mich erst mal reinlassen würdest, ehe ich deine inquisitorischen Fragen beantworte!"

Widerwillig gab Ralf den Eingang frei. Carola stolzierte mit hocherhobenem Haupt an ihm vorbei und setzte sich auf seinen Computerstuhl. Interessiert beobachtete sie, wie sich die Grafiken langsam veränderten und damit den Fortschritt der Abfrage anzeigten. Das war Ralf gar nicht recht. Er griff ihr über die Schulter und schaltete den Bildschirm aus. Carola drehte sich zu ihm um und grinste überlegen.

„Also, was willst du von mir?", fragte er.

„Ich muss etwas mit dir bereden, aber du musst mir versprechen, dich nicht aufzuregen!"

„Was denn? Hat es mit Jana zu tun?"

Carola antwortete ausweichend: „Es hat auch mit Jana zu tun aber vor allem mit deinem Projekt."

„Was weißt du davon?", Ralf ahnte nichts Gutes.

Carola stotterte: „Eigentlich wollte mir Jana nichts davon erzählen. Das musst du mir glauben!"

„Habt ihr Weiber nicht die Klappe halten können!", brauste Ralf auf.

„So würde ich es nicht sagen. Jana hat versucht, so wenig wie möglich preiszugeben. Am Ende habe ich den Braten gerochen und es ihr auf den Kopf zugesagt. Da ist sie umgefallen."

„Verdammt, du weißt also woher ich meine Daten bekomme?"

„Das auch, aber vor allem kenne ich die Ergebnisse deines sogenannten Wetterberichts."

Ralf wurde immer zorniger: „Und jetzt willst du mich erpressen, oder was?"

„Ralf beruhige dich! Niemand will dich erpressen. Ich habe einen Vorschlag."

„Was für ein Vorschlag? Du weißt doch gar nicht, was ich hier mache!"

„Ich weiß so viel, dass du in große Schwierigkeiten kommen könntest. Das fürchtet Jana auch. Sie weiß übrigens nicht, dass ich hier bin. Sie weiß auch nicht, was ich organisiert habe."

Ralfs Wut schlug in Sarkasmus um: „Soso, du hast etwas organisiert! Doch nicht etwa Straffreiheit oder Immunität für mich, falls ich mein Vorhaben beende. Wer gibt dir eigentlich das Recht, dich in meine Angelegenheiten einzumischen?"

„Ich sehe, dass du dich in Gefahr bringst. Wenn dir etwas passiert, wird das auch Jana betreffen und die ist nicht nur deine, sondern auch meine Freundin. Ich verstehe, dass du nicht bereit bist, dein Projekt aufzugeben. Das sollst du auch nicht. Ich sehe aber auch, dass die von dir gewonnenen Erkenntnisse an die Öffentlichkeit kommen müssen."

Ralf versuchte, Carola mit einer energischen Handbewegung zu unterbrechen. Aber sie ließ es nicht zu.

„Jawohl, an die Öffentlichkeit! Das ist der einzige Schutz für dich. Niemand wird es wagen, dich zur Rechenschaft zu ziehen, wenn die Machenschaften ans Licht kommen. Es ist auch ein Gebot für das Land. Wir dürfen so nicht weiter machen!"

„Warum dürfen wir so nicht weitermachen? Ich bin kein Politiker, sondern Wissenschaftler. Ich habe nichts zu verantworten. Damit sollten sich die beschäftigen, die dafür gewählt wurden. Ich glaube nicht, dass du viel erreichst, wenn du etwas veröffentlichst. Jeden Tag steht so viel Mist in der Zeitung. Da wird mein Wetterbericht bestimmt keine Lawine auslösen. Und außerdem, wie willst du viele erreichen, doch nicht etwa über Instagram oder Facebook?"

Carola merkte, dass sich Ralf mit dem Gedanken der Veröffentlichung anzufreunden begann. Sie fasste Mut und erklärte ihm:

„Vielleicht geht es durch eine überregionale Tageszeitung. Ich kenne einen Redakteur beim „Täglichen Beobachter". Der würde dich zu einem Interview aufsuchen und das dann veröffentlichen, je nach Relevanz auch auf der Titelseite. Er sichert dir Anonymität zu. Das nennt man Quellenschutz."

„Hast du etwa schon mit dem gesprochen?", Ralf brauste erneut auf.

„Bleib ruhig, ich habe ihm nur das Nötigste erzählt. Aber er hat Interesse gezeigt und würde sich gern mit dir treffen. Ich glaube, dass eine Veröffentlichung auch in deinem Interesse wäre. Was hattest du denn vor zu unternehmen, wenn sich deine Ergebnisse bestätigen?"

„Darüber habe ich mir noch keine Gedanken gemacht. Alles ist noch viel zu ungenau. Falls meine Berechnungen richtig sind, wäre Öffentlichkeit vielleicht ein Weg."

„Und du wärst in Sicherheit und müsstest nicht befürchten, eingesperrt zu werden! Womöglich könntest du aus dieser Position heraus deine Arbeit viel besser fortsetzen."

Widerwillig musste Ralf einsehen, dass Carolas Argumente nicht von der Hand zu weisen waren. Falls das Interview tatsächlich anonym bleiben würde, gäbe es keine unabsehbaren Folgen für ihn. Aber er verlangte von Carola dafür zu sorgen, dass das Treffen an einem Ort außerhalb seiner Studentenbude stattfände. Es sollten keine Spuren zu ihm führen. Das sagte sie ihm zu und verabschiedete sich mit der Aussicht, einen Interviewtermin zu organisieren.

Trotz allem war Ralf noch immer sauer auf Jana. Sie hatte ihn durch ihre Geschwätzigkeit in diese Lage gebracht. Er rief sie an und machte ihr bittere Vorwürfe: „Du hattest mir das Versprechen gegeben, niemandem von meinem Projekt zu erzählen. Du hast mein Vertrauen missbraucht. Unter diesen Umständen kann ich mit dir nicht mehr zusammen sein."

Jana war entsetzt: „Ralf, ich wollte das nicht. Carola hat den Eindruck erweckt, als wüsste sie etwas. Dann hat sie mich so lange bedrängt, bis ich ihr alles erzählt habe. Das habe ich schon bereut, aber nun ist es zu spät."

„Da hast du Recht. Es ist zu spät. Ich will dich nicht mehr sehen. Mach's gut.", Ralf legte auf, ohne eine Antwort abzuwarten.

Dienstzimmer von Isolde Wegner

Isolde saß an ihrem Schreibtisch, um lange liegengebliebenen Schriftverkehr abzuarbeiten. Es klopfte und unaufgefordert trat ein hochgewachsener Mann ein. Er war der Typ des smarten Geschäftsmannes, dunkler Anzug, Schlips, gegelte Haare, Dreitagebart.

Isolde sah ihn fragend an.

„Entschuldigen sie, dass ich hier so eindringe. Sind sie Isolde Wegner?", fragte er mit leichtem amerikanischem Akzent.

„Was gibt es denn? Ich habe keine Zeit. Wer sind sie überhaupt?", Isolde war genervt.

„Mein Name ist John Winsley. Darf ich mich setzen?"

Isolde wies stumm auf den Stuhl vor ihrem Schreibtisch: „Und was wollen sie von mir?"

„Ich möchte mich mit ihnen über ihre Arbeitsgruppe unterhalten. Wie weit sind sie denn mit ihren Forschungen gekommen?"

„Ich wüsste nicht, was sie das angeht. Sie kommen unangemeldet in mein Zimmer und wollen Auskünfte von mir. Das finde ich ziemlich dreist. Und jetzt gehen sie bitte. Ich habe zu tun."

„Sie sollten sich gut überlegen, ob sie mir Auskünfte verweigern. Sie könnten sonst ernsthafte Schwierigkeiten bekommen." Das Selbstbewusstsein des Besuchers war nicht zu erschüttern.

Isolde wurde unsicher. War das vielleicht der Chef ihres Verbindungsmannes zum Verfassungsschutz? Aber warum hatte er dann diesen amerikanischen Akzent?

„Bevor ich ihnen irgendwelche Auskünfte gebe, müssen sie mir erst erklären, wer sie sind. Sind sie vom Verfassungsschutz?"

„Wir haben erhebliche Netzwerkaktivitäten innerhalb von Deutschland festgestellt.", antwortete der Mann ausweichend. „Es gibt eine umfangreiche Vernetzung von privaten Computern, die normalerweise nicht zusammengehören. Wir vermuten, jemand hat unbemerkt ein ausgedehntes Netzwerk aufgebaut und zweigt Rechenkapazitäten von privaten Rechnern ab, um irgendwelche Berechnungen durchzuführen. Alles ist hoch verschlüsselt. Wir kommen bisher nicht heran. Deshalb loten wir auf anderem Weg die Möglichkeiten aus. Wir fragten uns, wer benötigt hohe Rechenkapazitäten? Dabei sind wir auf ihre Arbeitsgruppe gestoßen. Sie versuchen doch, Algorithmen der Wettervorhersage auf andere Bereiche anzuwenden?" Er schaute Isolde fragend an.

„Warum tauchen sie denn jetzt plötzlich auf?"

„Es geht uns zu langsam. Die Aktivitäten dieses ominösen Netzwerks werden immer größer. Es könnten sich strafbare Handlungen dahinter verbergen. Vielleicht ist die Sicherheit der Bundesrepublik gefährdet. Wenn sie nicht kooperieren, machen sie sich mitschuldig!"

Isolde ließ sich nicht einschüchtern: „Wir haben nichts zu verbergen. Unsere Forschungen sind legal. Wir benutzen nur offizielle Quellen. Es gibt keinen Grund uns zu verdächtigen. Jetzt entschuldigen sie mich bitte. Ich habe zu tun.", unwillig wedelte sie mit der Hand und komplimentierte damit ihren ungebetenen Gast hinaus.

Als die Tür ins Schloss gefallen war, dachte sie über den merkwürdigen Besuch nach. Irgendwie passte das alles nicht zusammen. Wer war dieser Mensch? Von welchem Verein kam er? Er hatte versucht, den Eindruck zu erwecken, er käme vom Verfassungsschutz. Einen Ausweis hatte er nicht gezeigt. Irgendetwas musste er aber gewusst haben, sonst hätte er nicht so bohrende Fragen stellen können. Drohen wollte er ihr auch noch. Da war er bei Isolde an die Falsche geraten. Sie beglückwünschte sich dafür, nichts preisgegeben zu haben.

Ob der vielleicht von einem anderen Geheimdienst kam? Merkwürdig war sein amerikanischer Akzent. Außerdem hatte er etwas verraten, was Isolde selbst nicht bekannt war. Was hatte es mit diesem großen Netzwerk aus privaten Computern auf sich? Ob jemand aus ihrer Arbeitsgruppe im Trüben fischte? Nein, für jeden Einzelnen konnte sie ihre Hand ins Feuer legen. Oder doch nicht? Ralf fiel ihr ein. Ihr neuestes Arbeitsgruppenmitglied kannte sie zu wenig, um ihm restlos vertrauen zu können. In letzter Zeit war er obendrein durch illegale Aktivitäten aufgefallen und beinahe von der Hochschule geflogen.

Noch etwas fiel ihr auf, wenn sie länger darüber nachdachte. Er hatte bisher nicht preisgegeben, woher er seine Daten bekam. Der Dekan hatte die Devise ausgegeben, nur numerische Daten zu verwenden. Ob Ralf sich wirklich daran hielt? Was, wenn er der Kopf dieses Netzwerks war? Dann könnte sie tatsächlich in größte Schwierigkeiten kommen. Sie musste herausbekommen, was dieser Unglücksmensch heimlich anstellte.

Studentenbude von Jana und Carola

Als Carola nach Hause kam, fand sie Jana in Tränen aufgelöst vor.

„Was ist denn mit dir los? Ist jemand gestorben? Kann ich dich mit irgendetwas trösten?"

Jana konnte kaum sprechen. Sie fuhr sich mit einem Taschentuch über das verheulte Gesicht: „Ralf hat plötzlich Schluss gemacht und du bist schuld.", schluchzte sie.

Carola war entsetzt. Das hatte sie nicht erwartet: „Wieso denn das und wieso bin ich schuld?"

Langsam fasste sich Jana und wurde wütend: „Er hat mich angerufen und beschuldigt, ich hätte sein Geheimnis verraten. Dabei hast du mir hoch und heilig versprochen, niemandem ein Sterbenswort zu sagen. Jetzt hast du sogar die Zeitung informiert. Was hast du dir dabei gedacht?"

Betreten schaute Carola nach unten. Dass Ralf Jana die Freundschaft kündigt, hatte sie nicht gewollt.

Jana war mit ihren Vorwürfen noch nicht fertig: „Wenn an die Öffentlichkeit kommt, was Ralf macht, könnte er größte Schwierigkeiten bekommen. Ich bereue zutiefst, dass ich dir davon erzählt habe. Auf jeden Fall bin ich dagegen, dass die Zeitung Einzelheiten erfährt. Was hast du denen denn erzählt?"

„Ich glaube nicht, dass es Ralf schadet, wenn die Machenschaften der Regierung an die Öffentlichkeit kommen. Eher ist es so, dass Ralf durch Öffentlichkeit geschützt wäre. Wenn ihn niemand kennt, ist es leicht, ihn aus dem Verkehr zu ziehen."

Jana war nicht überzeugt: „Du redest, als wäre Deutschland ein drittklassiger Schurkenstaat. Dabei haben wir eine funktionierende Demokratie. Unsere Politiker sind durch Wahlen an die Macht gekommen, nicht durch einen Putsch."

„Gott erhalte dir deinen Kinderglauben. Siehst du denn nicht, dass Ralf durch seine Arbeit immer mehr

Widersprüche aufdeckt. Das muss er dir doch erzählt haben. Wenn Arbeitslosen Zahlen schön gerechnet und die wirtschaftliche Entwicklung falsch dargestellt werden, dann muss man dagegen etwas tun. Bedrohlich finde ich vor allem die sich abzeichnende Tendenz für die Zukunft. Ich möchte keinen Aufstand erleben, wenn die Widersprüche erst für jeden sichtbar werden. Man muss vorher etwas machen. Dazu wollte ich beitragen."

„Wer weiß, ob Ralfs Ergebnisse überhaupt stimmen. Er sagt selbst, dass seine Berechnungen noch viel zu ungenau sind. Das ist der Hauptgrund, warum er noch nichts veröffentlichen will. Er müsste noch mehr forschen."

„Mit dieser Begründung kann man bis zum Sankt-Nimmerleins-Tag warten. Es gibt immer irgendeinen Bedarf für mehr Forschung. Was Ralf heute bereits erreicht hat, kann sich sehen lassen. Er ist auch nicht selbst gefährdet, denn der Redakteur hat mir Anonymität zugesichert."

Jana war nicht restlos überzeugt. Aber Carolas Argumente erschienen bedenkenswert.

„Wie stellst du dir denn ein Treffen von Ralf und deinem Zeitungsmann vor?"

Darüber hatte Carola bereits nachgedacht. Sie schlug vor, das Treffen an einem neutralen Ort stattfinden zu lassen. Dann wären keine Rückschlüsse auf Ralfs Wohnort und seine Identität möglich. Außerdem bot sie an, Ralf von der Notwendigkeit einer Veröffentlichung zu überzeugen. Damit wäre Jana nicht beteiligt und unschuldig, falls etwas schief ginge.

Jana war noch nicht überzeugt, musste aber zugeben, dass die Argumente ihrer Freundin nicht aus der Luft gegriffen waren.

„Mach, was du tun musst, aber versuche nicht zu viel Porzellan zu zerschlagen!", war ihre eindringliche Mahnung.

Dienstzimmer von Isolde Wegner

Isolde und ihr Kollege Dietmar Krüger saßen sich gegenüber. Sie hatte ihn gebeten, zu ihr zu kommen, um etwas Wichtiges zu besprechen. Sie war immer noch unsicher. Was war der Grund des Besuchs dieses vermeintlichen Amerikaners?

„Dietmar, ich mache mir Sorgen über unsere Arbeitsgruppe. Es scheinen sich Leute dafür zu interessieren, die wir ganz sicher nicht im Boot haben wollen."

Für Dietmar Krüger war das überraschend. Er verwies darauf, dass ihre Arbeit sich streng im Rahmen der Legalität bewegte.

„Ich könnte mir allerdings vorstellen, dass offizielle Institutionen Interesse an unseren Ergebnissen haben. Damit in die Zukunft zu sehen, würde das Regieren wesentlich einfacher machen. Wie kommst du darauf, dass sich die falschen Leute für unsere Arbeit interessieren?"

Isolde schilderte den Besuch des aufdringlichen Mannes im James Bond Look. Die Frage war, könnte man allen Mitarbeitern restlos vertrauen?

Dietmar dachte kurz nach. Ja, man könne allen vertrauen, fasste er das Ergebnis seiner Überlegungen zusammen.

Isolde war verwundert über so viel Blauäugigkeit. Sie sei sich bei einem nicht ganz sicher, nämlich Ralf Winkler. Er hätte schon einmal bewiesen, dass er es mit der Legalität nicht so genau nähme.

„Ist dir aufgefallen, dass er bei unserer letzten Zusammenkunft wieder nicht erzählt hat, woher seine Daten stammen? Mein ominöser Besuch sprach von einem umfangreichen Netzwerk, das seit einiger Zeit in Deutschland aktiv ist. Könnte es sein, dass unser neuer Mitarbeiter sich nicht an Gesetze hält? Vielleicht hat er dieses Netzwerk etabliert."

„Aufgefallen ist mir bisher nicht, dass er seine Quellen verheimlicht. Aber es wäre ein starkes Stück, wenn er solche illegalen Aktivitäten verfolgen würde. Andererseits, wie soll er das angestellt haben? Ein Netzwerk müsste sehr groß sein, um ähnliche Ergebnisse zu erhalten, wie wir mit unseren leistungsstarken Rechnerfarmen. Das ist für einen Einzelkämpfer nicht zu schaffen. Ich vermute dahinter eher einen ausländischen Geheimdienst. Welchen Sinn hätte denn dieses Netzwerk? Hat dein Besucher etwas dazu gesagt?"

„Nein, nur dass sie in dieses Netzwerk bisher nicht eindringen konnten. Aber trotzdem, mit welchen Daten arbeitet Ralf Winkler? Wie können wir ihn dazu bringen, uns das zu verraten?"

„Ich sehe nur eine Möglichkeit. Wir müssen ihn dazu zwingen. Vor die Alternative gestellt, entweder geext zu werden oder uns reinen Wein einzuschenken, wird er sprechen. Am besten, du lädst ihn ein. Ich komme dazu und gemeinsam machen wir ihm die Hölle heiß."

Mangels Alternativen stimmte ihm Isolde zu.

Ralfs und Michaels Studentenbude

Ralf und Michael saßen vor ihren Computern. Michael zerbrach sich den Kopf, denn er versuchte die schwierigen statistischen Formeln zu verstehen. Ralf experimentierte mit dem von ihm entwickelten, computerunabhängigen Terminal. Dazu hatte er wieder alle mit seinen Viren infizierten Computer in Deutschland aktiviert. Er hielt die Zeit dafür immer möglichst kurz, um einer Entdeckung vorzubeugen. Ein flaues Gefühl blieb trotzdem im Magen und machte ihn stets nervös. Ein plötzliches Klingeln an der Wohnungstür ließ ihn jedes Mal hochschrecken. Als er sich gerade in seinen Programmtext vertieft hatte, passierte es wieder. Es klingelte.

Erschrocken schauten sich Ralf und Michael an.

„Erwartest du jemanden?", fragte Ralf.

Der schüttelte nur den Kopf: „Warte, ich schaue nach wer da ist."

Ralf hielt ihn zurück: „Moment, Moment, ich gucke erst am Fenster, ob etwas Verdächtiges zu sehen ist." Er stand auf und eilte zum Fenster.

Michael drehte sich um und schaute ihm spöttisch zu: „Mensch Ralf, du landest noch in der Klapsmühle, wenn das so weiter geht. Was würdest du machen, wenn tatsächlich die Bullen vor der Tür ständen?"

„Dann würde ich versuchen, abzuhauen. Aber es ist nichts. Du kannst die Tür öffnen."

Es klingelte erneut. Michael öffnete, Carola stand davor. Michael rief erfreut: „Hey Carola, mit dir hatte ich nicht gerechnet."

Er gab ihr einen Kuss und begleitete sie ins Zimmer.

„Was führt dich hierher? Eigentlich habe ich keine Zeit. Ich muss lernen."

„Ich wollte auch nicht zu dir, sondern zu Ralf."

Ralf tat so, als hätte er nichts gehört. Er war immer noch sauer über ihren Vorstoß wegen einer möglichen Veröffentlichung. Carola tat so, als würde sie sein abweisendes Verhalten nicht bemerken.

„Ralf, ich wollte mit dir besprechen, wie wir das Treffen mit dem Zeitungsredakteur organisieren."

„Ich bin immer noch nicht der Meinung, dass das eine gute Idee ist. Kannst du mich nicht einfach in Ruhe lassen?"

Hier schaltete sich Michael ein: „Wer will an die Öffentlichkeit gehen?"

„Ralf", sagte Carola.

„Nein", sagte zugleich Ralf.

Michael war verwirrt: „Was denn nun? Vielleicht solltet ihr euch erst mal einigen!"

„Ich denke, Öffentlichkeit ist in diesem Stadium dringend geboten. Aber er will es nicht. Micha, was meinst du?"

Michael musste eine Weile nachdenken, bis er sich zu einer Antwort durchringen konnte: „Vor allem ist es Ralfs Entscheidung. Aber wenn ich ihn mir ansehe, könnte er eine Entlastung vertragen."

Ralf wurde böse: „Was meinst du denn damit? Glaubst du, ich bin nicht ganz dicht?"

„Ich sehe doch, was mit dir los ist. Du vergräbst dich an deinem Computer, kennst nichts anderes mehr und wenn es zufällig klingelt, schreckst du zusammen, als ob man dich gleich abholen würde. Obendrein noch der Zwang, ständig aus dem Fenster zu schauen, ob die Bullen da sind. Wer das nicht sieht, muss blind sein."

Carola bekräftigte Michaels Argumente: „Ist erst einmal Öffentlichkeit hergestellt, wird sich niemand mehr trauen, dich zu behelligen. Mit ein bisschen Glück finden sich sogar Menschen, die dich unterstützen, vielleicht mit Geld. Dann bist du unabhängig und kannst dein Projekt viel besser verfolgen."

Ralf war nicht überzeugt. Er wollte Einzelheiten wissen: „Wie stellst du dir das praktisch vor? Ich habe dir vor ein paar Tagen schon gesagt, es muss an einem neutralen Ort stattfinden und ich werde keine Details preisgeben."

„Ein bisschen wirst du erzählen müssen. Was soll der Redakteur sonst schreiben? Bestimmt kannst du dich mehr auf deine Ergebnisse konzentrieren. Eine Modellrechnung musst du ihm aber vorführen, sonst glaubt dir das keiner."

„Na toll und wo soll das Treffen stattfinden?"

„Wir könnten in eine Gaststätte gehen oder in die Zeitungsredaktion.", Carola spürte, dass bei Ralf das Eis zu schmelzen begann.

„In die Redaktion gehe ich ganz bestimmt nicht und in einer Gaststätte gibt es zu viele Zuhörer, fällt also auch flach!"

„Ich könnte einen Tisch in einem Hinterzimmer mieten. Dort musst du dir keine Sorgen wegen ungebetener Zuhörer machen. Du nimmst deinen Laptop mit, dann kannst du auch eine Berechnung vorführen."

„Du bist wohl ganz scharf auf Öffentlichkeit?"

„Ralf, hör zu: Forschung ist kein Selbstzweck. Ich habe schon lange den Eindruck, dass die Meinungsvielfalt bei uns eingeschränkt ist. Daraus ergeben sich Konsequenzen für die Zukunft, was deine Ergebnisse zu bestätigen scheinen. Früher gab es mutige Verleger, die sich trauten, auch gegen die offiziell verkündete Meinung zu argumentieren. Denk mal an die Spiegel Affäre. So etwas sucht man heute vergebens. Eine Gesellschaft, die sich weiter entwickeln soll, braucht fairen Meinungswettstreit. Sonst geht es uns irgendwann so, wie damals in der DDR. Alles war festgefahren und kein Ausweg in Sicht. Deshalb darfst du dich nicht in deinem Elfenbeinturm der Forschung verkriechen. Geh an die Öffentlichkeit!"

Michael pflichtete ihr bei: „Irgendwann musst du es sowieso öffentlich machen. Warum also nicht jetzt?"

Das waren schwere Geschosse gegen Ralfs Festung. Er konnte nicht anders, als Carola und Michael in fast allem Recht zu geben. Obwohl es ihm immer noch schwerfiel, er gab sich einen Ruck und sagte: „Also gut, wenn Anonymität gewährleistet ist, mach' einen Termin mit diesem ominösen Redakteur. Deine Idee, ein Hinterzimmer in einer Gaststätte zu mieten, scheint sinnvoll zu sein. Aber es muss WLAN zur Verfügung stehen, sonst kann ich nichts vorführen.

Konspirative Wohnung des Verfassungsschutzes

„Was fällt dir ein, mir deinen Chef auf die Pelle zu schicken?", fragte Isolde empört, als Connor ihr einen Platz angeboten hatte.

Der sah sie verständnislos an. Darüber regte sich Isolde erst recht auf: „Eure dämliche Geheimniskrämerei geht mir wirklich auf den Geist. Jetzt tu bloß nicht so, als wüsstest du nichts davon!"

Connor war ratlos: „Ich habe dir niemanden auf den Hals geschickt. Hat der Mann seinen Namen gesagt? Wie sah er aus?"

Isolde beschrieb den smarten Typen und nannte den Namen John Winsley. Connor meinte, das höre sich sehr amerikanisch an, wofür auch der Dialekt sprach: „Was wollte er denn?"

„Er wollte wissen, wie weit der Forschungsstand in unserer Arbeitsgruppe ist. Ich habe ihm nichts verraten, er dafür aber mir. Er sprach von einem bundesweiten, anscheinend illegalen Netzwerk. Weißt du was davon?"

Connor wusste natürlich davon. Aber das durfte er nicht preisgeben. Nun war das Netzwerkproblem doch zu Isolde durchgesickert. Mangels anderer Anweisungen musste der Schein gewahrt bleiben: „Netzwerk sagt mir nichts und der Name schon gar nichts. Mein Vorgesetzter heißt anders. Seinen Namen darf ich dir aber nicht verraten."

Isolde sah ihn zweifelnd an. Sie hatte schon oft geahnt, dass man ihr keinen reinen Wein einschenkte, von ihr aber ausführliche Auskünfte erwartete.

„Glaubst du wirklich, du kannst den Unwissenden spielen? Oder ist der Verfassungsschutz wirklich so minderbemittelt, wie er von den Medien immer dargestellt wird?"

„Darauf würde ich nicht wetten. Aber mir kommt eine Idee: Wenn du einen Verdacht wegen des Netzwerks hast, solltest du diesem Studenten, von dem du mir erzählt hast, ein wenig auf den Zahn fühlen. Vielleicht steckt der dahinter!

Was den smarten John Winsley betrifft: Ich kann mich erkundigen, ob es bei uns so einen Mitarbeiter gibt. Doch versprich dir nicht zu viel davon. Unsere amerikanischen Freunde gehen ihre eigenen Wege. Oft wissen sie auch mehr als wir. Die CIA hat einfach mehr Möglichkeiten."

„Kann ich ihm denn was erzählen, falls er wieder auftaucht?"

„Das wäre nicht gut. Wir wissen nicht, wo er wirklich herkommt. Außer amerikanischen gibt es noch viele weitere Geheimdienste. Wenn du aufklären willst, sieh zu, dass du von diesem Ralf Winkler etwas herausbekommst. Er sollte aber nicht ahnen, dass du besonders an diesen Informationen interessiert bist. Kannst du einen Vorwand erfinden, warum du danach fragst?"

„Das ist einfach. Der Vorwand ist, illegalen Aktivitäten vorzubeugen. Ich hatte sowieso vor, zusammen mit meinem Kollegen Dietmar Krüger und Ralf eine kleine Konferenz abzuhalten."

„OK, dann verbleiben wir so. Melde dich, wenn du etwas herausbekommen hast!"

Gaststätte Orion 24

Die Gaststätte Orion 24 befand sich in der Sternstraße 24. Die Hausnummer war Teil des Namens. Der Name Orion sollte an eine Fernsehserie aus den sechziger Jahren des zwanzigsten Jahrhunderts erinnern. In diesem Stil war sie ausgestattet. Große schwarz-weiße Fotos schmückten die Wände. Als Inneneinrichtung hatte man futuristisch anmutende Stahlrohrstühle ausgesucht. Auf dem Tresen fanden sich etliche Utensilien aus der Serie wieder, unter anderem ein Bügeleisen und elektrische Bleistiftanspitzer.

Obwohl Mitte der sechziger Jahre WLAN noch völlig unbekannt war, wies ein utopisch aussehendes Schild am Eingang auf kostenloses WLAN hin. Das war auch der Grund, warum Carola diese Gaststätte ausgesucht hatte.

Mit Ralf im Schlepptau betrat sie am späten Vormittag das Etablissement und strebte zielsicher auf eine Tür im hinteren Bereich zu. Ralf trug seinen Laptop unter dem Arm. Den Zeitpunkt des Treffens hatte er sich ausgebeten, weil zu dieser Zeit nur wenige weitere Besucher zu erwarten waren.

Theo Wunder saß bereits am Tisch und hatte ein Bier vor sich. Tonrekorder, Papier und Stifte lagen bereit. Er wies auf die ihm gegenüberstehenden Stühle und bat sie, Platz zu nehmen.

„Das ist der Entwickler des Computerprogramms und das ist Theo Wunder, Redakteur des „Täglichen Beobachters".", stellte Carola die beiden einander vor.

Der Redakteur ging sofort in die Offensive: „Sind sie einverstanden, wenn ich unser Gespräch aufzeichne?"

Ralf hob abwehrend die Hände: „Natürlich nicht. Das war nicht ausgemacht. Aber wenn sie sich Notizen machen wollen, gerne."

Herr Winkler sah Carola hilfesuchend an. Die zuckte nur entschuldigend mit den Schultern.

„Wie ist denn ihr Name?", fragte der Reporter.

„Mein Name tut nichts zu Sache. Wenn sie unbedingt einen brauchen, denken sie sich was aus!", sagte Ralf in abweisendem Ton.

„Jetzt hören sie mal zu, junger Mann! Ich kann die Zeitung auch locker mit anderen Themen füllen. Ich muss mit ihnen kein Interview führen. Wenn sie nicht kooperieren, ist das sowieso nicht möglich."

Carola legte Ralf beschwichtigend die Hand auf den Arm: „Wir waren uns doch einig, an die Öffentlichkeit zu gehen. Sei ein bisschen nett und beantworte seine Fragen!"

„Also gut, nennen sie mich Horst!"

Winkler setzte nochmals an: „Sie können die Zukunft vorhersagen?"

Ralf blickte genervt zur Decke und wandte sich an Carola: „Ich habe geahnt, dass das nichts wird. Hier geht es um wissenschaftliche Fakten und der macht auf Sensation a la Bildzeitung!"

„Also gut, ich frage anders. Wie sind sie auf die Idee gekommen, man könnte mit Hilfe der Meteorologie gesellschaftliche Entwicklungen vorhersehen?"

Diese Frage war leicht zu beantworten. Ralf schilderte seine Beobachtung, dass Nachrichten immer die Vergangenheit betrafen, der Wetterbericht aber immer die Zukunft vorhersagen muss. Deshalb schien es ihm einleuchtend, mit Hilfe der meteorologischen Berechnungen auch gesellschaftliche Entwicklungen vorherzusagen. Theoretisch könnte man sogar bevorstehende Revolutionen vorher erkennen. Eine Einschränkung gab es: je geringer die Rechenkapazität, desto kürzer der zuverlässige Vorhersagezeitraum, eben wie beim Wetterbericht.

„Sind sie der Einzige, der sich mit dem Thema beschäftigt?", wollte der Redakteur wissen.

„Nein, es gibt an der Hochschule eine Arbeitsgruppe. Die benutzen aber nur statistische Daten aus staatlichen Quellen, weil sie es einfacher fanden, Zahlen in die

Algorithmen einzusetzen. Das bedeutet aber auch, dass man uneingeschränktes Vertrauen in die veröffentlichten Zahlen haben muss. Falls die falsch sind, ist keine realistische Vorhersage möglich."

„Was soll denn ihrer Meinung nach nicht stimmen?"

„Ich habe einen anderen Ansatz verfolgt und bin darauf gestoßen, dass veröffentlichte Daten in vielen Fällen nicht mit der Wirklichkeit übereinstimmen."

„Heißt das, wir werden von offiziellen Stellen belogen?"

„Soweit würde ich nicht gehen. Mit meiner Methode stelle ich nur immer wieder Differenzen fest. Das könnte aber auch an meiner unausgereiften Umsetzung liegen. Für Berechnungen werden Zahlen benötigt. Wenn sie zum Beispiel einen Browserverlauf verarbeiten wollen, müssen sie den in Zahlen übersetzen. Diese Übersetzung ist das Geheimnis einer genauen Vorhersage. Weil es so viele Möglichkeiten gibt, bin ich damit noch nicht bis zum Ende gekommen."

„Sie behaupten, sie hätten Differenzen zwischen offiziellen Verlautbarungen und ihren eigenen Erkenntnissen festgestellt. Können sie ein Beispiel nennen?"

Ralf schaltete seinen Laptop ein und rief das von ihm programmierte Terminal auf. Um das letzte Geheimnis mit seinen Viren nicht verraten zu müssen, hatte er eine Abfrage gespeichert:

„Ich habe etwas vorbereitet. Es ist die Inflationsrate. Offiziell wird sie mit vier Komma neun angegeben. Im nächsten Jahr soll sie Moderat auf fünf Komma fünf steigen. Soweit der amtliche Teil.

Für meine Berechnungen habe ich Browserverläufe ausgewertet, wenn Nutzer nach Preisen für bestimmte Waren
gesucht haben. Ich habe sie mit den Preisen von vor drei
Monaten verglichen. Das ergab eine Inflationsrate von über
sechs Prozent. Wenn sie hier die Grafik ansehen, dann steigt
die Inflation im nächsten Jahr über acht Prozent.

Genauer kann ich es im Moment noch nicht angeben. Ich
habe die Berechnungen mehrfach wiederholt. Die Tendenz
ist immer die gleiche."

Der Reporter schaute die Grafiken lange an und machte
sich Notizen. Dann meinte er: „Wenn das stimmt, dann
wäre es starker Tobak! Haben sie noch weitere Beispiele für
Manipulationen?"

„Zeigen kann ich ihnen nur das. Aber ich habe auch andere Themen untersucht: Entwicklung der Wirtschaftskraft,
Arbeitslosigkeit, Steueraufkommen, so allgemeine Sachen
eben. Ich glaube, zusammenfassen zu können, dass die von
mir festgestellten Entwicklungen immer schlechter verlaufen als offiziell zugegeben."

Theo Wunder konnte das nicht glauben. Hatte er hier einen Spinner vor sich oder waren das ernst zu nehmende Ergebnisse? Wie könnte er diese Frage zweifelsfrei beantworten? Da hatte er eine Idee:

„Wie groß ist denn ihre Datenbasis und wo haben sie die
enormen Rechenkapazitäten her?"

Solche Fragen hatte Ralf befürchtet: „Gehen sie von einigen hunderttausend Datensätzen aus. Das sind zwar, bezogen auf die Bundesrepublik nicht viele, aber sie sind reprä-
sentativ. Als Student habe ich Zugang zum Zentralrechner
der Fakultät."

Er dachte, damit das schwierige Problem der Datenbeschaffung umschifft zu haben. Aber damit hatte er den durch lange Jahre Berufserfahrung gewieften Redakteur unterschätzt.

„Einige hunderttausend, so, so. Wo bekommen sie die notwendigen Daten her?"

Ralf fühlte sich ertappt. Ihm wurde heiß und sein Gesicht lief rot an. Der starr auf sein Gegenüber gerichtete Blick verriet Theo Wunder, dass er ins Schwarze getroffen hatte.

„Das möchte ich nicht verraten", stammelte er.

„Aber legal ist ihre Arbeit, oder?"

Ralf, immer noch unsicher antwortete: „Ich bemühe mich, anonymisierte Daten zu verwenden, die keine Rückschlüsse auf die Quellen zulassen."

Carola schaltete sich ein: „Meinst du nicht, du solltest Herrn Wunder die ganze Wahrheit erzählen? Er ist doch sicher so erfahren, dass er keine kompromittierenden Fakten in der Zeitung offenbart."

Theo Wunders Misstrauen war nun endgültig geweckt: „Wie soll ich das verstehen? Arbeiten sie mit illegalen Methoden?"

Ein zorniger Blick von Ralf traf Carola. Nach einigem Zögern entschloss er sich, die Wahrheit wenigstens annähernd zuzugeben: „Es ist schwierig, Daten zu bekommen. Die Nutzer von Google und weiteren großen Plattformen stellen denen ihre Daten freiwillig zur Verfügung. Da komme ich nicht heran. Ich habe deshalb Cookies entwickelt, die Browserverläufe ermitteln und Computer in einem Netzwerk zusammenschalten, um die Kapazität zu erhöhen."

Der Redakteur bohrte weiter: „Was heißt denn das? Sind es nur Cookies oder vielmehr Viren, die sie in die Welt gesetzt haben?"

Ralf bestätigte den Verdacht mit einem Nicken. Mit heiserer Stimme fügte er hinzu: „Ja, es sind Viren."

Theo Wunder notierte sich Ralfs Erklärungen. Carola und Ralf schauten schweigend zu. Als er fertig war, meinte er: „Ich werde mit meinem Chef sprechen, ob wir das veröffentlichen sollten. Falls ja, wären sie zu weiteren Interviews bereit?"

Ralf nickte ergeben, ohne den Zeitungsmann anzuschauen.

„Schön, das wäre es fürs erste. Falls ich weitere Fragen habe, melde ich mich. Ich schlage vor, sie gehen als erste raus. Ich bleibe noch einen Moment sitzen, damit man uns nicht zusammen sieht."

Vor der Tür brach der Unmut aus Ralf heraus. Laut schnauzte er Carola an: „Bist du von allen guten Geistern verlassen, mich so vorzuführen? Wie soll ich dir jemals wieder vertrauen können?"

Mit dieser schroffen Reaktion hatte sie nicht gerechnet. Unsicher stammelte sie: „Ich wollte nur, dass die Probleme öffentlich werden. Wir können uns doch nicht immer mehr belügen lassen!"

Mit einer zornigen Handbewegung drehte sich Ralf um und ging schnellen Schrittes davon. Carola sah ihm ratlos hinterher.

Lageraum des Kanzleramts

Dr. Frank Schirrmacher stand vor dem Schreibtisch des Kanzleramtsministers. Sein Chef hatte ihm keinen Platz angeboten.

Martin Gotzkowski atmete schwer. Das war nicht auf seine Leibesfülle zurückzuführen. Vor sich hatte er die gestrige Ausgabe des „Täglichen Beobachters". Schirrmacher erkannte eine riesige Balkenüberschrift. Der Kanzleramtsminister ließ ihm keine Zeit, sie zu entziffern.

Laut deklamierte er: „Wird Deutschland von der Regierung belogen? Illegale Machenschaften aufgedeckt! Student entlarvt Regierungshandeln! So geht das weiter, eine ganze Seite lang. Was haben sie dazu zu sagen?"

Schirrmacher zuckte hilflos mit den Schultern: „Was wollen sie denn hören? Ich bin nicht für Öffentlichkeitsarbeit zuständig. Fragen sie doch ihren Pressereferenten!"

Das brachte Gotzkowski endgültig aus der Fassung. Er schrie seinen Geheimdienstkoordinator hemmungslos an: „Sie wagen es, mir solche Ratschläge zu erteilen? Ich verlange, dass endlich Ergebnisse auf den Tisch kommen! Hat diese Zeitungsschmiererei etwas mit dem beobachteten Netzwerk zu tun? Der verdammte Verfassungsschutz ist blinder als ein Maulwurf. Wenn sogar Zeitungen mehr wissen, kann ich den Saftladen gleich dichtmachen."

Schirrmacher ließ sich nicht einschüchtern. Der Kanzleramtsminister war für seine Ausfälle bekannt: „Es könnte sein, dass sich der Hacker von sich aus an die Zeitung gewandt hat. Die haben es einfacher als unsere Dienste."

„Was ist denn mit diesem Journalisten?", Gotzkowski fuhr mit dem Finger über die Titelzeile: „Hier, Theo

Wunder, sein Name ist anscheinend Programm. Können sie auf den nicht jemand ansetzen oder sein Telefon abhören?"

„Sie wissen, dass wir das nicht dürfen. Er hat sich nicht strafbar gemacht. Die Pressefreiheit ist immer noch heilig."

Gotzkowski schlug mit der flachen Hand auf den Schreibtisch: „Ich will von ihnen nicht hören, was alles nicht geht! Das Problem muss doch zu knacken sein. Hier steht irgendwas von Meteorologie. Student soll der Hacker auch sein. Gibt es denn keinen verdeckten Mitarbeiter oder irgendwelche Vertrauensleute in der TU Berlin, vielleicht sogar in der Sektion Meteorologie?"

„Die gibt es bestimmt. Bisher war das Problem so nicht lokalisierbar. Wenn es ihnen recht ist, werde ich sofort das Landesamt Berlin beauftragen."

„Natürlich ist es mir recht. Und machen sie ein bisschen Druck. Die Regierung kann nicht dulden, als Lügner hingestellt zu werden.", Gotzkowski wedelte mit der Hand und bedeutete damit seinem Koordinator, dass das Gespräch beendet war.

Dienstzimmer von Isolde Wegner

Isolde saß mit ihrem Kollegen Dietmar Krüger zusammen. Vor sich hatte sie die Ausgabe des Täglichen Beobachters mit den kompromittierenden Veröffentlichungen. Die beiden Kollegen warteten auf Ralf, den Isolde zu einer Aussprache eingeladen hatte. Isolde las Dietmar in empörtem Tonfall Ausschnitte aus dem Artikel vor.

Sie schaute ihrem Gegenüber in die Augen und fragte: „Wie kann dieser Unglücksmensch annehmen, dass seine Urheberschaft geheim bleibt? Was sagst du dazu?"

126

„Im Artikel ist von einem bundesweiten Netzwerk die Rede. Meinst du wirklich, dass Ralf der Urheber dieses Netzwerks ist? Dazu gehört doch ein riesiger Arbeitsaufwand. Ich würde eher an eine ausländische Hackergruppe denken als an einen unserer Studenten. Wie auch immer, er muss außergewöhnlich intelligent und fleißig sein. Dafür müsste man ihn eigentlich auszeichnen."

„Na hör mal, was soll denn das heißen? Einer unserer Studenten übertritt mehrfach Gesetze und du schlägst ihn zur Auszeichnung vor? Wenn herauskommt, dass unsere Sektion darin verwickelt ist…"

Sie konnte den Satz nicht zu Ende bringen, denn es klopfte und Ralf trat ein: „Ihr wolltet mich sprechen?"

„Allerdings, nimm Platz, es wird wahrscheinlich länger dauern."

Isolde wies auf einen Stuhl, den sie eigens für diese Unterredung aus dem Konferenzraum geholt hatte. Ralf setzte sich und sah Isolde mit starrem Blick an. Das schlechte Gewissen sprach aus seinem Gesicht.

„Ich habe hier die Zeitung von gestern. Kennst du diesen Artikel und hast du etwas damit zu tun?" Sie hielt ihm den Artikel vor die Nase.

Ralf schwieg. In Gedanken ging er seine Möglichkeiten durch. Wenn er alles zugab, würden sie ihn rausschmeißen. Sollte er sich dumm stellen, hätte er vielleicht eine Chance. Er entschied sich für die zweite Option.

„Wieso vermutest du, dass ich damit zu tun hätte? Außer mir gibt es noch weitere Mitarbeiter in deiner Arbeitsgruppe."

Isolde war sprachlos. Sie hätte nicht erwartet, so dreist belogen zu werden.

Dietmar schaltete sich ein. Um den nötigen Abstand zu wahren, zog er die Anrede „sie" vor: „Es gibt elf Mitarbeiter in unserer Arbeitsgruppe. Alle sind uns langjährig bekannt. Der einzige neu Hinzugekommene sind sie. Niemand anderes hat sich bisher etwas zuschulden kommen lassen. Nur sie haben es fertiggebracht, sich unerlaubt in unseren Server zu hacken. Unter diesen Umständen sollte eine Frage erlaubt sein."

Ralf gewann durch diese Antwort mehr Sicherheit. Wahrscheinlich tappten sie im Dunkeln: „Das ist noch lange kein Beweis. Und außerdem, wer sagt euch denn, dass es jemand aus der Arbeitsgruppe war? Es könnte auch jemand sein, der unter falscher Flagge segelt."

Ob so viel Unverfrorenheit wurde Isolde wütend: „Die Unschuld vom Lande, du kannst doch nicht ernsthaft erwarten, dass wir dir das abnehmen!"

Dietmar dachte daran, welche großartige Leistung hinter einer solchen Arbeit stecken würde. Er wollte Ralf eine Brücke bauen: „Isolde und ich haben uns vor unserer Zusammenkunft über die Veröffentlichung ausgetauscht. Ich fand es sehr bemerkenswert, dass der Student, über den hier berichtet wird, offenbar ganz allein so bahnbrechende Ergebnisse erzielen konnte. Sie wissen, dass wir selbst auf diesem Gebiet forschen und können die Schwierigkeiten ermessen. Angenommen, sie wären derjenige, der diese Ergebnisse vorzuweisen hätte, würden sie uns bemerkenswert weiterbringen. Ich könnte mir vorstellen, dass wir, vorausgesetzt die Fakten liegen offen auf dem Tisch, von Maßregeln absehen würden. Isolde, was sagst du?"

Isolde war immer noch empört. So einfach sollte dieser Kerl nicht davonkommen: „Fakten auf den Tisch heißt aber auch ausnahmslos alles. Du müsstest zum Beispiel erklären, woher deine Daten stammen. Vor dieser Antwort hast du dich bisher immer elegant gedrückt."

„Wer sagt euch denn, dass das Wort Student in der Zeitung überhaupt stimmt? Vielleicht ist es nur Tarnung und dahinter steckt eine russische Hackerbande. Erklären muss ich gar nichts, weil ich es nicht war! Ich könnte mir aber vorstellen, dass diese Person solche Daten aus Browserverläufen extrahiert hat. So wollte ich es auch machen, was ihr mir verboten habt. Ich hoffe, du erinnerst dich daran!"

Dietmar verlor ebenfalls langsam die Geduld: „Und wie könnte man ihrer Meinung nach an Browserverläufe herankommen? Erzählen sie bloß nicht, man müsste in die Google Server eindringen!

„Weiß ich auch nicht, vielleicht mit Hilfe von Viren?", antwortete Ralf unsicher."

Isolde konnte sich kaum noch beherrschen: „Das wird ja immer verrückter! Hast du schon mal was von Virenscannern gehört? Willst du die alle überlistet haben?"

„Wieso ich? Ich habe doch gesagt, ich war es nicht. In unserem Land muss man einem Beschuldigten seine Schuld beweisen. Bisher habe ich nur boshafte Vermutungen gehört."

Dietmar versuchte es ein letztes Mal: „Wir haben gehört, wie sie es machen würden. Ihre sogenannten Vermutungen zeugen von bemerkenswerter Detailkenntnis. Wer so etwas weiß, macht sich zumindest verdächtig. Wollen sie nicht doch einlenken und ihr Gewissen erleichtern? Es deutet mehr auf ihre Urheberschaft als ihnen lieb sein kann."

Ralf merkte, dass ihm die beiden nichts nachweisen konnten. Er wollte das Verhör beenden und erhob sich: „Wenn es nichts weiter gibt, würde ich das Gespräch jetzt beenden. Ich muss noch lernen und habe nicht ewig Zeit." Er drehte sich um und ging grußlos aus dem Raum.

Ralfs und Michaels Studentenbude

Nachdem Ralf von den beiden Hochschulmitarbeitern so hart angegangen wurde, reifte bei ihm die Erkenntnis, dass er so nicht weitermachen konnte. Der Drang, sein Projekt erfolgreich zu Ende zu führen, weckte Widerstand in ihm. Wie könnte er seine Idee weiterverfolgen, ohne mit allen möglichen Leuten zu kollidieren? Er brauchte jemanden, mit dem er sich beraten konnte. Mit Jana ging das nicht, denn er hatte sich von ihr getrennt. Carola war ihm nicht geheuer. Sie hatte ihm die unselige Veröffentlichung eingebrockt. Einzig sein Studienkollege Michael kam dafür in Frage.

Die beiden saßen seit einer Stunde zusammen und wälzten die Varianten des Vorgehens hin und her. Michael hatte Ralf schon mehrfach die möglichen strafrechtlichen Konsequenzen vor Augen geführt. Er wollte ihn überzeugen, die Arbeiten erst einmal ruhen zu lassen, bis Gras über die Sache gewachsen wäre.

Ralf konnte sich damit nicht anfreunden. Sein Hauptargument war, dass ihm jemand zuvorkommen könnte, wenn er nicht dranblieb. Das ließ Michael nicht gelten. Es wäre abzusehen, dass Ralf wegen des von ihm geschaffenen Netzwerks in nächster Zeit ins Visier von Ermittlungen geraten würde. Der Artikel im „Täglichen Beobachter" wäre nicht geeignet, seine Identität geheim zu halten. Diese Erkenntnis hatte Ralf auch gewonnen. Wo lag die Lösung?

Das Radio dudelte im Hintergrund. Plötzlich gab es Nachrichten. Ralf hörte mit einem Ohr zu. Er bedeutete Michael zu schweigen. Der Sprecher verlas Wirtschaftsdaten. Von sinkenden Arbeitslosenzahlen und sinkender Inflation war die Rede. Das machte Ralf wütend. Er hatte bei seiner letzten Abfrage ganz andere Werte ermittelt.

Erbost sagte er zu Michael: „Da siehst du, wohin es führt, wenn man denen da oben nicht auf die Pelle rückt. Es muss sich etwas ändern. Wenn ich jetzt aufhöre, geht das immer so weiter."

„Du glaubst doch nicht, dass du irgendwas bewirken kannst! Dazu bist du viel zu klein. Die Medien walzen dich mit ihrer Marktmacht einfach platt, falls sie es überhaupt zur Kenntnis nehmen."

„Bei einem Medium könnte ich es nochmal versuchen. Der Redakteur vom „Täglichen Beobachter" hat es mir angeboten."

„Du hast doch vor Kurzem noch ganz anders geredet! Woher kommt der plötzliche Sinneswandel?"

„Du hast doch die Nachrichten gehört. Anstatt den Leuten reinen Wein einzuschenken, wird immer nur alles beschönigt. Aber die Menschen sind nicht blöd. Sie merken irgendwann, dass etwas nicht stimmt. Ich möchte nicht wissen, was herauskommt, wenn ich eine Projektion in die Zukunft rechne. Nein, ich muss weiter machen. Vielleicht bleibt mir noch genügend Zeit, um das Projekt zu Ende zu bringen."

Konspirative Wohnung des Verfassungsschutzes

Dieses Mal war Connor derjenige, der Isolde zu einem dringenden Gespräch gebeten hatte. Sie saßen sich gegenüber. Isolde war gespannt, welches Problem jetzt schon wieder auf sie zukam.

Connor kam sogleich zur Sache: „Kennst du den Artikel im „Täglichen Beobachter" von letzter Woche? Es ging darum, dass die Regierung der Öffentlichkeit angeblich keinen reinen Wein über die wirtschaftliche Lage einschenkt."

Er griff in die Tasche und holte die betreffende Ausgabe hervor.

Isolde wollte erst hören, worauf die Schlapphüte hinauswollten. Sie antwortete ausweichend: „Ich habe den Artikel gelesen. Warum interessiert sich euer Laden dafür?"

„Die Veröffentlichung hat ganz schön Staub aufgewirbelt. Der Geheimdienstkoordinator musste einen schweren Rüffel von ganz oben einstecken, soviel ich gehört habe. Wie das immer so ist, hat er das gleich nach unten weitergegeben. Vordringliches Ziel ist, diesen ominösen Studenten zu finden und unschädlich zu machen. Ich bin nicht der Einzige, der Nachforschungen anstellt. Die zweite Stoßrichtung ist, dieses Programm sicherzustellen, bevor es aus Angst vielleicht gelöscht wird. Die Dienste interessieren sich brennend dafür. Sie hätten gerne selbst so ein schönes Programm, um in die Zukunft sehen zu können.

Als ich über das Problem nachdachte, ist mir deine Arbeitsgruppe eingefallen. Ihr arbeitet doch an so einem

Thema. Kannst du dir vorstellen, dass einer deiner Kollegen seine Finger da drin hat?"

Isolde war gleich der Name Ralf Winkler eingefallen. Aber sie befürchtete auch, dass ihre Arbeitsgruppe hineingezogen werden könnte. Das musste sie unbedingt verhindern, denn dann stand ihre Karriere auf dem Spiel. Sie antwortete ausweichend: „Für meine Kollegen lege ich die Hand ins Feuer. Ohne Erlaubnis des Dekans würde niemand etwas in der Tagespresse veröffentlichen, noch dazu in so reißerischem Stil."

„Du hattest mir aber von einem Studenten erzählt, der sich nicht ganz an die Regeln hält. Ralf Winkler heißt er, erinnere ich mich. Gilt deine Hand im Feuer auch für den?"

Isolde fühlte sich ertappt und wurde unsicher. Zwar hatte sie wenig Sympathien für Ralf, aber ihn deshalb an den Geheimdienst ausliefern, wollte sie nicht. Sie berichtete von der Aussprache mit ihm, betonte aber, dass er die Verantwortung für die Veröffentlichung vehement abgestritten habe.

Connor hatte Isoldes Unsicherheit bemerkt. Er ahnte, dass mehr dahinterstecken könnte: „Angenommen, er ist der Übeltäter, wie könnte er das bewerkstelligt haben?"

„Ich bezweifle, dass er das könnte. Er hätte nicht die Kapazitäten, ein geheimes Netzwerk aufzubauen. Ganz abgesehen davon, entstünden riesige Datenströme. Wie sollte ein Einzelkämpfer die verarbeiten?"

„Überlass doch bitte solche Erwägungen den Spezialisten unseres Dienstes. Vielleicht haben wir hier jemanden gefunden, der die freiheitlich demokratische Grundordnung zerstören will. Es geht erstmal nicht darum, ob er die

Möglichkeiten hat. Mit genügend krimineller Energie lässt sich viel bewerkstelligen. Wenn wir einen Verdächtigen gefunden haben, bekommen wir schnell aus ihm heraus, was wir wissen möchten. Ein weiterer Aspekt ist: Wenn sich dieses Programm als zweckdienlich erweist, würde es Verfassungsschutz und BND auch gut zu Gesicht stehen. Dann hätten wir nicht zuletzt einen entscheidenden Vorteil gegenüber unseren amerikanischen Freunden. Anscheinend sind die schon selbst dahintergekommen, wie dein eigenartiger Besuch neulich beweist. Also: wie kommen wir an deinen Wunderknaben heran?"

„Er ist der Einzige, der mit seinem eigenen Computer arbeiten darf. Wegen der allgemeinen Geldknappheit konnte ich ihm keinen Dienstcomputer zur Verfügung stellen. Auch einen Arbeitsplatz hat er bei uns nicht. Soviel ich weiß, arbeitet er im Wohnheim. Dort hat er eine Wohnung zusammen mit einem Kommilitonen. Wenn du willst, suche ich dir die Adresse raus."

„Eine IP-Adresse von seinem Computer hast du nicht zufällig?"

Isolde antwortete spöttisch: „Ihr habt doch angeblich so gute Spezialisten. Die werden hoffentlich in der Lage sein, eine IP-Adresse herauszubekommen! Ich hoffe, falls sich dein Verdacht nicht bestätigt, dass ihr ihn in Ruhe lasst. Er ist ein guter Student, auch wenn er manchmal über die Stränge schlägt."

Ralfs und Michaels Studentenbude

Scheinbar ungestört arbeitete Ralf weiter an seinem Projekt. Hin und wieder schlich sich ein ungutes Gefühl ein.

Für seine Vorahnung fand er keinen Grund. Aber sie spornte ihn an, schneller zu arbeiten. Um endlich genauere Ergebnisse zu bekommen, schaltete er immer öfter sein Netzwerk ein.

Nach einigen Tagen gab es einen unbestimmten Hinweis. Er bekam in immer dichteren Abständen Fishing Mails. Sie waren ausnahmsweise gut und mit viel Fantasie gemacht. Es gab keine Fehler bei der Rechtschreibung. Er wurde mit seinem Namen angesprochen. Bei der ersten Mail hätte er beinahe auf einen Link geklickt, weil sie ihm so plausibel erschien. Im letzten Moment besann er sich und schaute im Header nach. Dadurch wurde es offenbar.

Nach vierzehn Tagen gab es neue Ungereimtheiten. Immer mehr Computer waren in seinem Netzwerk nicht mehr erreichbar. Es konnte auch sein, dass einer der vielen professionellen Virenscanner seinen Virus erkannt hatte. Er durchforstete das Web, ob sein Virus unter den vielen tausend neuen Schadprogrammen aufgetaucht war. Das war nicht der Fall. Er schob alle Bedenken beiseite und arbeitete verbissen weiter.

Bei den Sitzungen der Arbeitsgruppe ließ man ihn in Ruhe. Mit Genugtuung nahm er zur Kenntnis, dass die lieben Kollegen nicht weiterkamen. Das war für ihn kein Wunder. Wenn man mit manipulierten Daten arbeitet, kann nichts Gescheites herauskommen. Das bestärkte ihn, auf seinem Weg mit Browserverläufen weiterzumachen.

Dienstzimmer von Isolde Wegner

Isolde saß vor ihrem Computer und versuchte konzentriert der Mail Flut Herr zu werden. Deshalb fiel es ihr nicht auf, als jemand leise ins Zimmer trat. Es war John Winsley, der geheimnisvolle Besucher mit dem amerikanischen Akzent. Er stand ruhig da und sah Isolde mit einem spöttischen Lächeln zu, wie sie die Tastatur traktierte. Irgendwann schaute Isolde doch auf, weil sie sich beobachtet fühlte. Sie erschrak nicht schlecht, als sie den vermeintlichen Amerikaner stehen sah. Ihr Schrecken entlud sich in Zorn.

Sie schrie ihn an: „Wer hat ihnen erlaubt, heimlich mein Zimmer zu betreten? Verschwinden sie, und zwar sofort, sonst hole ich die Polizei!"

Ihre Ankündigung unterstrich sie mit einem Griff zum Telefon.

Statt zu verschwinden, legte ihr der Besucher wortlos die Hand auf den Arm und drückte den Hörer herunter. Immer noch grinsend setzte er sich auf den Besucherstuhl.

„Was fällt ihnen ein?", fragte Isolde empört und wollte aufstehen. Doch der Ami ließ sich nicht einschüchtern.

„Beruhigen sie sich und bleiben sie sitzen! Ich will nur mit ihnen reden. Das müssen sie aushalten.", erklärte er mit Nachdruck.

„Es gibt nichts zu bereden! Verschwinden sie endlich!", Isolde konnte sich nicht beruhigen.

„Ich wollte so nicht anfangen, aber sie lassen mir keine Wahl. Nach unseren Erkenntnissen arbeiten sie mit dem Verfassungsschutz zusammen. Was glauben sie, würden ihre Kollegen sagen, wenn sie erfahren, dass sie eine Zuträgerin des Geheimdienstes sind?"

Isolde konnte vor Schreck nicht weiteratmen. Ihre Augen wurden groß und ihr ganzer Körper spannte sich. Der Mund stand offen.

„Entspannen sie sich! Das wird nicht passieren, wenn sie ein bisschen kooperativ sind. Ob man für einen oder zwei Geheimdienste arbeitet, ist letztlich egal, oder?", er lehnte sich zurück und wartete die Wirkung seiner Worte ab.

Isolde war fassungslos. Fieberhaft kreisten ihre Gedanken um die Drohung, ihre Tarnung auffliegen zu lassen. Sie war es nicht gewohnt, erpresst zu werden. Dieser Angriff traf sie völlig unvorbereitet und machte sie hilflos. Sie starrte ihr Gegenüber an.

Der merkte, dass sein Opfer fast geschlagen war und stieß sofort in die Verteidigungslücke hinein: „Wir wollen nichts Gesetzwidriges von ihnen. Sie sollen nur ab und zu ein paar Fragen beantworten. Uns interessiert zum Beispiel, wie weit ihre Arbeitsgruppe gekommen ist."

Isolde hatte sich etwas beruhigt und ihre kühle Vernunft wieder die Oberhand bekommen: „Wenn ich ihnen Fragen beantworte, muss ich wissen, welchem Geheimdienst sie angehören. Wie es aussieht, sind sie Amerikaner, vielleicht aber auch Russe. Einen amerikanischen Akzent kann jeder Idiot nachmachen! Meine vermeintliche Zusammenarbeit mit dem Verfassungsschutz hat keine strafrechtlichen Konsequenzen, die mit einem ausländischen Geheimdienst schon."

„Sie geben also zu, dass sie für einen deutschen Geheimdienst arbeiten!"

„Ich gebe gar nichts zu! Ich will wissen, woran ich mit ihnen bin!"

Der smarte Typ ihr gegenüber setzte wieder sein überhebliches Grinsen auf: „Gehen sie davon aus, dass ich Amerikaner bin. Mehr darf ich ihnen nicht verraten. Können wir uns jetzt meinen Fragen zuwenden? Also, wie weit ist ihre Forschung gediehen?"

Isolde merkte, dass sie mit ihrer Blockadehaltung nicht weiterkam. Insgeheim verfluchte sie sich, mit den Informationen für den Verfassungsschutz angefangen zu haben. Als sie damit anfing, hatte ihr Connors Argument eingeleuchtet, es wäre eine patriotische Tat.

Widerwillig sagte sie: „Wir treten ein wenig auf der Stelle. Die Idee ist gut. Im Gegensatz zum Wetterbericht fehlt es an einer größeren Anzahl von Quellen. Auch macht es sich bemerkbar, dass uns keine Historie vorliegt. Das erschwert die Anwendung statistischer Verfahren sehr. Genügt ihnen das?"

„Das ist interessant. Was meinen sie denn mit größerer Anzahl von Quellen?"

Der Honk hatte offenbar keine Ahnung, wie ein Wetterbericht zustande kam, dachte Isolde. In belehrendem Ton erläuterte sie: „Es gibt auf der Erde eine fast unendlich große Zahl Wetterstationen, die ununterbrochen Daten über Temperatur, Luftfeuchte, Windbewegung und so weiter liefern. Auch aus Flugzeugen bekommen wir Informationen. Große Datenbanken enthalten das Wetter vom Beginn aller Aufzeichnungen bis heute. Alles zusammen ergibt den Wetterbericht, vorausgesetzt man hat genügend Rechenpower, um alles miteinander zu verknüpfen."

„Und das alles gibt es für ihr Projekt nicht?"

„Natürlich nicht. Das Internet wurde erst Ende des vorigen Jahrhunderts erfunden, eine Grundvoraussetzung dafür."

John Winsley ließ sich so einfach nicht abspeisen: „Ihr Mitarbeiter Ralf Winkler scheint aber über mehr Daten zu verfügen. Wieso ist er in der Lage, solche Artikel wie neulich im „Täglichen Beobachter" veröffentlichen zu lassen?"

„Woher wissen sie von Ralfs Eskapaden?", Isolde wollte dazu lieber nichts sagen.

Ihr Gegenüber zog die Augenbrauen hoch: „Ich glaube nicht, dass diese Frage ernst gemeint ist, also?"

„Leider hat er es bisher geschafft, sich unserer Kontrolle weitgehend zu entziehen. Es könnte sogar sein, dass er mit der Anwendung von meteorologischen Algorithmen weiter ist als alle anderen. Mehr kann ich ihnen nicht sagen."

„Heißt das, wenn ich mehr über dieses Projekt wissen wollte, sollte ich mich lieber an ihren Mitarbeiter wenden?"

„Tun sie, was sie nicht lassen können. Von mir haben sie die Informationen nicht. Und jetzt lassen sie mich in Ruhe. Ich habe zu tun." Isolde wedelte mit der Hand, um den lästigen Besucher zu vertreiben.

Ralfs und Michaels Studentenbude

Wieder einmal saßen Ralf und Michael an ihren Arbeitsplätzen. Michael hatte inzwischen seine Studienrichtung gewechselt. Er war mit einer umfangreichen Internetrecherche beschäftigt. Ralf versuchte zum wiederholten Mal eine Entwicklungsvorhersage für Deutschland zu berechnen. Das machte eine ihm unbekannte Kraft in zunehmendem Maß schwer. Immer seltener gelang es, sein ganzes

Netzwerk zu aktivieren. Entsprechend ungenau waren die gewonnenen Ergebnisse. Trotzdem war der Trend unverkennbar. In Deutschland zeichneten sich auf vielen Gebieten ungünstige Entwicklungen ab, die in den Medien keine Widerspiegelung fanden.

Plötzlich trat ein, was Ralf noch nie passiert war. Mitten in der Recherche brach das komplette Netzwerk zusammen. Er war völlig überrascht und reagierte mit einem Schlag der flachen Hand auf den Schreibtisch.

„Verdammt, das gibt's doch gar nicht! Micha, sieh dir das an! Es sieht aus, als hätte jemand mein Netzwerk einfach abgeschaltet."

Michael fühlte sich in seiner Arbeit gestört und reagierte nur mit einem unwilligen Knurren.

„Micha, guck doch mal! Das musst du dir ansehen!"

Widerwillig stand Michael auf und stellte sich hinter Ralf: „Was ist denn? Ich sehe nichts."

„Genau das ist ja das Problem. Eben noch schaltet sich mein Netzwerk zusammen und plötzlich, wie von Geisterhand, alles aus. Da, nicht ein einziger Computer mehr zu sehen!"

Michael verstand von den Programmierkünsten seines Mitbewohners nichts. Deshalb konnte er nur mutmaßen: „Hast du mal die LAN-Verbindungen…"

Weiter kam er nicht. Es klingelte anhaltend. Beide schauten sich erschrocken an.

„Das ist hoffentlich nicht die Polizei oder erwartest du jemand?", fragte Ralf.

Michael schüttelte den Kopf: „Nein du?"

Auch Ralf verneinte: „Ich sehe nach, wer da ist."

Michael hielt ihn zurück: „Mir kommt das komisch vor. Lass mich lieber nachsehen!"

Als er schon fast an der Wohnungstür war, krachte es. Die Tür flog auf, ein behelmter, schwarz gekleideter Uniformierter sprang mit vorgehaltener Maschinenpistole herein, schrie: „Polizei, hinlegen, Hände über den Kopf, nicht bewegen!"

Er rannte Michael über den Haufen, zwang ihn zu Boden. Hinter ihm rannten weitere Beamte hinein. Alle schrien: „Polizei, hinlegen, nicht bewegen!"

Die Polizisten mussten durch den Flur, was Ralf einen kleinen Vorsprung verschaffte. Im Laufen stopfte er sein Handy in die Hosentasche, rannte zur Balkontür, riss sie auf, sprang hinaus und knallte sie wieder zu. Wohin, wohin? Es blieb ihm nur der Sprung auf den darunter liegenden Balkon. Er schwang sich über das Geländer. Da war sein Verfolger schon heran und packte ihn am Arm. Mit dem Mut der Verzweiflung ließ Ralf das Geländer los. Der Polizist rutschte ab und hielt ihn nur noch am Ärmel fest. Ratsch machte es. Der Ärmel riss ab. Ralf landete unsanft auf dem unter ihm liegenden Balkongeländer. Ein Schmerzensschrei entfuhr ihm. Er hatte sich den Steiß geprellt.

Schon schauten weitere Verfolger über die Brüstung. „Halt, stehen bleiben!", rief der eine.

Ralf dachte nicht daran. Nur weg hier.

„Bleiben sie stehen oder ich schieße!", ertönte es von oben. Einer schoss zur Warnung in die Luft. Das verlieh Ralf neuen Mut. Er blickte nach unten. Nur noch zwei Balkons unter ihm, dann winkte die flache Erde. Er sprang dreimal und landete sich überschlagend auf dem Rasen. Dabei verstauchte er sich den Fuß. Neben ihm lag seine Brille. Sie war unbeschädigt. Das Handy fiel ihm aus der Tasche. Es bekam einen Riss quer über die Anzeige. Zum Zurückblicken war keine Zeit. Er klaubte Telefon und Bille auf und rannte einfach los, egal wohin. Hinkend bog er um die Ecke des Wohnblocks und entschwand den Blicken der Staatsmacht.

Oben kniete ein Polizist auf Michael und drehte ihm die Arme nach hinten. Vor Wut und Schmerz schrie der auf: „Lasst mich in Ruhe verdammt! Ich habe damit nichts zu tun!"

Doch die Polizisten dachten nicht daran. Er bekam Handschellen und den Befehl sich zu erheben. Einer tastete ihn nach Waffen ab und fasste ihm dabei schmerzhaft zwischen die Beine.

Er schrie: „Lasst mich in Ruhe, ihr Drecksäcke! Was wollt ihr von mir?"

Die Schwarzen dachten nicht daran, sich zu erklären. Wortlos schubsten sie ihn vor sich her, die Treppe herunter.

Ralf hatte sich vor dem Wohnblock in einem Gebüsch versteckt. Er wollte wissen, was mit Michael geschah. Es dauerte nicht lange und sein Mitbewohner wurde unsanft aus der Tür gestoßen. Einer aus dem SEK gab den Befehl, die Umgebung abzusuchen. Zum Glück hatten sie keine Hunde mitgebracht, sonst wäre alles aus. Er sah, wie Michael in einen VW-Bus gestoßen wurde. Einige Beamte versuchten, den Geflüchteten aufzuspüren. Das dichte Gebüsch verbarg ihn zuverlässig. Schnell weglaufen konnte er mit dem verstauchten Fuß nicht. Er musste warten, bis alles vorbei war.

142

In dichter Folge kamen weitere Beamte aus dem Haus. Sie trugen schwere Kisten in eines der Fahrzeuge. Dabei erkannte er auch seinen PC. Jetzt wurde ihm klar, dass er nicht mehr in seine Wohnung zurückkonnte. Er blickte an sich herunter und bemerkte erst jetzt den fehlenden Ärmel. So könnte er sich nicht unter Menschen trauen. Geld hatte er keins. Sein Portemonnaie war im Schubfach seines Schreibtischs geblieben.

Endlich rückte das SEK ab. Ralf kroch aus dem Gebüsch. Alles tat weh. Sein geprellter Steiß strahlte auf den ganzen Körper aus. Vorsichtig setzte er den verstauchten Fuß auf die Erde, was ihm zusätzliche Schmerzen verursachte. Zum Glück schien nichts gebrochen zu sein.

Sein größtes Problem war, wer ihm helfen könnte. In Gedanken ging er seine Möglichkeiten durch. Michael war in den Händen der Polizei. Jana oder Carola schieden aus. Die Gefahr war zu groß, dass sie beschattet würden. Seine Eltern und alle Verwandten lebten nicht in Berlin. Isolde kam nicht in Frage, genau wie alle weiteren Kollegen der Hochschule.

Mutlos setzte er sich auf eine Parkbank und betrauerte sein Schicksal. Vielleicht sollte er sich der Polizei stellen? Früher oder später würden sie ihn sowieso kriegen.

Außer seinem Telefon hatte er nichts mitnehmen können. Nachdenklich schaute er es an. Könnte man ihn damit orten? Wegwerfen wollte er es nicht. Dann wäre er von allen Verbindungen abgeschnitten. Ach was, dachte er. Vorsicht ist die Mutter der Porzellankiste. Schneller als die Häscher sein, war die Devise. Er durchsuchte seine Taschen und fand eine zwei Euro Münze. Dafür gab es weder etwas zu

Essen noch eine Übernachtung im billigsten Hotel. Mit dem abgerissenen Ärmel sah er wie ein Obdachloser aus. Er brauchte Geld. Vielleicht befand sich seine Börse noch in der Wohnung?

Trotz der großen Gefahr beschloss er, zurückzukehren. Er hinkte los und sah sich misstrauisch nach allen Seiten um. Es war nichts Verdächtiges zu entdecken. Vorsichtig näherte er sich der Eingangstür und stieg die Stufen hinauf. Unterwegs begegnete ihm niemand.

Die Wohnungstür war mit einem Polizeisiegel verklebt. Die Beamten hatten sich nicht die Mühe gemacht, die von ihnen gesprengte Tür provisorisch verschließen zu lassen. Das Siegel war ihm egal. Er stieß die Tür auf und trat ein. Drinnen erwartete ihn das blanke Chaos. Seine und Michaels Sachen lagen wahllos auf dem Boden verstreut. Unter dem Schreibtisch gähnte ihn das leere Computerfach an. Alle Schubladen standen offen. In einem der Fächer müsste die Börse liegen. Sie war nicht da. Verzweifelt suchte er weiter. Er fand sie nirgendwo. Seine Barschaft konnte er nicht aufbessern, weil sie auch seine Geldkarten enthielt. Wenigstens fand er noch ein zerknautschtes Hemd auf dem Fußboden. Seine Jacke hing im Flur.

In der Wohnung durfte er nicht bleiben. Er musste irgendwo Geld auftreiben. Kurz schoss ihm der Gedanke durch den Kopf, Einwegflaschen zu sammeln. Das verwarf er gleich wieder. Es hätte endlos gedauert.

Ob ihm der Redakteur des „Täglichen Beobachters" helfen würde?

Redaktion des Täglichen Beobachters

Theo Wunder saß in der Redaktionskonferenz. Die Journalisten besprachen die nächste Ausgabe. In den letzten Wochen hatte sich eine schwerwiegende Entwicklung verstärkt. Viele Menschen trauten der Regierung nicht mehr zu, die Probleme im Land lösen zu können. Der Klimawandel machte sich immer stärker bemerkbar. Auch Deutschland wurde nicht verschont. Wetterextreme wechselten sich ab. Sintflutartigen Regenfällen folgte monatelange Dürre. Die Folgen waren nicht nur für die Umwelt gravierend. Auch die Wirtschaft litt zunehmend unter den schwierigen Verhältnissen. Vielfach weigerten sich Versicherungen, durch Unwetter entstandene Schäden auszugleichen. Um nicht zahlen zu müssen, wurden die abenteuerlichsten Begründungen genannt.

Infolge der anhaltenden Dürren konnte die Landwirtschaft nicht mehr genügend Nahrungsmittel produzieren. Das führte zu steigenden Lebensmittelpreisen, welche die Inflation anheizten.

Jahrelanges Verschleppen ungelöster Aufgaben erzeugte eine Stimmung, die bei vielen den Wunsch nach Systemwechsel aufkommen ließ. Die Folge waren ständige Demonstrationen in den großen Städten, sinkende Produktion und wachsende Armut. Die Geldentwertung ließ die Ersparnisse der unteren und mittleren Schichten schmelzen.

Über diese Probleme wurde, anders als in vielen anderen Medien im „Täglichen Beobachter" ausführlich berichtet. Heute gab es eine neue Verschärfung. Um die Lage im Land zu beruhigen hatte der Bundestag ein Gesetz beschlossen, das die Möglichkeiten der Presse einschränken sollte. In der

Konferenz wurde die Frage heiß diskutiert, ob man dem Folge leisten und Selbstzensur üben müsste. Sollte man die Regeln nicht beachten, war das Erscheinen des „Täglichen Beobachters" nicht mehr gesichert.

Mitten in dieser aufgeheizten Stimmung klingelte Theo Wunders Handy. Alle drehten sich nach ihm um. Er wollte den Anruf erst wegdrücken. Dann erkannte er die Nummer. Mit entschuldigendem Blick stand er auf, erklärte: „Leute, da muss ich rangehen!", und entfernte sich aus dem Raum.

Der Anrufer war Ralf. Er erklärte ihm seine Lage und fragte, ob ihm die Zeitung helfen könne. Der Redakteur erfasste sofort das Problem und fragte, ob er in die Redaktion kommen könne. Das war Ralf zu gefährlich. Er schlug vor, dass sie sich wieder im Orion 24 treffen sollten. Sie verabredeten, so schnell wie möglich dort hinzukommen.

Lageraum des Kanzleramts

Wer Kanzleramtsminister Gotzkowski gut genug kannte, der konnte auf seine Stimmung schließen, wie er seine Besucher behandelte. Er hatte es als Politiker weit gebracht. Deshalb glaubte er, sich keine Mühe mehr geben zu müssen, falls jemand seinen Anforderungen nicht entsprach. Im Moment traf es Dr. Schirrmacher. Der Geheimdienstkoordinator stand wie ein Schuljunge vor dem Schreibtisch seines Chefs, bereit erneut abgekanzelt zu werden.

Gotzkowski hatte die neueste Ausgabe des „Täglichen Beobachters" vor sich. Eine fünf Zentimeter hohe Balkenüberschrift erstreckte sich über die erste Seite. Der Kanzleramtsminister machte sich nicht die Mühe, seinem

Untergebenen den Text vorzulesen. Er ging davon aus, dass der die Presse gelesen hatte.

„Heute steht in diesem Schmierblatt, dass es einem SEK nicht mal gelungen ist, einen kleinen Studenten festzusetzen. Noch schlimmer ist, dass für diese sogenannten Journalisten unsere neuen Pressegesetze anscheinend nicht gelten. Auf ihre Erklärung dieser Fehlleistungen bin ich gespannt!"

Der Koordinator wollte die Flucht nach vorn antreten, um seinem Chef den Wind aus den Segeln zu nehmen: „Herr Minister, es handelt sich tatsächlich um einen unentschuldbaren Vorfall. Ich kann es mir selbst nicht erklären. Der betreffende leitende Beamte wurde bis zur Klärung vom Dienst suspendiert. Seiner Schilderung nach hatte man nicht damit gerechnet, dass es ein untrainierter Student schafft, sich vom Balkon des dritten Stocks bis zum Erdboden herunterzuhangeln. Deshalb gab es auch vor dem Haus keine Wache, die ihn hätte aufhalten können. Was nicht in der Zeitung steht: wir konnten seinen Kumpan festsetzen, der mit ihm unter einer Decke steckt. Er wird zurzeit verhört, hat aber noch nicht gestanden."

„Wie kommt es, dass diese Zeitung trotz des neuen Pressegesetzes so ausführlich darüber berichten darf?"

„Ich muss ihnen bestimmt nicht erklären, dass wir in einer Demokratie leben. Nach wie vor darf jeder alles schreiben, wenn keine staatlichen Interessen verletzt sind. Dazu gehören auch sogenannte Mutmaßungen. Dass die Lage im Land eskaliert, ist leider kein Geheimnis. Man muss nur auf die Straße gehen, dann sieht man die Demonstrationen. Wir haben geprüft, ob die Berichterstattung über einen SEK-

Einsatz das neue Pressegesetz verletzt. Das ist leider nicht der Fall. Die Redakteure des „Täglichen Beobachters" sind sehr geschickt darin, Artikel so zu schreiben, dass man ihnen nicht an die Wäsche gehen kann."

„Aber was hat es denn mit dieser ominösen Vorhersage auf sich?" Der Minister war mit den lendenlahmen Erklärungen nicht zufrieden.

„Die Zielperson hat im Rahmen ihres Studiums an einem Projekt mitgearbeitet, die Zukunft vorherzusagen. Wenn man das erste Mal davon hört, klingt es wie Voodoo Zauber. Es scheint aber etwas dran zu sein. Daher die Vorhersage der weiteren Entwicklung unseres Landes, wie die Zeitung schreibt. In der Arbeitsgruppe der meteorologischen Fakultät hat der Verfassungsschutz einen V-Mann rekrutieren können. Deshalb wissen wir von dem Projekt.

Unsere Zielperson, ebenfalls in der Arbeitsgruppe, scheint jedoch viel weiter zu sein. Wir sind ihm auf die Spur gekommen, als wir ihrem Hinweis nachgegangen sind, dass das bundesweite Netzwerk aufgedeckt werden muss, sie erinnern sich."

Unwirsch wedelte Gotzkowski mit der Hand: „Aber sie haben ihn sich durch die Lappen gehen lassen, herzlichen Glückwusch! Wie kommt es, dass er immer noch Vorhersagen machen kann? Ich denke, sie haben das Netzwerk stillgelegt?"

„Es ist nicht so einfach, alle vernetzten Computer aufzuspüren. Solange eine genügende Zahl zusammengeschaltet bleibt, funktioniert das Programm. Die Ergebnisse werden nur ungenauer."

„Wie kommt er denn in das Netzwerk hinein? Erzählen sie bloß nicht, er hat beim Sprung vom Balkon seinen Computer mitgenommen!"

„Das können wir uns auch nicht erklären. Unsere Vermutung ist, er hat das Programm so geschrieben, dass er Abfragen von jedem beliebigen Computer ausführen kann."

„Wäre dieses Programm nicht was für die Regierung? Manch ein Politiker gäbe was drum, wenn er in die Zukunft blicken könnte."

„Das haben wir uns auch schon gefragt. Trotz aller Entschlüsselungsversuche ist es bisher nicht gelungen, hinter das Geheimnis zu kommen. Wirklich Aufschluss könnte uns nur dieser Student geben. Dazu müssten wir ihn erst mal einkassieren. Es fragt sich allerdings, ob er danach zur Zusammenarbeit bereit ist. Dazu kommt: wir sind nicht die einzigen, die daran interessiert sind. Es gibt Hinweise, dass auch die Amis das Programm gerne hätten."

„Dann sollten sie sich ein bisschen beeilen. Bei aller Freundschaft zwischen Deutschland und den USA, es gilt die Devise, wer zuerst kommt, malt zuerst. Ich erwarte, dass sie den renitenten Studenten in kürzester Zeit festsetzen. Das war es erstmal. Machen sie ihre Arbeit!"

Der Geheimdienstkoordinator war froh, aus dem Dunstkreis seines Chefs entkommen zu können. Zum Glück war es ihm erspart geblieben, Einzelheiten darüber preiszugeben, warum Ralf Winkler noch nicht festgesetzt werden konnte. Das hätte unangenehm werden können. So hatten die Schlapphüte festgestellt, dass er immer noch mit seinem alten Handy in der Tasche herumlief. Er hatte anscheinend mehr Glück als Verstand. Wenn man ihn geortet hatte, entging er der Festnahme jedes Mal auf wundersame Weise.

Klimademonstration vor dem Kanzleramt

Ralf wusste nicht, wohin er sich wenden sollte. Im Grunde war er obdachlos. Weil er sich nicht mehr in seine Wohnung traute, hatte er schon eine Nacht in der S-Bahn zugebracht. An Körperpflege war unter diesen Umständen nicht zu denken. Je länger er sich nicht waschen konnte, desto mehr hatte er das Gefühl, sein Körpergeruch könnte ihn verraten. Aufmerksam beobachtete er seine Umgebung. Rückten die Menschen bereits von ihm ab, wenn sie seinen Geruch wahrnahmen? Er redete sich ein, dass das nach so kurzer Zeit nicht der Fall sein könnte. Aber den eigenen Geruch nimmt man sowieso nicht gut wahr. Deshalb wuchs die Unsicherheit.

Theo Wunder hatte ihm mit zweihundert Euro ausgeholfen. Zum Dank dafür hatte er auf dem Redaktionslaptop eine Abfrage gestartet. Der Redakteur wollte wissen, ob die Klimabewegung weiter eskalieren würde. Als er am nächsten Tag die Zeitung las, war er entsetzt über den reißerischen Bericht. Auch seine Flucht vor dem SEK las sich wie ein Agentenkrimi. So hatte sich Ralf das nicht vorgestellt. Er nahm sich vor, erst einmal ohne den Zeitungsmann auszukommen. Aber es würde nicht ewig so weitergehen. Zweihundert Euro waren kein Vermögen, mit dem man in der Illegalität überleben könnte.

Warum er vor dem Kanzleramt landete, wusste er nicht. Ein Polizist hatte ihn angesprochen und nach seinem Ausweis gefragt. Den hatte das SEK einkassiert.

Geistesgegenwärtig ergriff er die Flucht und fand sich inmitten der Demonstration wieder. Instinktiv wusste er, dass man ihn in so einer großen Menge nicht finden könnte. Misstrauisch sah er sich um, ob ihm jemand gefolgt war.

Um ihn herum tobten die meist jungen Demonstranten, hüpften im Takt der Musik und skandierten die von der Bühne kommenden Parolen. Im Vergleich zu früheren Demonstrationen gab es einen Unterschied. Heute ging es wesentlich aggressiver zu. Die ständigen Berichte über Umweltkatastrophen und das fehlende Handeln der Regierung hatten die Demonstranten unnachgiebiger gemacht.

Auch wirtschaftliche Missstände wurden immer lauter angeprangert. Infolge der Krise war der Unterschied zwischen arm und reich größer geworden. Das empfanden viele der Abgehängten als ungerecht. Wer infolge der Naturkatastrophen seine Habe verloren hatte, war ein natürlicher Verbündeter der Umweltbewegung. Auf zahlreichen Transparenten wurde ein sozialer Ausgleich gefordert.

Die Demonstranten riefen nach dem Kanzler. Er solle kommen und sich der Kritik stellen.

Ralf hatte ein anderes Problem. Er war bereits mehrmals knapp einer Verhaftung entkommen. Wahrscheinlich hatten sie sein Handy geortet. Wegwerfen wollte er es trotzdem nicht.

Wie sollte es mit ihm weitergehen? Er wollte nicht als Obdachloser enden. Die Alternative wäre, sich der Polizei zu stellen, wenn er niemanden fände, der ihm hilft. Die Aussichtslosigkeit seiner Situation ließ ihn trotz des Lärms um ihn herum ins Grübeln versinken.

„Ralf, wo kommst du denn her?", eine weibliche Stimme sprach ihn von hinten an.

Erschrocken drehte er sich um. Vor ihm stand Jana.

Verwundert sagte sie: „Ich dachte du bist im Knast. Wurde eure Bude nicht von einem SEK gestürmt?"

„Ich bin über den Balkon entkommen. Aber Micha haben sie einkassiert."

„Und nun, was willst du denn jetzt machen?"

„Wenn ich das wüsste. Die spüren mich immer wieder auf. Ich bin schon mehrmals knapp einer Verhaftung entkommen. Im Moment habe ich niemanden, der mir hilft."

Jana sah eine Chance, das Verhältnis mit Ralf wieder zu kitten: „Du kannst erst mal zu mir nach Hause mitkommen, damit du nicht auf der Straße leben musst."

Das schien Ralf ein sicherer Hort zu sein, um aus dem öffentlichen Raum zu verschwinden. Einträchtig gingen sie zu Janas Wohnung.

Verhörraum in der Untersuchungshaftanstalt Moabit

„Herr Schüttke, was wissen sie über die Aktivitäten von Herrn Winkler?"

„Erstens beschwere ich mich über die Umstände meiner Festnahme. Ihre sogenannten Gesetzeshüter haben sich rüde auf mich geworfen, mir dabei schmerzhafte Prellungen und Blutergüsse beigebracht, obwohl ich in keiner Weise Gegenwehr geleistet habe. Eine ärztliche Untersuchung wurde mir bisher verweigert.

Und zweitens: nichts, das können sie mich so oft fragen, wie sie wollen?"

Michael wurde zunehmend ungehaltener. Seine Taktik war, Unwissenheit vorzutäuschen. Wenn man ihm nichts beweisen könnte, müsste man ihn spätestens nach achtundvierzig Stunden laufen lassen.

„Das ist wenig glaubhaft. Sie wohnen seit fast einem Jahr zusammen. Sie studieren das gleiche Fach. Haben sie sich niemals über die Probleme unterhalten?"

„Was für Probleme? Es gab keine. Jeder hat sein Studium absolviert und das war's."

„Wie kommt es denn, dass auf ihrem Laptop Hinweise zu finden sind, die auf das bundesweite Computernetzwerk deuten?"

Michael erschrak. Er dachte einen Moment nach und sah dabei sein Gegenüber mit starrem Blick an. Frechheit siegt, dachte er dann: „Das weiß ich nicht. Vielleicht hat er meinen Laptop ohne mein Wissen benutzt!"

Er lehnte sich zurück und genoss die Ratlosigkeit des Vernehmers: „Sie müssen mir beweisen, dass ich von den Aktivitäten meines Zimmergenossen gewusst habe. Auf Computern befindet sich alles Mögliche, von dem der Nutzer nichts weiß."

„Wo sich Herr Winkler aufhalten könnte, wissen sie bestimmt auch nicht?"

Michaels Gesichtszüge hellten sich auf. Sie haben ihn also entwischen lassen, dachte er. Das war gut. Dann können sie uns nicht gegeneinander ausspielen: „Wie soll ich das wissen? Aber selbst wenn, würde ich es ihnen bestimmt nicht verraten. Und jetzt schlage ich vor, dass sie mich gehen lassen. Das wäre sonst Freiheitsberaubung. Rechnen sie damit, dass ich umgehend zum Arzt gehe und die mir zugefügten Verletzungen dokumentieren lasse. Wir hören noch voneinander!"

Michael stand auf und ging zur Tür. Doch die hatte keine Klinke. Er kam nicht raus und verlor die Ruhe: „Lassen sie mich gefälligst raus!", schnauzte er den Vernehmer an.

Der drückte auf einen Knopf, das Schloss summte und Michael stand draußen. Wenig später schloss sich das Tor des Untersuchungsgefängnisses hinter ihm. Er blickte zum Himmel, holte tief Luft und die Anspannung der letzten Stunden fiel von ihm ab.

Er fragte sich, wo Ralf steckte. Gern hätte er ihm geholfen. Doch dazu musste er ihn finden. Er hatte eine Idee. Vielleicht besaß Ralf sein Handy noch. Das wäre zwar ein Problem bei seiner Flucht, aber die einzige Verbindungsmöglichkeit. Er wählte Ralfs Nummer. Nicht lange und Ralf meldete sich tatsächlich.

Michael war entsetzt: „Bist du von Sinnen? Wieso hast du dein Handy noch? Jeder Idiot kann dich orten!"

„Micha bist du das?", fragte er überflüssigerweise.

„Was dachtest du denn, der UN-Generalsekretär? Sieh zu, dass du das blöde Handy loswirst. Schmeiß es so weit weg, wie du kannst. Nimm aber vorher die Batterie raus! Gib mir noch einen Hinweis, wo du bist, damit ich dir helfen kann."

„Ich bin bei Ja…"

Michael schrie ihn an: „Doch nicht so, dein Telefon wird bestimmt abgehört. Da kannst du gleich selbst zur Polizei gehen. OK, ich weiß, wo du bist. Ich komme hin. Lass dein verdammtes Handy inzwischen verschwinden!"

Michael wollte so schnell wie möglich zu Jana gelangen. Die Gefahr bestand, dass die Polizei Ralf schon wieder aufgespürt hatte. Hastig ging er zur nächsten U-Bahnstation. Der Betrieb war eingestellt. Schnell zu Ralf zu gelangen, unmöglich.

Auf dem Bahnsteig herrschte gähnende Leere. Die Durchsagen verhießen nichts Gutes. Wann wieder U-Bahnen fuhren, war nicht absehbar. Auch über die Gründe gab es keine Information.

Michael blieb nichts anderes übrig, als zu laufen. Vielleicht würde er unterwegs ein Taxi bekommen. Als er um eine Straßenecke bog, gab es die nächste Überraschung. Quer über die Straße war eine Absperrung gezogen. Dahinter standen hunderte Polizisten in Kampfmontur mit Helm, Schilden und Schlagstöcken. Sie wandten ihm den Rücken zu. In der Ferne waren Lautsprecherdurchsagen zu hören, deren Inhalt nicht zu verstehen war. Johlen, Pfeifen und lautstarkes Geschrei drangen an sein Ohr. Am Horizont stieg Rauch auf.

Michael klopfte einem der Ordnungshüter auf die Schulter und fragte, wie er weiterkommen könnte. Der drehte sich abrupt um und schnauzte ihn an: „Verschwinden sie oder sie landen im nächsten Revier!"

Das wollte Michael auf keinen Fall riskieren. Er ging ein Stück des Weges zurück und versuchte es über eine Parallelstraße. Plötzlich befand er sich mitten in der Demonstration. Transparente und Fahnen schwenkend kamen ihm die Leute auf der ganzen Straßenbreite entgegen. „Schluss mit den Lügen!" hieß es da oder „Wir fordern unabhängige Medien!"; „Wir sind das Volk!"; „Neuwahlen sofort!".

Gegen den Strom gab es kein Durchkommen. Er versuchte es trotzdem, was ihm spöttische Bemerkungen einbrachte, wie: „Falsche Richtung Kumpel!".

Mit viel Kraft erreichte er das Ende des Zuges. Die Freude währte nicht lange. Eine Kette Polizisten trieb die Demonstranten vor sich her. Sie machten großzügig von ihren Schlagstöcken Gebrauch. Er hob die Hände und wollte sich an der Seite vorbeidrücken. Er rief: „Ich gehöre nicht dazu, lassen sie mich durch!"

Das brachte ihm einen Schlag mit dem Knüppel ein. Weil er sich schnell zu Seite drehte, traf der nicht den Kopf, sondern die Schulter. Zurück taumelnd erreichte er einen Hauseingang. Die Tür war nicht abgeschlossen. Das rettete ihn vor weiteren Misshandlungen. Er setzte sich auf den Boden und befühlte seine Schulter. Es tat höllisch weh, schien aber nicht gebrochen zu sein. Draußen ebbte der Lärm langsam ab. Als endlich Stille eintrat, öffnete er die Tür einen Spalt. Die Straße war übersäht mit Papierfetzen, zerbrochenem Glas und Resten von Feuerwerkskörpern. Aber sie war leer.

Michael machte sich wieder auf den Weg. Sein Abenteuer hatte ihn über eine Stunde gekostet. Erschöpft kam er bei Jana und Carola an.

Studentenbude von Jana und Carola

Jana und Carola begrüßten Michael erleichtert. Sie fragten, was ihn so lange aufgehalten hätte.

„Wisst ihr nicht was draußen los ist? Die ganze Stadt ist in Aufruhr, überall Demonstrationen. Die U-Bahn fährt nicht. Ich bin vom Knast bis hierher gelaufen und in eine

156

Demo geraten. Obwohl ich nichts damit zu tun hatte, schlug mir so ein verdammter Bulle mit dem Knüppel auf die Schulter. Es tat höllisch weh. Ich dachte schon, sie sei gebrochen. Aber es scheint nur eine Prellung zu sein. Mit letzter Kraft konnte ich mich in einen Hauseingang retten."

Carola gab ihm voller Mitleid einen Kuss. Er musste sein Hemd ausziehen. Es zeigte sich ein riesiger blauer Fleck.

„Tut es sehr weh?", wollte sie wissen.

„Es geht. Wenn ich die Schulter nicht bewege, ist es auszuhalten."

Jana meinte, er solle unbedingt zum Arzt gehen und den Bluterguss dokumentieren lassen. Vielleicht seien bleibende Schäden entstanden! Michael lehnte das ab. Ihm war wichtiger zu erfahren, wo Ralf sei, denn der war bisher nicht aufgetaucht.

„Du hast doch von ihm verlangt, dass er sich ein neues Handy besorgen soll. Er hat sich sofort auf den Weg gemacht.", sagte Carola.

Besorgt blickte Michael auf die Uhr. Sein Studienkamerad war schon über eine Stunde unterwegs. Hoffentlich haben sie ihn nicht geschnappt, dachte er.

„Warum habt ihr ihn gehen lassen? Wenn er sein altes Handy weggeworfen hat, ist er nicht mehr erreichbar. Weil wir nicht wissen, wo er ist, können wir ihm nicht helfen!"

Jana blickte schuldbewusst zu Boden: „Er wollte unbedingt allein losziehen. Er meinte, wenn man ihn verfolgen würde, könnte er sich so besser aus dem Staub machen."

„Das habt ihr sauber hinbekommen! Jetzt können wir nur warten, bis er wieder auftaucht. Wenn man schon mal nicht da ist!"

Carola wollte eine bissige Bemerkung machen, als es klingelte.

Jana stürzte zur Tür. Draußen stand ein hoch aufgeschossener Herr. Ein smarter Geschäftsmann im dunklen Anzug mit Schlips, gegelten Haaren und Dreitagebart blickte sie an.

„Sie wünschen?", fragte sie abweisend.

„Mein Name ist John Winsley. Ich würde gern etwas mit Herrn Ralf Winkler besprechen. Darf ich hereinkommen und ist er da?", fragte er mit leichtem amerikanischem Akzent aber in fehlerfreiem deutsch.

Verwundert ließen sie den unangemeldeten Besucher herein. Sie boten ihm an, Platz zu nehmen und setzten sich ihm gegenüber.

„Ich komme vom Council on foreign Relations, USA. Das ist eine Stiftung von Bill Gates. Wir unterstützen junge Wissenschaftler, denen auf ihrem Gebiet bahnbrechende Forschungsergebnisse gelungen sind. Deshalb würde ich gerne Ralf Winkler kennenlernen. Wo ist er denn?"

„Ralf ist nicht da, müsste aber bald erscheinen.", antwortete ihm Jana.

Michael ging Janas Auskunftsfreude zu weit. Er hatte im Knast erfahren, dass man nicht vorsichtig genug sein konnte, zumal Ralf den Behörden mit Mühe entwischt war: „Sie kommen hier so einfach reingeschneit und wollen von uns Auskünfte haben. Warum sollten wir ihnen sagen, wo sich Ralf aufhält?"

„Es wäre sein Schade nicht. Sein Forschungsansatz, Algorithmen der Wetterberechnung auf gesellschaftliche und politische Sachverhalte anzuwenden ist unserer Stiftung aufgefallen. Wir glauben, dass hier ein großes Potenzial vorhanden ist. Es besteht hoher Bedarf an diesem Programm. Wir wollen Herrn Winkler unterstützen, mit einem kontinuierlichen Gehalt und hervorragenden Arbeitsbedingungen in einer geschützten Umgebung. Das würde ich mit ihm gerne besprechen. Wann erwarten sie ihn denn zurück?"

Jana antwortete: „Wir wissen nicht, wann er kommt. Geben sie uns ihre Telefonnummer, dann ruft er sie an."

„Ich fürchte, das wird nichts. Ich bin immer schwer zu erreichen. Ich melde mich morgen im Lauf des Tages wieder. Dann können sie bestimmt die Verbindung herstellen. Vielen Dank, dass sie mich angehört haben. Vergessen sie bitte nicht, Herrn Winkler von unserem Angebot zu erzählen.", er stand auf, verbeugte sich formvollendet und war im nächsten Moment verschwunden.

Die drei sahen sich verwundert an.

„Was war das denn?", fragte Carola.

Michael stellte fest: „Dieser Mann ist mir nicht geheuer. Irgendwelche Beweise, wo er herkommt, zeigte er nicht, keine Visitenkarte oder sonst was. Am Schluss wollte er nicht mal seine Telefonnummer rausrücken. Findet ihr das nicht auch merkwürdig?"

Nur Jana war nicht irritiert: „Ich weiß nicht, was ihr wollt. Da kommt jemand, interessiert sich für Ralfs Forschung und macht hochherzige Angebote. Was gibt es denn dagegen einzuwenden?"

Michael musste für die Antwort nicht lange nachdenken: „Hast du den Schuss nicht gehört? Draußen ist die Hölle los. Die Stimmung ist am Kippen. Welcher Politiker möchte da nicht in die Zukunft blicken? Vielleicht tritt sogar die Regierung zurück. So eine Situation ist die Zeit der Geheimdienste. Ralfs schönes Programm wäre ein hochwillkommenes Werkzeug. Da sind alle Mittel recht, um an die Software zu kommen. Vielleicht ist dieser komische Ami auch nur ein Geheimdienstmann und sein angebliches Council on foreign Relations frei erfunden oder nur eine Tarnorganisation."

Carola blickte von ihrem Laptop auf: Ihr werdet es nicht glauben, aber diese Organisation gibt es wirklich. Hier, ich habe die Webseite gefunden. Vielleicht stimmen die Angaben von diesem John Wayne, oder wie er heißt."

Es war eine englisch geschriebene Seite. Das Impressum wies eine unbekannte Stadt in den USA aus. Die Diskussion ging eine ganze Weile hin und her. Sie konnten sich nicht einigen, ob das Angebot seriös oder von einem Geheimdienst war. Schnell war wieder eine halbe Stunde verstrichen und Ralf immer noch nicht erschienen.

Vor dem Central City Einkaufszentrum in der Stadtmitte

Ralf hatte ein Prepaid Handy gekauft und wollte sich gleich bei Jana und Carola zurückmelden. Doch es war wie verhext. Im Inneren des Konsumtempels gab es keinen Empfang. Nicht mal ein magerer Balken war zu sehen. Er ging nach draußen, wo eine laute Demo tobte. Aber auch dort war es das Gleiche.

War das Telefon kaputt? Das könnte sein, denn er hatte ein besonders preiswertes Gerät gekauft. Er begab sich wieder hinein, um das defekte Gerät umzutauschen. Die Verkäuferin musste ihn enttäuschen. Sie meinte, das Gerät wäre in Ordnung und sie hätten alle keinen Empfang. Das beträfe sogar alle Dienstanbieter.

Was hatte das zu bedeuten? Wenn kein einziger Anbieter Netzempfang anbot, musste es ein größeres Problem geben. Ob das mit den Demonstrationen zusammenhing? Hatte das Innenministerium etwa das Telefonnetz abgeschaltet?

Ralf ging wieder nach draußen. Er wollte die nächste U-Bahn-Station erreichen. Das war nicht so einfach. Vor dem Einkaufszentrum tobte immer noch die Demonstration. Sprechchöre der Demonstranten wurden von Lautsprecher-durchsagen der Polizei übertönt. Kurz musste er an seine letzte Vorhersage denken. Seine Prognose traf voll ins Schwarze. Das nutzte ihm im Moment wenig. Er wollte schnell zurück zu den Mädels.

Beim Durchdrängeln traf ihn der Strahl eines Wasser-werfers. Das Wasser war mit Tränengas versetzt. Er war so-fort blind. Die Augen begannen zu brennen. Alles Reiben half nichts. Als er wieder ein wenig sehen konnte, war er von Polizisten in Schutzanzügen und Helmen umringt. Sie hatten etwa ein Dutzend Demonstranten eingekesselt und versuchten, sie festzunehmen.

Er geriet in Panik. Das durfte ihm auf keinen Fall passie-ren. Im Kreis der Polizisten tat sich eine kleine Lücke auf. Kurz entschlossen sprang er darauf zu und wollte entwi-schen. Einer der Polizisten versetzte ihm einen Schlag mit der Handkante in den Nacken. Er sackte zusammen. Um ihn wurde es Nacht.

Konspirative Wohnung des Verfassungsschutzes

Wieder einmal saß Isolde Connor gegenüber. Er hatte um eine dringende Unterredung gebeten. Es war Isolde nicht verborgen geblieben, dass ein SEK an Ralfs Festnahme gescheitert war. Sie hatte die letzten Ausgaben des „Täglichen Beobachters" nicht gelesen. Ralf war beim letzten Arbeitsgruppentreffen nicht erschienen. Das führte sie auf seine Festnahme zurück.

So war die Überraschung gelungen, als Connor sie nach dem möglichen Aufenthaltsort von Ralf fragte: „Ich dachte, er säße bei dir im Knast. Habt ihr ihn etwa entwischen lassen?"

Connor war der missratene SEK-Einsatz peinlich. Er beschränkte sich nur darauf, Isoldes Frage mit ja zu beantworten. Sie lächelte spöttisch: „Woher soll ich wissen, wo er sich aufhält? Von unseren Studenten kennen wir nur den Wohnort am Studienplatz und den Heimatwohnort. Alles andere müsst ihr selbst herausbekommen. Frag doch mal bei eurem Geheimdienst nach!"

Trotz des unverhohlenen Spotts, Connor hatte sich in der Gewalt. Er ließ Isoldes despektierliche Bemerkungen von sich abprallen: „Ich muss noch ein weiteres Problem mit dir besprechen. Die allgemeine Lage hat sich sehr zugespitzt. Es geht an die Grundfesten unserer Demokratie. Die Regierung gerät immer mehr in Bedrängnis. Durch die Zeitung wissen wir, dass es mit seinem Programm möglich ist, die Zukunft vorherzusagen. Das hat einige Politiker auf den Plan gerufen, die um ihre wohldotierte Stelle fürchten. Das Bedürfnis vorauszublicken hat enorm zugenommen. Wir würden solche Abfragen gern selbst durchführen. Leider konnten wir seine Programme noch nicht entschlüsseln. Kannst du uns helfen?"

„Ich muss dich leider enttäuschen. Ralf hat es immer verstanden, seine Entwicklungsergebnisse vor uns geheim zu halten. Für mich gibt es keinen Schlüssel, die Programme zu knacken, selbst wenn ich sie im Binärcode vorzuliegen hätte."

„Wie steht es denn mit den Ergebnissen deiner Arbeitsgruppe? Können wir die für Vorhersagen nutzen?"

„Wir sind längst nicht so weit. Wir hatten uns zur Regel gemacht, nur mit legal erreichbaren Daten zu arbeiten. Das sind zum Beispiel statistische Werte, die von der Bundesregierung veröffentlicht wurden. Aber mir kommen angesichts der politischen Entwicklung Zweifel, ob damit verlässliche Ergebnisse zu erzielen sind. Wenn du unbedingt willst, können wir Vorhersagen versuchen. Ob die dann eintreffen, kann ich nicht versprechen."

„Bis wann könntest du Ergebnisse liefern?"

„Das kommt auf die Fragen an. Wenn wir komplizierte Sachverhalte untersuchen sollen, dauert es etwas länger. Teile mir am besten mit, wer von euren Fürsten in die Glaskugel blicken möchte. Dann können wir uns auf deren Ressorts konzentrieren."

„Könnt ihr eventuell das Netzwerk unseres Studenten nutzen?"

Isolde winkte ab: „Das kannst du vergessen. Da kommen wir so wenig dran, wie eure Spezialisten und es wäre illegal. Ich habe keine Lust hinter Gittern zu landen. Ich verspreche dir, Druck zu machen. Mehr geht nicht."

Gefangenentransporter abseits der Demo

Als Ralf wieder zu sich kam, saß er im Polizeitransporter. Sein Nacken schmerzte entsetzlich, wenn er den Kopf bewegte. Die Umgebung wirkte unscharf. Er führte das auf den Handkantenschlag zurück, merkte dann aber, dass seine Brille nicht auf der Nase saß. Er tastete seine Taschen ab und fand sie schließlich. Ein mitleidiger Zeitgenosse hatte sie ihm eingesteckt. Das linke Brillenglas war gesprungen. Vorsichtig schaute er sich um. Das Fahrzeug war mit Demonstranten gefüllt. Merkwürdig, dachte er, es gibt gar keine Bewacher. Dann fühlte er seine Handschellen, mit denen er an den Sitz gekettet war. Auf jeder Bank saß nur ein Gefangener.

Er überdachte sein Schicksal. So hätte es nicht kommen dürfen. Was würde die Polizei sagen, wenn sie seine Identität feststellte? Dem SEK entwischt und durch diesen blöden Zufall doch noch in die Fänge des Staates geraten. Gab es eine Möglichkeit, sich der endgültigen Festnahme zu entziehen? Einen Ausweis hatte er nicht dabei. Den musste er bei seiner Flucht zurücklassen. Sein altes Handy hatte er bereits weggeworfen, obwohl er dadurch alle seine Daten verloren hatte. Das erwies sich nun als Vorteil.

Er war damit für die Polizei ein Unbekannter. Doch dieser Zustand würde nicht anhalten. Könnte er einen falschen Namen angeben? Dann würden sie wissen wollen, wo er wohnt. Die Lüge flöge auf.

Ralf war klar, dass er jede noch so kleine Gelegenheit nutzen musste, um zu entkommen. Wie könnte er das anstellen?

In dem Moment stieg ein Beamter in den Bus. Einer plötzlichen Eingebung folgend rief er ihn an: „Herr Wachtmeister, können sie mich nicht gehen lassen? Ich wollte mir nur ein Handy kaufen und gehöre gar nicht zur Demo."

„Wir auch, wir auch...", riefen die anderen Gefangenen wie aus einem Mund. Es folgte allgemeines Gelächter. Der Beamte, offenbar mit Humor gesegnet, stimmte ein.

Ralf wurde rot und senkte den Blick. Das hatte schon mal nicht funktioniert. Der Beamte stieg immer noch lachend aus dem Bus, um den Kollegen von dem vermeintlichen Witzbold zu erzählen.

Ralf merkte, dass er sein neues Handy noch in der Tasche hatte. Unauffällig zog er es hervor. Vielleicht war das Problem mit dem fehlenden Empfang inzwischen erledigt. Er schaltete es ein. Tatsächlich, ein magerer Balken zeigte sich im Display. Er beugte sich so tief wie möglich nach vorn, damit niemand sein Telefonat bemerkte. Als erstes versuchte er Michaels Nummer. Wider Erwarten ging der sofort ran und sagte: „Hallo?"

Ralf flüsterte aufgeregt: „Hallo Micha. Ich bin's. Die haben mich festgenommen. Ich bin in eine Demo geraten. Jetzt sitze ich im Polizeibus. Kannst du mir helfen?"

„Wie soll ich dir helfen? Konntest du nicht besser aufpassen?" Die Verbindung brach wegen des schlechten Empfangs ab.

„Micha? Micha?", rief er verzweifelt ins Telefon.

Der Beamte von vorhin stieg mit einem Kollegen wieder in den Bus ein. Er wollte ihm zeigen, was für einen Spaßvogel sie gefangen hatten. Leider bekam er Ralfs Telefonversuch mit. Er sprang auf Ralf zu und wollte ihm sein Handy entreißen. Der wehrte sich nach Kräften, hatte aber mit nur einer Hand keine Chance.

Triumphierend hielt der Beamte das Handy hoch und meinte: „Sie sind wohl ein ganz schlauer? Erst Widerstand gegen die Staatsgewalt bei der Festnahme, dann dumme Befreiungsversuche und jetzt auch noch telefonieren. Das wird teuer, mein Lieber!"

„Geben sie mir mein Handy wieder. Das dürfen sie nicht behalten!"

„Das nennt man Verdunklungsgefahr, sie Schlaumeier. Das Handy bekommen sie später wieder."

Nun setzte die Solidarität der Mitgefangenen ein. Lautes Pfeifen, Johlen und Buh Rufe drangen aus dem Bus. Die Staatsmacht witterte den Aufstand. Gleich mehrere Polizisten drangen in den Bus ein, um ihren bedrängten Kollegen zu Hilfe zu eilen.

Einer mit besonders viel Lametta auf den Schultern brüllte: „Ruhe verdammt! Ich lasse sie alle einbuchten, wenn nicht sofort Stille herrscht."

Er gab seinem Kollegen die Anweisung ins Revier zu fahren. Damit waren Ralf erst einmal alle Möglichkeiten genommen.

Studentenbude von Jana und Carola

„Hallo, hallo!", rief Michael ins Telefon. Aber die Verbindung war zusammengebrochen.

„Was war das? Hat sich Ralf gemeldet?", fragte Jana besorgt.

„Das war er. Ich habe nicht alles verstehen können. Ralf sagte, er sitzt im Polizeibus."

166

Carola schlussfolgerte: „Hat der Dösbattel sich doch erwischen lassen! Was nun?"

Jana schlug vor: „Ruf doch einfach zurück! Vielleicht sagt er uns dann etwas Näheres."

„Ich weiß nicht, ob das so klug wäre. Angenommen die Polizei hat sein Telefon einkassiert, stoßen wir sie mit der Nase drauf, wer wir sind.", Michael wollte lieber vorsichtig sein.

„Wenn ein Polizist dran ist und Fragen stellt, legst du einfach auf. Außerdem müssen wir unbedingt erfahren, wo sich Ralf befindet. Sonst können wir ihm nicht helfen.", Jana machte sich große Sorgen und wollte unbedingt Details wissen.

„Also schön, ich versuche es." Michael wählte die angezeigte Nummer.

Es meldete sich eine unbekannte Stimme: „Ja bitte, wer spricht dort?"

Michael schaltete schnell. Direkt Ralf zu verlangen wäre unklug gewesen. Vielleicht wussten sie noch nicht, wer ihnen da ins Netz gegangen war: „Ich möchte den Besitzer des Telefons sprechen! Sind sie das?"

So leicht ließ sich der Mann am anderen Ende nicht übertölpeln: „Zuerst verraten sie mir, wer sie sind. Dann kann ich eventuell ihre Frage beantworten."

Das wollte Michael auf keinen Fall. Er wusste nicht mehr weiter und unterbrach das Gespräch. Jana und Carola sahen ihn fragend an. Michael schüttelte nur verneinend den Kopf. Die Mädchen verstanden.

Es entspann sich eine Diskussion, wie man erfahren könnte, wo sich Ralf befand. Klar war, er hatte sich in einem

Einkaufszentrum ein Handy gekauft. Das musste sich in der Nähe befinden. Sie schauten bei Google Maps nach, welches das sein könnte. Es kam nur das Central City in Frage. Wenn er dort verhaftet worden wäre, dann müsste er sich in einem nächstgelegenen Revier befinden. Viele Möglichkeiten gab es nicht. Die Freunde wollten sich schon auf den Weg machen. Michael fiel zum Glück ein, dass Ralf seine Identität nicht preisgeben würde. Das Für und Wider wurde diskutiert. Am Ende einigte man sich darauf, dass es ohne den Namen zu nennen nicht ging. Sie machten sich auf den Weg zum ersten Revier in der Nähe.

Revier Abschnitt 14

Ralf saß mit vielen anderen in einem viel zu kleinen Raum. An der Wand zog sich eine unbequeme Bank hin, die nicht allen unfreiwilligen Gästen einen Sitzplatz bot. Einige mussten stehen, so auch Ralf. Im Raum roch es säuerlich nach menschlichen Ausdünstungen, Urin und Erbrochenem. Ständig wurde jemand herausgerufen. Neue Insassen kamen herein. Manche trugen zerrissene Kleidung oder hatten blaue Flecken im Gesicht, ein Zeichen dafür, dass die Demonstration draußen langsam aus dem Ruder lief.

Ralf war bisher nicht beachtet worden. Er zerbrach sich den Kopf wie er sich verhalten sollte, wenn man ihn nach seinem Namen fragte. Weil er seine Identität nicht nachweisen konnte, würde er nicht so bald entlassen werden. Seine Freunde könnten ihm nicht helfen. Denn wo sollten sie nach ihm suchen?

Endlich wurde ein Platz frei. Er setzte sich neben einen Typen mit Vollbart, der jede Menge Ringe, Ketten und

Tätowierungen im Gesicht hatte. Seine Kleidung war dreckig und zerrissen. Verstohlen schaute Ralf zur Seite und musterte seinen Nachbarn.

„Was ist, hast du noch nie einen Demonstranten gesehen? Warum glotzt du so?", sein Nachbar lehnte sich zurück und schaute ihn provozierend an.

„Entschuldige, ich weiß nicht, wie ich mich verhalten soll. Ich bin zufällig hier hineingeraten und hatte mit der Demonstration nichts zu tun."

Sein Nachbar grinste: „Wieder ein unschuldiges Lämmchen! Der Knast ist voll von Leuten, die nicht wissen, warum sie verknackt wurden. Mach dir keine Illusionen. Das Prinzip ist: mitgefangen, mitgehangen."

„Hast du eine Ahnung, was sie mit uns anstellen? Du scheinst öfter in so einer Situation gewesen zu sein."

„Die haben keine Lust, sich lange mit uns zu beschäftigen. Sie wollen wissen, wer wir sind, um uns später wegen Landfriedensbruch am Arsch zu kriegen. Wenn du Pech hast, brummst du dafür ein halbes Jahr."

Nun war Ralf erschrocken und sagte erst einmal nichts. Nach einer Weile entschloss er sich, den Gepiercten um Rat zu fragen: „Ich habe keinen Ausweis bei mir. Die dürfen nicht erfahren, wer ich bin. Hast du eine Idee, was ich machen könnte?"

„Bist du ein Geheimer, oder was? Solange sie nicht wissen, wer du bist, lassen sie dich nicht laufen. Da hilft dir auch kein Anwalt. Solche Leute sind mir die liebsten. Söhnchen aus gutem Haus wollte wohl auch mal gegen das Establishment demonstrieren?"

Ralf wurde wütend: „Scheiße, ich muss hier raus. Ich habe ganz andere Probleme, als du denkst." Er versank wieder ins Grübeln.

Revier Abschnitt 14

Ralfs Freunde standen vor der Pförtnerloge und versuchten dem Beamten klarzumachen, nach wem sie suchten.

Der ging umständlich seine Listen durch: „Einen Ralf Winkler haben wir heute nicht im Angebot. Warum sollte er hier sein?"

„Er hat uns angerufen und sagte, er sitze in einem Polizeibus. Dann brach die Verbindung ab.", Michael schaute den Beamten ratlos an.

„Wenn er was von Polizeibus gesagt hat, dann wurde er bestimmt im Rahmen der Demonstration am Central City festgenommen. Eigentlich müsste ich ihn auf meiner Liste haben, aber leider."

Jana flehte den Pförtner an: „Er wollte sich nur ein Handy kaufen und hatte mit der Demonstration nichts zu tun. Er muss hier sein!"

Michael schaute zufällig durch die Glastür. In diesem Moment kamen zwei Polizisten den Gang entlang. In der Mitte führten sie Ralf: „Da ist er ja! Lassen sie uns zu ihm!"

Der Beamte hinter der Absperrung wehrte ab: „Immer langsam junger Mann. Erst mal klären wir den Sachverhalt. Umsonst wird niemand festgenommen. Wenn die Kollegen alles ermittelt haben, können sie ihn vielleicht mitnehmen. Aber nur, wenn nichts Schwerwiegendes gegen ihn vorliegt. Kommen sie in ein, zwei Stunden wieder, dann wissen wir mehr."

Was war zu tun? Die Freunde waren ratlos. Sie wollten Ralf nicht im Stich lassen. Aber die Chance für Hilfe war gleich Null. Schweren Herzens einigten sie sich darauf, dem Rat zu folgen.

Revier Abschnitt 14

Die beiden Polizisten führten Ralf in den Vernehmungsraum und ließen ihn Platz nehmen. Er hatte von der Anwesenheit seiner Freunde nichts mitbekommen.

Als erstes fragten sie ihn nach seinem Namen.

Seine patzige Antwort: „Es gibt keinen Grund ihnen den zu nennen. Ich hatte mit der Demonstration nichts zu tun, mir nur ein Handy gekauft. Als ich aus dem Center herauskam, wurde ich gleich festgenommen. Einer eurer Kollegen hat mich mit seinem Knüppel attackiert. Das ist Körperverletzung. Einem Arzt wurde ich nicht vorgestellt. Sie können mir nichts beweisen. Ich verlange, dass ich sofort freigelassen werde!"

Einer der Polizisten grinste wegen der offensichtlichen Unkenntnis seines Gegenübers: „Jetzt bleiben sie mal auf dem Teppich! Sie wurden festgenommen, weil sie sich an einer unangemeldeten Demonstration beteiligten. Außerdem versuchten sie, sich der Festnahme zu entziehen. Einer unserer Beamten hat das gewaltsam verhindern müssen. Bis dahin war alles rechtens. Einen Ausweis haben wir nicht gefunden. Sie sind verpflichtet, ihren Namen und weitere Daten zur Identitätsfeststellung zu nennen. Vielleicht haben sie einen Grund, uns ihre Identität vorzuenthalten. Werden sie etwa wegen einer Straftat gesucht?"

Ralf entschloss sich, so lange wie möglich zu lügen: „Ich werde überhaupt nicht gesucht! Meinen Ausweis habe ich vergessen einzustecken."

Der zweite Polizist schaltete sich ein: „Und warum wollen sie uns ihren Namen nicht nennen? Wir können sie so lange festhalten, bis wir ihre Identität kennen. Zur Not machen wir das über eine erkennungsdienstliche Behandlung. Ihren Namen bekommen wir in jedem Fall heraus und auch, ob gegen sie etwas vorliegt."

Ralf fühlte sich in die Enge getrieben. Wenn er seinen Namen angab, würde man schnell herausfinden, dass er einem SEK ausgebüxt war. Er meinte, nur durch Schweigen aus dieser verfahrenen Situation herauszukommen. Trotzig lehnte er sich zurück, verschränkte die Arme vor der Brust und kniff die Lippen zusammen.

Die Beamten sahen sich ratlos an. Da half nur der Erkennungsdienst. Das teilten sie Ralf mit. Sie nahmen ihn wieder in die Mitte und führten ihn in einen anderen Raum. Hier wurde die übliche Prozedur vorgenommen: Fotografieren und Fingerabdrücke. Ralf ließ das alles teilnahmslos über sich ergehen. Er baute darauf, dass er noch niemals straffällig geworden war. Deshalb konnten weder Fingerabdrücke noch Fotografien von ihm bei der Polizei vorliegen. Sollten sie nur suchen. Sie würden nichts finden.

Am Ende des Vorgangs brachte man ihn wieder in die Arrestzelle.

Revier Abschnitt 14

Der Untersuchungsraum hatte sich geleert. Sein neuer Bekannter fläzte einsam auf der Bank und hatte die Beine hochgelegt.

"Na, haben sie dich doch nicht laufen lassen?", fragte er spöttisch.

„Nee, ich habe aber auch nicht gesagt, wer ich bin."

„Das riecht danach, dass du länger hier hocken bleibst. Wenn du meinen Rat hören willst: sag deinen Namen, dann lassen sie dich laufen."

„Ich fürchte, dazu ist es zu spät. Sie haben schon Fingerabdrücke genommen und Bilder gemacht. Wenn sie eine Weile suchen, werden sie feststellen, wer ich bin."

„Hast du was ausgefressen und stehst auf der Fahndungsliste?"

„Könnte sein. Aber verbrochen habe ich nichts. Ich wollte nur die Zukunft vorhersagen."

„Soso, die Zukunft, dann hättest du sehen können, was heute passiert. Mit deinen hellseherischen Fähigkeiten ist es anscheinend nicht weit her."

Das konnte Ralf nicht auf sich sitzen lassen. Er versuchte zu erklären, wie seine Vorhersagen zustande kamen und dass er Student der Meteorologie war. Sein Abenteuer mit dem SEK ließ er vorsichtshalber aus. Sein neuer Bekannter staunte nicht schlecht über die neuen Möglichkeiten.

Er dachte eine Weile nach und schlussfolgerte: „Wenn das geht, würde unsere Bewegung vorhersehen können, ob die Demonstrationen erfolgreich sind. Da tun sich neue Perspektiven auf. Wenn du hier jemals wieder rauskommst, musst du uns unbedingt besuchen. Vielleicht schaffen wir es mit dir, dieses verdammte System zu kippen."

Ralf sah sein Gegenüber skeptisch an. Mit solchen Leuten hatte er noch nie zu tun gehabt. Mit dem vielen Metall im Gesicht sah der sehr verwegen aus. Silberlippe fiel ihm spontan als spöttische Bezeichnung ein. Wäre eine Zusammenarbeit möglich? Er fragte sich auch zum ersten Mal wie es nach Fertigstellung seines Programms weiter gehen sollte. Viele Möglichkeiten gab es nicht. Regierungen und Geheimdienste wären solvente Abnehmer. Was aber war sein Ziel? Er hatte bereits durch seine nur ungenauen Abfragen während der Entwicklungsphase gesehen, dass einiges im Argen lag und dringend Änderungen erforderlich waren. Wollte er mit seiner Arbeit ein marodes System am Laufen halten?

Andererseits war das Erscheinungsbild seines Mitgefangenen nicht sehr Vertrauen erweckend. Könnten solche Leute, nachhaltige Änderungen bewirken?

Ralfs neue Bekanntschaft hatte offenbar gute Menschenkenntnisse. Das skeptische Gesicht verriet ihm die Zweifel: „Lass deine Vorurteile zu Hause. Komm uns besuchen. Anschauen kostet nichts. Dann kannst du immer noch entscheiden, ob du uns helfen willst. Ich heiße Sven Müller und bin einer der Organisatoren unserer Demos. Du findest uns gleich um die Ecke des Central City. Dort gibt es einen Sozialstützpunkt. Wir treffen uns immer donnerstags um neunzehn Uhr."

Kaum hatte Sven zu Ende gesprochen öffnete sich die Tür mit einem lauten Rasseln des Schlüssels. Ein Beamter winkte ihn wortlos heraus. Ralf blieb einsam zurück.

Lageraum des Kanzleramts

„Herr Minister, wir haben ihn. Während einer Demonstration wurde er verhaftet. Erst wollte er seinen Namen nicht sagen. Wir mussten ihn erkennungsdienstlich behandeln. Dadurch wurde er schnell identifiziert."

Frank Gotzkowski thronte wie immer hinter seinem Schreibtisch. Bei den Worten seines Geheimdienstkoordinators hellte sich seine Miene auf. Ganz gegen seine Gewohnheit bot er Dr. Schirrmacher einen Stuhl an: „Gratuliere zu ihrem Fahndungserfolg. Das wurde aber auch Zeit. Ist es ihnen denn gelungen, dieses ominöse Netzwerk stillzulegen?"

„In der Tat gibt es seit der Festnahme keine Aktivitäten mehr. Dieser Student ist allerdings recht verstockt. Er behauptet nach wie vor, er hätte nichts Illegales getan. Einblick in den Quellcode seiner Programme wollte er uns bisher nicht geben."

„Dann müssen sie ihm klar machen, dass er nicht eher rauskommt, bis er uns den Inhalt seiner Programme verraten hat, ganz abgesehen von dem Strafverfahren, was ihn erwartet."

„Herr Minister, ich fürchte, mit Drohungen kommen wir bei dem nicht weiter. Wenn ich einen Vorschlag machen dürfte?"

Gotzkowski machte eine zustimmende Handbewegung.

„Für uns ist wichtig, dass wir das Programm bekommen. Ein kleines Licht zu bestrafen, nutzt nichts. Mir wäre am liebsten, wir würden ihn laufen lassen."

Der Kanzleramtsminister holte Luft, um energisch zu protestieren. Schirrmacher ließ ihn nicht zu Wort kommen.

175

„Herr Minister, lassen sie mich meinen Vorschlag bitte erläutern. Wir glauben nicht, dass das Programm bereits fertiggestellt ist. Sicherlich gibt es noch Entwicklungsbedarf. Wenn wir ihn für längere Zeit einsperren, ist niemand da, der daran weiterarbeitet. Im Studiengang der Hochschule gibt es eine Arbeitsgruppe, die sich mit dem gleichen Problem befasst. Leider sind die bisher nicht so weit gekommen. Die Leiterin der Arbeitsgruppe arbeitet mit dem Verfassungsschutz zusammen. Wenn wir die illegalen Aktivitäten unseres Studenten auf eine legale Basis stellen und ihn stärker in die Arbeitsgruppe integrieren, hätten wir ihn unter Kontrolle. Dort hätte er auch bessere Arbeitsbedingungen und würde durch die Hilfe seiner Kollegen schneller zum Ziel kommen."

„Meinen sie wirklich, sie könnten ihn dazu bewegen, mit uns zusammenzuarbeiten?"

„Er muss ja nicht erfahren, für wen er arbeitet. Wir entlassen ihn mit der Drohung, dass weiter gegen ihn ermittelt wird. Der Dekan der Fakultät nimmt ihn in Gnaden wieder auf und verdonnert ihn, sich künftig in die Arbeitsgruppe einzugliedern. Das drohende Ermittlungsverfahren wird ihn bestimmt dazu veranlassen, sich konform zu verhalten."

„Gut, machen sie das. Ich möchte zeitnah über alle neuen Entwicklungen informiert werden.

Revier Abschnitt 14

Nach zwei Stunden fanden sich Michael und die beiden Mädchen wieder ein. Sie waren der festen Überzeugung, nun Ralf mitnehmen zu können. Die erste Schwierigkeit war: der Beamte hatte gewechselt, weil seine Schicht zu Ende war. Der neue hatte keine Ahnung, worum es ging. Michael erklärte es ihm.

„Die sind alle entlassen worden. Ihren Freund werden sie hier nicht finden.", war die lapidare Auskunft.

Jana sagte: „Er muss hier sein. Wäre er entlassen worden, hätte er sich bestimmt bei uns gemeldet."

Der Pförtner hob die Schultern: „Wer weiß, wo sich ihr Freund befindet. Hier jedenfalls nicht!"

Michael wurde dringlicher: „Können sie nicht wenigstens nachfragen? Vielleicht haben sie nicht alle Informationen! Er heißt Ralf Winkler."

Der Beamte fühlte seine Kompetenz in Frage gestellt: „Wenn ich ihnen sage, es ist niemand mehr da, können sie das glauben. Aber meinetwegen, ich will mal nicht so sein."

Er wählte verschiedene Nummern, bis er endlich die gewünschte Auskunft erhielt: „Wie ich schon sagte, er ist nicht mehr hier. Aber er wurde nicht entlassen. Man hat ihn in das Untersuchungsgefängnis Moabit gebracht."

Den dreien fiel die Kinnlade herunter. Wie im Chor fragten sie: „Warum das denn?"

Jana ergänzte: „Er hatte mit der Demonstration nichts zu tun und wurde irrtümlich hierher verschleppt."

Der Pförtner wurde böse: „Junge Frau, mäßigen sie sich! Hier wird niemand verschleppt. Wenn Herr Winkler unschuldig wäre, käme er bestimmt nicht in Untersuchungshaft. Wir sind schließlich ein Rechtsstaat."

„Kann man ihn dort besuchen?", fragte Michael.

„Das können sie vergessen. Ungehinderten Zutritt haben in Moabit nur Anwälte. Wenn sie ihn besuchen wollen, brauchen sie eine Erlaubnis. Und nun gehen sie bitte, ich habe zu tun."

Da war guter Rat teuer. Wie es schien, brauchte Ralf umgehend einen Anwalt.

Draußen braute sich ein Unwetter zusammen. Man sah durch die Fenster bereits Blitze zucken und der Donner grollte. Michael schlug vor, das Unwetter lieber im Revier abzuwarten. Der Zerberus am Eingang verbot es ihnen aus Sicherheitsgründen. Notfalls könnten sie unter dem Vordach den Regen abwarten.

Konspirative Wohnung des Verfassungsschutzes

Connor hatte Isolde in einer dringenden Angelegenheit zu sich gebeten. Dem war sie als pflichtbewusste Zuträgerin sofort nachgekommen. Er schilderte ihr die Probleme mit Ralf. Dass etwas nicht stimmte, war ihr bereits aufgefallen, sonst wäre er bei der letzten Arbeitsberatung dabei gewesen. Was Connor ihr jetzt offenlegte, erstaunte sie doch.

„Wir haben Herrn Winkler festgesetzt, weil er ein illegales Netzwerk aufgebaut hatte. Das hat er benutzt, um sein Programm weiterzuentwickeln. Hat er sich in der Arbeitsgruppe mal geäußert, wie weit er mit seinem Projekt ist?"

„Das lief etwas nebenher. Es war schwer, ihn in unsere Arbeitsgruppe zu integrieren, weil er es nicht wollte. Er hat sich immer nur vage ausgedrückt. Ich habe mehrmals versucht, ihn zur Rede zu stellen, konnte aber niemals konkrete Aussagen von ihm erhalten."

„Wie es aussieht ist er weiter als deine Arbeitsgruppe. Du kannst dir denken, dass wir an diesem Programm größtes Interesse haben. Wir möchten, dass es fertiggestellt und uns zur Nutzung übergeben wird. Wir werden nicht weiter gegen ihn ermitteln. Wir wollen, dass du ihn in deine Arbeitsgruppe integrierst. Dann haben wir ihn unter Kontrolle."

Isolde war skeptisch: „Wie stellst du dir das vor? Die Gerüchteküche brodelt. Angeblich ist er in Untersuchungshaft. Was sage ich den Kollegen, wenn er plötzlich wieder auftaucht?"

„Einweihen kannst du niemanden. Wir wenden uns an den Dekan der Fakultät. Der kann ihn erst mal maßregeln und dann in Gnaden wieder aufnehmen. Ich schätze, wenn er an seinem Projekt weiterarbeiten darf, lässt er sich darauf ein. Sein Vorteil wäre, dass er nicht mehr illegal arbeiten müsste. Du hältst ihn an der kurzen Leine. Lass dich nicht mit Ausflüchten abspeisen. Deine Kollegen können ruhig erfahren, dass gegen Herrn Winkler weiter ermittelt wird. Das gibt ihm den nötigen Druck."

Untersuchungsgefängnis Moabit, Untersuchungsraum

Ralf sah etwas mitgenommen und müde aus. Als erstes fiel seine gesprungene Brille ins Auge. Dunkle Augenringe hatten sich gebildet. Ihm gegenüber saß ein Vernehmungsbeamter in Zivil.

„Herr Winkler, Ihnen wird vorgeworfen, sich mehrfach der Festnahme widersetzt zu haben. Außerdem haben sie in erheblichem Maße und unbekannter Anzahl Computerviren in Umlauf gebracht. Ist ihnen bekannt, dass sie für Cyberkriminalität bis zu 10 Jahre ins Gefängnis wandern können?"

Das war Ralf nicht bekannt. Er fing an zu schwitzen. Bisher hatte er sich keine Gedanken über die Strafbarkeit seiner

Handlungen gemacht. Zehn Jahre Knast waren ein harter Brocken.

„Aber, aber", stammelte er, „Ich habe doch niemandem geschadet! Ich wollte nur der Meteorologie zu einem neuen Betätigungsfeld verhelfen."

„Dass sie niemandem geschadet haben, möchte ich bezweifeln. Soweit wir bisher ermitteln konnten, haben sie weltweit Viren in Umlauf gebracht. Das ist keine Kleinigkeit. Unsere IT-Spezialisten sagen mir, sie hätten bei den infizierten Computern Rechenpower abgezweigt. Damit haben sie ihnen Schaden zugefügt. Wollen sie das bestreiten?"

„Es waren nur vier Prozent. Das merkt doch keiner!"

„Wenn sie jemandem vier Prozent von seinem Konto entwenden, können sie es auch nicht damit rechtfertigen, man würde es nicht merken!"

„Aber das ist doch etwas ganz anderes. Niemals hätte ich Geld irgendwo abgezweigt. Das müssen sie mir glauben! Außerdem, was ist denn mit Google, Black Rock, Amazon und anderen Datensammlern? Dürfen die das?", begehrte Ralf auf.

„Sie wollen sich hoffentlich nicht mit diesen großen IT-Firmen vergleichen. Der Unterschied liegt auf der Hand. Denen geben die Leute die Informationen freiwillig."

„Pah, freiwillig. Das Setzen von Tracking Cookies grenzt in höchstem Maße an Cyberspionage. Welcher User kann schon überblicken, welche Cookies er zulassen sollte und welche nicht. Den meisten ist es sowieso egal. Sie wollen nur schnell Ergebnisse sehen und klicken einfach auf „Alle Zulassen". Der Unterschied zu meinen Cookies ist nur, dass ich sie unbemerkt in Umlauf brachte."

„Sie geben also zu, Computerviren verbreitet zu haben!"

Ralf bekam langsam wieder Boden unter den Füßen: „Ich gebe überhaupt nichts zu! Ich verlange, dass sie mir einen Anwalt zur Verfügung stellen!"

„Niemand wird ihnen einen Anwalt zur Verfügung stellen. Den müssen sie selbst verpflichten. Sie dürfen dazu einen Anruf tätigen."

Zwei uniformierte Justizbeamte führten Ralf zu einem Telefon. Sie stellten sich ein Stück seitwärts auf und lauschten, ob er bei dem Gespräch etwas verriet. Mit Anwälten hatte er bisher nichts zu tun gehabt. Seine Idee war, Michael einen Anwalt engagieren zu lassen. Zum Glück nahm der den Anruf sofort entgegen und versprach, sich schnellstens darum zu kümmern. Er wollte Ralf noch ein paar Tipps geben, wie er sich verhalten sollte, doch die beiden Gorillas kannten keine Gnade und zwangen ihn aufzulegen. Anschließend wollten sie ihn wieder in den Vernehmungsraum eskortieren. Ralf sagte, ohne Anwalt würde er nichts mehr sagen und verlangte, in seine Zelle zurückgebracht zu werden.

Nach einer unruhigen Nacht weckte man ihn um halb sieben. Es gab angeblich Frühstück. Stulle mit Krümeln hätte Ralf dazu gesagt. In einem Kunststoffbecher schwappte ein undefinierbares Gebräu, das Kaffee genannt wurde.

Die Zeit verging schleppend. Bei der Einlieferung hatte man ihm sein Handy abgenommen. Eine Uhr trug er nicht. Jedes Zeitgefühl kam ihm abhanden. Er hoffte darauf, dass sich bald ein Anwalt blicken ließe. Wenn man auf etwas wartet und keine Möglichkeit hat, auf eine Uhr zu schauen, vergeht die Zeit besonders langsam. Ruhelos lief er in seiner Zelle hin und her. Als es auf Mittag zuging, klopfte er wutentbrannt an die Zellentür. Es passierte nichts. Erst nach mehrmaligem erneutem Hämmern wurde ein Riegel zurückgeschoben und eine Klappe öffnete sich.

Dahinter erschien ein Gesicht und schnauzte ihn an: „Verhalten sie sich ruhig. Wir sind hier nicht auf dem Rummelplatz!"

„Ich will einen Anwalt sprechen. Das ist mein Recht!", schnauzte Ralf zurück.

„Bisher hat sich keiner gemeldet. Wenn einer kommt, werden sie es merken. Bis dahin sind sie still, sonst muss ich Zwangsmaßnahmen anwenden!"

Ralf wollte etwas erwidern, doch der Wärter schloss die Klappe wieder. Ralf fühlte sich ausgeliefert. Die Zeit tröpfelte dahin. Er setzte sich auf seine Liege, stützte den Kopf in die Hände und grübelte über sein Schicksal.

Vor dem Revier Abschnitt 44

Als die drei Freunde aus dem Revier traten, empfing sie ein Wolkenbruch nie gesehenen Ausmaßes. Es war eine Mischung aus Wasser und Golfball großen Eisbrocken. In kürzester Zeit lief die Kanalisation über. Die wenigen Autos schoben Wellen wie bei einem Motorbootrennen vor sich her. Feuerwehren und Krankenwagen kämpften sich durch die Wassermassen.

Das Dach vor dem Revier schützte die drei vor dem Unwetter. Sich weiter hinauszuwagen war undenkbar. Wie sollten sie sich verhalten? Michael schlug vor, abzuwarten. Ein solcher Guss würde bestimmt nicht lange dauern.

„Du bist doch Meteorologie Student. Ist denn solches Wetter noch normal oder schon der Klimawandel?", wollte Jana wissen.

„Ich studiere zwar nicht mehr Meteorologie aber so viel kann ich dir sagen: Es kommt nicht auf einzelne Wetterereignisse an. Auch vor der Industrialisierung gab es schon Katastrophen. Denk zum Beispiel an Sturmfluten bei denen hunderttausende Menschen ertranken. Einen Hinweis auf den Klimawandel gibt es aber. Die Extremwetter Ereignisse kommen in immer dichterer Folge. Das ist kein Wunder. Wenn sich die Erde erwärmt, ist viel mehr Energie in der Atmosphäre. Die wird sich entladen.

Jana hätte gern noch weitere Fragen gestellt. Plötzlich klingelte Michas Handy. Ralf meldete sich. Er klang gehetzt und wollte, dass ihm Michael so schnell wie möglich einen Anwalt besorgte. Weitere Erklärungen waren nicht möglich. Das Gespräch wurde jäh unterbrochen. Fragend schauten ihn die beiden Mädchen an.

„Das war Ralf. Er braucht einen Anwalt."

Michael schaute auf sein Handy. Es war kurz vor sechzehn Uhr. Wo sollten sie um diese Zeit einen Anwalt auftreiben?

„Kennt ihr jemanden, der um diese Zeit ein neues Mandat übernimmt?" Jana und Carola waren ratlos.

Jana hatte eine Idee: „Wir sind doch nicht die einzigen, die wegen des Wetters festsitzen. Vielleicht hat der eine oder andere Anwalt die gleichen Schwierigkeiten und ist noch in seinem Büro. Lasst uns im Internet nachschauen, Wir rufen einfach alle durch. Irgendwer wird sich schon melden."

Mangels Alternativen stimmten die anderen zu. Carola begann die Suche. Nacheinander nannte sie die gefundenen Telefonnummern.

Das Unwetter hörte nicht auf. Die Straße stand vollständig unter Wasser. Aus der Kanalisation sprudelte schmutzige, stinkende Brühe. Das Podest vor dem Revier schützte sie vor den steigenden Fluten. Fünf Stufen führten hinauf. Das Wasser stieg immer weiter. Es hatte bereits die erste Stufe erreicht und würde sie überschwemmen.

Der wachhabende Beamte kam heraus und fragte, ob sie endlich den Weg freimachen könnten. Ihre lange Anwesenheit würde den Verkehr behindern.

Erbost über so viel Unverständnis antwortete Michael: „Wir haben keine Lust zum Schwimmen. Leider haben die Damen ihre Badeanzüge zu Hause gelassen."

Die Staatsmacht war unerbittlich: „Hier können sie nicht stehen bleiben. Verlassen sie unverzüglich das Grundstück!"

Jana stand über diese Herzlosigkeit der Mund offen. Carola wurde wütend: „Als Freund und Helfer müssten sie uns eigentlich hereinbitten und warme Getränke anbieten. Wir werden uns beim Polizeipräsidenten beschweren. Überhaupt, ich will den Revierleiter sprechen. Wir wollen mal sehen, ob es hier noch mitfühlende Menschen gibt!"

Jana hob die Hand und bat um Ruhe: „Guten Tag. Ja es ist dringend. Wir haben so viele Anwälte angerufen. Sie sind der Einzige, der noch im Büro ist. Sie müssen unseren Freund aus dem Gefängnis holen."

Sie erklärte dem Anwalt das Problem. Der wollte erst dann aktiv werden, wenn klar war, dass es sich nicht um einen schlechten Scherz handelte und wer die Kosten übernahm. Dazu müssten sie ihn aufsuchen. Der Anwalt versprach so lange zu warten, bis sie bei ihm wären. Zum Glück hatte der Regen aufgehört. Sie warteten noch ein wenig, bis das Wasser abgelaufen war und machten sich auf den Weg.

Büro des Dekans der Meteorologischen Fakultät

Ralf saß wie auf Kohlen. Der Besucherstuhl drückte ihn seit einer halben Stunde. Grund war seine Furcht vor dem Rausschmiss. Ab und zu sah die emsig beschäftigte Sekretärin von ihrer Schreibarbeit auf und warf einen prüfenden Blick auf Ralf. Er tat ihr leid, denn die auf- und abschwellende Lautstärke der Diskussion aus dem Zimmer des Dekans ließ nichts Gutes ahnen.

In immer dichterer Folge drang das Martinshorn vorbeieilender Einsatzwagen der Polizei durch die geschlossenen Fenster. Ralf dachte an die erlebte Demonstration. Offenbar hatte die Staatsmacht die Probleme bisher nicht im Griff. Die Proteste wollten nicht abreißen.

In die heiligen Hallen der technischen Hochschule konnten die zunehmenden Probleme scheinbar nicht vordringen. Ungerührt ging die Sekretärin ihren Aufgaben nach.

Im Zimmer des Zerberus saßen sich Professor Riemann-Eberlin, Isolde und ihr Kollege Dietmar Krüger gegenüber. Seit einer halben Stunde erwogen sie, wie es mit Ralf weiter gehen sollte.

Riemann-Eberlin meinte genervt: „Wenn ihn nicht dieser Winkeladvokat aus dem Knast geholt hätte, gäbe es kein Problem. Die Weisung von oben lautet, Ralf Winkler wieder in den Lernprozess einzugliedern. Er muss einen Schutzengel haben."

Isolde wusste genau wer das war. Aber das durfte sie nicht sagen. Sie versuchte Argumente zu finden, wie man Ralf stärker unter Kontrolle halten könnte: „Soweit ich es beurteilen kann, ist er mit seinem Projekt viel weiter als wir. Das müssen wir nutzen. Eine begründete Vorhersage künftiger Entwicklungen braucht unsere Regierung dringend. Das Problem sind nicht nur die Demonstrationen. Auch die immer extremer werdenden Wetterlagen machen den Ministerien von Wirtschaft, Finanzen und Umwelt mehr zu schaffen. Sie kosten den Staat einen Haufen Geld. Es wäre unklug, auf Herrn Winkler zu verzichten. Damit wir ihn besser überwachen können, müssen wir verhindern, dass er zu Hause arbeiten kann. Ich schlage vor, ihm in unseren Räumen einen Computerarbeitsplatz zur Verfügung zu stellen. Er sollte mit einem zuverlässigen Kollegen zusammensitzen, der ein Auge auf seine Aktivitäten hat. Dietmar könnte das übernehmen."

Dietmar Krüger war nicht überzeugt: „Bleibt das Problem der illegal verbreiteten Viren. Wenn wir uns nicht strafbar machen wollen, dürfen wir sie auf keinen Fall benutzen. Andererseits reicht es offenbar nicht aus, dass wir uns mit den offiziellen Zahlen der Statistik begnügen. Angenommen, sie sind wirklich gefälscht, kommen wir zu keinen verwertbaren Aussagen."

Isolde hatte eine Idee: „Das Problem ist doch nur, dass die Nutzer ihre Daten nicht freiwillig preisgegeben haben. Wenn sie der Nutzung zugestimmt hätten, wäre der Zugriff legal. Warum machen wir es nicht so wie die großen

Konzerne? Wir platzieren auf Seiten, die wir kontrollieren, einfach Cookies, die man auch abwählen könnte. Wer das nicht macht, akzeptiert automatisch alle Cookies, die wir auf seinen Computer laden. Man muss nur auf den Button „Alle zulassen" klicken. Damit haben wir die Zustimmung und nichts ist mehr illegal."

Professor Riemann-Eberlin hatte Bedenken: „Herrn Winkler standen hunderte oder vielleicht tausende Accounts zur Verfügung. Wo wollen sie die Webseiten hernehmen, die solche Zugriffe ermöglichen?"

Isolde schlug vor: „Vielleicht könnte unsere IT-Abteilung das Problem lösen. Bei unseren eigenen Webseiten ist es nicht schwierig die erforderlichen Cookies zu implementieren. Außerdem gibt es die Möglichkeit, Webseiten zu veröffentlichen, die nur den Zweck haben, unsere Cookies an den Mann zu bringen. Das wären dann zwar keine hunderttausende. Aber mit der Zeit kämen so auch etliche Computer und damit Nutzer zusammen. Wir sollten das prüfen lassen."

„Ohne dass Herr Winkler alle seine Programme offenlegt, sollte er nicht wieder aufgenommen werden. Es darf keine illegalen Aktivitäten mehr geben. Das sollten wir ihm unmissverständlich klar machen. Ich denke, wir sind uns einig. Bitten sie ihn herein.", forderte der Professor Dietmar Krüger auf.

Als die Tür aufging, fuhr Ralf von seinem Stuhl hoch. Der Augenblick, den er gefürchtet hatte, war gekommen. Dietmar Krüger bat ihn herein und forderte ihn zum Platznehmen auf. Erwartungsvoll schaute Ralf zum Dekan.

„Ihnen ist hoffentlich klar, dass ein Student, der polizeilich gesucht wird an unserer Hochschule nichts verloren hat. So wie sie die Prinzipien unserer Fakultät missachtet haben, müsste ich sie exmatrikulieren. In Anbetracht des von ihnen entwickelten Projekts wollen wir ihnen noch eine allerletzte Chance geben. Das ist an sehr strenge Auflagen und Bedingungen gebunden. Sind sie bereit, sich daran zu halten?"

Hieß das etwa, sie wollten ihn in Gnaden wieder aufnehmen? Das war mehr, als er erwartet hatte. Ralf fiel ein Stein vom Herzen. Er hatte mit seiner Verbannung gerechnet. Jetzt sollte er hier weiter studieren dürfen. Wo war der Haken? Er bat um eine Erklärung.

Isolde antwortete ihm: „Wir wollen, dass du an deinem Projekt weiterarbeitest. Wir schätzen ein, dass es sich lohnt, den von dir eingeschlagenen Weg zu verfolgen. Doch du musst uns an deinen Ergebnissen teilhaben lassen. Illegale Aktivitäten werden wir nicht dulden. Um das abzusichern, verbieten wir dir zu Hause zu arbeiten. Du bekommst einen Arbeitsplatz im Zimmer von Herrn Krüger. Du hast die Pflicht die Kollegen der Arbeitsgruppe in deine Arbeit einzubeziehen. In unseren wöchentlichen Beratungen wird künftig Klartext geredet. Wenn weitere Arbeitskräfte einbezogen werden, profitierst auch du davon. Wir kommen insgesamt schneller zu Ergebnissen. Bist du bereit das zu akzeptieren?"

Ralf sah sofort die entscheidende Schwierigkeit in Isoldes Ausführungen: „Was sind für euch illegale Aktivitäten?"

Isolde wollte antworten, doch der Professor schnitt ihr mit einer Handbewegung das Wort ab: „Das ist die Weiterverwendung der von ihnen in Umlauf gebrachten Viren. Als öffentliche Institution können wir nicht akzeptieren, dass illegale Praktiken von uns ausgehen. Seien sie sich darüber im Klaren, dass gegen sie weiter ermittelt wird. Ob es zu einem Prozess kommt, hängt auch von ihrem Verhalten ab. Eine gutwillige Mitarbeit könnte sich strafmildernd auswirken. Das wird auch von unserer Einschätzung abhängen.", der Dekan ließ keine Zweifel aufkommen.

„Wenn ich die von mir geschaffenen Strukturen nicht weiterverwenden darf, können sie es vergessen. Ist euch schon mal aufgefallen, dass ihr vor allem durch die regierungsamtlich veröffentlichten Fehlinformationen nicht weitergekommen seid?", Ralf bekam schon wieder Oberwasser.

„Wollen sie damit andeuten, die demokratisch gewählte Regierung unseres Landes würde das Volk belügen?", brauste der Professor auf.

„Ich will gar nichts andeuten, sonst schicken sie mich womöglich wieder in den Knast. Meine Abfragen auf der Grundlage meiner Quellenstruktur haben ergeben, dass die Erfahrungen eines Großteils der Bevölkerung von der offiziell verkündeten Linie erheblich abweichen. Solche Ergebnisse werden sie mit den von ihnen verwendeten Datenquellen nicht erhalten. Beim Blick in die Zukunft muss man eben auch unangenehme Wahrheiten akzeptieren. Wissenschaft kann nicht davon abhängig gemacht werden, welche Ergebnisse politisch gewünscht sind."

Der Dekan hatte schon eine heftige Erwiderung auf der Zunge. Dietmar Krüger versuchte die Wogen zu glätten: „Wir haben uns mit diesem Problem befasst. Viren zu verbreiten, geht einfach nicht. Eine andere Frage ist, ob man Cookies benutzen darf. Das ist legitim und gängige Praxis. Der aus unserer Sicht entscheidende Unterschied im Gegensatz zu ihrem Vorgehen ist, dass Besuchern einer Webseite die Entscheidung überlassen wird, ob sie die Installation von Cookies zulassen oder nicht. Und es ist freiwillig. Damit wird niemandem etwas aufgezwungen. Welche Cookies auf dem Computer der Nutzer installiert werden, entscheidet allerdings der Programmierer der Webseite. Wird, wie meistens auf „Alle Akzeptieren" geklickt, dürfen wir auch unsere Tracking Cookies verbreiten. Das ist der Ersatz der von ihnen benutzten Viren. Können wir uns darauf einigen?"

Ralf hatte sogleich den Nachteil dieses Vorgehens erkannt: "Über wie viele Webseiten mit wie vielen Besuchern verfügen sie denn? Ich kann mir nicht vorstellen, dass die auf diese Weise auf den Computern der Nutzer platzierten Cookies die für unser Vorhaben nötige Anzahl erreichen."

Isolde schaltete sich ein: „Das ist in der Tat ein Problem. Wir schlagen vor, neben der Webseite der Hochschule weitere Seiten zu veröffentlichen, und dort ebenfalls Cookies zu platzieren. Das sind zwar Anfangs nicht viele. Aber es kommen immer neue Besucher auf unsere Seiten. Es ist also eher eine Zeitfrage als eine Frage der Menge. Es gibt noch einen weiteren Vorteil für dich. Wenn du mit uns zusammenarbeitest, bist du nicht mehr darauf angewiesen,

Rechnerkapazität von anderen Leuten zu missbrauchen. Du bekommst die nötige Kapazität von unserem Zentralrechner."

Das hörte sich für Ralf alles sehr vorteilhaft an. Er verkannte nicht die Schwierigkeiten, die ihn erwarteten. Insgesamt aber glaubte er, sich einfügen zu können. Die Alternative wäre, exmatrikuliert zu werden und das wollte er auf keinen Fall. Deshalb stimmte er den Arbeitsbedingungen zu. In gelöster Stimmung verabschiedete er sich.

Konspirative Wohnung des Verfassungsschutzes

Drei Wochen später saß Isolde wieder mit ihrem Schlapphut zusammen. Der Verfassungsschutz wollte schnelle Fortschritte beim Projekt Zukunftsvorhersage. Man versprach sich viel von den neuen Möglichkeiten. Die Zeit drängte ohnehin. Wetterkapriolen infolge des Klimawandels wurden immer wieder von großen Demonstrationen begleitet. Es zeigte sich auch, dass die durch Naturgewalt entstandenen Schäden größer wurden. Öfter kam es vor, dass niemand den geschädigten Bürgern helfen konnte, weil die Mittel des Staates nicht ausreichten. Die Situation wurde für die Regierung immer schwieriger.

Connor wollte wissen, wann mit einem funktionsfähigen Programm zu rechnen sei. Isolde konnte ihm kein Datum nennen: „Wir hatten uns von der erneuten Einbindung von Ralf Winkler mehr versprochen. Leider ist die erhoffte Beschleunigung nur zum Teil eingetreten. Das Problem ist die erforderliche Neuprogrammierung. Prinzipiell hat Herr Winkler schon einmal alles programmiert und war weit fortgeschritten. Weil ihr seinen Computer konfisziert habt, muss er alles nochmal programmieren. Aus der Erinnerung weiß er, wie der Code ausgesehen hat. Es geht deshalb schneller als beim ersten Mal. Aber alles kann sich auch der beste Programmierer nicht merken. Er bleibt immer wieder an Details hängen. Eine große Schwierigkeit ist auch der Ersatz der von ihm in Umlauf gebrachten Viren. Wir wollten das Problem mit Cookies auf unseren Webseiten lösen. Doch es besuchen weniger Nutzer als erhofft unsere Seiten und die Entwicklung neuer Webseiten braucht ihre Zeit. Ein guter Ersatz für Winklers Viren sind unsere Cookies leider nicht."

„Würde es helfen, wenn wir Herrn Winkler seinen Computer zurückgeben?"

„Das würde es. Aber die Gefahr besteht, dass wir wieder die Kontrolle verlieren."

„Soweit ich weiß, hatte er zugesagt, seinen Programmcode offen zu legen. Ihr müsst ihn eben so scharf überwachen, dass er nicht ausweichen kann. Das muss dein Kollege Dietmar Krüger gewährleisten."

„Und wie sollen wir das Cooky Problem lösen?", Isolde wusste keinen Rat.

„Wenn gar nichts funktioniert müsst ihr notfalls auf die Viren zurückgreifen."

Isolde hob abwehrend die Hände.

„Ich weiß, es ist illegal. Aber wir stehen schwer unter Druck. Dieses Programm soll ja nicht veröffentlicht werden. Das Ziel ist, Wege zu finden, um gegenzusteuern und damit die allgemeine Situation zu entschärfen. Letztlich ist es meinen Chefs egal, wie das gelingt. Der Zweck heiligt die Mittel."

Isolde wusste, wie das bei Entdeckung laufen würde: „Wenn es irgendwann herauskommt, habt ihr alle nichts davon gewusst und bei uns rollen die Köpfe. Schriftlich gibst du mir bestimmt keine Freigabe."

Connor grinste nur dümmlich. Es war immer das Gleiche. Schuld waren die anderen und der Geheimdienst wusste von nichts. Er dachte eine Weile nach und meinte dann: „Ich habe noch eine andere Idee. Winkler hat sein Programm so gut verschlüsselt, dass wir bisher nicht rangekommen sind. Es gäbe aber die Möglichkeit ihm einen Virus zu verpassen, der seine Eingaben mitschreibt. Auch Screenshots könnten wir machen. Abrufen würden wir das über euer WLAN-Netz. Damit hätten wir die Möglichkeit Winklers verbotenes Zeug mitzunutzen, ohne dass sich jemand in der Uni die Finger schmutzig macht. Es wäre doch schön, wenn wir das geheime Wissen ebenfalls zur Kenntnis bekämen. Ihr dürft nur nicht allzu genau hinschauen, wenn er verbotenerweise an seinem Programm weiterarbeitet. Lasst ihn in dem Glauben, euch wäre sehr viel an der Neuprogrammierung gelegen. Ich verwette mein nächstes Jahresgehalt, dass unser Studiosus sich weiterhin nicht an Verbote hält."

Isolde war sehr erleichtert über diese Wendung. Sie musste zwar Ralfs Aufpasser bitten, nicht so genau hinzuschauen. Aber das würde ihr auch gelingen, ohne ihre Kontakte zum Geheimdienst offen zu legen.

Büro von Dietmar Krüger in der Hochschule

Ralf saß an seinem neuen Arbeitsplatz. Man hatte ihm einen nagelneuen Computer mit viel Rechenpower unter der

Haube hingestellt. Schriftlich hatte er sich verpflichten müssen, keine illegalen Aktivitäten mehr zu unternehmen. Er versuchte, aus dem Gedächtnis sein altes Programm zu rekonstruieren. Gleichzeitig sollten Cookies als neue Datenquellen verwendet werden. Den Fortschritt seiner Programmierung bremsten seine Gedächtnislücken und die unzureichende Zahl der Datenquellen. Jedes Mal, wenn er nicht weiterkam, trauerte er seinem alten Computer nach.

Dietmar Krügers Büro war eigentlich zu klein für einen zweiten Arbeitsplatz. Deshalb hatte man Ralfs Schreibtisch an die Wand gestellt. Dietmar konnte von seinem Platz aus Ralfs Bildschirm einsehen. Er fühlte ständig die Blicke seines Kollegen im Rücken. Das machte ihn zusätzlich nervös und erboste ihn. Nur wenn Dietmar Krüger nicht am Platz war, konnte er durchatmen.

Als sein Überwacher wieder mal nicht anwesend war, klopfte es und ein Unbekannter betrat den Raum. Ralf drehte sich um und musterte den Eindringling. Er trug Schlips und Sakko, war sichtlich teuer angezogen und verbeugte sich leicht: „Mein Name ist John Winsley. Bitte entschuldigen sie, dass ich so unangemeldet erscheine." Sein Besucher sprach mit leicht amerikanischem Akzent.

Ralf wunderte sich über den Fremden: „Was möchten sie denn? Oder haben sie sich in der Tür geirrt?"

„Ich möchte Herrn Ralf Winkler sprechen. Sind sie das?"

Ralf nickte nur kurz. Der vermeintliche Amerikaner setzte sich, ohne zu fragen auf den Stuhl von Dietmar Krüger. Typisch Ami, dachte Ralf. Die glauben, sie können sich alles erlauben.

„Sie wundern sich sicher, dass ich sie sprechen möchte. Ich bin vom Council on foreign Relations, USA. Wir werden von der Bill Gates Foundation finanziert. Sie sind uns aufgefallen, weil sie in bahnbrechender Weise neue Wege bei der Anwendung meteorologischer Algorithmen gegangen sind."

Ralf konnte nicht aufhören, sich zu wundern. Wie kamen diese Leute auf ihn? Außer dass zweimal in einem Provinzblatt etwas über ihn veröffentlicht worden war, gab es keine Hinweise.

„Sie wundern sich sicher, wie wir sie entdeckt haben!", der Ami hatte sofort ins Schwarze getroffen. „Ich habe den Dekan ihrer Fakultät kennengelernt. Er erzählte mir von dem Projekt zur Vorhersage gesellschaftlicher Entwicklungen mit Hilfe der Meteorologie. Unser Council unterstützt herausragende Wissenschaftler, die unkonventionelle neue Ideen haben. Deshalb bin ich hier."

Für Ralf war das keine befriedigende Erklärung: „Wollen sie mich verkohlen? Ich bin noch lange kein Wissenschaftler. Ich bin mitten im Studium und will erst einer werden."

„Das ändert nichts daran, dass sie mit ihrem Projekt weiter als alle anderen fortgeschritten sind. Solche Menschen unterstützen wir gezielt. Ich kann ihnen deshalb anbieten, mit uns einen Vertrag einzugehen. Wenn sie uns ihre Ergebnisse zur Verfügung stellen…"

Weiter kam er nicht. Dietmar Krüger hatte den Raum betreten und schaute misstrauisch von einem zum anderen. Der Besucher blieb ungerührt auf Krügers Platz sitzen.

„Du hast Besuch? Stell mir doch den Herrn mal vor!", forderte er Ralf auf.

„Das ist äh, John Winsley. Er sagte, er wäre von Microsoft." Ralf hatte nicht vor, seinem Aufpasser mehr als unbedingt nötig zu offenbaren.

„Ich würde mich gerne wieder bei ihnen melden, Mr. Winkler. Sie hören von mir, auf Wiedersehen." Der Ami stand auf, verbeugte sich leicht, drehte sich um und verließ den Raum.

„Sie haben ja interessante Bekanntschaften! Wo haben sie den denn kennengelernt?", fragte Dietmar Krüger misstrauisch.

„Ich kenne den Mann überhaupt nicht. Er kam eben unangemeldet herein und erzählte mir etwas von einem foreign Council und Microsoft oder so ähnlich. Was er von mir wollte, weiß ich nicht."

Dietmar blickte seinen Schützling prüfend an. Seinem Gesicht war abzulesen, dass er ihm nicht glaubte. Weil Ralf keine weiteren Erklärungen abgab, setzte er sich an seinen Schreibtisch und nahm die Arbeit wieder auf.

Draußen ging die Welt unter. Es tobte ein Unwetter mit Blitz, Donner und Hagelschlag.

Wieder ging die Tür auf. Ein völlig durchnässter Paketbote erschien und fragte nach Ralf. Vor dem Bauch trug er ein großes Paket. Nachdem sich Ralf zu erkennen gegeben hatte, händigte der Bote ihm das Paket aus.

Ralf wunderte sich. Was könnte in diesem Paket sein? Es war nicht nur groß, sondern auch schwer. Bestellt hatte er nichts. Neugierig öffnete er es sofort. Zum Vorschein kam sein alter Computer. Seit Tagen hatte er ihn vermisst. Das Gerät so unverhofft und kommentarlos zu erhalten, erschien ihm seltsam. Die anonyme Lieferung machte ihn misstrauisch. Der Bote war leider schon wieder weg. Schade, dass er nicht nach dem Absender gefragt hatte.

Sein Aufpasser verfolgte das Geschehen ungerührt. Dietmars Miene war nicht zu entnehmen, ob er vorher Kenntnis von der Rückgabe hatte.

„Warum bekomme ich plötzlich meinen Computer zurück? Wissen sie etwas davon?", fragte er.

Der hob die Schultern und meinte: „Keine Ahnung, vielleicht haben sie einen einflussreichen Wohltäter."

„Zumindest weiß ich davon nichts. Ich hoffe, die lieben Behörden haben mir nicht noch irgendwelche sogenannte Staatstrojaner verehrt. Zuzutrauen wäre es denen."

Dietmar Krüger spielte den Unbeteiligten und wandte sich wieder seiner Arbeit zu.

Ralf wollte wissen, ob auf seinem alten Computer noch alles so war, wie er ihn verlassen hatte. Achtlos riss er alle Kabel des neuen Computers ab und steckte sie an seinem PC an.

Es schien alles unverändert. Nach Eingabe seines Passworts öffnete sich das System und zeigte ihm die bekannten Einstellungen und Programme. Am liebsten hätte er sein Vorhersagemenü geöffnet. Das traute er sich in Gegenwart seines Aufpassers nicht.

Lagerraum des Kanzleramts

Dr. Schirrmacher hatte wieder einmal um eine Audienz bei seinem Chef gebeten. Der Grund war eine erneute Veröffentlichung im „Täglichen Beobachter". Der Einfachheit halber hatte er die Zeitung gleich mitgebracht. Seine Erfahrung sagte ihm, dass sein Chef es schätzte, wenn er von sich aus mit Informationen zu ihm kam. Jovial bot ihm der Kanzleramtsminister einen Platz an.

„Herr Minister, ich denke wir müssen uns erneut mit dem „Täglichen Beobachter" beschäftigen. Dieser Schmierfink Theo Wunder hat wieder das Gras wachsen gehört. Er beruft sich in seinem Artikel auf den ominösen Meteorologie Studenten, der uns schon früher Ärger gemacht hat. Angeblich kann der die Zukunft vorhersehen. Jetzt hat er sich zu der Behauptung verstiegen, die Regierung wäre am Ende.

In einem längeren Artikel über die sich häufenden Unwetter und Dürreperioden meint dieser Wunder, wir würden die Lage nicht mehr im Griff haben. Gestützt durch Informationen dieses Studenten soll die Regierung angeblich Falschmeldungen über die Lage unseres Landes verbreiten. Er sagt einen baldigen Umsturz voraus."

Gotzkowski lehnte sich zurück: „Das sind die Segnungen der Pressefreiheit, mein Lieber. Das müssen wir aushalten. Aber ich sage ihnen im Vertrauen: die Lage ist wirklich nicht gut. Ich hatte vor zwei Tagen eine Konferenz mit führenden Vertretern der Versicherungswirtschaft. Die Damen und Herren meinten, wegen der Häufung der Wetterkapriolen könnten sie zunehmend ihre Verpflichtungen aus Versicherungsverträgen nicht mehr einhalten. Sie baten ernsthaft darum, dass der Finanzminister einspringt. Einige Firmen stünden kurz vor der Pleite, wenn das Wetter weiter verrücktspielt. Wenn dieser Fall eintritt, werden bestimmt noch mehr Leute auf die Straße gehen. Es sind jetzt schon zu viele. Aber wir können mit unserem bis zum Anschlag ausgereizten Haushalt auch nicht aushelfen. Am Ende hat

Wunder sogar Recht. Vielleicht muss die Regierung tatsächlich das Handtuch werfen."

Schirrmacher dachte laut nach: „Was mich besonders ärgert, ist dieser Student. Wir hatten ihn schon mal eingesperrt, mussten ihn aber wieder laufen lassen. Während er in der Untersuchungshaft saß, hörten die über das Land verteilten Computernetzwerke auf zu arbeiten. Wir hatten auch seinen Computer in der Mangel. Leider war alles so verschlüsselt, dass wir der Sache nicht auf den Grund gehen konnten. Von der Entlassung des Studenten aus der Haft haben wir uns eine Disziplinierung versprochen. Anfangs sah es auch gut aus. Als wir ihm seinen Computer wiedergegeben haben, fingen die Netzwerkaktivitäten wieder an."

Gotzkowski war entsetzt: „Sie haben ihm seinen Computer wiedergegeben? Haben sie ihn etwa auch nicht dazu verdonnert, seinen Programmcode offenzulegen?"

„Er wurde wieder in die Hochschule integriert. Soweit ich weiß unter der Voraussetzung, dass er sich einfügt, keine illegalen Aktivitäten mehr unternimmt und der Hochschule hilft, mit seiner Programmierung das legale Vorhersageprojekt voranzubringen. Er behauptete, ohne seinen eigenen Computer nicht schnell genug weiterzukommen. Deshalb haben wir ihm den gegeben. Aber er wurde auch verpflichtet, sich nicht wieder an die Öffentlichkeit zu wenden."

„Na das hat ja alles prima funktioniert. Wissen sie eigentlich, in was für eine Lage sie mich bringen? Der Herr scheint sich an nichts zu halten. Am besten, wir sperren ihn wieder ein!", Gotzkowski war stinksauer.

„Beruhigen sie sich bitte, Herr Minister. Unser Verfassungsschutz ist auch nicht blöde. Bevor Winkler seinen Computer zurückbekam, haben wir ihn fachgerecht verwanzt. Wenn er ihn benutzt, können wir alles mitlesen, was er damit anstellt. Wenn sie möchten, informiere ich sie laufend über die im illegalen Netzwerk vorgenommenen Abfragen und Ergebnisse."

„Warum sagen sie das nicht gleich? Wollten sie mich auf die Folter spannen? Natürlich bin ich daran interessiert. Ich hoffe, dass die Vorhersagen so zuverlässig sind, dass man sich danach richten kann."

„Wie es damit aussieht, werden wir erst in einigen Wochen wissen, wenn wir seine Vorhersagen mit der tatsächlich eingetretenen Entwicklung vergleichen können."

Das war für den Minister keine gute Nachricht. Sarkastisch meinte er: „Na großartig, bis dahin kann es zu spät sein."

„Tut mir leid, aber eine andere Möglichkeit gibt es nicht. Jedenfalls ist das immer noch besser als die lendenlahmen Unternehmungen der Hochschule."

„OK, halten sie mich ständig auf dem Laufenden, was dieser Student rauskitzelt. Ich muss sowieso dafür geradestehen, welche Entschlüsse wir fassen."

Auf Janas Weg zu ihrer Studentenwohnung

Während Jana den üblichen Weg nach Hause nahm, grübelte sie über ihr Verhältnis zu Ralf und seine Eskapaden der Programmierung. Das war ihr mittlerweile zur Gewohnheit geworden. Ralf hatte ihr immer noch nicht verziehen, obwohl sie sich in letzter Zeit öfter sahen. Aber gemeinsame Aktivitäten wurden immer weniger. Der Studentenklub schien ihn nicht mehr zu interessieren. So kam es, dass sie die Abende nur mit Michael und Carola verbrachte. An neuen Interessenten gab es zwar keinen Mangel, aber Jana konnte ihren Herzallerliebsten nicht vergessen.

Als sie mit gesenktem Gesicht vor sich hin grübelnd den Weg nach Hause nahm, sprach sie jemand an: „Hallo Jana, so ein Zufall, dass ich sie hier treffe." Der Unbekannte rollte das R und sprach mit breitem amerikanischem Akzent.

Jana erwachte aus ihrer Grübelei und schaute hoch. Das war doch dieser merkwürdige Ami. Der traute sich was, sie einfach auf der Straße anzusprechen.

„Was wollen sie von mir? Ich habe keine Zeit!", beschied sie ihm in barschem Ton.

„Ich freue mich, sie zufällig zu treffen. Dazu sagt man Schicksal." Ihr Gegenüber ließ sich nicht beirren. Er grinste breit und fasste sie am Ellbogen an.

„Lassen sie uns doch die Gelegenheit ergreifen. Ich wollte sowieso mal mit ihnen sprechen. Ich lade sie ein. Gleich um die Ecke gibt es ein gemütliches Café. Dort können wir uns in aller Ruhe unterhalten."

„Ich wüsste nicht, was es mit ihnen zu besprechen gäbe!", Jana war immer noch abweisend.

„Nun geben sie sich mal einen Ruck! Ich will ihnen nur einen Kaffee spendieren. Das ist kein unsittliches Angebot. Es geht um unseren gemeinsamen Freund Ralf Winkler. So zugeknöpft werden sie doch nicht sein, um sich nicht mal anzuhören, was ich zu sagen habe."

Der Ami ließ ihren Ellenbogen nicht los. Sanft, aber bestimmt führte er sie um die Ecke und in ein Café. Es stellte sich heraus, dass für sie in einer verschwiegenen Ecke bereits ein Tisch reserviert war. Das ließ Janas Misstrauen erneut erwachen. Woher wusste dieser Mensch, dass er sie treffen würde? Hatte er ihr etwa aufgelauert? Widerwillig setzte sie sich dem Ami gegenüber. Kuchen lehnte sie ab. Deshalb bestellte er nur zwei Kaffee.

„Jana, darf ich sie so nennen?" Sie nickte knapp.

„Ich fürchte, ihr Freund wird in zunehmende Schwierigkeiten kommen, wenn er so weiter macht. Er ist mir sehr sympathisch und ich möchte ihm helfen. Hat er ihnen von unserem Angebot erzählt?"

Jana erwiderte: „Er ist nicht mehr mein Freund. Aber von ihrem Angebot hat er mir erzählt, als wir noch zusammen waren. Jetzt möchten sie bei mir um gut Wetter bitten? Helfen kann ich ihnen nicht. Das werden sie verstehen. Er wollte ihr Angebot ablehnen. Es war ihm nicht geheuer."

John Winsley ließ nicht locker: „Das verstehe ich nicht. Herr Winkler hat keine Zukunft hier. Wenn er für mich arbeiten würde, wäre er abgesichert und niemand könnte ihn verfolgen."

„Wie kommen sie darauf, dass er hier in Deutschland Verfolgung ausgesetzt wäre? Wir sind immer noch ein Rechtsstaat."

„Ihre Naivität ehrt sie. Wir wissen, dass er mit knapper Not einem SEK entkommen ist. Eingesperrt wurde er auch. Wenn das keine Verfolgung ist…"

Jana wurde immer misstrauischer: „Sie scheinen viel über Ralf zu wissen. Woher nehmen sie diese Informationen?"

„Unser „Council on foreign Relations" hat gute Verbindungen. Weil wir wissen, dass es in Deutschland brenzlig werden könnte, möchten wir ihm beistehen. Es könnte schnell passieren, dass ihr Freund plötzlich erneut verschwindet. Dann kann ihm niemand mehr helfen."

„Warum sollte er verschwinden? In Deutschland verschwindet niemand!", Janas Misstrauen wuchs.

„Es gab Fälle, wo genau das passierte, auch wenn es nicht bekannt ist. Ich würde an ihrer Stelle nicht zu sicher sein!"

Den letzten Satz fasste Jana als Drohung auf. Wütend erhob sie sich: „Wie kommen sie dazu, mir zu drohen? Wer sind sie eigentlich? Unter diesen Bedingungen sehe ich nicht, wie ich ihnen weiterhelfen kann."

Grußlos verließ sie die Gasstätte. Draußen wurde es ihr doch unheimlich. Wer war dieser angebliche John Winsley? Leise keimte bei ihr der Verdacht auf, es könnte sich um den Agenten eines amerikanischen Geheimdienstes handeln. Auf jeden Fall musste Ralf von dem Versuch erfahren, sie einzuschüchtern. Das hätte den erwünschten Nebeneffekt, dass sie die Chance erhielte, sich mit ihm wieder zu versöhnen.

Ralfs und Michaels Studentenbude

Ralf saß vor seinem Fernseher und langweilte sich. Er hatte die Fenster weit geöffnet und schwitzte still vor sich hin. Plötzlich war das Wetter umgeschlagen. Der ständige

Regen mit zu niedrigen Temperaturen wurde durch ein Hochdruckgebiet mit Spitzenwerten nahe vierzig Grad ersetzt.

Normalerweise würde er jetzt an seinem Programm werkeln. Seit er gezwungen war, in der Hochschule zu arbeiten, musste er sich an die dortigen Gepflogenheiten halten. Den Arbeitselan reduzierte die Hitze. Es wurde pünktlich Feierabend gemacht, anschließend alle Räume verschlossen. Er hatte sich schon oft über die Beamtenwirtschaft beschwert. Aber dagegen war nicht anzukommen. Wohl oder übel fügte er sich in sein Schicksal. Angeblich sollte sein Projekt so schnell wie möglich fertiggestellt werden. Bei diesem Tempo wäre das am Sankt Nimmerleinstag der Fall.

Es klingelte. Froh über die Abwechslung ging er zur Tür. Draußen stand Jana.

Ralf war immer noch sauer über Janas vermeintlichen Verrat: „Was willst du denn hier?", fragte er unfreundlich.

„Ich mag dich auch. Wie wäre es, wenn du mich erst mal hereinlässt?"

Widerwillig trat Ralf zur Seite. Zielstrebig ging Jana ins Zimmer und setzte sich auf Ralfs Bett.

„Was treibt dich zu mir?", fragte er sie, nachdem er sich ihr gegenübergesetzt hatte.

„Dieser John Winter hat mich gestern auf der Straße angesprochen. Er sagte, das Treffen wäre Zufall. Aber ich glaube, er hat mir aufgelauert. Er lotste mich in ein Café und bat mich, bei dir für sein Vertragsangebot zu werben. Er wurde zunehmend dringlicher. Am Schluss drohte er mir, du könntest verschwinden. Das kann ich mir nicht vorstellen. In unserem Land ist bisher keiner verschwunden! Da reichte es mir und ich habe ihn sitzen lassen. Hinterher wurde mir unheimlich. Solche Drohungen habe ich noch nie gehört. Ich dachte, du solltest das wissen."

Ralf hatte sehr nachdenklich zugehört: „Du meinst bestimmt John Winsley. Der kommt mir auch halbseiden vor. Vielleicht ist er bei einem amerikanischen Geheimdienst angestellt. Andererseits wäre es eine plumpe Masche, uns so offensichtlich einen Spion auf die Pelle zu schicken. Wie auch immer, sein Angebot möchte ich nicht annehmen. Sag ihm das, falls er sich nochmal meldet!"

„Das möchte ich ihm nicht geraten haben. Ich wollte mit dir noch über etwas anderes sprechen. Ich möchte mich entschuldigen, dass es so schiefgelaufen ist, nachdem ich dir Geheimhaltung zugesagt hatte. Ich habe nicht damit gerechnet, dass Carola deine Erkenntnisse gleich an die große Glocke hängt."

Ralf hatte seine spontane Reaktion gegenüber Jana längst bereut. Den ersten Schritt wollte er nicht gehen. Nun bot sich ihm die Gelegenheit, ihr zu verzeihen: „Irgendwann hätte ich sowieso an die Öffentlichkeit gehen müssen. Vielleicht ist es gut so, wie es gekommen ist."

„Du weißt nicht, dass dieser Winsley schon mal bei uns war. Du warst unterwegs, um ein neues Handy zu kaufen."

„Der war bei euch? Der war auch bei mir in der Hochschule, als ich allein im Zimmer war. Er wollte mir irgendeinen Vertrag anbieten und ging mir um den Bart, was ich für ein toller Wissenschaftler wäre. Leider kam Dietmar Krüger plötzlich ins Zimmer. Da hat er sofort das Weite gesucht. Hört sich seltsam an, oder?"

„Auf mich machte er auch einen komischen Eindruck."

Ralf stimmte Jana zu. Sie wollte noch wissen, ob er mit seinem Projekt vorankäme. Er beklagte sich über den Bürokratenhaufen an der Hochschule, an der kreatives Arbeiten unmöglich war. Von draußen ertönten Polizeisirenen.

Ralf wies auf das Fenster und meinte: „Dabei drängt die Zeit. Die Lage wird immer schwieriger. Du siehst selbst, dass die Demos trotz der Hitze nicht abreißen. Ich frage mich, ob die Regierung die Situation noch unter Kontrolle hat. Zum Glück haben sie mir meinen Computer wiedergegeben. Ich hätte es zwar nicht gedurft, aber ich habe mein altes Netzwerk reaktiviert. Das war schon deshalb notwendig, weil ich die Vorhersagen mit der neuen Methode vergleichen wollte. Ich bekomme mit beiden Programmen ähnliche Aussagen. Mit der neuen Methode sind sie nur ungenauer. Alles zusammen gibt größten Anlass zur Sorge. Die Stimmung ist so eskaliert, dass in der nächsten Zeit mit einem Umsturz zu rechnen ist."

Jana war entsetzt: „Funktioniert dein Programm denn? Ich hoffe, du übertreibst."

„Ich wünschte, es wäre so. Wenn du dir die Nachrichten und die Verlautbarungen der Regierung anhörst und mit der Lebenswirklichkeit der meisten Leute vergleichst, siehst du die große Differenz."

Jana war skeptisch: „Ich weiß nicht. Die Leute regen sich über vieles auf, wenn der Tag lang ist. Deshalb gibt es doch keine Revolution."

„Wenn es so einfach wäre. Sagt dir das Wort Delegitimation etwas?"

Jana kannte es nicht.

„Es ist ein Mechanismus, der sich schon früh in der Menschheitsgeschichte herausgebildet hat. Seit es irgendwann Herrscher und Beherrschte gab, musste ein Grund gefunden werden, warum Herrscher von den Beherrschten bezahlt werden sollten. Man schloss einen Gesellschaftsvertrag, ohne ihn schriftlich zu formulieren. Die Herrscher versprachen, dem Volk so viel vom Ertrag ihrer Arbeit zu lassen, dass es ihnen von Generation zu Generation besser gehen würde. Es sollte angeblich gerecht zugehen. Sie erklärten sich im Gegenzug bereit, die Abgabepflichtigen vor äußeren Feinden zu schützen.

Wurde dieser Vertrag gebrochen, kam es vor, dass sich das Volk, früher meist Bauern, gegen seine Herrschaft auflehnte. Man könnte sagen, der virtuelle Vertrag wurde gekündigt.

Auch der blutigste Diktator erreicht irgendwann einen Zustand der Legitimation. Die Beherrschten haben sich an das Regime gewöhnt und passen sich an. Auch hier geht es nur um die drei Versprechen: ihre Kinder werden es mal besser haben. Im Land gibt es Gerechtigkeit und der Staat wird sie gegen äußere Feinde verteidigen. Dabei kommt es nicht mal darauf an, dass das Versprechen wirklich eingehalten wird. Das Volk muss nur das Gefühl haben, es wäre wahr. Das Gleiche trifft auch für Demokratien zu. Wenn viele Menschen nicht mehr an diese drei Grundversprechen glauben, werden sie sich der Herrschenden zu entledigen versuchen. Diesen Zustand haben wir beinahe erreicht. Größere Veränderungen können nur noch vermieden werden, wenn die Regierung zu direkter Repression übergeht, Einschränkung der Bürgerrechte, Abschaffen der

Pressefreiheit, Einsperren von Oppositionellen, außer Kraft setzen der Verfassung und was dergleichen Wohltaten mehr sind."

Jana hatte dem Vortrag mit weiblicher Skepsis gelauscht. Entsprechend sah ihre Miene aus. Doch sie bewunderte Ralf für seinen unabhängigen Geist. Wie er so dozierte und sie dabei durch seine Brille ansah, fand sie ihn unwiderstehlich süß: „Hast du dir das allein ausgedacht?"

„Natürlich nicht. Ich habe es irgendwo gelesen. Es schien mir plausibel. Dieser Mechanismus beschreibt auch gut, warum gesellschaftliche Entwicklungen so ablaufen."

Gerne hätte Jana noch mehr gehört. Doch die Wohnungstür öffnete sich und Michael mit Carola im Schlepptau trat ein. Das gab Ralf die Gelegenheit zu erfahren, wer erneut mit der Zeitung gesprochen hatte. Carola meinte, Theo Wunder hätte sie angerufen. Er wollte die neueste Entwicklung erfahren. Sie hätte ihm gesagt, er solle sich an Ralf wenden.

Ralf antwortete: „Mich hat er nicht angerufen. Stattdessen hat er sich seine Story aus den Fingern gesaugt. Ich war sehr verärgert, als ich seinen Artikel gelesen habe. Zwar hat er mit seinen Vorhersagen prinzipiell Recht, nur von mir hatte er das nicht. In der Hochschule gab es deswegen wieder Schwierigkeiten. Sie bezweifelten, dass ich meine Verpflichtung zur Verschwiegenheit eingehalten hätte."

Michael meinte, er wäre froh, die Sektion gewechselt zu haben. Bei den Politik Studenten gäbe es viel mehr Offenheit. Hier dürfe ohne Einschränkung alles diskutiert werden. Auch die gegenwärtige Lage im Land wäre ständiges Thema in Vorlesungen und Diskussionsrunden.

Carola hatte keine Lust, den Abend bei dem schönen Sommerwetter in einer stickigen Studentenbude mit fruchtlosen Diskussionen zu verbringen: „Leute, draußen ist es heiß. Aber hier drin ist dazu noch schlechte Luft. Wenn es dunkel wird, kühlt es bestimmt ab. Lasst uns nach draußen gehen. Bestimmt finden wir einen Biergarten, wo wir den Abend gemütlich ausklingen lassen können."

Dieser Vorschlag fand allgemeine Zustimmung. Die vier machten sich auf den Weg, den Abend zu genießen.

Alt-Berliner Eckkneipe im Zentrum

Auf der Suche nach einer Bierquelle mit Tischen im Freien streiften die Freunde durch das Berliner Zentrum. Es war nicht einfach, so etwas zu finden. Die tagelangen Demonstrationen hatten zur Folge, dass viele Kneipen geschlossen waren oder keine Tische herausgestellt hatten.

Nachdem sie eine halbe Stunde herumgeirrt waren, gaben sie auf und gingen in eine Alt-Berliner Eckkneipe. Drinnen war es voll und stickig. Mit Mühe fanden sie einen Tisch, an dem noch vier Plätze frei waren.

Dort saß eine Runde gleichaltriger. Sie waren in eine heftige Diskussion vertieft. Es ging darum, ob die Regierung die prekäre Lage falsch einschätzte oder einfach nicht zur Kenntnis nehmen wollte. Offenbar hatten sich zwei Parteien gebildet, die gegensätzliche Meinungen vertraten.

Draußen hörten sie mehrfach Polizeisirenen. Blaulicht der schnell vorbeirasenden Wagen schimmerte durch die Scheiben. In der Ferne waren Sprechchöre zu hören.

Einer der am Tisch Sitzenden wies erbost zum Fenster: „Hört euch das an. Draußen ist die Hölle los und im

Fernsehen veranstalten sie Koch- und Quizshows. Ich möchte wetten, heute Abend gibt es wieder geschönte Berichte über die allgemeine Lage. Anschließend erklärt der Kanzler, dass niemand allein gelassen wird."

Jana fragte: „Warum tut die Regierung nichts? Die sind doch nicht dumm. Sie haben haufenweise Fachleute. Die müssten doch erkennen, dass es so nicht weitergehen darf!"

Ralf hatte über dieses Problem schon oft nachgedacht: „Ich glaube, es gibt einen Punkt, an dem man innerhalb des Systems die Widersprüche nicht mehr lösen kann. Dann kommt es unweigerlich zum Bruch. Vielleicht sind wir noch nicht an diesem Punkt. Aber wir steuern darauf zu."

Wie zum Beweis dieser Behauptung wurde die Tür aufgerissen und eine Schar Demonstranten stürzte herein. Der Anführer schrie: „Wo ist der Hinterausgang?"

Der Wirt hinter der Theke zeigte lässig auf eine Tür. Alle rannten darauf zu.

„Los, lasst uns auch verschwinden! Ich habe keine Lust, wieder im Knast zu landen.", Ralf stand auf und folgte den Demonstranten. Seine Freunde rannten hinterher. Michael warf dem Wirt einen zwanzig Euro Schein auf die Theke und rief: „Stimmt so!"

Während die hintere Tür ins Schloss fiel, stürmte ein Trupp Polizisten den Laden. Sie riefen: „Keine Bewegung. Jeder bleibt an seinem Platz!"

Einer der ersten Eindringlinge hatte gesehen, wie sich die hintere Tür schloss. Er rannte den Flüchtenden hinterher und rief: „Stehen bleiben, Polizei!"

Die vier dachten nicht daran, der Aufforderung zu folgen. Atemlos rannten sie um mehrere Ecken. Ralf zog Jana hinter sich her. Die schnaufte und hielt sich den Bauch wegen Seitenstechen.

„Ich kann nicht mehr!", japste sie.

„Los, du musst. Da vorne ist die U-Bahn."

Ralf zog Jana die Treppe herunter, indem er zwei Stufen auf einmal nahm. Jana stolperte ihm hinterher.

Sie hatten Glück. Als sie unten waren, fuhr eine U-Bahn ein. Carola und Michael hatten sie verloren.

Tagungsraum der meteorologischen Fakultät

Drei Wochen später hatte sich das Wetter grundlegend geändert. Die schnelle Abfolge starker Regenfälle mit Gewitter, Hagel und Überschwemmungen hatte sich in eine stabile Hochdrucklage verwandelt. Von Süden kamen immer neue Hochdruckgebiete nach Mitteleuropa. Sie brachten nicht enden wollende Rekordtemperaturen und anhaltende Trockenheit. Dieses Wetter war nicht nur ein Killer für ältere Menschen und Kinder in den Städten. Auch die Landwirte ächzten unter der Hitze. Auf den Feldern vertrocknete die Ernte. Spezialisten sprachen von verheerenden Dürren. Was Hagel und Sturm übriggelassen hatten, ging nun wegen Wassermangel zu Grunde. Viele machten sich Sorgen um die Lebensmittelversorgung.

Trotz der immer unsicherer werdenden allgemeinen Lage wollte an der Technischen Hochschule niemand von den eingeschliffenen Ritualen abweichen. Die Arbeitsgruppe kam deshalb immer noch einmal pro Woche zur Beratung zusammen. Isolde leitete die Versammlung. Zunächst bat sie um einen Überblick der erreichten Ergebnisse.

Als erster meldete sich Dietmar Krüger. Er berichtete, dass die Verbreitung ihrer Cookies nur schleppend vor sich ginge und forderte, die IT-Abteilung stärker in die Pflicht zu nehmen.

„Ich habe mehrmals mit dem Abteilungsleiter gesprochen. Er lehnte es ab, die Veröffentlichung weiterer Webseiten zu forcieren, mit dem Hinweis auf bereits vorhandene Überlastung aller Mitarbeiter. Den Kollegen ist offenbar nicht bewusst, dass gerade zum jetzigen Zeitpunkt begründete Vorhersagen gesellschaftlicher Entwicklungen für unsere Regierung von existenzieller Bedeutung wären. Ich bin mit meinem Latein am Ende und bitte dich, als Leiterin der Arbeitsgruppe selbst dort vorstellig zu werden. Vielleicht kannst du unseren Dekan mitnehmen. Das würde unserem Anliegen einen höheren Druck verschaffen."

Isolde sagte zu und bat um weitere Wortmeldungen.

Ralf hatte mit einem leicht spöttischen Grinsen Dietmars Beitrag verfolgt. Für ihn war von Anfang an klar, dass die Verbreitung von Cookies ein langer und steiniger Weg werden würde. Er freute sich diebisch, sein Netzwerk mit den von ihm erzeugten Viren nicht aufgelöst zu haben. Leider musste das alles geheim bleiben. Aber Kritik am eingeschlagenen Weg der Arbeitsgruppe konnte er anbringen.

Er meldete sich: „Wenn es weiter so schleppend voran geht, werden wir niemals zum Ziel kommen. Bei so wenigen Informationsquellen, wie von euch generiert, gibt es zwei Probleme: Die Ergebnisse der Abfragen sind ungenau. Zweitens können wir nicht mit genügender Sicherheit überprüfen, ob die von uns gefundenen Umwandlungen von Fakten in Zahlen wirklich funktionieren."

Isolde bat Ralf um eine genauere Erläuterung.

„Ich nenne es die Umwandlung weicher Sachverhalte in harte Zahlen, die man in die meteorologischen Algorithmen einsetzen könnte. Hier haben wir erheblichen Nachholbedarf.

Damit wir uns nicht verzetteln, sollten wir als erstes festlegen, welche Themen für uns relevant sind. Das könnten Arbeitslosigkeit sein, öffentliche Meinung, Wohnungsmangel und weitere. Wenn wir diese Themen festgelegt haben, müssen wir herausarbeiten, wie sie in die meteorologischen Algorithmen eingepasst werden können.

Ich nenne mal ein Beispiel: Wenn uns die Cookies melden, dass sich mehr Menschen für preiswerte Wohnungen interessieren, müssen wir einen Weg finden, das in Zahlen umzusetzen. Nur dann können wir die Zahlen in die bekannten Formeln einsetzen. Wir müssen dafür eine nachprüfbare Systematik entwickeln, die wir bei gleichen Sachverhalten immer wieder anwenden können. Auch muss Vergleichbarkeit hergestellt werden. Es muss aus einem Archiv hervorgehen, ob sich mehr oder weniger Leute für preiswerte Wohnungen interessieren. Nur wenn wir das haben, können wir sehen, ob ein Thema Relevanz gewinnt. Ihr wisst alle, wie der Wetterbericht entsteht. Ein großer Teil speist sich aus archivierten Daten. Es gibt keinen Grund, warum wir dieses Prinzip nicht auch auf die Vorhersage gesellschaftlicher Prozesse anwenden sollten. Mein Vorschlag ist, dass jeder unserer Mitarbeiter ein Thema vorgegeben bekommt. Das Ziel muss sein, eine feste Beziehung zwischen weichen Sachverhalten und harten Zahlen zu entwickeln. Außerdem fehlt eine Liste der Fakten, die wir in Betracht ziehen wollen."

Eigentlich sollten den Meteorologie Fachleuten solche Systematiken vertraut sein. Schließlich machte man bei der Wettervorhersage nichts anderes. Aber wie so oft steckte der Teufel im Detail. Ralf hatte durch seine illegalen Aktivitäten einen Vorteil gewonnen. Er wollte versuchen, sein früher erworbenes Wissen auf die neuen Verhältnisse zu übertragen. Als Außenseiter hatte er einen schweren Stand. Die meisten Kollegen blickten ablehnend zu Isolde. Sollten sie von einem Studenten, der bereits mehrmals unangenehm aufgefallen war, Arbeitsaufträge entgegennehmen?

Isolde stand unter Erfolgsdruck. Wenn sie es zuließ, dass die Arbeiten wie bisher vor sich hindümpelten, würde es in absehbarer Zeit keine Fortschritte geben. Obwohl sie keine großen Sympathien für Ralf hatte, musste sie erkennen, dass die Arbeitsgruppe durch seine Vorschläge weiterkommen würde.

„Ihr habt gehört, was Ralf gesagt hat. Ich halte seine Vorschläge für zielführend. Dietmar, erarbeite bitte eine Liste, welche Themen wir für den Anfang in unser Projekt aufnehmen sollten. Jeder von euch bekommt dann von mir ein Thema zugeteilt. Eure Aufgabe ist es, die Umwandlung weicher Fakten in harte Zahlen für die euch zugeteilte Aufgabe zu entwickeln. Gibt es Fragen oder Einwände?"

Isolde ließ ihren Blick über die Runde schweifen.

„Das ist nicht der Fall. Dann verfahren wir so. Wir sehen uns nächste Woche wieder."

Demonstration von Regierungsgegnern im Berliner Zentrum

Ralf und Michael hatten sich nach Vorlesungsende verabredet. Michael wollte sein Politikstudium mit Erfahrungen aus der Praxis bereichern. Er hatte bewusst eine Demonstration gewählt, bei der nicht nur Wut, sondern auch sachliche Argumente eine Rolle spielen sollten. Auch Ralf interessierte sich dafür. Er erwartete für seine von ihm als weiche Fakten bezeichneten Sachverhalte neue Erkenntnisse.

Als sie auf dem Platz ankamen, hatte die Demo bereits begonnen. Die Veranstalter hatten auf eine Bühne verzichtet. Eine junge Rednerin stand auf einem Tisch.

„Wir wollen eine Perspektive haben!", rief sie laut in das Mikrofon. „Die wird uns verwehrt. In unserem Land gibt es so viele Missstände, dass es mich graust. Wir haben jetzt vier Wochen durchgehend Trockenheit. Es ist mit erheblichen Ernteausfällen zu rechnen. Das wird die Lebensmittelpreise in die Höhe treiben. Gleichzeitig sind die Umweltschäden durch die Überschwemmungen im Frühjahr immer noch nicht beseitigt. Dafür wurden Millionen gespendet. Wo ist dieses Geld? Statt konkreter Taten gibt es warme Worte. Das lassen wir uns nicht mehr gefallen!"

Die Menge spendete lautstark Beifall. Sprechchöre ertönten: „Wende jetzt, Wende jetzt!"

Ralf und Michael sahen sich an. Um gegen den Lärm anzukommen, musste Ralf Michael ins Ohr schreien: „Das sind die praktischen Auswirkungen der von mir gefundenen Differenzen zwischen Wirklichkeit und offizieller Politik."

„Du hast Recht mit deinem Begriff der Delegitimation. Die Leute fühlen sich vom System nicht mehr vertreten. Ich frage mich, was Politik tun kann, um das Steuer herumzureißen. Haben wir überhaupt noch eine Möglichkeit das System zu retten?", fragte Michael.

Die Rednerin schwenkte ein Blatt Papier: „Ich habe hier das Ergebnis der letzten Umfrage zum Einverständnis mit der Regierungspolitik. Danach sind vierundsechzig Prozent mit der Politik einverstanden. Kann man das glauben? Ich kenne niemanden, der mit dieser Politik einverstanden wäre. Ich frage euch: wer ist dieser Meinung? Der hebe die Hand!"

Niemand meldete sich. Die Rednerin fragte nochmals: das gleiche Ergebnis.

„Vielleicht hat der Eine oder die Andere Bedenken, sich zu melden? Ich versichere euch: Niemandem wird ein Haar gekrümmt, der die Hand hebt."

Doch es meldete sich niemand.

„Meine Freunde, das ist es, was ich meine. Uns wird eine andere Wirklichkeit vorgegaukelt!"

Wieder skandierte die Menge: „Lügen, Lügen, Lügen…"

„Können wir etwas ändern?", rief die Frau auf dem Tisch.

Rufe kamen aus der Demonstration: „Ja, das müssen wir!"

Die Rednerin antwortete: „Ja, wir müssen etwas ändern. Wir brauchen eine neue Politik und unabhängige Geister als Politiker. Lasst uns das System verändern, damit es sich wieder lohnt, hier zu leben!"

„Zerstört das korrupte System!", kam es aus der Menge.

Die Rednerin machte eine beruhigende Geste. Als sich die Aufregung etwas gelegt hatte, rief sie: „Wir dürfen keine Gewalt anwenden. Lasst uns zum Kanzleramt ziehen! Wir wollen den Kanzler sprechen!"

Zustimmende Rufe ertönten. Als sich die Menge in Bewegung setzen wollte, stand plötzlich ein Polizist auf dem Tisch. Er entwand der jungen Frau das Mikrofon und rief: „Niemand hat einen Marsch zum Kanzleramt beantragt. Die Leitung der Demonstration hat die Lage nicht mehr im Griff. Es besteht Gefahr für die öffentliche Ordnung. Ich beende die Zusammenkunft. Verlassen sie unverzüglich den Platz!"

Buh Rufe und Schande, Schande ertönten. Die Menschen dachten nicht daran, den Platz zu verlassen.

Ralf und Michael befanden sich am Rand. Als sie sich umdrehten, standen vor ihnen mehrere Reihen Polizisten, ausgerüstet mit Schlagstock, Helm und Schild.

Ralf war entsetzt: „Verdammt, wo kommen die denn so schnell her? Wir müssen hier weg. Nochmal Knast kann ich mir nicht leisten."

Verzweifelt suchten sie eine Lücke in der unüberwindlich scheinenden Mauer. Sie rannten hin und her. Auch viele andere Demonstranten versuchten der Aufforderung zu folgen. Es tat sich keine Lücke auf. Plötzlich begannen die Polizisten, den Kreis enger zu ziehen.

Michael schnauzte einen der Behelmten an: „Was wollt ihr denn? Wir sollen gehen. Dann müsst ihr uns auch durchlassen!"

Der Angesprochene reagierte nicht. Stattdessen hob er seinen Knüppel und wollte Michael einen Schlag versetzen.

Doch Michael war gut bei Kräften. Er fing den Schlagstock ab und versuchte, ihn dem Angreifer zu entwinden. Einen Moment sah es so aus, als würde das gelingen. Plötzlich hatte der Gesetzeshüter Pfefferspray in der Hand. Ein Strahl traf Michael voll ins Gesicht. Unwillkürlich ließ er den Schlagstock los. Mit einem Aufschrei fasste er sich an die Augen. Es tat höllisch weh und er war blind.

Zum Glück hatte Ralf nichts abbekommen. Er zog seinen Freund beiseite, um weiteren Attacken zu entgehen. Michael peinigten die Schmerzen so stark, dass er sich auf den Boden setzen musste. Ralf konnte es nicht verhindern. Um ihm zu helfen, setzte er sich dazu und gab ihm ein Taschentuch. Voller Schmerz wippte Michael mit dem Oberkörper vor und zurück. Tränen strömten ihm aus den Augen. Im nu war das Taschentuch durchweicht. Die Schmerzen wollten nicht nachlassen.

Da geschah etwas Unerwartetes. Die Polizisten stiegen über die hilflos am Boden sitzenden, um den Kreis enger zu ziehen. Michael und Ralf befanden sich plötzlich hinter der Polizeikette, ohne etwas dafür getan zu haben.

Als Ralf merkte, dass sich niemand für sie interessierte, half er Michael beim Aufstehen.

„Ich kann nichts sehen!", stöhnte der.

„Reiß dich zusammen. Wir müssen hier weg! So schnell kommen wir nicht wieder davon."

Ralf half dem Verletzten auf die Füße und zog ihn am Ärmel hinterher. So erreichten sie die nächste U-Bahn-Station. Ralf gab Michael ein Taschentuch nach dem anderen, bis die Packung leer war. Dem lief das Wasser aus Augen und Nase in einem unstillbaren Strom.

„Brauchen sie Hilfe?", fragte ein mitleidiger Passagier.

Ralf erklärte: „Er hat bei einer Demo eine Ladung Pfefferspray abbekommen. Wir waren nicht beteiligt, aber das war den blöden Bullen egal."

„Fahrt besser ins nächste Krankenhaus! Davon kann man blind werden. Auf jeden Fall müssen die Augen ausgespült werden."

Michael wollte auf keinen Fall ins Krankenhaus: „Ausspülen kann Ralf auch bei uns zu Hause machen."

Dank Ralfs Hilfe kamen sie nach einer halben Stunde in ihrer Studentenbude an.

„Ich habe den Eindruck, es lässt etwas nach. Hilf mir beim Augen ausspülen, dann wird es gehen." Nach einer intensiven Spülung konnte Michael wieder sehen. Er schaute in den Spiegel und erschrak. Sein ganzes Gesicht war gerötet. Um die Augen hatten sich dicke rote Ränder gebildet. Die Augäpfel waren ebenfalls rot.

Ralf machte einige Aufnahmen zur Beweissicherung.

Büro von Dietmar Krüger in der Hochschule

Ralf saß allein in Krügers Büro. Das war schon seit Tagen so, denn sein Aufpasser hatte Urlaub genommen. Ralf genoss es, unbeobachtet zu sein. So konnte er die auf der letzten Demo gesammelten Erfahrungen nutzen, um zu überprüfen, ob die von ihm gefundenen Kriterien zur Vorhersage richtig waren.

Die Rednerin hatte vermutet, dass viele Menschen mit der Regierungspolitik nicht einverstanden waren. Ralf schätzte die Zahl der Teilnehmer auf etwa sechstausend. Von denen hatte niemand Einverständnis signalisiert. Er fragte sich, ob es zulässig wäre, aus einer so kleinen Zahl auf das ganze Land zu schließen.

Mehrere Abfragen mit seinem System brachten das gleiche Ergebnis. Die Zustimmung betrug weniger als einunddreißig Prozent. Das System der Hochschule mit den wenigen Cookies lieferte nur diffuse Ergebnisse. Ralf sah sich bestätigt. Er schätzte ein, dass die regierungsamtlich herausgegebenen Zahlen mit vierundsechzig Prozent Zustimmung mindestens geschönt, wenn nicht gar gelogen waren.

Sein zweiter Schritt war, aus dem Ergebnis eine Vorhersage für die künftige Entwicklung abzuleiten. Das war schließlich das Ziel der Arbeit. Eine entsprechende Abfrage hatte er begonnen. Jetzt wartete er voller Spannung auf das Ende der Berechnung.

Ein Klopfen an der Tür schreckte ihn aus seinen Gedanken. Wer könnte das sein? Kam Isolde, um ihn zu kontrollieren? Es klopfte wieder, diesmal etwas dringlicher. Das konnte nicht Isolde sein. Die wäre spätestens nach dem ersten Klopfen eingetreten, ohne seine Reaktion abzuwarten. Während er „Herein" rief, schaltete er sicherheitshalber den Bildschirm aus.

Es erschien ein alter Bekannter. Ralf fiel der Name nicht sofort ein: „Guten Tag Herr …", stotterte er.

„Winsley", ergänzte der Ami und verbeugte sich leicht.

„Was führt sie zu mir, Mr. Winsley?", Ralf hatte seine Fassung wiedergewonnen.

„Wir sind beim letzten Mal leider nicht zu meinem Anliegen gekommen. Ich hoffe, wir werden heute nicht wieder gestört.", sagte Mr. Winsley in seinem breiten amerikanischen Slang.

„Keine Sorge, mein Kollege ist im Urlaub. Setzen sie sich auf seinen Platz. Ich kann allerdings nicht versprechen, dass niemand anderes hereinkommt. Sie waren letztens so schnell verschwunden. Gibt es etwas Besonderes, was niemand sonst erfahren darf?"

„Ich möchte ihnen ein Angebot machen, das sie nicht ablehnen werden. Wir wollen sie fördern. Aber unsere Förderung sollte auch nicht an eine breite Öffentlichkeit gelangen.

„Wie stellen sie sich das vor? Wollen sie mir heimlich Dollarscheine zustecken?"

„Wir haben einen Vertrag entworfen. Bitte lesen sie ihn sich durch. Bestimmt kommen wir überein.", Winsley griff in seine Jacke und förderte einige zusammengefaltete Blätter zutage.

Ralf war zwar misstrauisch aber gleichzeitig neugierig. Er nahm die Blätter entgegen und begann zu lesen.

Es gab nicht viele Punkte in diesem Vertrag. Als erstes sprang ihm die enorme Vergütung ins Auge. Fünfhunderttausend Euro sollte er im Erfolgsfall bekommen. Dafür musste er nichts weniger tun, als an die dubiose Organisation Council on foreign Relations in den USA seine Seele zu verkaufen. Denen sollten alle Ergebnisse seines Projekts gehören. Er würde alle Urheberrechte verlieren. Auch sollte er sich zur weiteren Arbeit in eine Außenstelle des Councils im Schwarzwald begeben. Dort dürfte er mit niemandem über das Projekt sprechen. Ambitioniert waren auch die Zeitvorgaben. Innerhalb eines Vierteljahres sollte ein abschließendes Ergebnis vorliegen.

Im Gegenzug verpflichtete sich das Council, ihm erstklassige Arbeitsbedingungen zu bieten. Man versprach unbegrenzte Rechnerkapazitäten. Ein Team von Hilfskräften sollte ihm jederzeit zur Verfügung stehen.

Ralf las sich den Vertrag durch. Außer beim üppigen Honorar hatte er bei allen anderen Klauseln große Bedenken: „Mr. Winsley, ich glaube nicht, dass ich diesen Vertrag unterschreiben kann. Können wir über verschiedene Punkte noch verhandeln?"

„Was haben sie denn für Probleme? Sind ihnen fünfhunderttausend in einem Vierteljahr nicht genug?"

„Es liegt nicht am Geld. Aber wir haben in Deutschland eine andere Mentalität als in den USA. Mein größtes Problem ist, dass ich mein Studium aufgeben soll. Das ist mit dem Umzug in den Schwarzwald verbunden. Aber was soll ich ohne meinen Studienabschluss anfangen? Da helfen auch keine fünfhunderttausend. Außerdem, was passiert, wenn ich den Projektabschluss innerhalb der festgesetzten Zeit nicht schaffe? Davon steht nichts im Vertrag."

„Wir gehen davon aus, dass sie das Ziel innerhalb der festgesetzten Zeit erreichen. Jedenfalls deutet der bisherige Stand darauf hin. Nach Vertragsende wären sie ein gefragter Wissenschaftler. In den USA stünden ihnen alle Türen offen."

Das machte Ralf erst recht misstrauisch. Woher wussten die Amis wie weit sein Projekt gediehen war? Hatten etwa die Geheimdienste ihre Finger im Spiel? „Bevor ich diesen Vertrag unterschreibe, überlege ich mir das gründlich. Wir können gern in einer Woche nochmals darüber sprechen."

Der Ami machte ein langes Gesicht: „So ein Honorar bieten wir nicht jedem an. Unser Angebot hat ein

Verfallsdatum. Ich verstehe, dass sie darüber nachdenken wollen. Länger als eine Woche kann ich ihnen nicht einräumen."

Das schien Ralf als Bedenkzeit auszureichen. Er wollte den Vertrag einstecken, um ihn mit Jana zu besprechen.

„Tut mir leid, aber das geht nicht. Der Vertrag ist geheim und darf niemand anderem zur Kenntnis gelangen. Ich muss ihn wieder mitnehmen." Winsley streckte die Hand aus und forderte das Papier zurück.

Ralf war sehr irritiert: „Das macht die Sache wirklich schwierig für mich. Ich soll mein Leben von heute auf morgen ändern und darf mit niemandem darüber sprechen? Das können sie nicht ernsthaft verlangen!"

Wie so oft in letzter Zeit ertönten draußen wieder Polizeisirenen. Winsley deutete mit dem Kopf Richtung Fenster und meinte: „Sie müssen wissen, was sie aus ihrem Leben machen wollen. Haben sie hier in Deutschland eine Zukunft vor sich? Eine Woche Zeit für ihren Entschluss räume ich ihnen ein. Eine weitere Chance gibt es nicht."

Winsley steckte den Vertrag ein, deutete eine Verbeugung an, drehte sich um und verschwand, wie er gekommen war. Zweifelnd blickte ihm Ralf hinterher.

Nachdem er eine Weile über das Angebot nachgedacht hatte, kam ihm seine begonnene Abfrage in den Sinn. Würde sie tatsächlich eine Entwicklung abbilden? Wäre das der Fall, hätte er erstmalig eine Vorhersage aus Daten der Vergangenheit berechnet. Gespannt schaltete er den Bildschirm wieder ein.

Die Abfrage sagte sinkende Zustimmung zur Regierungspolitik voraus. Das Programm zeigte wie bei

Langfristvorhersagen des Wetters eine Bandbreite. Je weiter der Blick in die Zukunft ging, desto ungenauer wurde die Vorhersage. Am Ende der vierzehn Tage war die Bandbreite zwischen Zustimmung und Ablehnung so groß, dass man keine zuverlässige Aussage mehr treffen konnte.

Ralf wunderte sich nicht darüber. Die ihm zur Verfügung stehenden Rechenkapazitäten erklärten die Ungenauigkeit. Selbst die professionelle Wettervorhersage für vierzehn Tage im Voraus war mit großen Unsicherheiten behaftet, obwohl die Wetterdienste viel größere Computerfarmen zur Verfügung hatten.

Deshalb war er mit sich zufrieden. Seine Arbeit zeigte erstmals die erwarteten Ergebnisse.

Lageraum des Kanzleramts

Aufgeregt betrat Dr. Schirrmacher mit einem Laptop unter dem Arm das Büro seines Chefs. Der hatte ihm so kurzfristig wie niemals zuvor einen Termin eingeräumt. Ohne sich zu setzen, begann er hastig: „Herr Minister, erstmalig ist es uns gelungen, eine Abfrage mitzuschneiden, die unser Student ausgelöst hat. Er hat sein illegales Netzwerk wieder in Betrieb genommen. Ich zeige ihnen, wie weit das in Deutschland verbreitet ist."

Schirrmacher öffnete seinen Laptop und verband ihn mit dem Bildschirm am Arbeitsplatz seines Chefs. Es öffnete sich eine Deutschlandkarte mit vielen schwarzen Punkten darauf. Besonders konzentrierten sie sich auf die großen Städte.

Gotzkowski war wie immer ungeduldig: „Belästigen sie mich doch nicht immer mit Nebensächlichkeiten. Was ist bei dieser ominösen Abfrage herausgekommen?"

Schirrmacher tippte auf seinem Laptop herum: „Innerhalb der nächsten vierzehn Tage wären nur noch siebenundvierzig Prozent der Bevölkerung mit der Regierungspolitik einverstanden, Tendenz stark sinkend."

„Das verstehe wer will. Nach der letzten amtlichen Umfrage bewegte sich die Zustimmung zwischen sechzig und fünfundsechzig Prozent. Ist dieses Ergebnis wirklich zuverlässig?"

Schirrmacher grinste schief: „Glaube nur der Statistik, die du selbst gefälscht hast, alte Statistiker Weisheit."

Gotzkowski setzte zu einer scharfen Erwiderung an. Doch Schirrmacher ließ ihn nicht zu Wort kommen.

„Für allgemeine Umfragen werden etwas über tausend Kandidaten zufällig ausgewählt. Das kann eine hohe Fehlerquote ergeben. Großen Einfluss hat auch die Fragestellung selbst. Beantworten die Probanden die Fragen ehrlich, oder haben sie Bedenken bei einer allzu kritischen Haltung belangt zu werden. Ganz anders ist es mit der Methode der Meteorologen. Hier entstehen die Ergebnisse, ohne dass man Fragen beantworten muss. Sie werden aus Browserverläufen und ähnlichen Daten ermittelt. Niemand muss Antworten geben. Dadurch hat niemand den Verdacht, man könne seine Antworten missbrauchen. Außerdem werden viel mehr Quellen einbezogen. Wie sie auf der Karte sehen, sind es bereits tausende. Je weiter sich die Viren verbreiten, desto größer wird die Datenbasis."

Gotzkowski blickte zerknirscht. Er hätte nicht gedacht, dass die bisher zuverlässig erscheinenden Umfragen so danebenlägen: „Gibt es irgendeinen Haken an der Sache?"

„Wir wissen noch nicht, ob die Umsetzung der Daten auf meteorologische Algorithmen korrekt erfolgt ist. Es ist kompliziert diese Umrechnung vorzunehmen. Aber das ist Erfahrungssache. Im Lauf der Zeit wird sich diese Schnittstelle weiter entwickeln. Für die reale Politik können sie schon mal davon ausgehen, dass es stimmt. Dann sind sie für alle Eventualitäten gewappnet."

Studentenbude von Jana und Carola

Ralf hatte nicht die Absicht sich an Winsleys Geheimhaltung zu halten. Er brauchte jemand, mit dem er das Angebot besprechen könnte. Wenn er Jana einbezog, würde ihr Verhältnis vielleicht wieder enger werden. Er fuhr zu ihrer Wohnung, ohne vorher anzurufen, klingelte und hatte Glück. Nach einem kurzen Augenblick öffnete sie die Tür.

„Hallo Ralf. Schön, dass du mich besuchst. Komm rein. Was führt dich zu mir?"

„Ich brauche deinen Ratschlag. Der Ami hat mir einen Vertrag angeboten."

„Ist das der, der auch schon bei uns war? Einen Vertrag, was will er denn von dir?"

„Er will, dass ich für ihn arbeite und zahlt eine halbe Million Euro."

„Das hört sich doch gut an. Wo ist der Haken?"

„Ich weiß nicht. Dieser John Winsley kommt mir eigenartig vor. Schon dieses Council on foreign Relations ist ziemlich undurchsichtig. Wie die auf mich gekommen sind, konnte er mir nicht glaubhaft erklären. Angeblich wäre ich als Wissenschaftler bekannt, aber warum eigentlich? Ich bin kein Wissenschaftler, sondern Student. Veröffentlicht habe ich auch noch nichts, abgesehen von Theo Wunders ominösen Artikeln. Ich soll mein Studium hinschmeißen und in den Schwarzwald ziehen. Dort würden sie mir exzellente Arbeitsbedingungen bieten. Sprechen dürfte ich darüber mit Niemandem."

„Kann ich den Vertrag mal sehen?"

„Das ist der nächste Punkt. Ich durfte ihn nicht behalten."

Jana war nicht objektiv, denn sie wollte Ralf in ihrer Nähe halten. Ralfs Skepsis war nicht zu überhören. Sie suchte nach Argumenten, um ihn von diesem Angebot abzubringen.

„Hast du schon mal überlegt, ob der amerikanische Geheimdienst seine Finger im Spiel hat? Es könnte sogar ein deutscher Geheimdienst sein, der von sich ablenken will."

„Du meinst, dieser Winsley ist von der CIA?"

„Warum nicht? Er benimmt sich seltsam, verfügt über viel Geld und versucht alles geheim zu halten, was deine Beschäftigung betrifft."

Dieser Gedanke war Ralf noch nicht gekommen. Für die CIA wollte er auf keinen Fall arbeiten. Die würden ihn wie eine heiße Kartoffel fallen lassen, wenn etwas schief ging. Dann hätte er sein Studium in Berlin abgebrochen und die Chance auf einen Abschluss verspielt.

Draußen wurde es wieder laut. Ein Polizeiwagen nach dem anderen fuhr mit eingeschaltetem Martinshorn vorbei. Die Ursache des Einsatzes war nicht zu erkennen.

Ralf zeigte in Richtung Fenster: „Hör dir das an. Wahrscheinlich sind die Jungs wieder auf Tour, um eine Demo niederzuknüppeln. Die Kette der Proteste reißt nicht ab. Die Leute haben einfach die Schnauze voll. Aber hörst du davon in den Medien? Eher wenig. Teilnehmerzahlen werden heruntergerechnet. Einige tausend Teilnehmer werden auf mehrere hundert heruntergebrochen, was nicht direkt gelogen ist. Es gilt die Devise: nur nichts hochkommen lassen und den Ball flach halten."

„Siehst du das alles nicht ein bisschen zu schwarz?"

„Das glaube ich nicht. Jedes Mal, wenn ich mein Programm laufen lasse, wird mir die Situation ungeschönt vor Augen geführt. Die Menschen verlieren die Hoffnung auf bessere Zeiten. Das zwingt sie zu reagieren."

Jana schüttelte den Kopf: „Aber wir haben doch eine Demokratie! Wenn die Leute demonstrieren, dann ist es ihr gutes Recht."

„Solange die Demos ein gewisses Maß nicht übersteigen, besteht keine Gefahr, dass die Situation eskaliert. Dieser Punkt ist längst überschritten. Schau dir die hilflosen Versuche der Regierung an, die Proteste wieder unter Kontrolle zu bringen. Geld mit der Gießkanne unter den Leuten zu verteilen, ändert nichts an den Missständen. Ihre Politik sollte solche Wohltaten überflüssig machen. Das haben sie nicht verstanden."

Jana schwieg betroffen. Als so schwerwiegend hatte sie die Probleme nicht eingeschätzt.

Ralf meinte: „Es gibt noch einen anderen Aspekt. Wenn die Entwicklung tatsächlich so verläuft, wie meine Vorhersagen lauten, ist es fraglich, ob wir überhaupt zu Ende studieren können. Das Angebot von Winsley wäre dann ein Rettungsanker. Aber CIA, will ich das wirklich? Was meinst du?"

„Ich finde du übertreibst. Manche Dinge muss man einfach auf sich zukommen lassen."

„Gute Idee, dann lassen wir mal die Demo unten auf uns zukommen. Ich werde mir das jetzt anschauen. Kommst du mit?"

Jana wollte das eigentlich nicht. Aber sie befürchtete, dass Ralf etwas zustoßen könnte und wollte ihn vor unüberlegten Entscheidungen bewahren. Deshalb ging sie mit.

Demonstration von Umweltschützern in der Nähe

Ralf und Jana mussten nicht lange suchen. Sie gingen einfach den immer lauter werdenden Geräuschen nach. Inzwischen waren auch viele Polizeiwagen eingetroffen. Die Polizisten hielten sich noch zurück und hatten nichts abgesperrt. Mit einem mulmigen Gefühl im Magen schoben sich Ralf und Jana an der Staatsmacht vorbei. Als sie sich mitten unter den Demonstranten befanden, wurden sie eng aneinandergedrückt. Ralf legte seinen Arm schützend um Jana.

Die Demonstranten hatten eine Bühne aufgebaut. Der Redner heizte die Stimmung mit kurzen Sätzen an. Jede Aussage wurde mit Gejohle begleitet: „Wir werden die Klimaschutzziele nicht erreichen! Die Konzerne verdienen immer weiter an fossilen Energien. Die Hitze nimmt kein Ende. Das ist kein Wetter, das ist der Klimawandel. Wollt ihr, dass es so weiter geht?"

Die Demonstranten riefen: „Nein, wir wollen Klimaschutz."

„Wollt ihr, dass die Regierung abgelöst wird?"

„Regierung weg. Regierung weg.", skandierte die Menge.

Die bisher friedliche Stimmung drohte zu kippen.

Wegen der lauten Umgebung musste Ralf dicht an Janas Ohr: „Siehst du nun, was ich gesagt habe? Die Menge radikalisiert sich immer mehr. Das wird in absehbarer Zeit den Staat ins Wanken bringen. Die Sicherheitsorgane werden versuchen, das abzuwenden."

Ralf blickte sich um. Wie befürchtet hatte die Polizei rund um die Versammlung einen Kordon gebildet. Sie hatten Helme auf und trugen Schilde. Dahinter war ein Wasserwerfer aufgefahren.

„Jana, ich glaube wir müssen verschwinden, ehe es ernst wird. Vielleicht finden wir noch eine Lücke zwischen den Bullen."

Sie kämpften sich durch die Menge, um an den Rand der Demo zu kommen. Ralf zog Jana an der Hand hinterher. Von der Polizeikette wurden sie rüde aufgehalten. Sie versuchten es noch an mehreren Stellen, aber es war aussichtslos.

Plötzlich entdecke Ralf ein bekanntes Gesicht: „Hey, da ist ja Silberlippe!", rief er Jana zu.

Er winkte heftig mit dem Arm und rief: „Sven, hallo Sven!"

Nach mehreren Rufen wandte sich Sven den beiden zu. Nach einem Moment huschte ein Schein des Erkennens über dessen Gesicht. Er drängelte sich zu den beiden durch.

„Bist du nicht der aus dem Knast? Entschuldige, ich habe deinen Namen vergessen."

„Stimmt. Ich heiße Ralf und das ist meine Freundin Jana. Jana, das ist Sven, genannt Silberlippe wegen des vielen Metalls im Gesicht. Er führt die Bewegung „Preserve Environment" an. Wir haben uns im Knast kennengelernt. Ich glaube, es wird langsam brenzlig." Und zu Sven gewandt: „Hast du eine Idee, wie wir hier rauskommen? Ich habe keine Lust wieder hinter Gittern zu landen."

„Ich kann versuchen, euch zu helfen. Ob es klappt, kann ich nicht versprechen."

Sven wandte sich einem in der Nähe stehenden Altbau zu, dicht gefolgt von Jana und Ralf. Er rüttelte an der Eingangstür, doch sie war verschlossen. Ralf schlug vor, einfach das Klingeltableau abzuklingeln. Sven fing in der obersten Etage an, doch es rührte sich nichts. Während dessen zogen die Polizisten den Kordon immer enger. Dabei machten sie reichlich von Schlagstock und Pfefferspray Gebrauch. Janas Gesicht verzerrte sich angstvoll. Sven drückte immer hektischer auf die Klingelknöpfe.

Plötzlich schnarrte es aus dem Lautsprecher: „Wer ist da?"

Wegen des anschwellenden Lärms war es kaum zu verstehen. Geistesgegenwärtig rief Ralf: „Hier ist die Post. Wenn sie nicht öffnen, werden ihre Briefe zerstört."

„Sie wollen mich wohl verarschen!", schnarrte es aus dem Lautsprecher zurück. Es klickte. Der Lautsprecher blieb stumm.

Verzweifelt drückte Sven den Klingelknopf ununterbrochen. Alle drei starrten wie gebannt auf den Lautsprecher. Die Polizeikette kam immer näher.

Der Bewohner meldete sich erneut und rief mit zorniger Stimme: „Wenn sie nicht sofort aufhören, rufe ich die Polizei!"

Wider Willen musste Jana grinsen.

„Die ist schon da. Sie sind doch Herr Wagner. Ich habe ein Schreiben vom Finanzamt. Wenn sie nicht sofort aufmachen, schmeiße ich es auf die Straße und haue ab. Ich lass mich doch nicht verprügeln.", brüllte Sven wutentbrannt in das Mikrofon.

Das wirkte. Der Summer ertönte, sie rissen die Tür auf und waren im nächsten Moment im Hausflur verschwunden. Als die Tür ins Schloss fiel, ebbte der Lärm ab. Was nun? Jana und Ralf sahen ihren Retter fragend an.

„Das Haus hat einen Hinterausgang zur anderen Straße. Vielleicht lässt er sich von innen öffnen. Hoffentlich sind dort keine Bullen!"

Von oben schallte es: „Was ist mit dem Schreiben vom Finanzamt?"

„Liegt im Kasten.", log Sven. „Ich gehe hinten raus. Vorne ist es mir zu gefährlich."

Von oben schlappten Schritte die Treppe herunter. Es hallte und der vermeintliche Empfänger kam näher.

Sven flüsterte: „Lasst uns verschwinden. Am Ende holt der Idiot doch noch die Polizei." Eilig gingen sie über den Hof, durchquerten den Flur des angrenzenden Gebäudes und öffneten die Tür. Sven schielte hinaus. Die Straße war leer. Er winkte seinen Schützlingen, ihm zu folgen. Einen Augenblick später standen sie draußen und blickten Sven dankbar an. Jana atmete hörbar aus: „Das war knapp!"

Sven fragte: „Wo wollt ihr jetzt hin? Habt ihr Lust mit mir in unsere Zentrale zu kommen? Ich koche uns einen Tee und Ralf kann mir erzählen, wie er uns unterstützen könnte."

Diese Bitte konnte ihm Ralf nicht abschlagen. Jana blickte Sven fragend an: „Was für eine Zentrale soll denn das sein?"

„Ich bin erster Sprecher von „Preserve Environment". Wir sind nur ein kleiner Haufen, haben aber schon etliche Aktionen organisiert."

Ralf hatte keine Vorstellung, wie diese Unterstützung aussehen könnte. Aber um nicht undankbar zu erscheinen, folgte er Sven und zog Jana hinter sich her.

Zentrale von „Preserve Environment"

Die sogenannte Zentrale lag im Souterrain eines heruntergekommenen Altbaus. Es roch leicht muffig. Im Treppenhaus und Gang waren unzählige Graffitis zu sehen. Sven führte sie in eines der Zimmer. In einer Ecke stand ein löcheriges rotes Sofa, vor dem Fenster ein Schreibtisch mit Stapeln von Flugblättern und irgendwelchen Papieren. In der Mitte thronte ein vorsintflutlicher Röhrenbildschirm. An den Wänden waren etliche Plakate mit Aufrufen zu Demos geklebt.

Sven bat sie auf dem Sofa Platz zu nehmen. Er bot Kaffee oder Tee an. Ralf entschied sich für Kaffee, Jana für Tee. Sven bat um etwas Geduld und entschwand in der Küche.

Ralf und Jana hatten dadurch Gelegenheit sich unbeobachtet auszutauschen. Jana sah sich angewidert im Raum um: „Wie glaubst du denn, die Leute hier unterstützen zu können?", fragte sie im Flüsterton.

„Ich habe ihm im Knast erzählt, woran ich forsche. Er meinte damals, die Informationen zum Zustand der Gesellschaft könnten auch für ihre Organisation wichtig sein. Bestimmt will er jetzt herausfinden, ob ich bereit bin, ihm diese Geheimnisse zu verraten."

„Und, bist du es?"

Ralf konnte die Frage nicht mehr beantworten, denn Sven balancierte ein Tablett mit drei Tassen herein. Er setzte sich hinter den Schreibtisch. Nachdem sie ein paar Schlucke getrunken hatten, ergriff Sven das Wort:

„Habt ihr euch ein bisschen umgesehen? Wir sind zwar nur wenige, haben aber Vater Staat ganz schön zugesetzt, wie man an den Plakaten sieht. Was du mir erzählt hast, könnte für uns sehr wichtig sein. Wir könnten damit viel zielsicherer die Stimmung aufgreifen und mehr Einfluss gewinnen. Kannst du dir eine Zusammenarbeit vorstellen? Es wäre allerdings nur wegen der Ehre. Bezahlen können wir nichts. Hier arbeiten alle unentgeltlich."

„Wie stellst du dir das vor? Soll ich dir einmal pro Woche die Stimmung mailen?"

„Das wäre uns eine große Hilfe. Für uns sind die Informationen im Fernsehen zu ungenau. Oft wird über Demos nicht berichtet. Auch Umfragen spiegeln die Stimmung nicht detailliert genug wider. Außerdem habe ich eine Frage: Du hast mir erzählt, dass du meteorologische Berechnungen verwendest. Hast du schon einmal versucht, einen Zusammenhang zwischen Wetter und gesellschaftlicher Entwicklung herzustellen? Schließlich sind es die gleichen Algorithmen."

Ralf lachte: „Meinst du, weil das Wetter manchmal aufs Gemüt schlägt, sind die Leute eher bereit nach Veränderungen zu schreien? Ich glaube nicht, dass es da einen Zusammenhang gibt. Ich habe es aber noch nicht untersucht, weil mir der Gedanke nicht gekommen ist."

„Oft hört man, dass die Leute wegen des Wetters schlechte Laune haben. So, wie Wetterextreme in letzter Zeit zunehmen, muss es doch einen Einfluss auf die Stimmung geben.", behauptete Sven.

Nachdenklich sagte Ralf: „Vielleicht ist dein Gedanke nicht so abwegig. Ich könnte mir vorstellen, Wetterbericht und meine Ergebnisse miteinander zu vergleichen. Die Frage ist, ob bestimmte Wetterlagen verstärkend oder abschwächend wirken. Zum Beispiel: Sonnenschein macht gute Laune, Regen und Hagel schlechte."

Ralf hatte eine Idee: Ich bin Mitglied in der Arbeitsgruppe der TH. Die forschen am gleichen Thema, dürfen aber meine Quellen nicht verwenden. Ich könnte in der nächsten Beratung deine Idee zur Sprache bringen. Das ist unverfänglich und ich habe keine zusätzliche Arbeit damit.".

Sven fragte: „Also bist du einverstanden, uns an deinen Ergebnissen teilhaben zu lassen?"

Nachdem Ralf seine Bereitschaft erklärt hatte, tauschten sie ihre Mailadressen aus. Er und Jana bedankten sich für die Hilfe bei der Flucht vor der Polizei und verabschiedeten sich.

Tagung der Sonderarbeitsgruppe

Wie üblich, waren die Mitglieder der Arbeitsgruppe wieder zusammengekommen. Isolde wollte als erstes den Stand der Arbeiten erfahren. Man berichtete, dass das Netzwerk immer noch keine genügende Anzahl Cookies verteilen konnte. Grund war nach wie vor die geringe Zahl der Webseiten und deren ungenügende Bekanntheit. Ralf hielt den Kopf gesenkt und grinste heimlich. So würden die niemals das Projekt zur Funktionsreife bringen.

Dietmar Krüger forderte zum wiederholten Mal mehr Unterstützung durch die IT-Abteilung. Es müsste doch möglich sein, das Ranking bei Google durch intelligentes Setzen von Schlüsselwörtern wesentlich zu verbessern. Er wandte sich an Isolde: „Hast du mal bei den Schlafmützen von der IT vorgesprochen?"

„Ja, sie haben mir eine vage Zusage gegeben. Aber erstens konnten sie mir keine großen Hoffnungen machen und zweitens meinten sie, für ein besseres Ranking brauche man vor allem Zeit und Geduld."

Ralf meldete sich: „Wie steht es denn um die Genauigkeit der Abfragen?"

Isolde schaute fragend in die Runde.

Dietmar Krüger meinte: „Ihr wisst alle, je weniger Cookies wir platzieren können, desto ungenauer werden die Ergebnisse. Es stellt sich auch die Frage, woran wir die Genauigkeit messen wollen. Mein Vorschlag war, unsere Ergebnisse mit offiziellen Meinungsumfragen zu vergleichen. Es hat sich leider herausgestellt, dass die Bandbreite bei unseren Abfragen sehr hoch ist. Ein Beispiel: Wir haben als Vergleichswert eine Umfrage zur Zufriedenheit mit der

Regierungspolitik benutzt. Wenn wir mit unserem System mehrfach die gleiche Abfrage zum Thema machen, ergeben sich erhebliche Abweichungen. Dabei liegen unsere Ergebnisse sowohl über als auch unter den Werten der offiziellen Statistik. Eine so große Streuung ist völlig inakzeptabel."

Ralf hielt den Zeitpunkt für gekommen, den mit Silberlippe besprochenen Vorschlag ins Gespräch zu bringen: „Vielleicht gibt es eine andere Möglichkeit, das Problem der fehlenden Genauigkeit zu umgehen. Ist schon mal jemand auf die Idee gekommen, unsere Abfragen mit dem tatsächlichen Wetterbericht zu vergleichen?"

Isolde schien nicht begeistert zu sein: „Was soll das bringen? Das reale Wetter ist doch ein ganz anderes Thema."

Ralf hatte sich seine Argumente gut überlegt: „Das ist es nur auf den ersten Blick. Ist euch schon mal aufgefallen, dass das Wetter die Laune beeinflusst? Besonders in der letzten Zeit häufen sich die Extremwetterlagen. Wochenlange Hitze wechselt sich mit Sturm, Hagel und nie gesehenen Regenfluten ab. Also mir schlägt das aufs Gemüt. Ich bin bestimmt nicht der Einzige, dem es so geht. Wenn wir die Plausibilität unserer Abfragen prüfen wollen, wäre ein Vergleich vielleicht sinnvoll. Für mich liegt es auf der Hand. Wir benutzen doch die gleichen Algorithmen."

Isolde schaute in die Runde, um zu prüfen, wie Ralfs Vorschlag ankäme. Einige schüttelten den Kopf. Die Mehrzahl schien nicht abgeneigt zu sein.

Dietmar Krüger meinte: „Damit könnte man das Problem der fehlenden Genauigkeit etwas abmildern. Ich finde die Idee gar nicht so abwegig. Zumindest sollten wir es versuchen."

Isolde war nicht restlos überzeugt, beugte sich aber der Mehrheit: „Ralf, weil du den Vorschlag gemacht hast, könntest du das übernehmen?"

So hatte sich Ralf das nicht vorgestellt. Mit der Perfektionierung seines Geheimprojekts hatte er genug zu tun, aber das durfte er niemandem erzählen: „Kann das nicht jemand anderes machen? Ich bin voll ausgelastet."

Isolde verzog das Gesicht: „Na schön, Freiwillige vor!", forderte sie die Versammlung auf. Nach einigem Zögern meldeten sich zwei Kollegen aus der Runde.

Dietmar Krüger brachte noch einen Hinweis an: „Seit gestern nähert sich ein umfangreiches Hochdrucksystem Berlin. Es gab bereits Warnungen unseres Wetterdienstes vor erneuten Hitzewellen mit Temperaturen über vierzig Grad. Schon jetzt stöhnen die Leute unter der Hitze. Mittlerweile fließt die Spree rückwärts. Die Seen haben beträchtlich Volumen eingebüßt. Der Grundwasserstand geht schneller zurück, als erwartet. Eigentlich sorgt eine Schönwetterperiode für gute Laune. Aber in der Stadt kann man der Hitze nicht entrinnen. Die Umweltsenatorin hat bereits gedroht, den Wasserverbrauch zu rationieren. Wenn das die Stimmung der Leute nicht drückt, dann kann die Berliner nichts mehr erschüttern."

Ralfs und Michaels Studentenbude

Eine Woche später waren Ralf und Michael wieder gemeinsam in ihrem Quartier. Die Sonne brannte erbarmungslos auf die Erde. Die Ernte in Brandenburg drohte zu vertrocknen. Waldbrände griffen um sich. An manchen

Tagen war der Rauch bis ins Stadtzentrum von Berlin zu riechen.

Missmutig schaute Michael aus dem Fenster: „Wenn es nicht bald mal regnet, fängt mir das Blut an zu kochen."

Ralf lachte: „Der Wetterdienst hat es vorausgesagt. Du wirst es noch eine Weile aushalten müssen."

Michael drehte sich zu Ralf um: „Hast du mitbekommen, dass gestern im Tegeler See ein großes Fischsterben eingesetzt hat?"

„Klar, bei dieser Hitze sinkt der Sauerstoffgehalt in den Seen rapide. Das explosionsartige Algenwachstum tut sein Übriges. Das halten die Fische nicht lange aus."

„Trotzdem habe ich den Eindruck, dass die wochenlangen Demonstrationen zurückgegangen sind.", sagte Michael.

„Das wundert mich nicht. Auf einem freien Platz kann die Temperatur leicht über vierzig Grad steigen. Möchtest du da demonstrieren?", war Ralfs rhetorische Frage.

„Ich bin froh, wenn ich hier im Schatten sein darf. Gestern hat mir jemand unter dem Siegel der Verschwiegenheit erzählt, dass in Friedrichshagen die ersten Trinkwasserbrunnen trockengefallen sind. Spiegelt sich diese Situation in deinen Umfragen?"

„Bei mir hat sich nichts geändert. Im Gegenteil, immer mehr Leute bezweifeln, dass die offizielle Regierungspolitik die Probleme lösen wird. Lass dich von dieser trügerischen Ruhe nicht täuschen. Ich habe heute früh wieder eine Abfrage für Deutschland gestartet. Achtundsiebzig Prozent aller Bürger vertrauen der Regierung nicht mehr."

Büro von Dietmar Krüger in der Hochschule

Ralf saß wieder im Arbeitszimmer der Hochschule. Dietmar Krüger war immer noch im Urlaub. Weil die Demonstrationen infolge der nicht endenden Hitzewelle stark nachgelassen hatten, wollte er wissen was der Grund dafür wäre. Hatten die Demonstranten aufgegeben oder bremste sie nur die Hitze? Ralf verband die Abfrage nach der allgemeinen Stimmung gleich mit einer Tendenzanalyse. Voll Spannung starrte er auf den Bildschirm und wartete auf das Ergebnis.

In diesem Moment ging die Tür auf und John Winsley trat ohne Anklopfen herein. Ralf schreckte hoch. An den hatte er nicht mehr gedacht. Vor Verwirrung gelang es ihm nicht, den Bildschirm auszuschalten.

„Lassen sie den Bildschirm ruhig an. Das Ergebnis interessiert mich auch.", sagte der Eindringling.

„Was bilden sie sich eigentlich ein?", fragte Ralf erbost. „Sie glauben wohl, die CIA könne sich alles erlauben?", rutschte es ihm heraus. Im gleichen Moment bereute er seine Bemerkung wieder.

Winsley grinste ihn unverschämt an: „Nun mal langsam junger Freund. Woher haben sie diese Erkenntnis? Unsere Absicht ist, sie wegen ihrer bedeutenden Ergebnisse zur Mitarbeit zu gewinnen. Das Council on Foreign Relations ist eine zivile Organisation. Uns liegt nur daran, hervorragende Wissenschaftler zu gewinnen. Das ist ein ehrenwertes Anliegen."

In diesem Moment erschienen die ersten Ergebnisse auf dem Bildschirm. Wie erwartet war das Vertrauen in die Regierung weiter gesunken. Wenig später erschien auch die

Tendenzberechnung und sagte ein weiteres Absinken voraus.

Neugierig beugte sich der Ami über die Anzeige und verfolgte, wie sich die Daten vervollständigten. Ralf hätte am liebsten den Bildschirm ausgeschaltet, aber er hatte den richtigen Moment verpasst. Es jetzt noch zu tun, erschien ihm albern und unpassend. Dieser aufdringliche Mensch hatte sowieso bereits alles gesehen.

Sogleich kam der Kommentar: „In Deutschland läuft es gerade nicht so gut, oder? Solche Erhebungen sind für uns von großem Interesse. Wer in der Lage ist, gesellschaftliche Entwicklungen unabhängig vorherzusagen, hat einen großen Vorteil. Ich freue mich, dass ihnen diese bahnbrechende Leistung gelungen ist. Sie hätten eine große Zukunft in unserer Organisation."

Ralf ging das Süßholzgeraspel auf den Wecker. Er setzte zu einer scharfen Erwiderung an, doch Winsley gebot ihm mit einer herrischen Handbewegung zu schweigen: „Damit ihnen die Entscheidung leichter fällt, habe ich extra länger als eine Woche gewartet, um sie wieder aufzusuchen. Ich hoffe, sie wissen das zu schätzen. Wie haben sie sich entschieden?"

„Sie machen es mir nicht leicht. Wenn ich zusage, muss ich mein Studium an den Nagel hängen. Was passiert aber, wenn meine Ergebnisse nicht ihren Erwartungen entsprechen? Darüber sagt ihr Vertrag nichts, soweit ich mich erinnere. Alles ist so geheim, dass man mir das Papier nicht mal aushändigen kann. Worauf sollte ich mich berufen, wenn es irgendwelche Probleme gibt?"

„Heißt das ja oder nein?"

„Ich tendiere zu nein."

Jetzt war es heraus. Ralf überlegte, ob er nochmal etwas von seinem Verdacht der CIA-Beteiligung sagen sollte, aber Winsley drehte sich abrupt um und ging grußlos aus dem Raum.

Zentrale von Preserve Environment

Ralf fand, dass es Zeit wäre, Sven über die letzten Erkenntnisse zu informieren. Er traute sich nicht, bei so einem heißen Thema eine Mail zu verschicken. Er rief Sven an und verabredete sich mit ihm für den nächsten Tag.

In Svens Keller war es immer noch angenehm kühl. Trotz des leicht feuchten Geruchs war das besser, als sich bei der Gluthitze in einem Park zu treffen.

„Was gibt es Neues?", fragte Sven gespannt.

„Die CIA wollte mich anwerben. Zumindest vermute ich, dass die es waren."

„Was? Das kann ich mir nicht vorstellen.", antwortete Sven irritiert. „Warum sollten sie ausgerechnet dich aussuchen?"

„Den genauen Grund kann ich dir nicht sagen. Aber mich hat ein paar Mal jemand mit starkem amerikanischem Akzent besucht. Er hat mir eine halbe Million geboten, wenn ich mein Studium an den Nagel hänge und in den Schwarzwald ziehe. Er tat sehr geheim. Stell dir vor, ich sollte einen Vertrag unterschreiben, den ich nicht mal ausgehändigt bekäme."

„Du hast dich also nicht anwerben lassen?"

„Ich bin doch nicht verrückt. Wer da einmal drin ist, steigt nie wieder aus. Ich erzähle es dir nur, weil die

Möglichkeit besteht, dass mich die Schlapphüte überwachen. Wir sollten in Zukunft besonders vorsichtig sein. Bist du sicher, dass ihr in eurer Zentrale nicht abgehört werdet? Lieber wäre mir, wir würden uns an einem neutralen Ort treffen."

Sven überlegte: „Sicher kann man sich wahrscheinlich nirgendwo sein. Wenn wir überwacht werden, sollten wir einen Code vereinbaren, bei dem Zeit und Ort unserer Treffen nicht erraten werden können."

„Gute Idee. Wie könnte sowas aussehen?", Ralf hatte keine Erfahrung mit solchen Sachen.

Sven grübelte eine Weile. Plötzlich sagt er: „Ich hab's. Du bildest die Quersumme aus deinem Geburtsdatum. Die schlägst du auf das Tagesdatum unseres Treffens drauf. Als Uhrzeit nehmen wir immer neunzehn Uhr. Wenn du mich anrufst, sagst du mir nur diese Zahl. Ich ziehe deine Quersumme wieder ab und habe den Tag unseres Treffens. Als Treffpunkt vereinbaren wir am Ende unserer Zusammenkunft jeweils einen neuen Ort. Wie findest du die Idee?"

„So können wir es machen. Aber lass uns sicherheitshalber nach draußen gehen, bevor ich dir meine neuesten Erkenntnisse mitteile."

Auf der Straße angekommen, berichtete Ralf von seiner letzten Umfrage. Besonders überraschend war für Sven, dass die Zustimmung zur Regierungspolitik weiter gesunken war. Auch der vierzehntägige Ausblick ließ keine Trendumkehr erwarten.

„Was du mir sagst, wundert mich sehr. Wir haben angenommen, die Entwicklung wäre umgekehrt. In der letzten Zeit hat die Beteiligung an den von uns organisierten

Demos merklich nachgelassen. Wahrscheinlich können wir das auf die Hitze schieben. Ich werde gleich morgen früh meine Truppen zusammentrommeln und eine neue Demo noch in dieser Woche organisieren. Danke für deine Informationen."

„Kein Problem, gerne. Ich glaube eher, dass das weitere Absinken der Zustimmung auch auf die Maßnahmen zur Wassereinsparung zurückzuführen ist. Es wird allgemein als ungerecht empfunden, dass die Regierung den Leuten tageweise das Trinkwasser abdreht. Dabei darf die Industrie weiter ungehemmt Wasser verbrauchen. Niemand zwingt sie zum Sparen. Viele einkommensschwache Menschen können sich die steigenden Wasserpreise kaum noch leisten. Da ist ständig Katzenwäsche angesagt. Wer dazu noch kleine Kinder hat, die jeden Tag gründlich gewaschen werden müssen, hat mittlerweile die Nase gestrichen voll. Viele mutmaßen auch, dass die Situation längst nicht so ernst wäre, wenn die Regierenden früher mit den Umweltschutzmaßnahmen angefangen hätten. Ein anderes Problem ist die ständige Vertuschung der Tatsachen durch die Medien. Aber das weißt du bestimmt selbst."

Ralf reichte Sven die Hand: „Wenn ich neue Erkenntnisse habe, melde ich mich wieder. Viel Erfolg mit eurer Demo."

Lageraum des Kanzleramts

Der Kanzleramtsminister hatte seinen Adlatus wieder mal zu sich beordert. Grund war die immer brenzliger werdende Lage im Land. Die scheinbare Ruhe wurde von den Regierungsmitgliedern allgemein auf die nicht enden wollende Hitzewelle zurückgeführt. Dank der

Lauschaktivitäten am Projekt eines gewissen Studenten war dem Minister die Situation bewusst. Auch die kürzlich erfolgten Rücktritte von Innenminister und Umweltministerin hatten nichts geändert. Langsam befand sich die Koalition in Auflösung.

In dem Maß wie die Lage eskalierte wurden die Umgangsformen des spröden Ministers immer freundlicher. Er begrüßte seinen Geheimdienstkoordinator mit Handschlag und bat ihn Platz zu nehmen.

„Herr Dr. Schirrmacher, ich habe sie hergebeten, um die schwierige Lage zu besprechen. Möchten sie einen Kaffee?"

Der Doktor nickte.

„Sicherlich ist ihnen die prekäre Situation der Regierung bekannt. Ich möchte mit ihnen beraten, wie wir auf Grund der vorliegenden Informationen eine Wende organisieren können. Wie ich ihren letzten Bericht verstanden habe, führten die Rücktritte der beiden Minister nicht zu einer wesentlichen Beruhigung der Lage. Es besteht die akute Gefahr, dass sich die Koalition auflöst. Bisher war die Presse weitgehend kooperativ. Es mehren sich die Anzeichen, dass diese Haltung aufgeweicht wird. Nehmen sie als Beispiel das linke Kampfblatt „Täglicher Beobachter". Der Schmierfink Theo Wunder ist sich nicht zu schade, ständig Öl ins Feuer zu gießen. Wie schätzen sie die Lage ein?"

„Herr Minister, ein Wunder ist die Eskalation nicht. Die Bevölkerung hält sich im Moment nur deshalb zurück, weil die, verzeihen sie den Ausdruck, Affenhitze, so groß ist, dass Demonstrationen auf öffentlichen Plätzen lebensgefährlich geworden sind. Ich habe mir in Vorbereitung unseres Treffens den Wetterbericht für die nächste Woche angeschaut. Ein umfangreiches Tiefdrucksystem über dem Nordatlantik schaufelt immer weiter subtropische Luft aus der Sahara zu uns herein. Ein Ende ist nicht abzusehen.

Was die Leute am meisten auf die Palme bringt, sind die tageweisen Sperrungen der Wasserversorgung. Immerhin haben zwei Regierungsmitglieder persönliche Konsequenzen gezogen. Aber, gibt es dadurch mehr Wasser? Natürlich nicht. Wenn aus ihrer Dusche nur noch Luft oder braune Brühe käme, wären sie auch stinksauer."

Ungehalten wedelte Gotzkowski mit der Hand: „Was sie mir erzählen, weiß ich alles selbst. Ich dachte, sie hätten eine Idee, wie wir die Lage wieder in den Griff bekommen."

Schirrmacher lehnte sich zurück und grinste verhalten. Seinen Chef so offensichtlich ratlos zu sehen, verschaffte ihm tiefe Befriedigung. Er selbst hielt sich für unangreifbar. Wenn die Koalition zerbrach, mussten diese Schlipsträger alle gehen. Auf seine Position traf das nicht zu. Er war verbeamtet.

„Wie stellen sie sich das vor?", antwortete er süffisant. „Ich kann es auch nicht regnen lassen. Aber ein, zwei Vorschläge hätte ich. Mein erster: sorgen sie dafür, dass mehr Wasser bei den Leuten ankommt. Notfalls müssen eben Produktionsanlagen stillgelegt werden. Und zweitens: nehmen sie irgendwelche unbescholtenen Wissenschaftler in das Kabinett auf. Natürlich müssen die Sondervollmachten erhalten. Wenn die Bevölkerung sieht, dass die Regierung die Probleme mutig anpackt, verschafft ihnen das erst mal Luft."

„Wissenschaftler..." Gotzkowski überlegte laut. „Haben sie eine Idee, wer wenig genug in den Schlamassel involviert ist, um genügend Anklang im Volk zu finden?"

„Sie werden es nicht glauben, die habe ich. Aber diese Leute werden sie nicht wollen."

„Lassen sie mich nicht schmoren. Heraus mit der Sprache. Wer sind diese Geistesgrößen?"

„Es ist der Student, den wir bereits eine ganze Weile beobachten. Er heißt Ralf Winkler."

Gotzkowski blieb der Mund offenstehen: „Und ihr zweiter Kandidat?"

„Von dem haben sie bestimmt noch nie gehört. Es ist der Chef der Bewegung „Preserve Environment", heißt Sven Müller und wird von seinen Mitstreitern Silberlippe genannt, weil er mehr Metall an seinen Lippen hat als irgendwer sonst."

„Sie glauben doch nicht ernsthaft, dass ich diesen abenteuerlichen Vorschlägen zustimme?", Gotzkowski war konsterniert.

„Warum nicht? Das Reservoir an ministrablen Kandidaten ist endlich. Meine Idee dient auch nicht dazu, die zurückgetretenen Minister zu ersetzen. Für einen begrenzten Zeitraum müssten das die Kollegen übernehmen. Mir geht es darum, zu zeigen, dass wir handlungsfähig sind. Indem wir Oppositionelle ins Kabinett holen, beschreiten wir unkonventionelle Wege. Wir geben denen begrenzte Vollmachten. Natürlich behält der Bundeskanzler seine Richtlinienkompetenz. Damit verhindern wir Auswüchse. Wenn die beiden Revoluzzer irgendwelche dubiosen Entscheidungen treffen und damit keinen Erfolg haben, sind sie diskreditiert. Dann haben wir wieder freie Hand. Wunder können die beiden Hirsche sowieso nicht bewirken. Oder glauben sie ernsthaft, dass die es plötzlich regnen lassen können?"

Gotzkowski schwieg eine ganze Weile. Er wollte über den Vorschlag nachdenken. Als Dr. Schirrmacher schon dachte, es käme nichts mehr, antwortete sein Chef: „Sie sind vielleicht ein hinterhältiger Zeitgenosse. Aber ich gebe zu, dass ihr Vorschlag einiges für sich hat. Wir sollten die Aufnahme der beiden mit einer geräuschvollen Medienkampagne begleiten. Es darf auf keinen Fall herauskommen, dass wir am Ende unseres Lateins sind. Der Bundeskanzler sollte einen Kabinettsbeschluss herbeiführen. Vorher muss mit den beiden gesprochen werden. Ich gehe davon aus, dass die einverstanden sind. Wer fühlt sich nicht gebumfidelt und gebauchklatscht, wenn er plötzlich zum Mitregieren eingeladen wird. Gleichzeitig nehmen wir der Opposition den Wind aus den Segeln. Sicher haben sie schon darüber nachgedacht, wie wir das praktisch angehen können."

„Das ist kein schwieriges Problem. Wir bestellen sie nacheinander ein und machen ihnen den Vorschlag. Es sollte mich sehr wundern, wenn sie nicht zustimmen."

„Gut, mein lieber Schirrmacher, versuchen sie es. Viel zu verlieren haben wir nicht."

Damit war der Geheimdienstkoordinator entlassen. Heimlich rieb er sich die Hände, denn es war ihm gelungen, den Chef von seiner Kompetenz zu überzeugen. Und er hatte einen Hintergedanken. Die desolate Lage war ihm nur allzu gut bekannt. Er hatte die Hoffnung aufgegeben, sein

Chef und weitere maßgebliche Mitglieder der Regierung würden wesentliche Änderungen herbeiführen. Er wollte deshalb auf eigene Faust Bedingungen schaffen, mit denen die Lage geklärt werden könnte. Ralf und Sven erschienen ihm als Mittel zur Lösung der Probleme.

Ralfs und Michaels Studentenbude

Die vier Freunde saßen zusammen und diskutierten die Lage. Jeder hatte ein Bier vor sich. In der Mitte stand ein Kasten, in dem sich noch etliche ungeöffnete Flaschen befanden. In dem Maß, wie sich der Kasten leerte, wurde die Diskussion lauter.

Jana vertrat eher die offizielle Meinung: „Ihr müsst doch zugeben, dass die Regierung versucht, die Lage in den Griff zu bekommen. Sonst wären die beiden Minister nicht zurückgetreten."

Michael unterbrach sie: „Wie kannst du nur so naiv sein? Das war ein klassisches Bauernopfer. Was hat sich denn nach dem Rücktritt an der verfahrenen Lage geändert? Nach wie vor gibt es nur zeitweise Wasser für die meisten. Die Industrie darf Wasser verschwenden, als ob es keinen Mangel gäbe. Ich weiß von meinem Vater aus Frankfurt, dass die Aktienkurse der Wasserversorger erneut gestiegen sind. Die machen ihren Reibach. Geh doch mal ins Bad und schau nach, ob mehr als tropfenweise braune Brühe aus der Leitung kommt. Wenn wir nicht so schlau gewesen wären, die Wanne zu füllen, könnten wir nicht mal das Klo spülen."

Ralf stimmte in die Argumentation ein: „Erinnere dich bitte an die letzte Demo. Wir hatten nur Glück, dass wir über den Hausflur entkommen sind. Sonst hätten uns die Bullen einkassiert."

Carola wollte ihrer Freundin zu Hilfe kommen: „Ihr müsst zugeben, dass die Demos stark nachgelassen haben. Vielleicht haben die Leute eingesehen, dass es zwecklos ist, gegen die Regierung anzurennen. Die sitzen sowieso am längeren Hebel."

Ralf widersprach energisch: „Vergiss nicht, dass es mittlerweile lebensgefährlich geworden ist, sich länger im Freien aufzuhalten. Die Temperatur auf freien Plätzen überschreitet die fünfundvierzig Grad Marke bei weitem. Wenn du bedenkst, dass die normale Körpertemperatur höchstens siebenunddreißig Grad beträgt, dann ist bei diesen Temperaturen keine Abkühlung mehr möglich. Ich habe gestern erst eine neue Abfrage zur Stimmung in der Bevölkerung gestartet. Die Tendenz zeigt klar nach unten. Erfährst du davon etwas in den Medien? Ich glaube nicht."

Es klingelte. Erschrocken sahen sich die vier an: „Erwartest du jemanden?", wollte Ralf wissen und sah seinen Zimmerkumpel an. Der hob nur die Schultern und begab sich zur Tür. Draußen stand ein lässig aber teuer gekleideter Mensch, verbeugte sich leicht und verlangte Ralf zu sprechen.

„Ralf, kennst du einen Doktor Schirrmacher?", rief Michael in die Wohnung.

„Kenne ich nicht. Wer soll das sein?"

Doktor Schirrmacher erkannte, dass Ralf anwesend war. Er verlangte, ihn zu sprechen. Michael führte ihn herein und stellte die Anwesenden vor. Doktor Schirrmacher wollte lieber mit Ralf allein sprechen und schlug vor, nach draußen zu gehen. Das stieß bei Ralf auf wenig Gegenliebe.

„Wer sind sie überhaupt? Warum sollte ich mit ihnen mitgehen? Es ist die heißeste Zeit des Tages. Ich werde bestimmt nicht nach draußen gehen. Das wäre lebensgefährlich. Was sie mir zu sagen haben, können sie auch hier drinnen loswerden. Vor meinen Freunden habe ich keine Geheimnisse."

Jana wollte die Situation etwas entschärfen und bot dem Besucher einen Platz an.

Alle vier sahen ihn erwartungsvoll an.

Schirrmacher wollte nicht mit den Geheimdiensten in Verbindung gebracht werden. Er nahm zu einer Halbwahrheit Zuflucht: „Ich bin ein Mitarbeiter von Kanzleramtsminister Gotzkowski. Sicherlich haben sie den Nachrichten entnommen, dass zwei wichtige Minister zurückgetreten sind. Wahrscheinlich wissen sie auch, dass sich die Regierung in einer verzweifelten Lage befindet. Die monatelange Trockenheit hat dazu geführt, dass das gesellschaftliche Leben weitgehend zum Erliegen gekommen ist. Die Mängel in der Versorgung mit Trinkwasser drohen an einigen Orten zu bürgerkriegsähnlichen Zuständen zu führen. Wir haben deshalb beschlossen, außergewöhnliche Maßnahmen zu ergreifen, um die Lage wieder in den Griff zu bekommen. Sie, Herr Winkler, sind uns bekannt geworden durch ihre Forschung zur Anwendung meteorologischer Algorithmen auf gesellschaftliche Entwicklungen. Damit sind sie führend bei der Vorhersage auf diesem Gebiet. Die Regierung ist sich einig, dass das von ihnen gewonnene Fachwissen dazu dienen kann, die verfahrene Lage besser zu erkennen, zu entschärfen und die Situation wieder in geordnete Bahnen zu lenken. Wir bieten ihnen an, sie als wissenschaftlichen Mitarbeiter in das Bundeskabinett zu kooptieren. Ihre Aufgabe wird es sein, der Bundesregierung die nötige Weitsicht zu verschaffen, damit Entwicklungen vorhergesehen werden können. Selbstverständlich bekommen sie alle technischen Möglichkeiten. Auch werden wir sie wie einen Bundesminister bezahlen. Was sagen sie dazu?"

Alle Blicke richteten sich auf Ralf. Der war völlig überrascht. Nachdem man ihn bisher mehr oder weniger drangsaliert hatte, sollte er nun in die Regierung aufsteigen? Das musste er erst verdauen. Er atmete hörbar aus. Um Zeit zu gewinnen, nahm er einen Schluck aus der Bierflasche.

„Verstehe ich sie richtig? Ich soll die von mir entwickelten Quellen einsetzen, um ihnen aus dem selbst verschuldeten Schlamassel zu helfen? Ich glaube nicht, dass ich etwas für sie tun kann."

„Sie können Klartext reden. Wir wissen von ihren illegalen Aktivitäten. Wir wissen vor allem, dass es so nicht weiter gehen kann. Wenn sie Angst vor Strafverfolgung haben, kann ich sie beruhigen. Niemand wird ihnen ein Haar krümmen, wenn sie sich in den Dienst der Sache stellen."

Ralf war immer noch unsicher. Er wandte sich an seine Freunde: „Was sagt ihr dazu? Erst lande ich im Knast für mein Projekt und nun soll ich der Regierung damit aus der Patsche helfen? Ich weiß nicht, ob denen da oben zu trauen ist."

Es zeigte sich, dass die Meinungen der drei anderen geteilt waren. Michael und Jana plädierten für die Annahme des Vorschlags. Carola hatte ernste Bedenken. Was, wenn die Lage sich nicht besserte? Wenn die Regierung scheiterte, dann wäre Ralf als Unterstützer in einer denkbar schlechten Position. Dann würden auch seine illegalen Aktivitäten mit den von ihm verbreiteten Viren ans Licht kommen. Dann würde niemand mehr da sein, der ihn schützte.

Nachdem Ralf eine Weile nachgedacht hatte, sagte er: „Herr Dr. Schirrmacher, sie werden verstehen, dass ich mich nicht sofort entscheiden kann. Warum sollte ich ihrer Regierung, die offensichtlich abgewirtschaftet hat, mit meinem Fachwissen unter die Arme greifen? Ob ihre Versprechungen mich im Notfall schützen, erscheint mir zweifelhaft. Geben sie mir Zeit, um das Für und Wider zu überdenken. Ich schlage vor, dass wir uns in einer Woche nochmals treffen. Bis dahin habe ich mich entschieden."

Das war weniger, als Dr. Schirrmacher erwartet hatte. Aber es war auch keine Absage. Er erhob sich, bedankte sich höflich für die Chance, sein Anliegen vortragen zu dürfen. Michael brachte ihn zur Tür. Dann war er weg, so unverhofft, wie er gekommen war mit einem Hinweis auf die Vertraulichkeit des Gesprächs.

Die vier Freunde schwiegen. Sollte das wahr sein?

„Die müssen ganz schön in der Klemme stecken, wenn sie solche Angebote machen. Willst du dich wirklich von der Regierung einspannen lassen?", stellte Carola sarkastisch fest.

„Auf jeden Fall solltest du den Vorschlag annehmen. Das wäre eine Bestätigung für dein Projekt. Wenn du für die Regierung arbeitest, kann dich keiner mehr wegen deiner Viren verfolgen.", sagte Jana.

Michael, der an die unsichere Zukunft der Firma seines Vaters dachte, meinte: „Ich würde mich freuen, wenn sich die Verhältnisse klären. Dazu kann Ralf bestimmt beitragen."

Damit war die ganze Palette der Meinungen genannt. Aber sie gingen so weit auseinander, dass Ralf völlig unentschlossen war, wem er sich anschließen sollte.

„Was soll ich jetzt eurer Meinung nach tun?", fragte er in die Runde.

„Diese Entscheidung können wir dir nicht abnehmen.", meinte Carola.

"Ich werde erst mal darüber nachdenken. Zum Glück muss ich mich nicht sofort entscheiden."

Zentrale von Preserve Environment

Der nächste Weg von Dr. Schirrmacher führte in die Zentrale von Preserve Environment. Er hoffte dort deren Sprecher zu treffen. Im Souterrain des Hauses war es auffällig still, aber kühl. Am Kopierer stand eine junge Frau und vervielfältigte Demonstrationsaufrufe.

„Wo finde ich Herrn Müller?", fragte er.

„Herr Müller, wer soll das sein?", fragte sie zurück.

„Herr Sven Müller, der Sprecher von Preserve Environment."

„Ach so, Silberlippe.", sagte sie belustigt. „Der sitzt hinten in seinem Büro."

Als Schirrmacher den Sprecher der Organisation erblickte, fand er den Spitznamen bestätigt. Er hatte so viele Piercings am Mund, dass von den Lippen fast nichts mehr zu sehen war. Schirrmacher fragte sich im Stillen, wie man mit dieser Menge Metall überhaupt Nahrung zu sich nehmen konnte. Auch die Ohren zierten zahlreiche Schmuckstücke. Bei diesem Anblick wurde er unsicher, ob so ein Mensch zu den geschniegelten Regierungsmitgliedern passte. Am liebsten wäre er wieder gegangen.

Silberlippe sah den Yuppie im feinen Zwirn verwundert an. Solche Leute kamen normalerweise nicht in sein Büro. Der abwehrende Gesichtsausdruck von Schirrmacher amüsierte ihn: „Was hat sie in unsere Zentrale verschlagen? Wollen sie etwa zu mir?"

Artig stellte sich Dr. Schirrmacher vor. So hohen Besuch hatte Silberlippe nicht erwartet. Er bot seinem Gast einen Platz an und forderte ihn auf, den Grund seines Erscheinens zu nennen.

Nach einer allgemeinen Beschreibung der verfahrenen Lage kam Schirrmacher zum Kern seines Anliegens. Er schilderte seine Idee, Preserve Environment an der Regierungsarbeit zu beteiligen. Er vergaß auch nicht zu erwähnen, dass ein gewisser Ralf Winkler sich bereit erklärt hätte, ebenfalls die Regierung zu unterstützen. Das stimmte zwar nicht, aber die Hoffnung war, den Sprecher damit leichter zur Mitarbeit bewegen zu können.

Silberlippe war nicht begeistert: „Sie glauben doch nicht im Ernst, dass wir mit unserer Organisation ihrem Saftladen aus der Patsche helfen. Außerdem, wie stellen sie sich das konkret vor? Sollen wir zu Petrus beten, damit der es regnen lässt?"

„Herr Müller, mal im Ernst, ich gebe gerne zu, dass die Regierung in der Vergangenheit nicht alles richtig gemacht hat. Wir haben das erkannt und wollen etwas ändern. Dazu gehört, dass wir auf die außerparlamentarische Opposition zugehen. Wir sind der festen Überzeugung, dass die gegenwärtige Situation nur gemeinsam mit allen Kräften der Gesellschaft in den Griff zu bekommen ist, gewissermaßen durch eine gesamtgesellschaftliche Anstrengung. Sie sind Sprecher einer einflussreichen Organisation. Ihr Wort hat Gewicht. Was liegt näher, als sie in dieses Vorhaben einzubeziehen?"

„Und nun soll ich mich geehrt fühlen? Da müssen sie mir schon ein bisschen mehr erzählen. Bisher ging es immer nur darum, uns möglichst klein zu halten, unsere Demonstrationen auseinander zu treiben und unsere Forderungen zu kriminalisieren. Woher kommt dieser plötzliche Sinneswandel? Außerdem, ihr hochherziges Angebot könnte ich nicht so ohne weiteres annehmen. Wir sind eine demokratische Organisation. Das heißt, wir müssen das im Vorstand besprechen."

Dr. Schirrmacher hatte nicht mit sofortiger begeisterter Zustimmung gerechnet. Er erklärte seinem Gegenüber, dass die Regierungsarbeit auf eine breitere Basis gestellt werden sollte. Die Idee war, herausragende Persönlichkeiten an den Kabinettsitzungen teilnehmen zu lassen: „Wir versprechen uns davon einen größeren Input und auch unkonventionelle Lösungen. Sie hätten alle Freiheiten Vorschläge einzubringen."

Der Geheimdienstkoordinator schilderte die Situation im Land. Die monatelange Trockenheit hätte nicht nur Trinkwasserbrunnen versiegen lassen. Auch der Wasserstand in den Flüssen wäre so weit abgesunken, dass Frachtschiffe nicht mehr voll beladen werden konnten. Die geringere Transportkapazität der Schiffe reichte nicht mehr aus, um die Industrie mit Material zu versorgen. Firmen hätten die Arbeit eingestellt und ihre Angestellten in Kurzarbeit geschickt. Die geringere Produktion und die unzureichende Transportkapazität wären die Gründe, dass die Versorgung der Bevölkerung mit den Waren des täglichen Bedarfs nicht mehr reibungslos funktionierte.

Das meiste war Silberlippe bekannt. Welche Rolle seiner Organisation zur Lösung der Probleme zugedacht war, konnte er sich nicht vorstellen.

„Was hat Ralf Winkler für eine Aufgabe übernommen? Ich bin gespannt, was er mir erzählt, wenn ich ihn anrufe.", Svens Misstrauen war nicht ausgeräumt.

„Herr Winkler soll sein Projekt zur Erkundung der Stimmungsentwicklung weiterverfolgen. Wir sind zu der Überzeugung gelangt, dass ein fundierter Ausblick auf die Meinungsentwicklung helfen würde, die richtigen Maßnahmen zu ergreifen. Davon könnten sie ebenfalls profitieren."

„Herr Dr. Schirrmacher, das hört sich für mich nicht überzeugend an. Ich schlage vor, dass sie mich in einer Woche anrufen. Bis dahin habe ich mit meinem Vorstand unsere Position geklärt."

Das war ebenfalls keine Absage. Mit einer sofortigen Zusage hatte er ohnehin nicht gerechnet. Er bedankte sich und verabschiedete sich formvollendet mit dem Hinweis, dass das Gespräch vertraulich bleiben müsste.

Nachdem der Yuppie verschwunden war, griff Silberlippe zum Telefon. Er wollte wissen, ob der Abgesandte der Regierung in Bezug auf Ralf Winkler die Wahrheit gesagt hatte.

Der meldete sich schon nach dem ersten Klingeln: „Hier ist Sven. Schön dich so schnell an die Strippe zu bekommen. Kennst du einen Dr. Schirrmacher?"

„Der war bei mir. Er meinte, er wäre dem Kanzleramtsminister unterstellt und wollte mich zur Mitarbeit in der Regierung bewegen. Warum fragst du?"

Sven lachte höhnisch: „Bei mir war er auch und rate mal, was er wollte. Er hatte die gleiche Idee wie bei dir. Hast du etwa schon zugesagt?"

„Ich habe mich noch nicht entschieden. Ich bin nicht sicher, ob ich diesen abgewrackten Verein unterstützen sollte. Würdest du in der jetzigen Situation für die Regierung arbeiten?"

„Ich darf das nicht allein entscheiden. Aber große Lust habe ich nicht, das hochherzige Angebot anzunehmen."

Für Ralf war es nicht so eindeutig: „Es hat auch Vorteile, an den Hebeln der Macht zu sitzen. Für mich wäre es einfacher, wenn ich mit meinen Viren unangreifbar wäre. Die Entwicklung vorherzusagen ist nicht nur für die Regierung interessant. Auch deine Organisation profitiert schon davon."

„Das ist zwar richtig, aber was würde es ändern? Das Wetter bliebe das gleiche. Du siehst, wie die Situation ist. Wenn wir uns einklinken, würden wir am Ende für die Zustände mitschuldig gemacht."

„Das kommt auf unser Verhalten an. Wir können vielleicht die größten Ungerechtigkeiten verhindern. Die Situation ist wie am runden Tisch. Bleiben wir standhaft und lassen uns nicht einschüchtern, müssen die Anderen auf unsere Vorschläge eingehen. Sonst werden sie unglaubwürdig. Möglichkeiten gibt es immer, eine Situation zu ändern. Ich würde zuerst die Verteilung von Trinkwasser verbessern. Die ungerechte Belieferung von Industrie und privaten Verbrauchern muss beendet werden."

„Also gut. Ich werde deine Idee mit unserem Vorstand erörtern. Wir werden sehen, wie die allgemeine Meinung ist."

Lageraum des Kanzleramts

Der Kanzleramtsminister war sehr erbost. Die Versuche des Kanzlers, die Regierung zu einheitlichem Handeln zu bewegen, waren nicht von Erfolg gekrönt. Die Koalition drohte zu zerfallen. Der Druck der Naturereignisse sorgte dafür, dass die im Koalitionsvertrag mühsam errungenen Übereinkünfte bei einigen Regierungsmitgliedern nicht mehr zählten. Sie sahen keine Möglichkeiten mehr, etwas Entscheidendes zu ändern. Dazu kam die immer weiter schwindende Zuversicht des Volkes, dass sich mit dieser Regierung die allgemeine Lage bessert. Die Presse hatte das in ihrer überwiegenden Mehrheit thematisiert.

Ganz besonders erboste den Minister ein Artikel im „Täglichen Beobachter". Der verhasste Theo Wunder hatte wieder mal seine Kontakte spielen lassen. Die Bemühungen der Regierung, an die Stelle der zurückgetretenen Minister zwei Unbekannte in das Team aufzunehmen wurden veröffentlicht. Das konnte sich die gesamte Presse nicht entgehen lassen. So wurde breit darüber berichtet und die Spekulationen nahmen kein Ende. Der „Tägliche Beobachter" hatte mit der Überschrift „Regierung gründet runden Tisch" den Vogel abgeschossen. Was geheim bleiben sollte war damit öffentlich. Als den Schuldigen für diese Entwicklung hatte Gotzkowski seinen Geheimdienstkoordinator ausgemacht und gleich zum Rapport einbestellt. Auf dem Schreibtisch lag die Ausgabe des „Täglichen Beobachters" mit der Nachricht von der Gründung des runden Tisches.

Dr. Schirrmacher hatte das mitbekommen. Mit einem mulmigen Gefühl im Magen betrat er das Büro seines Chefs. Weder einen Kaffee noch einen Sitzplatz bekam er angeboten. Stattdessen haute der Grobian mit der Faust auf den Tisch.

„Wie kommt es, dass ihre Vorschläge umgehend an die Presse weitergeleitet werden? Sie sollten dafür sorgen, dass die Kooptierung der beiden Berufsrevolutionäre geheim bleibt. Haben sie das den Kandidaten nicht energisch auseinandergesetzt?"

„Das habe ich allerdings, Herr Minister. Ich kann es mir auch nicht erklären."

„Das sieht so aus, als ob wir nicht weiterwüssten. Sowas kommt dabei heraus, wenn man diesen Leuten die Möglichkeit gibt, an den Hebeln der Macht zu ziehen. Sie werden übermütig und halten sich für unentbehrlich. Am liebsten würde ich das alles abblasen und gegenüber der Presse dementieren."

Weil die Mitarbeit der beiden Kritiker seine Idee war, versuchte Schirrmacher sein Projekt zu retten. Er überlegte fieberhaft, wie er seinem Chef die Sache trotz aller Widrigkeiten schmackhaft machen könnte: „Ich gebe zu, dass die Veröffentlichungen zum denkbar ungünstigsten Zeitpunkt kamen. Andererseits hätten wir die Mitarbeit der beiden früher oder später sowieso veröffentlichen müssen. Jetzt ist das Kind in den Brunnen gefallen. Wenn wir uns geschickt verhalten, können wir die Initiative wieder gewinnen. Vielleicht finden die beiden Hirsche außerdem unkonventionelle Lösungen. Zumindest sind sie nicht betriebsblind."

Gotzkowski polterte erneut los: „Was heißt betriebsblind? Wollen sie den Ministern, einschließlich mir Inkompetenz unterstellen?"

„Natürlich nicht, Herr Minister. Es ist nur so, dass wir mit der Aufnahme von unabhängigen Experten Mut beweisen können und für neue Lösungen offen sind. Die Sympathiewerte unserer Regierung nehmen immer mehr ab. Das dürfte ihnen nicht verborgen geblieben sein. Dieser sogenannte Verein „Preserve Environment" hat sich zu einem der größten unseres Landes entwickelt. Wenn wir die in unsere Arbeit einbinden, könnte das wesentlich zur Beruhigung der Lage beitragen."

Gotzkowski seufzte vernehmlich: „Also schön, wie stellen sie sich das praktisch vor?"

„Im Moment habe ich noch keine Zusage. Ich bin aber optimistisch, dass sie sich nicht verweigern. Die Aussicht, an den Schalthebeln der Macht zu sitzen ist einfach zu verlockend. Ich bin mit ihnen so verblieben, dass sie sich im Laufe dieser Woche entscheiden."

„Dann sehen sie zu, dass das in unserem Sinn passiert. Wehe Ihnen, wenn ich nach den ganzen Veröffentlichungen ein Dementi herausgeben muss. Und nun verschwinden sie. Ich habe zu tun!"

Dr. Schirrmacher war froh, nochmal die Kurve bekommen zu haben und trollte sich.

Konspirative Wohnung des Verfassungsschutzes

Auf Grund der monatelangen Hitze war die Temperatur in allen Gewässern stark angestiegen. Weil dadurch die Kühlung fehlte, konnten die Kraftwerke nicht mit voller Leistung arbeiten. Sonnenkraft wäre genügend vorhanden gewesen. Doch die Politik hatte den Ausbau verschlafen. Um Strom zu sparen, musste die U-Bahn tagsüber ihren Betrieb einstellen. Sie fuhr nur noch in den frühen Morgen- und späten Abendstunden, um wenigstens den Berufsverkehr abzusichern.

Isolde musste deshalb den Weg von der Hochschule bis zu Connor laufen. Sie sah etwas derangiert aus.

Connor empfing Isolde in einem völlig verschwitzten T-Shirt. In der Wohnung war es brütend heiß.

Isolde war wütend, dass er sie gezwungen hatte in der kochenden Mittagshitze durch die Stadt zu laufen. Sie ließ sich in einen Sessel fallen und schnauzte Connor an: „Was will denn der Geheimdienst schon wieder von mir? Ich habe es wirklich satt."

Connor wollte seine Informantin beruhigen: „Danke, dass du trotz der Widrigkeiten gekommen bist. Möchtest du was Kaltes trinken?"

Isolde schüttelte den Kopf: „Sag was du willst, und dann verschwinde ich wieder. In dem Kabuff hier bekommt man ja einen Herzinfarkt. Könnt ihr euch keine Klimaanlage leisten?"

Connor ging auf die schlechte Laune nicht ein: „Du hast sicherlich mitbekommen, dass dein Schützling gebeten wurde für die Regierung zu arbeiten. Er hat sich noch nicht entschieden. Ich möchte mit dir besprechen, wie deine Arbeitsgruppe seinen Entschluss fördern könnte."

„Ich werde ihm seine Exmatrikulation androhen, falls er sich nicht dafür entscheidet."

Das war typisch Isolde. Connor war solche Reaktionen gewohnt: „Ich dachte, du hättest eine konstruktive Idee. Wie es nicht geht, weiß ich selbst."

Isolde überlegte eine Weile: „Wir könnten die Arbeitsgruppe zu einer außerordentlichen Beratung einberufen und ihm für seine hervorragende Arbeit danken. Ich könnte auch mit dem Dekan sprechen und bei ihm die Zusicherung erwirken, dass Ralf sein Studium fortsetzen kann, wenn die Regierungsarbeit beendet ist."

„Könntet ihr ihm auch einen festen Arbeitsplatz anbieten?"

„Du hast Wünsche. Wir wissen nicht, wie wir die Forschungsarbeit aus der knappen Kasse finanzieren sollen. Ein weiteres Gehalt ginge nur, wenn wir zusätzliche Mittel bekämen.

Aber es gibt noch ein anderes Problem. Ralf Winkler hat wahrscheinlich Gesetzverletzungen begangen, indem er illegal Trackingviren verbreitet hat. Wenn ich das richtig verstehe, wollt ihr ihn auf diese Weise weiterarbeiten lassen. Seid ihr sicher, dass das klug ist?"

„Zusätzliches Geld können wir euch geben. Sonst sehen wir leider keine Alternativen.", Connor zog die Schultern hoch.

Dem widersprach Isolde energisch. Sie glaubte, dass die Regierung nur ihre Macht nutzen müsse. Dann könnten große Internetkonzerne gezwungen werden, ihre

Erkenntnisse zur Verfügung zu stellen, anstatt immer nur selbst zu verdienen. Auch die Hochschule hatte versucht, einen gesetzkonformen Weg zu gehen, der bisher jedoch wenig erfolgreich war.

Connor macht Isolde keine Hoffnungen. Es sei nicht die Politik der Regierung Konzernen Fesseln anzulegen. Wenn man etwas erreichen wolle, müsste man die Regulierung dem Markt überlassen.

Isoldes Bedenken wegen der Viren wischte Connor mit einer Handbewegung vom Tisch: „Wir haben nicht vor, Ralf Winklers Ergebnisse zu veröffentlichen. Wir wollen sie nur nutzen, um unsere Arbeit auf die öffentliche Meinung einzustellen."

Isolde war empört: „Wie kann man so naiv sein. Irgendwann kommt alles ans Licht. Gnade euch Gott, wenn ihr dann die Lage nicht im Griff habt. Mir reicht es wieder mal."

Abrupt stand sie auf und verließ Connor ohne Gruß.

Tagung der Sonderarbeitsgruppe

Welche Wertschätzung an einer Hochschule jedem einzelnen beigemessen wird, drückte sich auch in der Sitzordnung bei Tagungen aus. Das erfuhr Ralf, der bisher bescheiden am hinteren Ende des großen Tisches Platz genommen hatte.

Isolde nötigte ihn, sich neben sie zu setzen. Weil dort kein Platz frei war, hatte das zur Folge, dass alle anderen einen Platz nach hinten rücken mussten. Die kritischen Bemerkungen ließen Unverständnis erkennen.

Isolde begann: „Ralf sitzt heute neben mir, weil er in besonderem Maß zum Erfolg unserer Arbeit beigetragen hat. Ich möchte mich offiziell bei ihm bedanken."

Ralf blickte verschämt zu Boden. Er konnte sich nicht erklären, woher diese plötzliche Wertschätzung kam. Man konnte eine Stecknadel fallen hören.

„Ralfs Arbeit ist auch der Regierung nicht verborgen geblieben. Deshalb gibt es die Bitte, ihn für eine begrenzte Zeit vom Studium freizustellen. Wir freuen uns mit ihm und hoffen, dass er der Hochschule während dieser neuen Herausforderung Ehre macht."

Sein Studium zu unterbrechen hatte Ralf bisher nicht zugestimmt. Er fühlte sich überrumpelt: „Isolde, wie kommst du darauf, dass ich das machen werde? Die Regierung hat abgewirtschaftet. Ich glaube nicht, dass denen noch zu helfen ist. Ich kann mir nur vorstellen, dort zu arbeiten, wenn sie eine Kehrtwende um hundertachtzig Grad hinlegen."

Nun war es mit der Stille im Raum vorbei. Die Meinungen teilten sich in Befürworter und Gegner von Ralfs Standpunkt. Einige gaben ihm Recht. Andere empfanden es als blanke Undankbarkeit, sich dem Ruf nach Mitarbeit zu verschließen.

Isolde fühlte sich blamiert. Mit Ralfs Widerstand hatte sie nicht gerechnet. Sie bereute, mit ihm nicht vorher gesprochen zu haben und versuchte die Ruhe im Raum wiederherzustellen. Zornig sah sie Ralf an.

„Glaubst du wirklich, du könntest dich einfach in deinen Elfenbeinturm zurückziehen? Deine illegalen Aktivitäten haben mitgeholfen, dass es zu der im Moment herrschenden Lage gekommen ist. Bisher haben wir dir alle

Möglichkeiten geboten und dich immer wieder unterstützt. Das könnte sich auch ändern. Du sollst nicht in den Knast. Du sollst nur an anderer Stelle deine Arbeit fortsetzen und wirst dafür auch noch fürstlich bezahlt. Ist das zu viel verlangt?"

Ralf war irritiert: „Was weißt du über meine angeblich illegalen Aktivitäten?"

Isolde schwieg und biss sich auf die Zunge. Beinahe hätte sie verraten, dass sie Bescheid wusste. Dann wäre ihre Tarnung aufgeflogen. Was ihre Kollegen zur Mitarbeit beim Verfassungsschutz sagen würden, konnte sie sich ausmalen.

Dietmar Krüger sprang ihr zur Seite: „Wir haben mehrfach darüber hinweggesehen, dass sie meinten, Regeln verletzen zu dürfen. Im Gegenteil haben wir sie sogar in unsere Arbeitsgruppe aufgenommen. Es ist ihre Pflicht als Bürger dieses Landes einzuspringen, wenn es die Lage erfordert. Sie werden dadurch keinerlei Nachteile haben."

Isolde hatte sich wieder gefangen: „Ich habe mit dem Dekan gesprochen. Wenn deine Arbeit für die Regierung beendet ist, darfst du dein Studium bei uns wieder aufnehmen. Formal bist du also nicht exmatrikuliert. Außerdem wirst du dein Projekt bei der Regierung fortsetzen können. Das ist der Sinn unserer Delegierung. Mehr können wir dir nicht entgegenkommen."

Ralf fühlte sich überrumpelt. In welche Richtung sein Entschluss gehen würde, hatte er für sich selbst noch nicht entschieden. Er wollte versuchen, Zeit zu gewinnen: „Bis wann muss ich mich entscheiden?"

„Hier und jetzt!", Isolde sagte es mit Nachdruck und sah ihn herausfordernd an.

Ralf überlegte einen Moment. Jana würde sich freuen. Ihre Haltung entsprang dem Wusch, Ralf außer Gefahr zu wissen. Eine Mitarbeit ganz oben hatte vielleicht auch Vorteile. Weil die Regierung so stark unter Druck war, würde man über die Virenverbreitung hinwegsehen. Sein heißgeliebtes Projekt könnte er dann ungestört fortsetzen. Er atmete tief aus: „Also gut, ich werde euer Angebot annehmen. Hoffentlich hilft es, die verfahrene Lage wieder in den Griff zu bekommen."

Am liebsten hätten Isolde und Dietmar Krüger Ralf für seine überhebliche Zustimmung scharf kritisiert. Aber sie waren froh, dass das Thema erledigt war. Isolde verzichtete auf eine heftige Erwiderung und beendete die Versammlung.

Ralfs und Michaels Studentenbude

Ein wenig stolz war Ralf doch. Wer konnte von sich sagen, er wäre so wichtig, dass die Regierung ihn zur Mitarbeit heranzog? Seine Zustimmung wollte er deshalb gleich Jana mitteilen. Doch sie sollte es von ihm persönlich erfahren. Er rief sie an und fragte, ob sie Zeit hätte, zu ihm zu kommen. Janas Neugierde war geweckt. Gern hätte sie sofort erfahren, was denn so wichtig war. Aber Ralf ließ sich keine Andeutung entlocken.

Auf jeden Fall musste Silberlippe informiert werden. Am liebsten wäre es Ralf gewesen, er hätte ebenfalls zugestimmt. Die Gefahr bestand, dass dieser Schirrmacher bereits bei ihm war und Sven endgültig abgelehnt hatte.

Zum Glück bekam er Sven gleich an die Strippe: „Ich habe zugestimmt.", fiel er mit der Tür ins Haus.

Sven brauchte einen Moment, bis er begriff, was das bedeutete: „Du hast was? Mir hast du doch letztens erst erklärt, du würdest das niemals tun!"

„Stimmt, aber sie haben mir keine Wahl gelassen. War Schirrmacher schon bei dir?"

„Nein und wenn hätte ich ihn rausgeschmissen."

„Wenn ich dort allein im Kanzleramt hocke, habe ich keine Chance, irgendwas zu ändern. Ich dachte, du könntest mich unterstützen!"

„Du meinst, ich soll aus meinem Herzen eine Mördergrube machen, mich prostituieren und unseren Verein gegen die Wand fahren? Was unsere Mitglieder dazu sagen, kann ich mir lebhaft vorstellen."

„Du hast also noch keine Entscheidung in deinem Verein herbeigeführt?"

„Die Versammlung dazu ist erst in zwei Tagen. Bis dahin kann ich dir weder eine Zusage noch eine Absage geben. Hast du schon mal was von Demokratie gehört?"

Ralf hatte eine Idee: „Dürfte ich an eurer Versammlung teilnehmen?"

Wirklich Recht war das Sven nicht. Er ahnte, dass Ralf versuchen würde, die Versammelten zur Zustimmung zu bewegen: „Eigentlich müsste ich nein sagen. Aber wenn du unbedingt willst, dann komm in Gottes Namen her. Notfalls beschütze ich dich, falls dir die Mitglieder an die Wäsche wollen."

„Ahnst du, dass es auch Vorteile bringt, wenn man an den Hebeln der Macht sitzt?"

„Es sei denn, sie vereinnahmen dich. Dann haben wir nichts gekonnt."

„Ich schlage vor, wir probieren es einfach."

Es klingelte und Ralf verabschiedete sich von Sven.

Vor der Tür stand Jana. Sie konnte ihre Neugier nicht verbergen und fragte noch im Treppenhaus: „Was ist so wichtig, dass ich so schnell zu dir kommen muss?"

Ralf bugsierte sie in die Wohnung und sagte: „Komm erst mal rein. Es muss nicht jeder wissen."

Sie setzten sich auf Ralfs Bett. Ralf rückte möglichst nahe an Jana heran. Er erzählte ihr von seiner Delegierung ins Kanzleramt. Jana war sogleich begeistert. Sie hatte um ihn gebangt. Durch die neue Situation wäre er vor weiterer Verfolgung geschützt. Spontan umarmte sie ihn. Vorsichtig nahm sie ihm die Brille ab. Ralf blinzelte und drückte sie ebenfalls. Durch die leichte Sommerkleidung spürte er ihre Brüste. Das heizte ihn an. Auch Jana genoss die Nähe. Sie zog ihm das T-Shirt über den Kopf. Ralf tat es ihr nach, während sie sich innig küssten. Als nächstes fielen Janas BH und danach auch alle andere Kleidung. In einem Winkel seines Gehirns dachte Ralf: hoffentlich kommt Michael jetzt nicht nach Hause. Aber die Bedenken schwanden schnell. Ralf wurde von Gefühlen übermannt. Er streichelte ihre Brust. Die Brustwarzen richteten sich auf und Jana entrang sich ein wonniges Stöhnen. Sie spreizte einladend die Beine. Er spürte, dass sie bereit war. Langsam drang er in sie ein. Beide schlossen die Augen und begannen sich im gleichen Rhythmus zu bewegen, was Jana zu kleinen spitzen Schreien trieb. Schneller als gewollt war es vorbei.

Danach lagen sie nebeneinander. Als sich die Ekstase gelegt hatte, sah Jana ihn verliebt an und bat: „Erzähl doch mal, wann du dort anfängst und wie deine Mitarbeit aussieht!"

„Ich kann dir dazu noch nichts sagen. Vermutlich rufen sie mich an und sagen mir, wann ich dort erscheinen soll. Vorher will ich unbedingt noch an der Versammlung von „Environment" teilnehmen. Silberlippe hat keine große Lust ganz oben mitzumischen. Vielleicht kann ich sie überzeugen, dass eine Mitarbeit Vorteile bringt."

Der Schlüssel drehte sich an der Wohnungstür und Michael trat unvermittelt ein. Beide erschraken. Hastig raffte Jana ihre Kleidung zusammen und verschwand im Bad, verfolgt von Michaels Blicken.

Ralf richtete sich auf: „Wie kommt es, dass du immer im richtigen Moment erscheinst?"

Michael grinste schief: „Du könntest dir wenigstens eine Hose anziehen oder willst du gleich weitermachen? Gab es was zu feiern?"

„Allerdings, ich wurde ins Kanzleramt delegiert und soll dort an meinem Projekt weiterarbeiten."

Michael pfiff durch die Zähne: „Donnerwetter, dann lernst du den Bundeskanzler und die anderen Nappsülzen persönlich kennen. Hauptsache, sie gehen auf deine Vorschläge ein. Wann ist es denn soweit?"

Jana kam aus dem Bad. Sie hatte den letzten Satz mitbekommen und verkündete stolz: „Er wird in den nächsten Tagen angerufen."

„Herzlichen Glückwunsch", sagte Michael mit einem spöttischen Unterton. Ihm kam der Gedanke, welche ungeahnten Möglichkeiten sich damit boten. Das wollte er aber erst mit seinem Vater besprechen. Deshalb schwieg er.

Gaststätte Orion 24

Die Gaststätte besaß einen großen Raum. Er diente „Preserve Environment" als Versammlungsstätte. Der Saal war bis zum letzten Platz gefüllt. Vorn gab es einen Präsidiumstisch. An ihm saßen Sven, seine zwei Stellvertreter und Ralf. Der Anlass für die Versammlung war bereits durchgesickert. Argumente von Gegnern und Befürwortern wurden mit Nachdruck ausgetauscht. Im Saal war es entsprechend laut. Einige hatten dem Bier zugesprochen, was die Stimmung weiter anheizte.

Sven schaute auf die Uhr und begann: „Liebe Freunde, wir wollen anfangen. Ich bitte um Ruhe."

Er wartete, bis sich der Lärm gelegt hatte, erläuterte die Zusammenhänge und erwähnte auch den Namen Schirrmacher.

„Willst du etwa dieser abgewirtschafteten Clique in den Arsch kriechen?", rief jemand aus dem Saal. Beifall brandete auf. Sven hob die Hände und machte eine beruhigende Geste.

„Bitte Leute, bleibt sachlich! Ich verstehe euren Unmut. Trotzdem, es gibt immer Argumente für oder gegen eine Sache. Wer möchte sprechen?"

Eine junge Frau erhob sich. Ohne Svens Aufforderung abzuwarten, fing sie sofort an: „Es ist ungeheuerlich, wenn wir uns als erklärte Regierungsgegner an deren Misswirtschaft beteiligen. Ich werde auf jeden Fall mit Nein stimmen."

Heftige Reaktionen im Saal waren die Folge. Es war nicht klar, ob es mehr Befürworter oder Gegner gab.

Ganz hinten im Saal erhob sich Jemand: „Ich kann verstehen, dass viele diesem Ansinnen skeptisch begegnen. Aber es gäbe auch Vorteile."

„Welche sollen das sein?", tönte es aus dem Saal.

„Unsere Organisation erfährt eine ungeahnte Aufwertung. Die Presse wird darüber berichten. Wenn wir unsere Mitarbeit als runden Tisch verstehen, können wir Einfluss auf Entscheidungen nehmen."

Jemand rief in den Saal: „Du möchtest wohl gerne an der Macht mitmischen?" Gelächter war die Folge. Der Angegriffene setzte sich mit gesenktem Kopf hin und schwieg beleidigt.

Sven ergriff wieder das Wort: „Kern unserer Überlegungen sollte sein, wie es uns gelingen kann, maximale Fortschritte zu erreichen. Wir haben immer wieder versucht, Einfluss auf die Politik zu nehmen. Bisher hatten wir damit nur wenig Erfolg. Wäre es nicht an der Zeit, unsere Strategie zu ändern? Ich habe Ralf Winkler dazu gebeten. Er hat sich bereits entschieden, sich im Kanzleramt einzubringen. Ralf, bitte erzähle, was dich dazu bewogen hat!"

Ralf versuchte der Versammlung in kurzen Worten sein Projekt zu beschreiben.

„Wenn wir die Volksmeinung zur Regierungspolitik wissen wollten, müssten wir entsprechende Informationen gewinnen."

Ralf machte eine kurze Pause und überlegte, wie er sein Vorgehen erklären könnte, ohne das Geheimnis der Viren zu verraten. Im Saal herrschte gespannte Stille: „Ich habe eine Möglichkeit gefunden, diese Informationen zu bekommen. Die hat allerdings den Verfassungsschutz auf den Plan gerufen. Die Regierung versucht seit langem, den Ball flach zu halten. Die Veröffentlichungen der allgemeinen Zustimmung zur offiziellen Politik grenzen an Manipulation. Vielen von euch ist das bestimmt schon aufgefallen. Mit meinem Verfahren erhielt ich völlig andere Ergebnisse. Warum will mich das Kabinett in seinen Kreis aufnehmen? Wahrscheinlich trauen sie ihren eigenen Meinungsumfragen nicht mehr. Ich glaube, die allgemeine Lage viel genauer darstellen zu können. Unterstütze ich damit die Regierung? Das kann man so sehen. Es hängt davon ab, ob sie die richtigen Schlussfolgerungen ziehen. Tun sie es nicht, dann könnte es zum Umsturz führen. Erkennen sie die Realitäten an, wird es erhebliche Richtungsänderungen geben müssen, die uns nur recht sein können. Dazu würde auch eure Bewegung beitragen. Deshalb bitte ich euch, der Entsendung von Sven zuzustimmen."

Jemand meldete sich: „Ihr erwähntet einen Dr. Schirrmacher. Ich habe mal das Internet durchsucht. Heißt der mit Vornamen Frank?"

Ralf bestätigte es.

„Dann ist dieser Kerl kein einfacher Mitarbeiter. Er ist Geheimdienstkoordinator!"

Das löste großes Getöse aus. Alle schrien durcheinander. Einige hielt es nicht mehr auf ihren Sitzen. Lautstark machten viele ihrem Ärger Luft: „Verräter, wollt ihr mit den Geheimdiensten zusammenarbeiten?"

„Wir lassen uns nicht vereinnahmen!"

„Schande über euch. Nieder mit der Regierung!"

Sven und Ralf blieb nichts übrig, als abzuwarten, bis sich der Tumult gelegt hatte. Ihre Geduld wurde auf eine harte

Probe gestellt. Als der Lärm langsam abebbte, gab Sven Ralf ein Zeichen.

Der ergriff erneut das Wort: „Wir werden eine Situation bekommen, die den Charakter eines runden Tisches hat. Das bedeutet, man muss uns zuhören und unsere Vorschläge berücksichtigen. Wir werden alles, was wir vorschlagen, stets veröffentlichen. Niemand kann uns zur Geheimhaltung zwingen. Diese Öffentlichkeit bietet einen großen persönlichen Schutz. Und im schlimmsten Fall können wir die Mitarbeit kündigen. Von Zusammenarbeit mit Geheimdiensten kann keine Rede sein. Warum sich ausgerechnet der Schlapphut an uns gewandt hat, kann ich nicht erklären. Ich finde es aber nicht wichtig. Wir bekommen zwei Stimmen im Kabinett. Ihr könnt eurem Sprecher Aufträge erteilen. Damit erhält eine einflussreiche Organisation große Zugriffsrechte. Diese Chance dürfen wir uns nicht entgehen lassen."

Sofort wurde es wieder laut. Die Argumente trafen aufeinander.

Die junge Frau von vorhin erhob sich wieder: „Das alles überzeugt mich nicht. Wer garantiert uns, dass unsere Vorschläge tatsächlich berücksichtigt werden? Ich finde, ihr seid naiv."

„Ihr habt es gehört.", rief jemand. „Die Öffentlichkeit wird unsere Versicherung sein. Eine so gute Gelegenheit werden wir nicht wieder bekommen."

Sven und Ralf merkten, dass der Widerstand gegen die Mitarbeit geringer wurde.

Die Versammlung dauerte bereits über drei Stunden. Als die Argumente sich wiederholten, hielt Sven den Zeitpunkt für eine Abstimmung gekommen. Die große Unruhe im Saal ließ keine eindeutige Entscheidung erkennen. Nachdem nochmals abgestimmt wurde, neigte sich die Waage mit knappem Ergebnis zugunsten der Befürworter.

Sven versuchte, sich ein Siegerlächeln zu verkneifen: „Ich freue mich, dass die Mehrheit unserem Vorschlag zustimmt. Ich versichere denen, die nicht zustimmen konnten, alles daran zu setzen, dass sie ebenfalls die Vorteile erkennen. Vielen Dank für euer zahlreiches Erscheinen."

Er konnte nicht wissen, dass der Verfassungsschutz ganz andere Pläne mit der Öffentlichkeitsarbeit hatte.

Ralfs und Michaels Studentenbude

Ralf und Michael saßen zusammen und besprachen die letzten Ereignisse. Die nächste Kabinettsitzung sollte in der kommenden Woche stattfinden. Irgendein Sekretär hatte Sven und Ralf dazu eingeladen. Ralf war sehr gespannt, wie das Ganze ablaufen würde. Michael meinte, er solle sich erst mal zurückhalten.

Plötzlich klingelte es. Vor der Tür stand Michaels Vater. Die beiden Studenten waren sehr überrascht, ihn hier zu sehen.

Michael meinte: „Was treibt dich denn hierher? Du hättest wenigstens anrufen können. Bist du extra aus Frankfurt gekommen?"

Während er antwortete, sah sich Michaels Vater neugierig um: „Ich hatte ohnehin in Berlin zu tun und wollte die Gelegenheit nicht verpassen, mir endlich mal eure Bude anzusehen. Außerdem würde ich gerne mit deinem

Kommilitonen etwas besprechen. Ich schlage vor, wir gehen irgendwo essen."

Der Vorschlag fand die Zustimmung der beiden. Unten stand Papas Auto, ein riesiger schwarzer Blechhaufen. Ralf wurde genötigt neben dem Fahrer Platz zu nehmen. Er musste den Hochsitz regelrecht erklimmen. Michael stieg bescheiden hinten ein. Innen war es trotz der Rekordhitze angenehm kühl.

Sanft setzte sich der Koloss in Bewegung, um danach eine Beschleunigung zu erreichen, die Ralf mit Macht in den Sitz drückte. Vom Motorraum erklang nur ein leises Brummen.

Interessiert sah Ralf sich um. Das Interieur der Wunderkiste machte einen zurückhaltenden, aber luxuriösen Eindruck. Durchweg war edles Material verbaut, die Sitze mit Leder bezogen. Das Armaturenbrett bestand aus einem riesigen Bildschirm, der fast die gesamte Breite des Wagens einnahm. An der Windschutzscheibe leuchteten die grünen Ziffern des Headup Displays. Alle Oberflächen versprachen eine hautfreundliche Haptik. Mit Mühe konnte sich Ralf bezwingen mit der Hand über die Flächen zu streichen.

Amüsiert beobachtete Michaels Vater Ralfs wandernden Blick aus dem Augenwinkel: „Wissen sie, Herr Winkler, ich habe es mir zum Grundsatz gemacht, mich nicht über mangelnde Qualität zu ärgern. Lieber gebe ich ein bisschen mehr aus. Dafür muss ich mich nicht mit fehlender Funktionalität und schlechtem Service herumärgern. Und Umweltschutz gibt es bei so einem Boliden quasi kostenlos dazu. Mit voller Batterie fährt das Auto fünfhundert Kilometer elektrisch. Ich finde es immer wieder erstaunlich, dass die fast zweieinhalb Tonnen mit so großer Beschleunigung in Bewegung gesetzt werden können. Und wenn ich mal tanken muss, ist es auch nicht schlimm. Der Benzinpreis interessiert mich sowieso nicht.

Diese Rede erregte Ralfs Widerspruch: „Meinen sie nicht, dass ein solches Auto mit Umweltschutz nichts zu tun hat? Normale Menschen bekommen nur stundenweise Wasser und sie fahren mit fast fünfhundert PS durch die Stadt. Wenn das alle machen könnten, hätten wir noch viel mehr Probleme."

„Na, junger Mann, zum Glück können es ja nicht alle. Sonst würde es auch keinen Spaß machen. Ich verstehe, dass es in Deutschland langsam zu warm wird. Persönlich habe ich damit kein Problem. Mein Ferienhaus in Schweden steht jederzeit bereit. Aber hier bei uns gehen die Geschäfte nicht gut. Darüber wollte ich mit ihnen sprechen."

Inzwischen waren sie am Ziel angekommen.

„Ist euch das Reichardts recht?", fragte er mit Blick in den Rückspiegel.

Ohne eine Antwort abzuwarten, fuhren sie in die zum Lokal gehörende Tiefgarage.

Ralf hatte noch nie ein fünf Sterne Restaurant besucht. Er fühlte sich in seiner Studentenkluft fehl am Platz. Michael war zwar genauso angezogen, aber es schien ihm nichts auszumachen. Mit ausgesuchter Höflichkeit wurden sie begrüßt. Michaels Vater bat um einen Tisch, an dem man sich ungestört unterhalten könnte. Die abgetragene Kleidung der beiden Studenten störte niemanden.

Der Kellner führte sie an einen Tisch in einer verschwiegenen Nische. Jemand brachte die Menükarten und bat um die Getränkebestellung. Michaels Vater bestellte ein Glas Weißwein, Michael ein Bier und Ralf, der aus Vorsicht nüchtern bleiben wollte, Wasser. Herr Schüttke quittierte das mit hochgezogenen Augenbrauen, sagte aber nichts.

Alle drei schauten in die Karte. Ralf war von den Preisen geschockt.

„Macht euch wegen des Geldes keine Sorgen. Ich lade euch ein", sagte der Papa.

Ralf bestellte sich trotzdem eines der preiswerteren Gerichte. Er wollte nicht unbescheiden erscheinen. Michael und sein Vater hielten sich nicht zurück.

Als die Formalitäten erledigt waren, begann Herr Schüttke: „Herzlichen Glückwunsch zur Berufung in das Bundeskabinett. Ich habe noch niemals gehört, dass jemandem eine solche Ehre zuteilgeworden wäre. Ich hoffe, sie sind sich der Bedeutung bewusst. Wenn ich es recht verstehe, geht es der Regierung vor allem darum, künftige Entwicklungen schneller und besser zu erkennen. Es wurde Zeit, dass die Politiker die Notwendigkeiten verstehen und gezielter reagieren. Das kann der Wirtschaft nur guttun. Ich hatte schon mit dem Gedanken gespielt auszuwandern. Wo sehen sie die Bedeutung ihrer Mitarbeit?"

Ralf hatte sich darüber noch keine Gedanken gemacht. Er wollte vor allem sein Projekt vervollkommnen. Besonders reizte ihn die Möglichkeit, unbehelligt von irgendwelchen Verfolgungen seine Viren weiter nutzen zu können. Aber das wollte er niemandem auf die Nase binden.

„Ich möchte mein Projekt perfektionieren. Dazu muss ich es in der Praxis testen. Ich will der Welt zeigen, was sie in Zukunft erwartet. Warum interessieren sich Menschen für den Wetterbericht? Sie müssen ihr Handeln darauf einstellen. Tun sie es nicht, werden sie sich im harmlosen Fall erkälten. Jeder kennt viel dramatischere Auswirkungen. Wer sich nicht darauf einstellt, der gefährdet vielleicht sein Leben. Genau aus diesem Grund interessierten sich Menschen von jeher für die Zukunft. Ganze Wirtschaftszweige leben von Vorhersagen. Wahrsager gibt es seit Jahrtausenden. Aber erst durch mein Projekt wäre es möglich, die Zukunft auf wissenschaftlicher Basis vorherzusehen. Wer begründete Aussagen zu allen möglichen Entwicklungen treffen kann, der ist gefeit vor großen Irrtümern. Nehmen sie die aktuelle, katastrophale Dürre. Sie entstand, weil Politik und Wirtschaft nicht klar gesehen haben, was passieren wird. Wenn ich einem Politiker oder einem Firmenboss aber zwingend sagen kann: Schau her, dass sind die wissenschaftlich begründeten Folgen deines Handelns, dann müssten diejenigen völlig verbohrt sein, wenn sie sich nicht danach richten."

Ralf wurde unterbrochen, weil das Essen auf den Tisch kam. Sie prosteten sich zu. Danach trat Stille ein. Alle drei genossen ihr Essen. Michaels Vater überlegte, wie er sein Anliegen vorbringen könnte. Auf direktem Weg oder mit Geld wäre Ralf sicher nicht zu überzeugen, für ihn zu arbeiten. Er versuchte es indirekt: „Sie haben eben angedeutet, dass Aussagen zu allen möglichen Entwicklungen gewonnen werden könnten. Wo sehen sie weitere Anwendungsmöglichkeiten?"

Michael horchte auf. Jetzt wurde es spannend. Neidlos erkannte er, dass sein Vater, der alte Fuchs, auf dem richtigen Weg war. Er war stolz, dass sein Tipp die beiden zusammengebracht hatte.

Ralf überlegte einen Moment, ehe er antwortete: „Wichtige Entwicklungen gibt es auf den unterschiedlichsten Gebieten. Wenn man genügend Daten und ein großes Archiv hätte, ließe sich jede Entwicklung berechnen. Aber so weit bin ich noch nicht. Ich versuche erst mal gesellschaftliche Prozesse zu beschreiben. Das ist schon schwierig genug. In der Meteorologie gibt es Daten wie Temperatur, Luftdruck, Windgeschwindigkeit und so weiter. Die lassen sich problemlos verarbeiten. Wenn ich diese Methoden benutzen möchte, muss ich gesellschaftliche Kennwerte so aufbereiten, dass man sie dort einsetzen kann. Welchen analogen Wert kann man zum Beispiel statt der Temperatur im gesellschaftlichen Wandel nehmen? Wie kann man das in Zahlen ausdrücken? Sie merken, darin steckt sehr viel Arbeit."

„Würde es helfen, wenn ich ihnen jemand zu Seite stelle? Sie kämen dann schneller zum Ziel und könnten sich weiteren Vorhersagethemen widmen. Es gibt bestimmt viele Interessenten für das Projekt."

„Daran besteht kein Mangel. Ich hatte schon Besuch vom amerikanischen Geheimdienst. Jedenfalls vermute ich das."

Michaels Vater lachte: „Die Amis haben überall ihre Finger drin. Fehlen nur noch die Chinesen. Aber im Ernst, haben sie schon mal darüber nachgedacht, wirtschaftliche Kennwerte zu verwenden?"

„Damit habe ich mich noch nicht beschäftigt. Es übersteigt einfach meine Möglichkeiten, mein Projekt auf mehrere Gebiete auszudehnen. Ich verstehe, dass sie das sehr interessiert. Ich fürchte, im Moment kann ich ihnen nicht helfen."

„Lieber Herr Winkler, alles ist eine Frage des Geldes. Ich bin bereit, ihnen eine hohe Summe zu zahlen, wenn sie für mich arbeiten."

Michael mischte sich ein: „Überlege doch mal, ob du beide Seiten bedienen kannst! Die jetzige Regierung wird vielleicht bald abgelöst. Die Interessen der Wirtschaft bleiben."

„Micha, ich bekomme ein Ministergehalt. Das sollte fürs erste reichen."

Herr Schüttke lachte erneut: „Warum so bescheiden? Fünfzehntausend Euro kann ich locker überbieten."

„Lieber Herr Schüttke, ich habe zugestimmt, für die Regierung zu arbeiten. Gehe ich eine Verpflichtung ein, werde ich sie auch einhalten. Sie wären auch sauer, wenn ich mich bei ihnen verdingte und mich dann plötzlich nicht mehr an Absprachen hielte. Wenn mein Job bei der Regierung erledigt ist, komme ich gerne auf ihr Angebot zurück."

Michael schüttelte den Kopf, sein Vater warf sein Besteck auf den Tisch und lehnte sich enttäuscht zurück: „Herr Winkler, sie sind noch jung. Für die Zukunft sollten sie sich merken: Manche Angebote bekommt man nur einmal!"

Michaels Vater ließ sein Essen stehen und verabschiedete sich mit einem knappen Kopfnicken. Ralf und Michael blieben sitzen. Sie wollten wenigstens das Mittagessen beenden.

„Warum stellst du dich so an?", fragte Ralfs Freund verständnislos.

„Ich habe es schon gesagt. Unzuverlässigkeit kann ich nicht leiden. Es geht nicht immer nur nach dem größten Geldbeutel. Genau die Haltung hat unser Land in diese Situation gebracht.", und nach einer kurzen Pause: „Apropos Geldbeutel, ich kann das hier nicht bezahlen, du?"

Michael lachte spöttisch: „Da kannst du mal sehen, wie wichtig Geld ist. Aber mach dir keine Sorgen. Wenn mein Alter sagt, er lädt uns ein, dann tut er es auch."

Das beruhigte Ralf und beide machten sich über das Essen her.

Kabinettsitzung im Bundeskanzleramt

Mit gemischten Gefühlen betraten Ralf und Sven den Kabinettsaal. Kanzleramtsminister Gotzkowski hatte sie für Mittwoch um neun Uhr dreißig eingeladen und ihnen eingeschärft, rechtzeitig zu erscheinen, damit die umfangreichen Formalitäten des Zugangs noch vor Beginn der Sitzung erledigt werden konnten.

Obwohl am frühen Morgen schon wieder fünfunddreißig Grad gemessen wurden, war es im Kanzleramt angenehm kühl. Etwas unbeholfen standen die beiden Neuzugänge im Raum. Verstohlene Blicke der Ministerinnen und Minister musterten sie. Ralf hatte seinen besten Anzug angezogen, stach aber trotzdem gegen die gut betuchten Kabinettsmitglieder ab. Sven machte seinem Image als Silberlippe alle Ehre. Er war in löchrige Jeans und ein zerknautschtes Hemd gekleidet: „Die werden sich noch wundern!", flüsterte er Ralf zu.

Vor der Sitzung war wie immer viel Presse im Raum. Es hatte sich herumgesprochen, dass ab heute zwei Neue am

Kabinettstisch Platz nehmen würden. Die Neugier war groß. Ralf und Sven wurden mit Interviewanfragen bedrängt. Doch sie hatten sich abgesprochen und enthielten sich aller Äußerungen.

Wie üblich bat der Kanzler die Presse, den Raum zu verlassen. Er konnte sich noch nicht damit abfinden, dass sein schönes Kabinett von jetzt an zu einem runden Tisch degradiert würde, versuchte die Form zu wahren und betätigte die Glocke.

Offenbar hatte jeder seinen angestammten Platz. Nur Ralf und Sven wussten nicht, wo sie sich hinsetzen sollten. Sie blieben erst mal stehen, wirkten wie bestellt und nicht abgeholt.

Der Kanzler meinte, sie sollten sich auf die freien Plätze von Innenminister und Umweltministerin setzen. Das gefiel ihnen gar nicht, denn zwischen ihnen saß der Widerling Gotzkowski. Damit wäre es ihnen unmöglich, sich unauffällig abzusprechen.

Der Regierungschef stellte sie vor: „Zur Linken von Herrn Gotzkowski sitzt Herr Ralf Winkler." Ralf erhob sich linkisch mit einer angedeuteten Verbeugung vom Stuhl.

„Er ist Student der Meteorologie und hat eine Methode gefunden, meteorologische Berechnungen auf gesellschaftliche Entwicklungen anzuwenden. Damit lässt sich eine präzisere Vorhersage erzeugen, als das mit den bekannten Umfragen einschlägiger Meinungsforscher möglich wäre. Wir haben ihn hinzugezogen, damit er in unserem Rahmen sein Projekt vervollkommnet und uns hilft, die Lage besser einzuschätzen."

Der Kanzler wies auf Sven: „Zur rechten von Herrn Gotzkowski sitzt Sven Müller, Chef der Bewegung „Preserve Environment". Diese Organisation dürfte ihnen bekannt sein. Wir hatten in der letzten Zeit öfter mit Aktionen dieser Gruppe zu tun."

Im Gegensatz zu Ralf hielt es Sven nicht für nötig, sich von seinem Platz zu erheben. Er lümmelte die Beine von sich gestreckt auf seinem Sessel.

Der Chef fuhr fort: „Von der Einbindung dieser größten Nichtregierungsorganisation versprechen wir uns eine höhere Akzeptanz der zu fassenden Beschlüsse."

Sven fiel ihm ins Wort: „Ich glaube nicht, dass sie die Lage richtig einschätzen. Es geht nicht um höhere Akzeptanz ihrer Beschlüsse. Es geht um eine grundsätzliche Neuorientierung der Regierungspolitik. Jeder, der Augen im Kopf hat, kann sehen, dass es so nicht weiter geht. Wir gehen davon aus, dass sie unsere Vorschläge akzeptieren. Sollten wir nur Hinhaltetaktik feststellen, werden wir nicht bis zur nächsten Wahl warten, um sie abzulösen."

Solche Drohungen war niemand im Raum gewohnt. Es trat gespannte Stille ein. Der Kanzler schluckte, ob der respektlosen Ansage und musste sich sammeln: „Ich finde, sie nehmen den Mund ziemlich voll. Ich bin der gewählte Kanzler dieses Landes. Wollen sie mich etwa absetzen? Das hört sich an wie ein Putsch. Sie haben keinerlei Erfahrung in der Regierungsarbeit. Ich bitte mir Mäßigung aus. Aber sie können gern ihre Vorschläge einbringen. Was würden sie als erstes ändern?"

„Als erstes würde ich die Klimaanlage dieses Hauses abschalten."

Gotzkowski hieb mit der flachen Hand auf den Tisch: „Das ist ja unglaublich. Wir versuchen unser Land zu retten und sie schlagen vor, eine unwesentliche Klimaanlage abzuschalten. Meinen sie, dass das der Situation angemessen ist?"

Sven grinste: „Das ist es, Herr Gotzkowski, das ist es durchaus. Inzwischen hat sich herumgesprochen, dass der Bürgerwille durch unsere Anwesenheit mehr Geltung bekommen soll. Man erwartet von uns zu Recht eine Kehrtwende. Die meisten Leute haben keine Möglichkeit, sich durch Klimaanlagen Linderung zu verschaffen. Es wäre ein erstes Zeichen, dass ein frischer Wind weht. Und ihnen allen täte es gut am eigenen Leib nachzuvollziehen, wie sich solche Klimakatastrophen anfühlen."

Betretenes Schweigen trat ein. Die meisten schauten nach unten oder blätterten in ihren Akten. Klar, wer möchte schon auf seinen wohltemperierten Arbeitsplatz verzichten? Der Kanzler wollte den Vorschlag nicht so einfach übergehen. Selbst wollte er dazu aber auch nicht Stellung nehmen. Eigentlich wäre das Thema etwas für Umweltministerin oder Innenminister gewesen. Die hatten aber schon das Weite gesucht. Er blickte in die Runde. Ungünstigerweise schaute der Finanzminister in diesem Moment von seinen Akten auf. Kanzler und Finanzminister kannten sich schon lange. Der Kanzler, froh ein Opfer gefunden zu haben, zeigte auf ihn und fragte: „Was meinst du?"

Der Minister hatte auch keine Lust, bei dieser Affenhitze die Nerv tötenden Kabinettsitzungen zu absolvieren. Andererseits wollte er sich auch nicht neuen Ideen in den Weg stellen. Nach einem Moment des Nachdenkens meinte er:

„Ich finde das nicht schlecht. Zumal es dazu beiträgt, unseren Haushalt von Stromkosten zu entlasten."

Er hatte eine zündende Idee: „Man könnte solche Einsparungen auf alle Häuser der Regierung ausdehnen. Meine Damen und Herren, sie würden damit ein Zeichen setzen. Sie entlasten den Haushalt, sparen Strom, reduzieren den CO_2 Ausstoß und beweisen, dass sie das Ohr an der Masse haben." Befriedigt lehnte er sich in seinem Sessel zurück.

Sven war begeistert. Man sah es seinem Gesicht an. Er hätte nicht geglaubt, dass sein provokanter Vorschlag auf so fruchtbaren Boden fallen würde. In den Minen konnte er lesen, dass die meisten mit so weitreichenden Einschränkungen nicht einverstanden waren.

Es meldete sich die Verkehrsministerin: „Jetzt muss mir nur noch jemand erklären, wie ich das der Gewerkschaft in meinem Haus beibringen soll! Es gibt Arbeitsstättenverordnungen, nach denen ich verpflichtet bin, erträgliche Arbeitsbedingungen einzuhalten."

„Sehr richtig", war die allgemeine Reaktion. Es schimmerte die Hoffnung durch, der bittere Kelch möge spurlos vorbei gehen.

Der Kanzler erkannte die Gelegenheit, dem Volk Tatkraft zu beweisen: „Der Vorschlag scheint mir gut zu passen. Ich erwarte die Durchsetzung in ihren Häusern. Das ist nicht die Stunde der Bedenkenträger. Falls die Gewerkschaften Probleme machen, schicken sie die Mitarbeiter ins Homeoffice. Herr Gotzkowski, geben sie eine Pressemeldung heraus. Wir wollen mal sehen, ob wir die Stimmung zu unseren Gunsten drehen können. Da fällt mir ein: Wie steht es überhaupt um die Akzeptanz unserer Arbeit? Vielleicht kann uns Herr Winkler dazu etwas sagen?"

Ralf hatte seit seiner letzten Umfrage vor einer Woche noch keine neuen Erkenntnisse gewonnen: „Ich kann ihnen nichts neues sagen. Die Werte sind schlecht. Sie sind viel schlechter als die veröffentlichten Umfragen. Ich empfehle zu ergründen, warum die Differenzen so groß sind. Eine Zustimmungsrate von unter vierzig Prozent kann kein erstrebenswertes Ziel sein."

Sven meldete sich zu Wort: „Die Zustimmung würde bestimmt steigen, wenn es mehr Gerechtigkeit bei der Trinkwasserversorgung gäbe. Viele mutmaßen wahrscheinlich zu Recht, dass sie alle sich eine Sonderversorgung gegönnt haben. Wenn das zutrifft, gehören diese Privilegien abgeschafft."

Die Reaktion war die gleiche wie bei den Klimaanlagen.

Erbost meldete sich der Verteidigungsminister: „Jetzt reicht es aber! Sollen wir uns auch nicht mehr waschen? So wie sie aussehen, kennen sie anscheinend das Wort Hygiene nicht? Wenn wir die Klimaanlagen ausschalten müssen, sollten wir wenigstens duschen können!"

Sven konterte: „Ihre Reaktion zeigt, dass meine Vermutung richtig war. Sie können nicht mehr duschen? So, so, das können Millionen Deutsche seit Wochen nicht mehr. Sie wundern sich über schlechte Umfragewerte? Schaffen sie die Privilegien ab! Das wäre ein erster Schritt."

Ralf wollte nicht abseits stehen. Er hatte einen weiteren Vorschlag: „Als Meteorologe kann ich ihnen versichern, dass die Trockenheit nicht ewig anhalten wird. Wir können es heute noch nicht abschätzen, aber irgendwann kommt ein Tiefdruckgebiet. In der aufgeheizten Atmosphäre wird es viel Wasser mitbringen. Gehen sie davon aus, dass es dann sintflutartige Regenfälle gibt. Das viele Wasser trifft auf ausgedörrte Böden. Die können es nicht aufnehmen. Die Folge werden sehr große Überschwemmungen sein. Darauf sollten sie sich bereits jetzt vorbereiten!"

So ging es noch eine ganze Weile weiter. Ralf und Sven waren erstaunt, bereits am ersten Tag so viel frischen Wind in das Kabinett gebracht zu haben. Leider konnten sie an der insgesamt unbefriedigenden Situation nichts ändern. Ohne Niederschläge gab es nicht genug Wasser zu verteilen.

Ralfs und Michaels Studentenbude, Kanzleramt

Es hatte sich eine entscheidende Veränderung vollzogen. Michael war zu seiner Freundin Carola umgesiedelt. Dafür wohnte jetzt Jana bei Ralf, fast wie in einer Ehe. Sie schliefen in einem Bett. Weil alles noch neu war, konnten sie voneinander nicht genug bekommen. Jeder Abschied fiel ihnen schwer.

Ralf hatte seinen eigenen Computer von der Hochschule wieder mit nach Hause genommen. Er wollte nicht darauf verzichten, die Ergebnisse im Kanzleramt unabhängig zu überprüfen. Dort war nun sein ständiger Arbeitsplatz. Er konnte sein Projekt ungestört fortsetzen und war niemandem Rechenschaft schuldig. Seine Wünsche wurden ihm von den Augen abgelesen. Es gab keine Budgetgrenzen, wie an der Hochschule. Ihm stand ein Server mit reichlich Rechenkapazität zur Verfügung. Er war zunächst unsicher, ob man an seinen illegalen Computerviren Anstoß nehmen würde. Diese Befürchtung erwies sich als unbegründet. Seine einzige Verpflichtung war, nichts an die Öffentlichkeit dringen zu lassen. Die Regierung sollte nicht durch illegale Aktivitäten kompromittiert werden.

Ralf konnte nach Herzenslust ausprobieren, welche Parameter plausible Ergebnisse brachten. Die Kabinettsmitglieder wollten nur wissen, ob die Akzeptanz der Regierungsarbeit gestiegen war. Zum Verbindungsmann hatte der Kanzler das Ekel Gotzkowski ernannt. Der Mensch ging ihm reichlich auf die Nerven. Pünktlich vor den Kabinettsitzungen erschien er in Ralfs Büro, um die neuesten Zahlen zu holen. Leider entsprachen die nicht seinen Erwartungen.

Einmal riss ihm der Geduldsfaden: „Herr Winkler, ich habe mir jetzt vier Wochen lang ihre Zahlen abgeholt. Die Werte werden nicht besser, obwohl wir diesen Punk mit dem Klimbim im Gesicht im Kabinett haben, der uns mit immer neuen Vorschlägen nervt. Könnte es sein, dass mit ihren Zahlen etwas nicht stimmt?"

„Was soll an meinen Zahlen nicht stimmen? Meine Berechnungen werden immer genauer. Ich kann ihnen nur das wiedergeben, was die Software errechnet. Mit geschönten Zahlen ist ihnen sicher nicht gedient. Sorgen sie für schnellere Veränderungen, dann werden sie das in den Ergebnissen sehen.", sprach's und überreichte dem Kanzleramtsminister wie jede Woche einen Zettel. Der drehte sich grußlos um und verließ den Raum.

Empört berichtete er am Abend Jana von dem Vorfall: „Die denken, ich mache das mit Absicht. Aber ich kann ihnen nur das liefern, was sie sich selbst eingebrockt haben.

Das Vertrauen ist dahin. Es muss mühsam wieder aufgebaut werden. Ich weiß nicht, ob die das jemals schaffen."

Jana hatte auch keine Lösung für das Problem: „Wenn keine besseren Umfragewerte entstehen, musst du aufpassen, dass du am Ende nicht als Schuldiger dastehst. Ich sehe nur einen Ausweg. Such dir einen anderen Partner."

„Wenn das so einfach wäre. Wenn ich dort hinschmeiße, lasse ich Sven im Stich. Die reichliche Vergütung auf meinem Posten ist auch nicht zu verachten."

„Das ist alles schön und gut. Aber stell dir vor, die Regierung muss abtreten. Du hast ihnen geholfen und bist in illegale Aktivitäten verwickelt. Die Nachfolger müssen beweisen, dass sie alles besser machen. Du wärst ein willkommenes Opfer."

Daran hatte Ralf noch nicht gedacht. Wenn die Regierung weiter machen könnte, wäre alles in Ordnung. Wenn sie zum Teufel gejagt würde, wäre er mit dran. Bisher hatte er sich sicher gefühlt. Janas Überlegung zeigte ihm, wo das Problem lag. Aber wo war der Ausweg?

Kanzleramt, Ralfs neues Arbeitszimmer

Der bot sich schneller an, als Ralf erwartete. Weil er sein Projekt weiter voranbringen und sich nicht nachsagen lassen wollte, kein Engagement zu zeigen, erschien er jeden Tag pünktlich zum Arbeitsbeginn an seiner neuen Wirkungsstätte. Im Allgemeinen ließ man ihn dort in Ruhe. Seine Viren verbreiteten sich nach wie vor rasant. So kam es, dass die Daten der gehackten Browserverläufe stetig flossen. Er konnte beliebig experimentieren. Immer genauer feilte er an der Umsetzung der gewonnenen Ergebnisse in die Algorithmen der Meteorologie.

Leider ergab sich trotz dieser Fortschritte kein besseres Bild der politischen Lage. Obwohl einige Vorschläge von Sven aufgegriffen worden waren, ging die Entwicklung viel zu langsam. Man hatte zu lange geschlafen, um schnelle Änderungen herbeiführen zu können. Viele richtige Beschlüsse kamen zu spät. Es wurde der Entwicklung hinterher regiert.

Weil die Menschen im Land weiter große Defizite sahen, kamen mehr und mehr Teilnehmer trotz der Hitze zu den Demonstrationen. „Preserve Environment" entwickelte sich als eine zentrale Organisation. Das verlieh Sven immer neue Autorität.

Weil er die Bewegung auf eine noch breitere Basis stellen wollte, forderte er, weitere Bürger an den runden Tisch zu holen. Im Westen des Landes gab es eine breite Initiative, die eine gerechtere Verteilung von Lebensmitteln forderte. Weil wegen der Trockenheit der Rheinpegel stark gesunken war, konnten die Schiffe nur noch geringe Lasten transportieren. Die Folge war ein erheblicher Mangel bei Lebensmitteln in den Supermärkten. Stetig leerten sich die Regale.

Von diesen Zuständen merkte man im Kanzleramt nichts. Die Sonderversorgung sorgte für ein gleichbleibendes Angebot im Speisesaal. Ralf kannte zwar aus seinen Erhebungen die allgemeine Lage im Land, aber persönlich hatte er keinen Mangel.

Es klopfte an der Tür. Jemand betrat den Raum, den er nicht erwartet hatte.

Es war Michaels Vater. Überrascht sprang Ralf auf.

„Behalten sie Platz, Herr Winkler, behalten sie Platz! Ich wollte nur schauen, ob ihr Projekt Fortschritte macht. Wie geht es ihnen?"

Ralf setzte sich und bot Herrn Schüttke einen Stuhl an: „Danke der Nachfrage. Mir geht es gut in diesem Wolkenkuckucksheim. Hier wird man geschützt vor den Fährnissen des Lebens. Was im Land los ist, erfahre ich nur indirekt im Rahmen meines Projekts. Aber wie kommen sie hier rein? Soweit ich es bis jetzt beurteilen kann, ist das Kanzleramt normalen Bürgern verschlossen, zumal in der gegenwärtigen Situation."

„Ich bin auch kein normaler Bürger, mein lieber Freund. Ein paar Verbindungen sollte man haben. Einfach so gibt es keinen Zutritt. Sicherheit geht immer noch vor. Wie steht es mit ihrem Projekt? Man hört von ihrer Arbeit nichts in der Öffentlichkeit."

„Das soll so sein. Sie können sich bestimmt noch an meinen Besuch bei ihnen in Frankfurt erinnern. Ich hatte damals angedeutet, dass die Gewinnung der Ausgangsdaten nicht ganz legal wäre. So ist es leider immer noch. Das liegt in der Natur der Sache. Die wichtigste Bedingung für meine Arbeit hier war, dass ich damit auf keinen Fall an die Öffentlichkeit gehe. Deshalb weiß ich auch nicht, ob ich ihnen so ohne Weiteres Auskunft geben darf. Ohne Einzelheiten zu nennen: gehen sie davon aus, dass das Projekt immer besser läuft."

„Das freut mich für sie. Aber haben sie sich schon mal überlegt, wie es weiter geht?"

„Was meinen Sie? Ich mache meine Arbeit und irgendwann werden die Maßnahmen der Regierung greifen.

Vielleicht ändert sich auch das Wetter. Dann werden die Widersprüche nicht mehr so groß sein und die Lage beruhigt sich."

Über die naive Situationsbeschreibung musste Herr Schüttke grinsen: „Ich hoffe für sie, dass sich die Dinge so entwickeln. Aber haben sie schon mal überlegt, wenn nicht? Dann werden Sündenböcke gesucht. Sie bieten sich als Bauernopfer geradezu an: der wild gewordene Forscher, dessen Projekt aus dem Ruder gelaufen ist."

So ähnlich hatte es Jana auch beschrieben. Ralf wurde unsicher. Ihn irritierte vor allem, dass ein Außenstehender seine Lage so schnell erfasste. Was wollte dieser Mensch eigentlich von ihm? Sein Angebot aus Frankfurt erneuern? Er lehnte sich zurück und schwieg.

Ralfs ratloses Gesicht zeigte Herrn Schüttke, dass er richtig vermutete: „Sie sind wohl schon selbst darauf gekommen, dass der Boden hier zu heiß werden könnte?"

Ralf machte eine unbestimmte Handbewegung, was sein Besucher als Zustimmung interpretierte.

„Mein Angebot aus Frankfurt steht immer noch. Wenn die Ratten das sinkende Schiff verlassen, sollten sie nicht der letzte sein."

Ralf wollte sich nicht festlegen: „Herr Schüttke, bei allzu großherzigen Angeboten werde ich misstrauisch. Sie glauben nicht, wer mir schon alles Geld geboten hat."

„Ihr gesundes Misstrauen in allen Ehren. Aber ein gut dotierter Posten in der Industrie oder im Bankwesen ist immer eine sichere Basis. Da geht es nicht um ein popliges Staatssekretärsgehalt nach Besoldungsgruppe A."

„Müsste ich dann nach Frankfurt umziehen?"

„Nicht unbedingt, aber es würde die Sache sehr erleichtern."

„Es gibt noch andere Probleme. Persönlich bin ich hier gebunden. Den Sprecher von „Preserve Environment" würde ich ungern im Stich lassen. Außerdem wurde mir zugesichert, dass ich nach dem Ende meiner Arbeit mein Studium an der Hochschule fortsetzen kann. Es fällt mir schwer, ihnen unter diesen Bedingungen eine Zusage zu geben. Lassen sie mir eine Woche Bedenkzeit."

„Na schön, ich verstehe ihre Beweggründe. Unendlich lange kann ich mein Angebot nicht aufrechterhalten. Rufen sie mich in einer Woche an. Hier ist meine Karte."

Kaum war Herr Schüttke verschwunden, klingelte das Telefon. Jana rief an und war ganz aufgelöst: „Du musst sofort nach Hause kommen!"

„Beruhige dich Jana! Was ist los?"

Als ich vorhin die Wohnungstür aufschließen wollte, stand sie halb offen. Ich bin reingegangen. Die ganze Wohnung war verwüstet. Dann entdeckte ich, dass haufenweise Zeug fehlte. Alles, was von Wert ist, war weg. Ich hatte ein bisschen Bargeld da. Es ist verschwunden. Mein Laptop: verschwunden, dein Computer auch. Es fehlt bestimmt noch mehr. Auf die Schnelle konnte ich das nicht kontrollieren."

„Ich komme so schnell wie möglich zu dir. Hast du schon die Polizei angerufen?"

„Nein, ich wollte erst mit dir sprechen."

Aufgeregt sagte sie: „Es ist schrecklich, wenn man sieht, dass sich ein Fremder in der eigenen Wohnung zu schaffen gemacht hat. Dein Computer enthält bestimmt kompromittierendes Material. Was passiert, wenn er in falsche Hände kommt?"

Ralf versuchte, sie zu beruhigen: „Mach dir wegen meines Computers keine Sorgen. Es ist alles mehrfach verschlüsselt und mit Passwörtern geschützt. Nicht mal die Kripo konnte das knacken, als sie ihn bei ihrem SEK- Einsatz beschlagnahmt haben. Da wird es so ein dämlicher Krimineller bestimmt nicht schaffen. Solche Leute sind nur am Materialwert interessiert. Ruf die Polizei und fass nichts an. Ich mache mich sofort auf den Weg."

Ralfs und Janas Studentenbude

Als Ralf zu Hause ankam, war die Polizei schon da. Jana stand hilflos herum und beobachtete die Spurensicherung bei der Arbeit.

„Wer sind sie?", fragte ihn barsch ein Mann in Zivil.

„Ich wohne hier, wenn sie gestatten. Vielleicht stellen sie sich erst mal vor!"

„Ich bin Kriminalhauptkommissar Walter und leite die Ermittlungen. Wann haben sie den Einbruch bemerkt?"

„Ich habe ihn überhaupt nicht bemerkt. Ich war auf Arbeit. Dort hat mich meine Freundin angerufen. Sie war als erste zu Hause."

„Wissen sie schon, was entwendet worden ist?"

Ralf blickte sich im Zimmer um: „Auf jeden Fall fehlt mein Computer. Das ist besonders schmerzlich, denn er enthielt unersetzliche Daten. Was sonst noch fehlt, müssten wir prüfen. Meine Freundin vermisst Bargeld. Wie groß ist die Chance, dass ich meinen Computer wiederbekomme?"

„Das kann ich ihnen zum gegenwärtigen Zeitpunkt nicht sagen. Rechnen sie lieber nicht damit, ihn wiederzusehen. Die Täter verticken jedes Teil einzeln, weil es mehr Geld bringt. Wenn die Spurensuche abgeschlossen ist, sollten sie nachschauen, was fehlt. Geben sie uns eine Liste der gestohlenen Gegenstände. Vielleicht taucht das eine oder andere Teil auf dem Schwarzmarkt wieder auf. Je genauer ihre Beschreibung ist, desto besser."

Ralf und Jana standen noch eine Weile hilflos herum, ehe sich die Spurensicherung verabschiedete. Als sie das Zimmer aufräumten, stellten sie fest, dass auch ihrer beider Bank- und Kreditkarten fehlten. Damit waren sie arm wie Kirchenmäuse, denn Ralf hatte wie immer nicht viel Geld mitgenommen und Janas Barschaft war verschwunden. Ihnen blieb nur noch, alle Konten zu sperren.

Ralf hatte Hunger und auch Jana musste den Schreck erst mal verdauen. Sie zählten ihr Geld zusammen. Es reichte nur für einen Döner.

So groß der Schock war, Jana und Ralf mussten ihren Pflichten weiter nachkommen. Jeden Tag ging Ralf ins Kanzleramt und Jana zum Studium. In Abständen mehrerer Tage riefen sie bei der Polizei an. Die Ermittlungen machten keine Fortschritte.

Vor dem Kanzleramt

Als Ralf vierzehn Tage später am Feierabend aus dem Kanzleramt trat, hielt neben ihm eine schwarze Limousine. Ein sportlich aussehender Typ im schwarzen Anzug stieg aus und forderte ihn auf, mitzukommen. Wegen seines Computers müssten noch Fragen geklärt werden. Bisher hatte man Ralf nicht zur Polizei bestellt. Er wunderte sich zwar über das mit drei Mann besetzte Luxusauto, schöpfte aber keinen Verdacht.

„Was gibt es denn so Dringendes, dass mich gleich eine Eskorte begleiten muss?"

Der Mann in Zivil sagte: „Das werden ihnen die Kollegen selbst mitteilen. Wir sollen sie nur abholen."

Ralf bekam ein mulmiges Gefühl im Magen. Was, wenn sie sein Geheimnis mit den Viren entdeckt hätten und ihn wieder verhaften wollten? Kurz dachte er an Flucht und schaute sich im Wagen um. Er stellte fest, dass seine Tür verriegelt war. Die drei Typen sahen auch nicht aus, als würden sie Spaß verstehen. Es blieb ihm nichts übrig als abzuwarten.

Der Weg zur Polizei zog sich in die Länge. Man fuhr auf der Stadtautobahn Richtung Außenbezirke.

Langsam wurde es Ralf unheimlich. Er nahm sein Handy aus der Tasche und wollte Jana sein späteres Kommen ankündigen.

Der Gorilla neben ihm wollte das verhindern: „Bitte geben sie mir ihr Handy. Sie dürfen im Moment nicht telefonieren!"

Ralf war empört: „Was bilden sie sich ein? Ich bin freiwillig mitgekommen. Da können sie mir doch das Telefonieren nicht verbieten! Und überhaupt: wohin fahren wir denn? Das zuständige Revier liegt in der Innenstadt."

„Wenn sie nicht kooperieren, muss ich Zwangsmaßnahmen anwenden. Geben sie mir jetzt ihr Handy!", sein Nebenmann ließ nicht mit sich spaßen.

Als Ralf sein Telefon wieder einstecken wollte, entwand es ihm der Gorilla mit Gewalt. Gleichzeitig drehte er ihm den Arm nach hinten. Von irgendwo tauchten plötzlich Handschellen auf. Es machte Klick und Ralfs Hände waren auf dem Rücken fixiert.

„Was fällt ihnen ein? Lassen sie mich sofort frei!" Ralf war außer sich vor Empörung.

„Herr Winkler, machen sie keine Schwierigkeiten. Wenn sie kooperieren, ist es für alle Beteiligten einfacher. Wir werden sie nach der Vernehmung wieder zu ihrer Wohnung bringen. Darauf können sie sich verlassen."

„Was für eine Vernehmung? Was wirft man mir denn vor? Ich bin nicht der Verbrecher. Ich bin der Geschädigte. Bei mir wurde eingebrochen. Vielleicht verwechseln sie da was."

Der Gorilla neben ihm hielt Ralfs Frage keiner Antwort wert. Er starrte geradeaus. Das gab Ralf die Gelegenheit seine Lage zu überdenken. War das wirklich die Polizei? Mittlerweile hatten sie die Stadt verlassen. Es hatte nicht den Anschein, als würde man ihn zu irgendeiner Polizeistation fahren. Aber wohin dann? Soweit er sich orientieren konnte, ging es Richtung Osten. Zwar fuhr der Fahrer stets mit überhöhter Geschwindigkeit, jedoch schienen sie es insgesamt nicht eilig zu haben. Sie rasten über abgelegene Landstraßen, statt die Autobahn zu benutzen. Die Gefahr geblitzt zu werden, schien sie nicht zu kümmern. Ab und zu tauchte ein Ortsname auf, der Ralf nichts sagte.

Plötzlich schrak er zusammen: Sollte er entführt werden?

Das ließ ihn nicht mehr los. Bemerkungen kamen ihm in den Sinn. Sein Programm hatte viele Interessenten. Sogar

Geheimdienste würden gern über dieses Werkzeug verfügen. Waren die drei Gestalten etwa von einem Geheimdienst?

Sein nächster Gedanke war: wenn er entführt werden sollte, wie könnte er entkommen? Fieberhaft wälzte er die Möglichkeiten hin und her. Aus dem Auto kam er nicht heraus. Er musste also dafür sorgen, dass seine Bewacher freiwillig die Tür entriegelten. Es kam ihm eine Idee:

„Ich muss mal auf Toilette!", sagte er mit Nachdruck zu seinem Nebenmann. Der zeigte sich völlig unbeeindruckt.

„Ej, ich mache mir gleich in die Hosen. Hast du das nicht verstanden?"

„Damit musst du allein klarkommen. Wir brauchen nicht mehr lange, dann kannst du auf Klo."

„Mann. Ich muss jetzt und nicht erst in zwei Stunden! Könnt ihr nicht an irgendeiner Tankstelle halten? Ich verschwinde schon nicht!"

Eine Tankstelle kam in Sicht. Was Ralf nicht zu hoffen gewagt hatte, der Fahrer schwenkte auf den Parkplatz. Seine Tür wurde entriegelt und er konnte aussteigen. An die Handschellen hatte er nicht gedacht.

„Nehmt mir gefälligst die Handschellen ab! Oder will mir einer von euch die Pfeife halten?"

Sein Nebenmann stieg aus, befreite ihn von den Handschellen, fasste ihn wie mit einem Schraubstock am Arm und zeige ihm seine Pistole: „Komm bloß nicht auf dumme Gedanken, Bürschchen! Ich habe einen nervösen Finger. Ich hole jetzt den Schlüssel. So lange bleibst du hier stehen und rührst dich nicht vom Fleck!"

Ralf hatte nicht die Absicht, einfach loszurennen. Das wäre aussichtslos gewesen. Er hatte sich etwas anderes ausgedacht.

Die Örtlichkeit kam seinem Vorhaben entgegen. Als sein Bewacher die Tür aufschloss, stellte sich heraus, dass es keinen Vorraum gab. An der Wand hing ein PP Becken. Daneben befand sich die Kabinentür für das große Geschäft. Hinter Ralf drängte sich der Bodyguard mit hinein. Dadurch war es drinnen sehr eng.

„Kannst du nicht draußen warten? Ich kann nicht pinkeln, wenn mir einer dabei zusieht. Oder bist du andersrum?"

„Mach keinen Scheiß und beeil dich ein bisschen. Wir haben nicht ewig Zeit.", der Mann bewegte sich tatsächlich nach draußen.

Nun hatte Ralf freie Bahn. Er öffnete das Fenster und verzog sich in die Kabine. Drinnen setzte er sich auf das Toilettenbecken und zog die Beine an. Jetzt galt es zu warten.

Draußen ging der Bewacher nervös hin und her und zog an seiner Zigarette. Viel Geduld hatte er nicht. Nach etwa zwei Minuten klopfte er an die Tür: „Mach voran oder hast du Probleme mit der Prostata?"

Ralf dachte nicht daran, eine Antwort zu geben. Er saß auf seinem Thron und harrte der Dinge, die da kommen sollten. Kurze Zeit später riss dem Gorilla der Geduldsfaden. Er riss die Tür auf und schrie: Was dauert denn da…"

Weiter kam er nicht, denn das Etablissement schien leer. „Scheiße!", entfuhr es ihm. Ob der Kandidat auf der Schüssel saß? Er klopfte ungeduldig an die Kabinentür, aber nichts rührte sich. Er bückte sich, um unter der Tür durchzuschauen. Die Kabine war leer. Beim Hochkommen entdeckte er das geöffnete Fenster. Das gab den Ausschlag. Er stürmte aus der Toilette und schrie: „Er ist weg! Los kommt her, wir müssen ihn suchen. Wahrscheinlich ist er durchs Toilettenfenster. Weit kann er nicht sein."

Sie zogen ihre Waffen und rannten zur Rückseite des Gebäudes. Von drinnen hörte Ralf sie hin- und herlaufen. Jetzt wurde es Zeit, das Weite zu suchen. Vorsichtig öffnete er die Tür, ohne ein Geräusch zu machen. Dann rannte er los. Zweihundert Meter weiter winkte der Waldrand. Er hielt darauf zu. So schnell war er noch nie gelaufen. Leider hatte er nicht darauf geachtet, dass das Tankstellengebäude seine Flucht weiter verdeckte. Als einer der Bewacher zufällig in seine Richtung schaute, sah er Ralf kurz vor dem Waldrand. Sein Bewacher schoss in die Luft. Alle drei rannten ihrem Gefangenen hinterher und schossen, um ihn aufzuhalten.

Aus der Tankstelle kam der Pächter. Er wollte wissen, woher der Krach kam. Als er merkte, dass geschossen wurde, rannte er schnell wieder hinein, schloss die Tür ab und versteckte sich hinter der Theke. Dann kam ihm der Einfall die Polizei zu rufen.

„Schießt um Gottes Willen daneben! Wir brauchen ihn lebend.", rief der Anführer.

Wegen der Entfernung und der Knallerei konnte Ralf das nicht hören. Rings um ihn schlugen die Projektile ein. Querschläger wurden von den Bäumen zurückgeworfen und pfiffen ihm um die Ohren. Zwar war der Waldrand nicht mehr weit, wo er sich hätte verstecken können. Aber es verließ ihn der Mut. Er warf sich auf die Erde und legte schützend die Hände auf den Hinterkopf.

Nach ein paar Sekunden erreichte ihn der erste seiner Verfolger. Er riss ihn mit einem Ruck auf die Füße. Eine schallende Ohrfeige folgte, die ihn beinahe wieder umgerissen hätte.

„Du hältst dich wohl für ganz schlau, Bürschchen?", herrschte ihn sein Bewacher an, offensichtlich froh, ihn erwischt zu haben.

Und zu seinen Kumpanen: „Bringt ihn zum Auto. Wir müssen hier weg. Vielleicht hat der Mann in der Tankstelle schon die Polizei gerufen."

Gemeinsam schupsten sie Ralf vor sich her, der sich mit Mühe auf den Beinen halten konnte. Sie stießen ihn in den Wagen. Los ging es mit durchdrehenden Rädern. Ralf bekam sofort wieder Handschellen angelegt.

„Trau dir das ja nicht wieder! So glimpflich kommst du beim nächsten Mal nicht davon.", fauchte ihn sein Sitznachbar an.

Sie fuhren kreuz und quer mit Höchstgeschwindigkeit über Nebenstraßen. Die Reifen quietschten in den Kurven. Ralf hatte den Gedanken an Flucht trotz allem nicht aufgegeben. Klar war, die Nummer mit der Toilette konnte er nicht nochmal durchziehen. Er zerbrach sich den Kopf, was er tun könnte.

Die Gelegenheit ergab sich von selbst. Als sie wieder auf die Hauptstraße einbogen, nahmen sie der Polizei die Vorfahrt.

„Du Idiot, kannst du nicht aufpassen?", rief der Anführer von hinten.

Der Polizeiwagen zeigte sein Blaulicht und die Sirene heulte.

„Fahr langsam und lass sie vorbei. Vielleicht meinen die uns nicht.", sagte Ralfs Bewacher.

Die Polizei fuhr an ihnen vorbei und stellte sich quer, um die Straße zu versperren. Ein Uniformierter stieg aus und bedeutete dem Fahrer seine Scheibe herunterzukurbeln. Hinten wurde Ralf eine Pistole an die Rippen gedrückt, ohne dass man es von draußen sehen konnte: „Ein Mucks und du bist tot!", flüsterte der Mann neben ihm.

Der Polizist bückte sich und schaute prüfend in den Wagen: „Na, sie sind ganz schön flott unterwegs. Stellen sie bitte den Motor ab und geben sie mir Führerschein und Zulassung."

Der Fahrer dachte nicht daran der Aufforderung nachzukommen. Stattdessen zückte er eine Plastikkarte und hielt sie dem Beamten unter die Nase: „Ich bitte um Entschuldigung, dass wir sie übersehen haben, Herr Hauptwachtmeister. Wir haben es sehr eilig. Wie sie sehen, sind wir in offiziellem Auftrag unterwegs."

Der Polizist studierte eine Weile die Karte und blickte mehrmals in den Wagen. Ralf versuchte, ihm mit den Augen ein Zeichen zu geben. Der Beamte übersah es geflissentlich. Am Ende kam er zu dem Schluss, sie weiter fahren zu lassen, nicht ohne Ermahnung vorsichtiger zu sein. Er gab dem Fahrer seine Karte zurück, legte die Hand an die Mütze und wünschte angenehme Weiterfahrt.

Die Räder wirbelten erneut Staub auf. Ralf wurde in den Sitz gedrückt. Die Ermahnung der Staatsmacht war vergessen.

Während Ralf noch überlegte, was das für ein geheimnisvoller Ausweis war, wurde er von seinem Bewacher in den Fußraum befördert. Er stülpte ihm eine schwarze Sturmhaube über den Kopf. Als Nächstes bekam er einen widerlich riechenden Lappen in den Mund gestopft, der mit Klebeband befestigt wurde: „Damit du nicht wieder auf dumme Gedanken kommst. Verhalte dich still. Wir sind bald da."

Ralf bekam mit dem Knebel im Mund kaum Luft. Mit angezogenen Beinen und Händen auf dem Rücken gefesselt wurde die Fahrt zur Qual. Weil er nichts sehen konnte, zog sie sich endlos hin. Den Gedanken an Flucht hatte er aufgegeben. Irgendwann mussten sie am Ziel sein.

Nach endlos langer Zeit knirschte ein Kiesweg unter den Reifen. Mit einem Ruck kam das Auto zum Stehen. Mehrere Hände fassten ihn an, zogen ihn mit Gewalt aus dem Auto. Er spürte, dass zwei Begleiter ihn in ein Gebäude zerrten. Es ging eine Treppe hinunter. Eine Tür öffnete sich quietschend. Er wurde in einen Raum gestoßen und konnte sich nur mit Mühe auf den Beinen halten. Hinter ihm schloss jemand die Tür ab. Stille umfing ihn.

Studentenbude von Ralf und Jana

Ralf war noch nie pünktlich gewesen. Immer hatte seine Arbeit im Vordergrund gestanden. Beim Schreiben des Programmtextes übersah man meist irgendein Problem. Das zog immer wieder neue Durchläufe nach sich. Hatte er den ganzen Tag programmiert, war die Konzentration am Abend nicht mehr gut. Es stellten sich Fehler ein, die immer wieder den Programmablauf unterbrachen. Versuch reihte sich an Versuch. Die Zeit verging.

Jana hatte sich mittlerweile daran gewöhnt, dass ihr Angebeteter häufig später kam. Wenn er dann endlich erschien, war die Freude doppelt groß. Heute jedoch wollte sich Ralf nicht blicken lassen. Die Uhr zeigte inzwischen kurz vor acht. Von Ralf gab es kein Lebenszeichen. Sie hatte genug von der Warterei und rief ihn an. Es meldete sich der Anrufbeantworter. Ungeduldig sprach sie auf Band: "Was ist los? Komm endlich nach Hause! Morgen ist auch noch ein Tag!"

Anschließend versuchte sie die Nummer vom Festnetztelefon im Büro. Auch hier meldete er sich nicht. Vielleicht ist er schon auf dem Weg nach Hause, beruhigte sie sich. Wenn er soeben losgefahren war, müsste er in einer halben Stunde zu Hause sein.

Die Minuten vergingen. Ralf kam nicht. Janas Unruhe nahm zu. Hoffentlich war ihm nichts zugestoßen! Vor Janas inneren Augen liefen Bilder von Autounfällen und U-Bahn Unglücken ab. Wie könnte sie erfahren, wenn Ralf irgendwo in einem Krankenhaus lag?

Vielleicht wusste die Wache im Kanzleramt, ob Ralf das Gebäude bereits verlassen hatte? Sie suchte die Nummer bei Google heraus. Es gab nur eine Zentrale, die sie nach einigem Hin und Her mit der Wache verband. Natürlich wussten die nichts, denn sie hatten ihre Schicht erst vor einer reichlichen Stunde begonnen.

Als Ralf um zweiundzwanzig Uhr immer noch nicht erschienen war, rief sie Carola und Michael an: „Hat sich Ralf bei euch gemeldet? Er ist bis jetzt nicht nach Hause gekommen. Ich mache mir Sorgen."

„Vielleicht hat ihn der Bundeskanzler zum Essen eingeladen?", witzelte Michael.

„Deine Witze kannst du stecken lassen! Was mache ich, wenn er die ganze Nacht nicht nach Hause kommt?"

Michael hatte eine Idee: „Vielleicht hat er eine Freundin. Habt ihr euch in letzter Zeit gestritten?"

„Ich meine es ernst. Was mache ich nur?", Jana war verzweifelt.

Carola schaltete sich ein: „Im Moment kannst du gar nichts tun. Leg dich ins Bett und schlafe! Wenn er bis morgen früh nicht aufgetaucht ist, gehst du zur Polizei und meldest ihn als vermisst."

„Meinst du wirklich? Aber ob die ihn finden?" Carola und Michael versuchten sie so gut es ging zu beruhigen. Am Ende musste Jana einsehen, dass sie nur warten konnte. Sie legte sich ins Bett und versuchte zu schlafen. Sie wälzte sich hin und her und malte sich alle möglichen Unglücksfälle aus. Irgendwann schlief sie doch ein. Ralfs Bild begleitete sie durch ihre unruhigen Träume.

Am Ende ihres Traums zerrten irgendwelche Ganoven den sich heftig wehrenden in ein Auto und rasten davon. Davon wurde sie wach.

Es war kurz nach sechs Uhr. Jana fühlte sich wie gerädert. Appetit auf Frühstück hatte sie nicht. Sie zog sich an und googelte nach dem nächsten Polizeirevier. Das war nur eine U-Bahnstation entfernt.

Hinter dem Tresen saß ein älterer Beamter in Uniform. Sie schilderte ihr Problem und meinte, sie wolle eine Vermisstenanzeige aufgeben.

Der Polizist fragte ein paar Mal nach. Dann schüttelte er den Kopf: „Junge Frau, nach so kurzer Zeit können wir nicht nach ihrem Freund fahnden. Die meisten Leute tauchen nach drei Tagen wieder auf. Wenn er bis dahin nicht erschienen ist, können sie gerne wiederkommen."

Gefangen in einem Raum an einem unbekannten Ort

Im Raum roch es muffig und feucht. Gern hätte er um Hilfe gerufen, ab das verhinderte der Knebel. Weil er Angst hatte, über ein Hindernis zu stolpern blieb er einfach stehen, wo er war. Irgendwann würde jemand kommen, falls sie nicht vorhatten, ihn hier verhungern zu lassen.

Nach einer halben Ewigkeit drehte sich der Schlüssel im Schloss. Jemand betrat den Raum.

„Machen sie mich endlich los!", wollte er rufen. Aber der Knebel ließ nur ein unverständliches Knurren zu.

Man riss ihm rücksichtslos das Klebeband vom Mund, zog den Knebel heraus und entfernte die Sturmhaube. Ralf blinzelte und spuckte aus: „Machen sie mir auch die Handschellen ab?"

„Wenn sie artig sind und sich gut benehmen, kann ich das tun.", der Mann vor ihm sprach mit leicht amerikanischem Akzent, war hoch aufgeschossen und elegant gekleidet. Irgendwie kam er ihm bekannt vor.

Ralf nickte zum Zeichen des Einverständnisses.

„Ich bin John Winsley. Wir kennen uns. Setzen sie sich doch!"

Sehr merkwürdig dachte Ralf. Was wollte dieser Kerl von ihm? Ralf schaute sich im Raum um. Außer einem Bett, einem Stuhl, einem Tisch und einem Chemieklo gab es kein Mobiliar. Er entschied sich für das Bett.

Der Ami setzte sich ihm gegenüber auf den Stuhl.

„Herr Winkler, wir haben sie eingeladen, ihre Arbeit mit unserer Hilfe fortzusetzen und zu beenden."

Ralf unterbrach ihn: „Was erzählen sie mir für einen Quatsch? Das ist keine Einladung, das ist eine Entführung!"

„Ich verstehe, dass sie etwas aufgeregt sind. Für die äußeren Umstände möchte ich mich entschuldigen. Sicherlich haben sie Hunger und Durst. Ich lasse ihnen etwas zu Essen bringen. Ohnehin ist es schon spät. Wenn sie etwas gegessen haben, sollten sie sich schlafen legen. Morgen sieht die Welt anders aus."

Winsley erhob sich und ging aus dem Raum. Hinter ihm drehte sich der Schlüssel im Schloss.

Ralf war wieder allein. Stille umfing ihn. Nach einer Weile hatte er sich daran gewöhnt. Nun hörte er Geräusche, die er vorher nicht wahrgenommen hatte. Irgendwo unterhielten sich zwei Stimmen. Deutsche Laute waren es nicht. Verstehen konnte er nichts, denn es war zu leise. Ein Wasserhahn tropfte, was die Stille betonte. Während er über sein Schicksal nachdachte, drehte sich der Schlüssel wieder in der Tür seines Gefängnisses. Er schreckte hoch und sah einen Mann mit einem Tablett. Aha, dachte er. Jetzt kommt das angekündigte Abendbrot.

Der Mann stellte wortlos sein Tablett auf den Tisch und wollte wieder gehen.

Ralf hielt ihn zurück: „Wo bin ich? Was haben sie mit mir vor?"

Die Servicekraft verbeugte sich linkisch und sagte mit slawischem Akzent: „Ich nix verstehen.", drehte sich grußlos um und verließ den Raum. Der Schlüssel drehte sich im Schloss. Ralf war wieder allein. Sein Blick fiel auf das Tablett. Dort lagen einige Brötchen. Daneben stand eine Schüssel mit grünem Salat, eine Dose Cola und ein Glas. Alles war appetitlich angerichtet. Das hatte Ralf in dieser Umgebung nicht erwartet. Jetzt merkte er, dass er Hunger hatte. Er verschlang das Essen, bis der erste Appetit gestillt war. Dann kam ihm der Gedanke, sich für später etwas aufzuheben. Wer weiß, ob es am frühen Morgen auch noch etwas gab.

Nachdem er das meiste gegessen hatte, begann er eine Wanderung durch den Raum und dachte über sein Schicksal nach. Wo war er eigentlich? War er noch in Deutschland? Der ihm das Abendbrot gebracht hatte, verstand angeblich kein Deutsch. Wie konnte dieser Ami von Einladung sprechen? Er wollte, dass ich meine Arbeit fortsetze. Sein Computer stand im Kanzleramt. Seinen eigenen Computer hatten irgendwelche Diebe geklaut. Doch selbst wenn er einen Computer hätte. Wie konnten sie ihn zwingen, seine Arbeit unter diesen Umständen fortzusetzen?

Je länger er darüber nachdachte, desto mehr kam ihm der Verdacht, sich in Polen zu befinden. Sie waren Richtung Osten gefahren. Das hatte er am Sonnenstand gesehen, als er noch nicht im Fußraum saß. Sollten sie ihn ins Nachbarland entführt haben? Polen dehnte sich nach Osten weit aus. Wenn er in der Nähe der russischen Grenze wäre, hätte die Fahrt viel länger gedauert. Er musste sich also noch in der Nähe von Deutschland befinden. Weiter kam er mit seinen

Überlegungen nicht. Er beschloss die Gelegenheit zum Schlafen zu nutzen.

Lange konnte er nicht einschlafen. Einen Lichtschalter hatte er nicht gefunden. Im Raum war es viel zu hell. Immer wieder gingen ihm die ungeklärten Fragen durch den Sinn. Er wälzte sich hin und her und zog sich die Bettdecke über den Kopf. Irgendwann musste er doch eingeschlafen sein.

Ralf erwachte als sich der Schlüssel im Schloss drehte. Im Raum stand der vermeintliche Kellner von gestern Abend mit einem neuen Tablett in der Hand. Kaffeeduft ging davon aus. Es roch nach gebratenem Schinken mit Ei. Mehrere Scheiben Toast lagen auf einem Teller.

Anscheinend hatten seine Entführer nicht bedacht, dass er sich waschen müsste. Auch die Zähne zu putzen wäre nicht schlecht gewesen. Er sprach die Servierkraft mit „eij" an und machte die Bewegung des Zähne Putzens. Der zuckte nur mit den Schultern, nahm das Tablett vom Abend und verließ den Raum.

Wenigstens war das Frühstück genießbar. Er versuchte, Butter mit dem Löffel zu verteilen. Ein Messer hatte man ihm nicht gegönnt.

John Winsley betrat den Raum. Er begrüßte seinen Gefangenen überschwänglich: „Ich hoffe, Herr Winkler, sie haben gut geschlafen. Das Frühstück hat ihnen offenbar geschmeckt. Dann können wir uns über ihre Aufgaben in unserem Refugium unterhalten."

„Ich werde mich mit niemandem hier über irgendetwas unterhalten, schon gar nicht mit ihnen! Lassen sie mich gefälligst frei! Ich werde sie anzeigen, wegen Entführung!"

Winsley grinste: „Natürlich verstehe ich ihre Aufregung. Unsere gut gemeinte Einladung war zugegeben etwas … ungewöhnlich. Ich rate ihnen trotzdem, sich zu beruhigen. Es ist besser für uns alle, wenn sie sich erst mal anhören, was ich zu sagen habe. Selbstverständlich müssen sie nicht in diesem Keller bleiben. Er ist nur für besonders renitente Gäste gedacht. Wer mit uns kooperiert bekommt eine bessere Unterkunft. Wir haben für sie extra ein Appartement eingerichtet. Das wird ihnen sicher gefallen. Wenn sie einverstanden sind, zeige ich es ihnen."

Ralfs sogenanntes Appartement

Ralf fühlte sich immer noch überfahren, aber die Aussicht aus diesem muffigen Keller herauszukommen ließ ihn etwas sanfter werden. Er reagierte nur mit einem Kopfnicken.

Sein Entführer ging zur Tür und klopfte an. Sie öffnete sich. Davor stand ein bulliger Typ mit gezogener Pistole.

„Stecken sie die Pistole weg! Unser Gast möchte sein neues Domizil sehen. Er wird keine Schwierigkeiten machen."

Winsley schob Ralf vor sich her. Dahinter lief der Wachmann, jederzeit bereit einzugreifen, wenn es nötig wäre. Ihr Weg führte sie über Treppen und dunkle Gänge. Alles machte einen provisorischen Eindruck. Fenster gab es nur wenige und wenn, waren sie zugemauert. Nach kurzer Zeit öffnete Ralfs Entführer eine Tür und bat ihn einzutreten. Der Wachmann blieb draußen.

Ralf sah sich erstaunt im Raum um. Indirektes Licht erhellte ihn. Die Luft war angenehm temperiert.

Offensichtlich neue Möbel bildeten die Einrichtung. Die Wände waren geschmackvoll tapeziert? Im Raum befanden sich Tisch, Stuhl, Bett, eine Sitzecke mit Couch und zwei Sesseln davor. Alles wäre perfekt gewesen, hätte es ein Fenster gegeben.

„Wir haben uns große Mühe gegeben. Gefällt es ihnen?", fragte Winsley.

„Warum sollte es mir gefallen? Ich bin ihr Gefangener, ob im Keller oder woanders. Es gibt nicht mal Tageslicht."

„Leider mussten wir auf Tageslicht verzichten. Das ist ein kleiner Mangel, den wir mit einem erstklassigen Service ausgleichen werden. Lassen sie uns die restlichen Räume ansehen. Hier links ist das Bad und daneben geht es in ihr Arbeitszimmer."

Winsley nötigte seinen Gefangenen, das Bad zu besichtigen. Anschließend führte er ihn in das sogenannte Arbeitszimmer. Als das Licht anging, traf Ralf beinahe der Schlag. Auf dem Schreibtisch stand sein Computer. Ralf blieb der Mund offen.

Nach einer Weile fasste er sich und sagte: „Das ist ja unerhört. Sie haben meinen Computer geklaut? Meine Entführung war von langer Hand geplant?" Er musste sich setzen, um die Erkenntnis zu verdauen.

„Herr Winkler, ich verstehe ihren Unmut. Sie werden bestimmt einsehen, dass uns nichts anderes übrigblieb, als einen Einbruch vorzutäuschen. Wenn sie uns behilflich sein wollen, benötigen sie ein Arbeitsgerät. An ihren Computer im Kanzleramt kamen wir nicht heran. Uns blieb also nichts anderes übrig. Ich hoffe, der Arbeitsstand auf dieser Maschine entspricht in etwa dem im Kanzleramt. Weil sie alles selbst programmiert haben, sind sie bestimmt in kurzer Zeit in der Lage, einen etwaigen Rückstand aufzuholen."

Ralf begehrte auf: „Für ihre dreckigen Geschäfte haben sie unsere ganze Wohnung verwüstet? Das ist unerhört! Wo ist zum Beispiel der Laptop meiner Freundin, wo ihr Schmuck und unser Bargeld?"

„Bitte beruhigen sie sich, Herr Winkler. Wir haben alles sorgfältig aufgehoben. Es wird ihnen nach dem Ende ihrer Arbeit wieder ausgehändigt. Sollte etwas fehlen, ersetzen wir es großzügig."

„Ich höre immer Ende meiner Arbeit. Was sollte mich veranlassen hier für sie zu programmieren?"

„Wir hatten ihnen vor einigen Wochen ein Honorar zugesichert. Sie erinnern sich bestimmt. Es waren fünfhunderttausend Euro. Ganz so viel können wir nun nicht mehr zahlen. Wir hatten schließlich Auslagen. Aber zweihundertfünfzigtausend sind auch nicht zu verachten. Mit einem solchen finanziellen Polster sind die äußeren Umstände bestimmt schnell vergessen.", Winsley setzte ein verbindliches Lächeln auf.

Die Unverschämtheit erregte Ralf erneut. Er schlug mit der Faust auf den Schreibtisch, dass es krachte: „Mir reicht es jetzt wirklich! Ihr Amis denkt wohl, ihr könnt euch alles erlauben. Mich interessiert eure Kohle nicht. Was sollte mich dazu bringen, hier in Gefangenschaft zu programmieren?"

„Sie zwingen mich, ein Thema anzuschneiden, welches ich nicht berühren wollte. Es gibt Möglichkeiten, Herr Winkler, die weder mir noch ihnen gefallen werden. Ich schlage vor, sie fügen sich in ihr Schicksal. Das ist für alle Seiten die beste Lösung."

Ralf konnte sich nicht beruhigen: „Was soll das heißen? Wollen sie mich foltern oder unter Drogen setzen? Was soll dabei herauskommen? Bestimmt kein funktionierendes Programm!"

„Ich wollte ihnen diese Aussicht ersparen. Aber sie zwingen mich dazu, Klartext zu sprechen. Sie kennen bestimmt den Namen Guantanamo. Dort müssten wir sie als nächsten Schritt unterbringen. Sie wären nicht der erste, der in einem Käfig verfault. Da ist die Aussicht auf baldige Freilassung und einen Batzen Geld erquicklicher."

Das war ein schwerer Schock für Ralf. Seine forsche Haltung erhielt einen mächtigen Dämpfer. Er war erst einmal still. Nach einer Weile des Schweigens sagte John Winsley: „Ich schlage vor, sie überdenken ihre Lage in Ruhe. Ohnehin ist es bald Mittag. Essen sie erst mal etwas. Nach einem guten Essen sieht die Welt anders aus. Haben sie einen besonderen Wunsch?"

Ralf hatte keinen Wunsch. Er blickte zu Boden und brütete vor sich hin. Ohne ein weiteres Wort verließ der Ami den Raum.

Guantanamo, das war das furchterregende Wort, mit dem jeder einen einzigen Wunsch verband: dort will ich niemals landen! Ralf atmete tief durch. Er versuchte seine Lage möglichst unaufgeregt einzuschätzen. Das gelang ihm nur ungenügend. Die Umstände seiner Entführung hatten ihm gezeigt, dass diese Leute ihren Willen rücksichtslos durchsetzen würden. Hatte er eine Möglichkeit zur Flucht? So sah es nicht aus. Sich mit Gewalt aus diesen Räumen zu befreien, erschien ihm völlig aussichtslos. Er brauchte auf jeden Fall Hilfe von außen.

Als er so fruchtlos grübelte, erschien der aus dem Keller bekannte Aufpasser mit dem Mittagessen. Ein unwiderstehlicher Duft ging davon aus. Sie hatten sich Mühe gegeben. Ein riesiges Schnitzel bedeckte fast den halben Teller. Daneben lagen Chicorée, Kartoffeln und Sauce. Eine riesige Cola und frisches Obst rundeten das Ganze ab. Leider hatte man ihm wieder ein Messer vorenthalten. Er fragte die Servierkraft wie er denn das Schnitzel essen sollte. Das erwies sich als sinnlos.

„Nix verstehn!", war die bekannte Antwort. Gern hätte er gefragt, wo er sich befände. Unter den gegebenen Umständen glaubte er nicht, eine Antwort zu bekommen.

Mit einem Seufzer fing er an zu essen. Das Schnitzel nahm er in die Hand. Es erwies sich als gut gebraten. Dunkel erinnerte er sich, früher einmal gehört zu haben, die polnische Küche wäre unübertroffen. War das ein Hinweis auf seinen Aufenthaltsort?

Polizeirevier in der Nähe von Ralfs und Janas Studentenbude

Jana hatte auch am zweiten Tag kein Lebenszeichen von Ralf bekommen. Sie war in großer Sorge. Bei allen Krankenhäusern der Stadt gab man ihr die gleiche Auskunft: telefonisch dürften keine Informationen herausgegeben werden, Datenschutz!

Besonderes Unbehagen machte ihr die Auskunft des Kanzleramts. Dort fand sich endlich jemand, der zurzeit von Ralfs Verschwinden Dienst hatte. Der Mann sagte ihr,

315

Ralf wäre in eine schwarze Limousine gestiegen und weggefahren. War er entführt worden?

Es gab nur noch eine Möglichkeit. Sie rief Michael an und bat ihn, zur Verstärkung mit auf das Revier zu kommen.

Dort wurden sie so abweisend wie vor zwei Tagen empfangen.

Der Beamte stellte erneut Fragen. Nachdem sie alles beantwortet hatte, kam sie zu ihrer wichtigsten Befürchtung: „Er ist entführt worden!"

„Das sind ja tolle Räuberpistolen!", war die Antwort.

Michael schaltete sich ein: „Dazu besteht ein dringender Verdacht. Bestimmt ist er nicht freiwillig in das Auto eingestiegen. Sie müssen etwas unternehmen!"

„Warum sollte er dazu gezwungen worden sein? Aber die Möglichkeit besteht.", meinte der Beamte nachdenklich.

Nachdem Jana dem Polizisten ein Bild von Ralf gegeben hatte, nahm er alle Daten auf.

„Wie geht es jetzt weiter?", fragte sie.

„Wir schreiben ihn zur Fahndung aus. Ich würde mir keine großen Sorgen machen. In den meisten Fällen tauchen Vermisste nach kurzer Zeit wieder auf. Geben sie uns Bescheid, wenn ihr Freund wieder zu Hause ist!"

Ohne großes Vertrauen in die Maßnahmen der Polizei verließen Jana und Ralf das Revier. Nun war guter Rat teuer. Was sollten sie tun?

Ralfs sogenanntes Appartement

Nachdem Ralf gegessen hatte, kam ihm der Gedanke, seinen Computer einzuschalten. Wenn er an seinem Projekt arbeiten sollte, benötigte er eine Internetverbindung.

Vielleicht könnte er sie nutzen, um ein Lebenszeichen zu geben oder Hilfe zu holen.

Auf den ersten Blick sah der Desktop aus wie immer. Er öffnete sein Mailprogramm. Die letzten Mails trugen das Datum von vor zwei Tagen. Er versuchte seine Accounts zu aktualisieren, doch ohne Erfolg.

Danach schrieb er eine Mail an Jana und Michael und schilderte seine Entführung. Als er sie absenden wollte, kam eine Fehlermeldung: Sie haben keinen Internetzugang! Bitte melden sie sich an.

Das hatte er eigentlich erwartet. Trotzdem war ihm schleierhaft, wie er an seinem Projekt arbeiten sollte. Er öffnete den Browser und erhielt das gleiche Ergebnis: kein Internet.

„Wie ich sehe, haben sie gut gegessen und schon mit dem Programmieren angefangen. Das freut mich. Sie haben sich richtig entschieden."

Ralf zuckte zusammen. Er hatte den Ami nicht kommen hören, fuhr herum und schnauzte ihn an: „Schleichen sie gefälligst nicht hinter mir rum! Ich habe noch gar nichts entschieden! Erklären sie mir lieber mal, wie ich ohne Internet an meinem Projekt arbeiten soll!"

„Wie kommen sie darauf, dass sie kein Internet haben? Natürlich können sie nicht erwarten, dass sie überall herumstochern dürfen. Auch Mails mussten wir unterbinden. Sonst könnten sie unerwünschte Personen auf den Plan rufen. Aber unsere Spezialisten haben sich große Mühe gegeben. Obwohl sie keine allgemeinen Verbindungen haben, ihr Projekt dürfen sie selbstverständlich aufrufen und weiterbearbeiten. Versuchen sie es doch mal!"

Ralf loggte sich ein, während sein Terminal startete, peinlich darauf bedacht, dass der Ami seine Eingaben nicht mitlesen konnte. Seinem Bewacher entlockte das ein höhnisches Schmunzeln.

Und tatsächlich: nach ein paar Sekunden erschien die von ihm programmierte Bedienungskonsole fehlerfrei. Er versuchte eine Verbindung mit Browserverläufen herzustellen. Auch das gelang. Weitere Einzelheiten wollte er unter Aufsicht seines Entführers nicht preisgeben. Er schwang auf seinem Sessel herum und schaute John Winsley erwartungsvoll an.

„Herr Winkler, sie sehen, dass wir ihnen alle Arbeitsmöglichkeinen gegeben haben. Dazu steht ihnen für Berechnungen im Hintergrund ein riesiger Server zur Verfügung. Von solchen Rechenkapazitäten können manche nur träumen. Wie steht es mit ihrem Entschluss? Werden sie uns helfen? Im Fall der Weigerung müssten wir sie leider wieder im Keller unterbringen. Das gute Essen wäre auch nicht mehr gesichert. Ihr nächstes Ziel ist dann Guantanamo."

Was sollte Ralf darauf erwidern? Die plumpe Erpressung lag auf der Hand. Welche Arbeitsergebnisse er vorweisen würde stand auf einem anderen Blatt. Zeit gewonnen, alles gewonnen. Vielleicht fand sich doch noch eine Möglichkeit, Hilfe zu holen oder zu entwischen. Das wäre in Guantanamo nicht mehr möglich.

„Also schön, sie haben meine Zusage. Wer garantiert mir aber, dass sie mich nach Ende des Projekts wieder freilassen?"

„Da werden sie uns vertrauen müssen. Wer uns hilft, dem helfen wir auch."

„Dann lassen sie mich jetzt in Ruhe! Ich will noch ein bisschen arbeiten. Übrigens wäre es schön, wenn ich ab und zu an die frische Luft gehen könnte."

„Darüber haben wir uns auch Gedanken gemacht. Wir schauen mal, was sie morgen vorzuweisen haben. Wenn sie fleißig waren, erlauben wir ihnen ab morgen täglich einen kleinen Spaziergang. Viel Erfolg bei ihrer Arbeit. Ich werde sie jeden Tag besuchen."

Kabinettsitzung im Bundeskanzleramt

Ralfs Abwesenheit war bisher niemandem aufgefallen. Die Regierung hatte genügend damit zu tun, die prekäre Lage im Land unter Kontrolle zu behalten. Infolge der regen Besetzung des runden Tisches mit weiteren Bürgerorganisationen war es voll im Raum. Es war kein Stuhl mehr frei. Ralfs Abwesenheit fiel erst auf, als der Kanzler wissen wollte, ob sich des Volkes Meinung zum positiven wenden würde.

„Wo ist denn Herr Winkler?", fragte er in die Runde. Niemand konnte Auskunft geben. Er suchte nach Sven Müller. Doch der wusste auch nichts, bot aber an, sich bei seinen Freunden zu erkundigen.

Am darauffolgenden Mittwoch war Ralf wieder nicht anwesend. Sven berichtete von seinem Treffen mit Jana und Michael. Sie hätten den Verdacht er wäre entführt worden. Trotz der Vermisstenanzeige würde die Polizei nur lustlos ermitteln.

Für die derzeitige Regierung waren das keine guten Nachrichten. Man versprach sich von einer wissenschaftlich begründeten Vorhersage entscheidende Hinweise auf die Stimmung in der Bevölkerung.

Der Kanzler wandte sich an Gotzkowski und bat ihn, mit höchster Dringlichkeit das BKA einzuschalten.

Ralfs sogenanntes Appartement

Ralf arbeitete weiter an seinem Projekt. Sein privater Computer war nicht auf dem im Kanzleramt erreichten Stand. Er musste aus dem Gedächtnis nochmal alles neu programmieren. Das war ihm sehr recht, denn er hatte keine Lust den Amis in kurzer Zeit ein Werkzeug an die Hand zu geben, über das sonst niemand verfügte.

John Winsley ging ihm mächtig auf den Wecker. Mehrmals am Tag erschien er und erkundigte sich nach Fortschritten.

Irgendwann reichte es Ralf und er fuhr ihn böse an: „Herr Winsley, es geht nicht schneller, wenn sie mir ständig auf den Zeiger gehen. Sie müssen begreifen, dass ich erst den Stand vom Kanzleramt herstellen muss. Solange das nicht gewährleistet ist, kann ich ihnen keine Fortschritte liefern. Sie haben leider den falschen Computer geklaut. War ihnen das nicht klar? Außerdem muss ich endlich mal frische Luft atmen. Ich sitze schon seit über einer Woche in diesem Kabuff. Sowas ist doch selbst in Amerika verboten."

Sein Entführer erwiderte: „Na schön, jeder Mensch braucht Erholung. Ich schicke ihnen nachher einen Assistenten. Der wird sie nach draußen begleiten."

In einer Ruine mitten im Wald

Nach endloser Zeit erschien ein Gorilla mit Pistole am Gürtel. Wieder war keine Verständigung möglich. „Nix verstehn.", lautete die stereotype Antwort auf Ralfs Kontaktversuch. Sein Bewacher bedeutete ihm mit gezogener Pistole vorauszugehen.

„Steck den Schießprügel weg! Das Ding könnte losgehen. Dann ist Schluss mit Programmieren." Eine Reaktion konnte er nicht feststellen. Der Typ schien tatsächlich nichts zu verstehen.

Dafür dirigierte er ihn mehr oder weniger unsanft Gänge mit zugemauerten Fenstern treppauf und -ab entlang. Irgendwann kamen sie an eine eiserne Tür. Sein Bewacher bedeutete ihm, stehen zu bleiben und schloss auf.

Es öffnete sich ein großer Raum ohne Dach mit leeren Fensterhöhlen. Fast überall fehlte der Putz an den Wänden. Der Fußboden war mit Schutt bedeckt. Der Raum war mehr ein Saal. Er musste einmal prächtig ausgestattet gewesen sein. Erhaltene Ornamente ließen das erkennen. Unter dem Schutt zeichnete sich an einigen Stellen Parkett ab. Entlang der vier Wände hatte jemand einen Weg freigeschaufelt.

Die frische Luft war unvergleichlich. Mit Genuss pumpte sie Ralf in die Lungen. Nachdem der erste Lufthunger gestillt war, schaute er sich um. Das Gebäude war eine Ruine. Auch der Weg zu seinem Freigang machte einen verfallenen Eindruck. Sein Refugium war dagegen neu und luxuriös ausgestattet. Sollte das, was sich in wenigen renovierten Räumen abspielte, geheim gehalten werden?

Im Gegensatz zu den zugemauerten Gängen im Inneren waren die großen Fenster dieses Saals mit Stacheldraht gesichert. Ehemals gab es drei repräsentative Ausgänge in den Garten zu ebener Erde. Man konnte nach draußen schauen. Ralf sah viel Grün. Dichter Wald umgab die Ruine. Zwischen den Bäumen schillerte Wasser. Einen Hinweis zum Ort konnte er daraus nicht ableiten.

Ralf zog seine Bahn immer entlang des Weges im Kreis. An den Fensterhöhlen wurde er langsamer, um zu erkunden, ob der Stacheldraht irgendwo aus seiner Befestigung gelöst werden könnte. Stehen zu bleiben traute er sich nicht. Er wollte seinen Freigang nicht aufs Spiel setzen.

Seinen Bewacher schien Ralfs Verhalten nicht zu interessieren. Er stand an der Tür, rauchte und tippte dabei auf seinem Handy herum. Nur selten warf er einen flüchtigen Blick auf Ralf, der entlang der Wände spazierte. Offenbar war er sich sicher, dass es keine Möglichkeit zur Flucht gab.

Nach viel zu kurzer Zeit ertönte ein „Ej!" Sein Bewacher winkte ihn heran und bedeutete ihm durch Handzeichen seinen Spaziergang zu beenden. Betont langsam ging Ralf auf die Tür zu. Er wollte die Geduld des Gorillas testen. Der ließ sich nicht aus der Ruhe bringen. Auf seine Frage, wo er sich befände, kam nur das altbekannte „Nix verstehn!"

Nach kurzer Wanderung war er wieder in seinem Gefängnis.

Ralfs und Janas Studentenbude

Jana rief jeden Tag im Polizeirevier an. Dort gab es keine Fortschritte. Ralf blieb verschwunden. Es entwickelte sich der Verdacht, dass Jana eine Mitschuld an Ralfs Verschwinden haben könnte. Es wäre nicht das erste Mal, dass Männer

Reißaus vor einer Frau nehmen würden, sagte man ihr auf den Kopf zu. Das wies sie empört von sich.

Sie wurde immer ratloser. Was könnte sie zur Aufklärung von Ralfs Verschwinden beitragen?

Als sie wieder einmal grübelnd an Ralfs leerem Schreibtisch saß, klingelte es. Sie rannte zur Tür in der Hoffnung Ralf davor stehen zu sehen. Die Hoffnung wurde enttäuscht. Zwei Herren in dunklen Anzügen schauten sie an und baten, eigelassen zu werden.

Sie zeigten ihre Ausweise und stellten sich als Mitarbeiter des Landeskriminalamtes vor. Sie hätten den Auftrag, Ralfs Verschwinden aufzuklären.

„Ist denn das örtliche Revier nicht mehr zuständig?", fragte Jana verwundert.

„Bei aller Achtung vor der Arbeit der unteren Polizeibehörde, aber das BKA hat bessere Möglichkeiten nach einem Vermissten zu suchen.", sagte einer der beiden.

Und der andere ergänzte: „Es handelt sich bei ihrem Bekannten um eine unersetzliche Persönlichkeit. Herr Winkler ist für die Bundesregierung von höchster Bedeutung. Es kommt sehr darauf an, dass wir ihn so schnell wie möglich wiederfinden. Deshalb wollen wir von ihnen nochmals alle Informationen erhalten, die sie vielleicht auch den Kollegen vom Revier gegeben haben."

Das traf bei Jana auf große Gegenliebe. Besonders genau wollten die BKA-Männer die näheren Umstände von Ralfs unmittelbarem Verschwinden wissen. Jana konnte nur auf die Schilderung der Wache im Kanzleramt verweisen. Der Wachmann hatte sich nichts dabei gedacht, denn Ralf war offenbar freiwillig in die schwarze Limousine eingestiegen.

„Sind denn die Aufzeichnungen der Überwachungskameras ausgewertet worden?", fragte einer der beiden BKA-
Beamten.

Davon wusste Jana nichts. Ihre Besucher sahen sich ratlos an. Inzwischen waren fast vierzehn Tage vergangen. Ob
man im Kanzleramt die Aufzeichnungen so lange aufhob?

Ralfs sogenanntes Appartement

Ralf begab sich wieder an seinen Computer. Er hatte
zwar den Entwicklungsstand aus dem Kanzleramt noch
nicht wieder erreicht, doch darauf kam es ihm nicht an.
Während seines Spaziergangs war ihm die Idee gekommen,
ob man die Browserverläufe nutzen könnte, Hinweise auf
seinen Standort zu erhalten. Seine Entführer hatten alle di-
rekten Zugriffe verhindert. Es musste trotzdem eine Hinter-
tür geben. Sonst könnte er an seinem Projekt nicht weiterarbeiten.

In einem solchen Verlauf waren alle besuchten Seiten ge-
speichert. Es musste nur einer gefunden werden, der eine
Ortsbestimmung wie bei Google Maps enthielt. Wenn er
dann die Seite öffnete, hätte er Zugang auf die Karte von
Google. Danach gab es die Schwierigkeit, dass sich der
Quellcomputer an einem anderen Ort als sein eigener be-
fand. Wenn er das Problem lösen könnte, hätte er seinen
Standort gefunden.

Zunächst begann Ralf geeignete Browserverläufe zu suchen. Diese Aufgabe kam ihm sehr gelegen. Er konnte damit
vertuschen, dass er nicht an seinem Projekt arbeitete. Wenn
John Winsley seine Kontrollen machte, sah er auf dem

Monitor fleißige Aktivität. Es ging nicht voran, aber das fiel nicht auf.

Nach ein paar Tagen fand Ralf eine genügende Anzahl von Browserverläufen, in denen nach bestimmten Orten gesucht wurde. Die meisten davon lagen in Deutschland. Nun begannen die Schwierigkeiten. Er konnte den auf dem Bildschirm dargestellten Standort nicht aktiv verändern. Trotz vieler Versuche gelang es ihm nicht, den Zugriff zu erhalten. Es schien, als hätte er ein unveränderbares Bildschirmfoto vor sich.

Eigentlich wäre es so einfach. Man musste nur auf den unten rechts befindlichen Button klicken und schon würde Google den aktuellen Standort aufsuchen. Aber es war wie verhext. Welche Tricks er auch anwendete, der Button wollte nicht funktionieren.

Es gab ein weiteres Problem. Ständig fiel der Strom aus. Mitten in der Arbeit wurde der Bildschirm schwarz und Ralf saß im Dunkeln. Als das zum ersten Mal passierte, wartete er eine Weile. Es tat sich nichts. Mühsam tastete er sich durch die Räume zur Eingangstür. Voll Wut schlug er mit geballter Faust darauf. Endlich erbarmte sich der Gorilla und schaute, was los wäre.

„Der Strom ist ausgefallen!", er zeigte in den dunklen Raum. Der Türwächter schien zu verstehen, nickte kurz und schlug die Tür wortlos wieder zu.

Ralf stand erneut im Dunkeln. Es passierte nichts. Nach einer gefühlten Ewigkeit wummerte er erneut an die Tür.

Sein Wächter schrie ihn an: „" „Ty głupi Niemcu, nie możesz zaczekać?" (Du dämlicher Deutscher, kannst du nicht warten?)

Die Tür wurde zugeschlagen. Wieder stand Ralf in der Finsternis. Was hatte der Wachmann gesagt? Keine Ahnung, es klang Polnisch oder Russisch.

Plötzlich ging das Licht an, ohne dass jemand bei ihm erschienen wäre.

Als er das nächste Mal seinen Spaziergang aufnahm, hatte sich das Wetter geändert. Das fehlende Dach gestattete einen weiten Ausblick auf den Himmel. Ein Tiefdruckgebiet drehte sich nahezu unverändert in der Nähe seines Gefängnisses. Die Luft war drückend und schwül. Das würde ein kräftiges Gewitter geben. Es dauerte nicht lange und die ersten dicken Tropfen fielen. Sein Bewacher wurde unruhig. Es ertönte das bekannte „Eij!". Er winkte Ralf, seinen Spaziergang zu beenden. Als der nicht sofort lossprintete, riss dem Gorilla die Geduld. Er brüllte etwas Unverständliches in seiner fremden Sprache. An der Tür angekommen, wurde Ralf grob angefasst und in den dunklen Gang befördert.

„Fass mich nicht an, du Hirni!", schimpfte Ralf.

„Nix verstehn.", war die stereotype Antwort.

„Nix verstehn.", murmelte Ralf vor sich hin. „Wenn du Idiot nichts verstehst, bin ich zu blöd zum Programmieren."

Ein Schlag ins Kreuz war die Antwort. Na bitte, dachte Ralf. Er versteht mich also doch.

Redaktion des Täglichen Beobachters

Jana hatte auf Grund der schleppenden Ermittlungen kein Vertrauen zu den Behörden. Irgendetwas musste sie unternehmen. Da fiel ihr der „Tägliche Beobachter" ein. Sie hatte Theo Wunder angerufen, der sofort eine heiße Story witterte. Zwei Tage später saß sie ihm gegenüber. Der Redakteur erläuterte ihr, was er bisher recherchiert hatte und wie die Suche nach Ralf mit Hilfe der Zeitung organisiert werden könnte.

Er zeigte ihr Fotos und Filme: „Hier sehen sie den Wagen vor dem Kanzleramt, kurz bevor ihr Freund in das Auto steigt. Es scheint, er tut es freiwillig."

„Woher haben sie das Material?"

„Das, meine Liebe, ist den guten Verbindungen des Journalisten zu verdanken. Nehmen sie zur Kenntnis, dass ich sie habe."

Jana ließ sich die Aufnahme mehrmals vorspielen. Sie entdeckte das Kennzeichen des Autos: „Hier sieht man das Nummernschild! Es muss doch möglich sein, damit den Eigentümer zu ermitteln!", rief sie erfreut.

Der Redakteur erwiderte: „Das dachte ich auch. Aber vergleichen sie mal Front und Heck des Autos. Fällt ihnen was auf?"

Jana musste nicht lange überlegen: „Das sind ja unterschiedliche Nummernschilder! Das ist doch verboten! Ist es denn das gleiche Auto?"

„Bei beiden Videodateien sind Datum und Uhrzeit gleich. Es stand zu dieser Zeit nur ein Auto vor dem Kanzleramt."

Janas Enttäuschung war groß: „Ich dachte, sie hätten einen entscheidenden Hinweis gefunden. Wer kann sich denn erlauben, mit verschiedenen Schildern herumzufahren?"

„Gute Frage. Vielleicht ein Geheimdienst? Ich habe meine Beziehungen spielen lassen. Meine Halterabfrage hat ergeben, dass beide Kennzeichen nicht vergeben sind. Sie sind gefälscht. Das deutet auf Leute hin, die ihre Beteiligung verschleiern wollten."

„Und jetzt?"

„Wir werden die Story genauso bringen. Es ist gelinde gesagt merkwürdig, dass man unentdeckt mit unterschiedlichen Kennzeichen am Auto herumfahren kann. Vielleicht haben wir Glück und es meldet sich jemand, dem das aufgefallen ist."

Jana konnte noch ein weiteres Detail beisteuern: „Bei mir waren zwei Herren, die angeblich vom BKA kamen. Sie haben mich intensiv ausgequetscht. Weil ich nicht vor Ort war, konnte ich ihnen keinen Hinweis geben."

Erfreut sagte Theo Wunder zu, das im Artikel zu erwähnen.

Jana schöpfte neue Hoffnung. Vielleicht ergaben sich durch die Veröffentlichung Hinweise auf den Verbleib von Ralf.

Lageraum des Kanzleramts

Kanzleramtsminister Gotzkowski thronte wieder an seinem Lieblingsplatz. Vor sich hatte er die neueste Ausgabe des „Täglichen Beobachters". Es gab immer neue Veröffentlichungen, die seinen Unmut hervorriefen. Dieses Mal war es die Titelstory über die Entführung von Ralf. Wie üblich hatte der Schmierfink Theo Wunder nicht mit Verdächtigungen gespart. Zum Überfluss hatte er herausbekommen, dass das BKA mit den Ermittlungen beauftragt worden war. Kern des Artikels war die Frage, ob der Kanzler dahintersteckte. Der wäre der größte Nutznießer am Verschwinden des Studenten.

Es erschien Geheimdienstkoordinator Schirrmacher, um sich den fälligen Rüffel abzuholen.

Übergangslos begann Gotzkowski mit seinen bohrenden Fragen: „Wie kann es sein, Herr Kollege, dass die Presse einfach so internes Bildmaterial aus dem Kanzleramt zugespielt bekommt? Wann schaffen sie es endlich, diesem Schmierfinken vom „Täglichen Beobachter" das Maul zu stopfen? Mögen sie eigentlich ihren Job?"

„Herr Minister, wir können nicht alle Mitarbeiter des Wachschutzes unter Kontrolle haben. Sie selbst haben aus Kostengründen für einen externen Dienstleister gesorgt. Wenn sich dadurch irgendwelche unterbezahlten Pförtner einen müden Euro zusätzlich verdienen wollen, ist das ein misslicher, aber vorherzusehender Effekt.

Außerdem, wie stellen sie sich das Maul stopfen praktisch vor? Wenn wir in der gegenwärtigen Situation eine Zeitung verbieten, gibt es einen Aufschrei im ganzen Land. Ich habe prüfen lassen, ob wir den Redakteur wegen Bestechung drankriegen könnten. Beweise dafür sind schwer zu beschaffen. Bisher liegt mir nichts vor.

Und zu ihrer letzten Frage: ich verbitte mir ihre Drohungen!"

„Nun spielen sie nicht die beleidigte Leberwurst. Sie sollten mal an einer Kabinettsitzung mit den ganzen Hirnis von den Bürgerbewegungen teilnehmen. Die tun so, als ob sie das Land regieren würden. Dabei haben sie nur eine beratende Funktion."

„Herr Minister, vielleicht sollten wir uns auf das Kernproblem konzentrieren."

„Bitte!", Gotzkowski machte eine auffordernde Handbewegung.

„Dieser Student ist verschwunden. Da kann es keinen Zweifel geben. In wessen Auto ist er eingestiegen und warum? Wie in der Zeitung beschrieben, hat dieses Auto vorn und hinten unterschiedliche Nummernschilder. Beide sind nicht registriert, also gefälscht, sagt auch das BKA."

Gotzkowski unterbrach seinen Adlatus: „Was sollte das bringen? Wer macht denn sowas?"

„Das haben wir uns auch gefragt. Die unterschiedlichen Schilder sollen vielleicht Verwirrung stiften. Viel interessanter ist die Frage, wem das Auto gehört. Ich habe bei unseren Geheimdiensten nachgefragt. Deutsche sind nicht beteiligt. Wenn sie mich fragen, von ausländischen Geheimdiensten kommen nur amerikanische in Frage. Winklers Freundin hat ausgesagt, dass jemand mit amerikanischem Akzent ihn aufgesucht hat. Er bot ihm angeblich fünfhunderttausend Euro, wenn er sein Projekt für eine amerikanische Gesellschaft zu Ende führt. Das hat der aber abgelehnt."

„Schön und gut und wo ist er nun?"

„Herr Minister, das ist die eine Million Euro Frage. Bisher können wir nur spekulieren. Im schlimmsten Fall haben sie ihn außer Landes gebracht. Dazu passt, dass es in der Nähe der polnischen Grenze eine Schießerei gegeben hat. Der Pächter einer Tankstelle rief die Polizei, nachdem drei schießwütige Rabauken einen vierten überwältigten und mit einer dunklen Limousine wegfuhren.

„Hat der Kerl nähere Angaben gemacht?"

„Leider nein. Er hatte Angst um sein Leben, hat sich hinter dem Tresen versteckt. Immerhin führt eine Spur nach Polen."

„Dann lassen sie das weiter untersuchen. Irgendwer muss das Auto gesehen haben.", damit war Schirrmacher entlassen.

Ralfs sogenanntes Appartement

Tag und Nacht drehten sich Ralfs Gedanken nur um die Fragen, wo er sich befand und wie er entwischen könnte. Die Programmierung seines Projekts geriet immer mehr in den Hintergrund. Täglich kam der Ami und wollte Fortschritte sehen. Weil dieser Mensch keine Ahnung hatte, konnte er ihn weiter mit dem Hinweis hinhalten, den Stand aus dem Kanzleramt noch nicht erreicht zu haben. Außerdem beschwerte er sich über die ständigen Stromausfälle.

Nachdem er mehrere Tage seinen Spaziergang entlang der Mauern der Ruine absolviert hatte, war klar, dass der Stacheldraht nur mit Hilfe eines Werkzeugs gelockert werden könnte. Er brauchte eine Zange.

Ein paar Tage später kam ihm der Zufall zu Hilfe. Wieder fiel der Strom aus. Nach einigen Minuten erschien ein Elektriker mit einer Taschenlampe, knallte seinen Werkzeugkoffer auf den Boden und begann den Fehler zu suchen. Als er mit seinem Messgerät im Bad verschwand, ergriff Ralf die Gelegenheit, tastete sich durch die Dunkelheit zum Koffer, ertastete obenauf eine große Zange, steckte sie ein, schloss die Tasche lautlos. Eine Sekunde später kam der Elektriker aus dem Bad. Seine Taschenlampe spendete diffuses Licht. Ralf wagte nicht zu atmen.

Der Handwerker schüttelte den Kopf in Gedanken. Offenbar hatte er den Fehler im Bad auch nicht entdeckt. Misstrauisch schaute er Ralf an. Hatte er den Diebstahl bemerkt?

„Haben sie den Fehler gefunden?", fragte Ralf.

Sein Gegenüber sah ihn groß an. Vielleicht hatte er den Sinn der Frage erraten. Ein paar unverständliche Worte kamen aus seinem Mund: „Nie wiem dlaczego." (Ich weiß nicht, woran es liegt.)

„Verstehen sie deutsch?", fragte Ralf.

„Ich nix verstehn.", war die altbekannte Antwort.

Plötzlich flammte das Licht wieder auf. Der Handwerker verschwand ohne Gruß.

Ralf besah sich seine Beute. Dabei drehte er sich so, dass die vermuteten Überwachungskameras nichts mitbekamen. Es war eine große Kombizange. Sie würde ihren Dienst tun. Er beschloss, das Werkzeug immer am Körper zu tragen, damit es nicht entdeckt wurde. Jetzt musste er nur noch dafür sorgen, dass sein Bewacher nicht merkte, wenn er den Stacheldraht in einer Fensterhöhlung lockerte.

Carolas und Michaels Studentenbude

Mehrere Telefonate mit der Redaktion des „Täglichen Beobachters" hatten nichts gebracht. Der Aufruf von Theo Wunder, der Zeitung Beobachtungen zu melden, war im Sand verlaufen.

Jana konnte sich damit nicht abfinden. Sie hatte sich mit Carola, Michael und Silberlippe verabredet, um das weitere Vorgehen zu beratschlagen.

„Es muss doch jemandem aufgefallen sein, dass dieses Auto zwei unterschiedliche Kennzeichen hat!", stellte Jana ungeduldig fest.

„Sven, du hast doch eine große Organisation. Kannst du nicht eine Umfrage starten? Das Auto ist auch ohne das Problem mit den Nummernschildern auffällig."

Sie hielt die Zeitung hoch.

„Es ist ein Siebener BMW. Die gibt es nicht so häufig. Wie man an den Aufnahmen sieht, müssen die es eilig gehabt haben. Seht euch mal die Reifenspuren auf dem Pflaster an. Der Fahrer hat das Gaspedal voll durchgetreten. Da haben die Reifen gequalmt.", stellte Michael fachmännisch fest.

„Wenn sie so durch die Stadt gerast sind, ist es vielleicht jemandem aufgefallen. Leider können wir keine Umfrage bei der Polizei veranstalten.", Carola wusste nicht weiter.

Jana überlegte: „Es gibt noch ein ganz anderes Problem. Wer hat ihn eigentlich entführt? Einen kriminellen Hintergrund würde ich ausschließen. Falls irgendwelche Erpresser Geld haben wollten, hätten sie sich gemeldet."

Vielleicht es ein Geheimdienst?", vermutete Sven.

„Das ist ein guter Hinweis, aber welcher?", Jana war erfreut über diesen neuen Aspekt.

„Ich denke, es kann kein deutscher Geheimdienst gewesen sein. Bei den Kabinettsitzungen im Kanzleramt hat Ralf immer alles offengelegt. Es gab keinen Grund ihn verschwinden zu lassen.", war sich Sven sicher.

Carola hatte eine Idee: „Jana, du hast doch mal erzählt, dass Ralf von einem angeblichen Amerikaner ein großzügiges Angebot bekommen hätte. Soweit ich weiß, hat er das abgelehnt. Da fällt mir ein, dass ein Mann mit amerikanischem Slang auch bei uns war. Könnt ihr euch erinnern?"

Jana bestätigte: „Stimmt. Jetzt fällt mir auch wieder ein, dass der gleiche Ami mich auf der Straße angesprochen hat. Er wollte, dass ich Ralf überrede, den Vertrag doch abzuschließen. Angeblich arbeite er für eine amerikanische Organisation. Es war irgendwas mit fremden Beziehungen, aber auf Englisch. Wir haben damals nachgesehen, ob es diesen ominösen Club gibt."

„Den gibt es.", sagte Michael. Er hatte auf seinem Tablet nachgesehen. Als er herunterscrollte, rief er überrascht: „Hier ist noch ein Zeitungsartikel. Der beschäftigt sich mit den US-Geheimdiensten und ihren Tarnorganisationen. Ihr werdet es nicht glauben, da ist auch dieses Council on foreign Relations genannt. Es wird angeblich von der CIA finanziert."

„Alles schön und gut, trotzdem kommen wir so nicht weiter. Sven, bitte versuche etwas durch deine Organisation herauszubekommen.", bat Jana.

Ralfs sogenanntes Appartement

Ralfs Entführer wurde langsam ungeduldig. Er wollte sich nicht mehr damit abspeisen lassen, dass der Stand aus dem Kanzleramt erst hergestellt werden müsste. Er drohte ihm offen mit Guantanamo.

Das zeigte Ralf, dass er nicht endlos Zeit hätte. Um seine Flucht vorzubereiten, musste er Jemand zu Hause erreichen. Sich alleine nach Deutschland durchzuschlagen, erschien ihm aussichtslos. Er grübelte, wie er trotz der vielen Sperren ein Lebenszeichen absetzen könnte.

Um den Ami ruhig zu stellen, startete er eine Abfrage über das gesamte deutsche Territorium. Er wollte darstellen, ob in den nächsten vierzehn Tagen mit einem Umsturz zu rechnen wäre. Dabei war ihm klar, dass es dafür keine Anzeichen gab. Weil die Parameter immer noch nicht richtig harmonisiert waren, konnte das Ergebnis nur falsch sein. Aber egal, sein Entführer wollte Ergebnisse.

Tatsächlich wies seine Umfrage mit sechzigprozentiger Wahrscheinlichkeit einen Umsturz in den nächsten zwei Wochen aus. Als John Winsley das sah, runzelte er ungläubig die Stirn. Nach den vorliegenden Geheimdienstinformationen saß die deutsche Regierung fest im Sattel.

„Ich glaube, sie müssen an ihren Parametern noch arbeiten. Das Ergebnis erscheint mir sehr unwahrscheinlich."

„Das habe ich ihnen gesagt. Aber wenn sie mich unter Druck setzen, wird das nichts. Gedulden sie sich. Irgendwann bin ich so weit."

„Es muss schneller gehen. Ich habe weder unendlich Zeit noch Geld. Notfalls müssen sie am Tag länger arbeiten. Oder wollen sie nicht nach Hause?", drehte sich um und verschwand grußlos.

Ralf grinste. Er hatte sich Zeit erkauft, ohne dass man ihm schlechte Arbeit nachweisen konnte. Nun würde er versuchen, an einem Fenster das Drahtverhau zu lösen.

Die erste Gelegenheit ergab sich eine Stunde später. Sein Gorilla kam und wollte ihn zum Spaziergang führen. Als er durch die Blechtür trat, wäre er am liebsten wieder umgekehrt. Es regnete in Strömen. Sein Bewacher schubste ihn in den Regen und schrie ihn in seiner Sprache an. Ralf blieb nichts übrig, als der Aufforderung Folge zu leisten.

Der Gorilla wollte nicht nass werden und zog sich hinter die Tür zurück. Mit so viel Glück hatte Ralf nicht gerechnet. Er begann seine Wanderung und suchte sich eine Öffnung, die leicht zu bearbeiten wäre. Einige der leeren Durchbrüche mussten Türen gewesen sein, denn sie gingen bis zum Boden. Er setzte sich, holte die Zange aus der Tasche und begann, am Stacheldraht zu hebeln.

Nach einiger Zeit trat sein Bewacher ins Freie. Ralf saß hinter einem Schutthaufen.

Der Türsteher schrie: „Cholera, odszedł!" (Scheiße, er ist weg!)

Ralf erschrak, steckte schnell seine Zange ein und richtete sich auf.

"Co robisz Chodź tu, szmato!" (Was treibst du da? Komm her du Schlampe!), wurde ihm befohlen. Die Gesten waren auch ohne Übersetzung verständlich. Ralf beeilte sich der Aufforderung nachzukommen. Er musste verhindern, dass jemand hinter seine Werkelei kam. Bei einer intensiven Kontrolle würde man die Sabotage entdecken.

Kabinettsitzung im Bundeskanzleramt

Wie immer ging es hoch her. Seit Einbeziehung der Bürgerinitiativen war es mit der Ruhe in den Sitzungen vorbei. Die Neuen überboten sich gegenseitig mit immer neuen Forderungen. Kanzler und Minister hatten Mühe undurchführbare Vorschläge abzuwimmeln.

Hinzu kam die Unsicherheit, ob die Regierung noch die Unterstützung des größeren Teils der Bevölkerung hätte. Viele Journalisten veröffentlichten immer neue Berichte über Fehlleistungen der Koalition.

Umso wichtiger wären Ralfs Erkenntnisse gewesen. Der Regierungschef fragte in einer Sitzungspause seinen Kanzleramtsminister hinter vorgehaltener Hand.

„Wir haben noch keine neuen Informationen. Von den deutschen Diensten hat ihn niemand entführt. Vielleicht waren es die Amerikaner. Die hätten auch Interesse an diesem Programm. Vielleicht hat ihn aber auch dieser Mensch mit dem vielen Metall im Gesicht verschwinden lassen."

Der Kanzler überlegte: „Halten sie das für wahrscheinlich? Was hätte er davon?"

„Sie sehen selbst wie abhängig sie von Stimmungsbildern sind. Er könnte versuchen, damit weitere Unsicherheit zu verbreiten."

„Könnten wir diesen selbsternannten Volkstribun rund um die Uhr überwachen? Es wird sowieso Zeit, dass wir bessere Kenntnisse über diese Organisation bekommen."

„Ich werde es veranlassen.", sagte Gotzkowski dienstbeflissen.

Ralfs sogenanntes Appartement

Ralf gab sich an den folgenden Tagen besondere Mühe. John Winsley durfte auf keinen Fall Verdacht schöpfen. Um ihn zu beeindrucken, zeigte er ihm bei jedem Besuch die Änderungen an seinem Programm. Mit heimlicher Genugtuung registrierte er, dass sein Entführer nicht verstand, warum er was wie programmiert hatte. Aber darauf kam es nicht an. Ralf tat so, als ob er arbeitete. Winsley tat so, als ob er verstehen würde.

Heimlich arbeitete Ralf an seiner Befreiung weiter. Es lockte der dichte Wald jenseits der Mauer. Der Gorilla war daran gewöhnt, dass er sich am anderen Ende des Saals immer hinsetzte. Er interessierte sich nicht dafür, was sein Gefangener trieb. Er daddelte lieber auf dem Handy.

Ralf musste trotzdem vorsichtig sein. Laute Geräusche hätten den Bewacher auf den Plan gerufen. Eine Befestigung des Stacheldrahts nach der anderen nahm er sich vor, immer darauf gefasst, erwischt zu werden. Oft hielt er vor Spannung den Atem an. Wenn der Wächter rief, hörte er sofort auf und ging in sein Gefängnis zurück.

Nachts im Bett grübelte er stundenlang, wie er herausbekommen könnte wo er sich befand. Auch einen Hilferuf konnte er bisher nicht absetzen. Die Techniker hatten ganze Arbeit geleistet.

Irgendwann war es so weit. Das Drahtverhau war so gelockert, dass er hindurchschlüpfen konnte. Aber er traute sich nicht, die Flucht anzutreten. Zu unsicher erschien ihm die Perspektive. Was würde ihn draußen erwarten? Wie energisch würden ihn seine Entführer verfolgen? Woher bekäme er Essen und Trinken, wenn die Flucht länger dauern sollte. Einen wie auch immer gearteten Hilferuf könnte er im Wald nicht absetzen.

Irgendwann musste er seinen Plan ausführen. Würde die Lücke im Stacheldraht entdeckt, war jede Fluchtmöglichkeit verbaut.

Wieder saß er an seinem Fluchtloch. Die Entscheidung kam schneller, als ihm lieb war. Sein Gorilla rief ihm etwas Unverständliches zu, verließ seinen Platz und wollte nachsehen, was Ralf dort tat.

Ralf bekam Panik. Er bog den Stacheldraht hoch. Dabei verletzte er sich an der linken Hand. Blut floss. Egal, er kroch durch das Loch, was ihm einen Riss des Hemdes auf dem Rücken einbrachte. Jetzt sah auch sein Bewacher, dass er flüchten wollte. Er rannte los, um ihn an der Flucht zu hindern. Dabei brüllte er mehrfach: „trzymaj się sukinsynu!" (Halt an du Drecksack!)

Im Laufen zog er seine Pistole und gab mehrere Schüsse ab. Die Querschläger heulten Ralf um die Ohren. Nur weg hier war sein Gedanke. Er stürmte in den Wald, ihn peitschten Dornen, Zweige, rissen ihm die Brille von der Nase, verletzten ihn am Gesicht. Das Adrenalin verlieh ihm ungeahnte Kraft. Er stoppte seinen Lauf und klaubte die Brille vom Waldboden auf. Weiter, nur weiter!

Seinen Verfolger hielt das kleine Schlupfloch im Fenster auf. Er verletzte sich an mehreren Stellen, fluchte laut und kam erst Sekunden später draußen an. Das verschaffte Ralf einen winzigen Vorsprung.

Der rannte ohne Rücksicht auf weitere blutige Striemen im Gesicht durch den Wald. Plötzlich kam er an das Ufer des Sees. Er bremste abrupt, landete auf dem Hintern im Schlamm und fühlte seine Hose nass werden. Von hinten hörte er seinen Verfolger durch das Gebüsch brechen.

Wohin, wohin? Er musste sich entscheiden. Links oder rechts am Ufer entlang. Es gab eine dritte Möglichkeit. Er sprang ins Wasser und versteckte sich im dichten Schilf.

Kaum hatten sich die Wellen beruhigt, erschien sein Verfolger am Ufer. Ratlos schaute er sich um. Rechts oder links? Auf das Versteck im Wasser kam er nicht. Er erinnerte sich an sein Funkgerät und sprach aufgeregt hinein. Durch die Schüsse waren die Verfolger bereits aufgeschreckt. Nicht lange und es kam eine Horde weiterer Männer am Ufer an.

Atemlos verfolgte Ralf das Geschehen aus seinem Versteck. Die Wächter stritten, welchen Weg sie nehmen sollten. Schließlich einigten sie sich. Ein Teil rannte links, der andere Teil rechts am Ufer lang.

Gleich darauf wurde es still. Die Vögel zwitscherten, der Wind rauschte leise in den Kiefern. Ralf wurde es langsam kalt. Die Striemen im Gesicht schmerzten, in der linken Hand puckerte das Blut. Er traute sich nicht aus dem Wasser. Ralf lauschte angestrengt. Außer den Geräuschen des Waldes war nichts zu hören.

Eben hatte er sich entschlossen, an Land zu waten, als wieder Stimmen laut wurden. Heftig gestikulierend kamen seine Verfolger erst von links, dann von rechts den Uferweg entlang. Einer sprach in sein Funkgerät.

Unwillkürlich hielt Ralf wieder die Luft an. Das war knapp. Der Anführer gab ein Zeichen. Die Männer kehrten zur Ruine zurück. Zur Sicherheit wartete Ralf noch ein paar bange Minuten, ehe er sich aus dem Wasser wagte. Seine größte Angst war nun, dass sie Hunde holen würden. So schnell wie möglich wollte er sich entfernen. Er entschied sich für links am Ufer entlang und begann einen leichten Trab. Bei jedem Schritt schwappte das Wasser in den Schuhen. Das würde Blasen geben. Im Laufen zog er sich das Hemd aus und versuchte möglichst viel Wasser herauszuwringen.

So schnell wie möglich wollte er mehr Abstand zwischen sich und sein Gefängnis bringen. Besonders fürchtete er sich vor Hunden. Der See, an dessen Ufer er entlanghastete musste sehr groß sein. Die Wasserfläche reichte bis zum

Horizont. Sein Weg führte meist geradeaus. Eine enge Kurve gab es nicht.

Nach etwa einer Stunde erblickte er im Wald einen halb verfallenen Schuppen. Könnte das sein Versteck vor den Häschern sein? Auch wollte er die Nacht nicht im Freien verbringen. Vielleicht schützte ihn dieser Schuppen vor Regen? Er ging darauf zu und entdeckte eine Tür. Sie war nicht verschlossen, aber völlig zugewachsen. Sie ließ sich nur mit Gewalt öffnen. Das machte erhebliche Probleme. Schmerzhaft meldete sich die linke Hand.

Endlich war er drin. Das Sonnenlicht schien durchs Dach und malte Streifen auf Fußboden und Einrichtung. Der Fußboden war an einigen Stellen eingebrochen. An der Wand stand eine Bank. Sie sah nicht sehr Vertrauen erweckend aus, könnte aber für eine Nacht zum Schlafen dienen.

Gegenüber hingen zerfallene Fischernetze und Angelgeräte. Alles machte den Eindruck, als wäre jahrelang niemand hier gewesen.

Besser als nichts, dachte Ralf. Seine Kleidung war immer noch feucht. Er zog sie aus und hing sie zum Trocknen an einigen rostigen Nägeln auf, die aus der Wand ragten.

Er hatte Hunger und großen Durst. Könnte er vielleicht das Wasser aus dem See trinken? Er fand, es käme auf einen Versuch an. Nur mit seiner Unterhose bekleidet ging er zum Ufer und schaute ins Wasser. Das sah durchsichtig aus, anders als in Berlin, wo man fast nirgendwo den Grund sehen konnte.

Er schöpfte mit den Händen ein wenig Wasser und schnupperte daran. Es roch neutral. Vorsichtig kostete er mit spitzer Zunge. Es schmeckte wie Leitungswasser. Der große Durst ließ ihn alle Vorsicht vergessen. In langen Zügen trank er sich satt.

Das Gefängnis der CIA

John Winsley war außer sich. Er hatte seine Wachmannschaft versammelt und beschimpfte sie mit unflätigen Worten. Dabei benutzte er die deutsche Sprache. Die Männer verstanden ihn sehr gut, denn sie hatten ihr Unverständnis gegenüber Ralf nur vorgetäuscht. Sie standen mit hängenden Köpfen vor ihrem Herrn und ließen das Donnerwetter über sich ergehen.

Auch der größte Zorn verraucht irgendwann. Der CIA-Mann seufzte tief und bat um Vorschläge, wie man den Entlaufenen wieder einfangen könnte. Jemand schlug den Einsatz von Hunden vor. Das kam für John Winsley nicht infrage. Das Gebot war, die Existenz des Gefängnisses so weit wie möglich geheim zu halten. Eine bellende Hundemeute hätte die in der Umgebung lebenden Einwohner misstrauisch gemacht.

Jemand hatte eine zündende Idee. Er schlug vor, auf der Karte einen Kreis zu ziehen. Sein Radius zeigte die mit äußerster Anstrengung erreichbare Entfernung an. Es stellte sich heraus, dass es innerhalb des Kreises nur eine einzige Ortschaft gab.

Weil ihr Gefangener keine Lebensmittel mitnehmen konnte, wäre er spätestens morgen dazu gezwungen, im Ort etwas zu erbetteln. Man könnte ihn deshalb an den Zufahrtstraßen erwarten und leicht wieder einfangen. Es blieb allerdings das Risiko, dass Ralf den Ort nicht fand und sich im Wald verirrte.

Mangels einer besseren Möglichkeit befahl John Winsley seinen Leuten, sich am frühen Morgen unauffällig an den Zufahrtstraßen zu postieren.

„Bringt ihn mir wieder her, sonst können wir den Laden hier auflösen!", war seine Drohung zum Schluss.

Ralf irrt durch den Wald

Mit dem ersten Singen der Vögel wurde Ralf wach. Das lag nicht an den Vögeln, es lag an seiner Schlafstelle. Die harte Bank hatte seinem Körper arg zugesetzt. Jeder Knochen tat ihm weh. Dazu kam der in seinen Eingeweiden bohrende Hunger. Er fürchtete, nicht mehr lange durchzuhalten, wenn er nicht bald etwas zu Essen fände.

Draußen war es noch dunkel. Ralf überlegte, ob er im Wald nach Beeren oder Pilzen suchen sollte. Im Fernsehen und in Romanen funktionierte das wunderbar. Er hatte nicht gedacht, dass er einmal selbst sein Überleben so sichern müsste. Was war essbar, was giftig? Was konnte roh gegessen werden? Er hatte keine Ahnung. Doch der Hunger trieb ihn aus der Hütte. Er musste versuchen, etwas Essbares zu finden.

Erfolgversprechend schien es, dem Ufer weiter zu folgen. Mit ein wenig Glück stieß er auf eine Siedlung, wo man ihm weiterhelfen würde, so die Hoffnung.

Während seiner Wanderung traf er auf einen Busch mit vielen roten Beeren. Könnte man die Essen? Im Fernsehen hatte er gelernt, man sollte darauf achten, ob Vögel davon fraßen. In einigem Abstand setzte er sich hin und beobachtete den Strauch. Obwohl er regungslos dasaß, schien sich kein Tier für die schönen roten Beeren zu interessieren. Als eine endlos lange Zeit vergangen war, hielt er den Hunger nicht mehr aus.

Was soll's, dachte er. Ich esse eine Beere und warte, ob sie mir bekommt. Er pflückte ein Exemplar, roch daran und zerkaute sie. Es schmeckte nur wenig süß, eher bitter, nicht so, dass man mehr davon essen wollte. Vorsichtshalber spuckte er alles wieder aus und begab sich enttäuscht wieder auf den Weg.

Sauerampfer wäre gut. Als Kinder hatten sie oft davon gekostet. Aber wie sah der aus? Er wusste es nicht mehr, suchte rechts und links des Weges den Bewuchs ab.

Als er um eine Biegung kam, stand er plötzlich vor einem Wohnhaus am Ufer des Sees. Aus Angst vor Entdeckung versteckte er sich im Wald und beobachtete das Haus. Es zeigte sich niemand. Vielleicht waren die Bewohner tagsüber bei der Arbeit? Hunde schien es nicht zu geben, sonst hätten sie ihn verbellt.

Zwischen den Kiefern lugten weitere Häuser hervor. Könnte das ein größerer Ort sein? Ralf fasste sich ein Herz und ging weiter am Ufer entlang. Die Bebauung wurde dichter. Da stand auch ein Ortsschild. Er versuchte die Schrift zu entziffern. „Borne Sulinowo", es waren lateinische Buchstaben. Er musste also in Polen sein.

Ralf schaute sich um. Auf der Straße war niemand zu sehen. Er folgte ihrem Lauf und gelangte zu einem marktähnlichen Zentrum. Der Platz wurde von mehreren Geschäftshäusern gesäumt. Hier war es etwas belebter.

Eine ältere Frau mit Kopftuch und langem Rock kam aus einem Fleischergeschäft. Sie trug eine verschlissene große Tasche, die recht schwer zu sein schien. War etwas zu Essen darin? Bei Ralf meldete sich wieder der bohrende Hunger. Er schaute sich um. Es war niemand in der Nähe. Kurz entschlossen näherte er sich von hinten und riss am Henkel der Tasche. Die Frau war kräftiger als gedacht. Sie ließ die Tasche nicht los. Stattdessen schrie sie unverständlich für Ralf laut um Hilfe.

Ralf blieb nichts übrig, als seinen Überfall zu vollenden. Er zerrte noch einmal kräftig an der Tasche. Der Henkel riss ab und er hatte sie in der Hand. Die Frau hörte nicht auf zu schreien. Aus dem Augenwinkel bemerkte Ralf, dass die ersten Leute der Frau zu Hilfe kommen wollten. Er rannte los, die Tasche fest unter dem Arm, wollte den Wald erreichen, um sich zu verstecken.

Einige Dorfbewohner rannten ihm hinterher. Sein Opfer hatte die Verfolgung aufgegeben. Die anderen waren ebenfalls älter. Sie konnten mit Ralf nicht mithalten. Mit äußerster Anstrengung erreichte er das Seeufer. Auch bei ihm wurde die Luft knapp. Nur weiter, weiter, dachte er. Der Lärm der Meute hinter ihm wurde leiser.

Zur Hütte würde er es nicht schaffen. Es gab nur eine Lösung. Wieder ins Wasser springen und im Schilf verstecken. Das kalte Wasser umschloss ihn bis zur Hüfte. Wenig später hasteten seine Verfolger an ihm vorbei. Sie fuchtelten wild mit den Armen und schimpften auf polnisch. Dann wurde es still.

Ralf bedauerte, seine heute Nacht erst getrockneten Kleider erneut nass gemacht zu haben. Die Kälte stieg in ihm hoch. Zum Glück war die Tasche nicht nass geworden. Er lugte hinein, um festzustellen, ob sich sein Raub gelohnt hätte. Große und kleine Pakete waren in Packpapier gewickelt. Ein intensiver Geruch von Geräuchertem drang ihm in die Nase. Sofort fing sein Magen wieder heftig an zu knurren.

Er wagte sich nicht aus dem Wasser, denn die Dorfbewohner würden wahrscheinlich auf dem gleichen Weg zurückkommen. So lange musste er warten, um sich zu seinem Unterschlupf zu begeben.

Nicht lange und die Meute kam gestikulierend und durcheinanderredend zurück. Ralf glaubte mehrmals das Wort Policja zu verstehen. Er wartete einige Minuten und stieg aus dem Wasser, erreichte seine Hütte und ließ sich erschöpft auf die Bank fallen.

Das Gefängnis der CIA

Abends kam John Winsleys Wachpersonal aus dem Wald zurück. Er ließ sie antreten und wollte wissen, ob etwas Besonderes vorgefallen wäre. Sie schüttelten die Köpfe. Niemand Fremder hätte sich an den Zugangsstraßen von Borne Sulinowo blicken lassen.

„Gab es sonst irgendwelche Vorkommnisse im Ort?"

Nein, es wäre ihnen nichts aufgefallen. Nach längerem Nachdenken berichtete einer doch von einem Vorfall auf dem Marktplatz. Eine Oma wäre überfallen worden. Das erzählte ein Einwohner, der wissen wollte, ob bei ihnen ein Landstreicher vorbeigekommen wäre. Leider hatten sie den Vorfall nicht beobachten können, denn sie standen am Ortsrand.

Sofort war Winsley hellwach: „Wie sah der Täter denn aus?"

Das wussten sie nicht. Sie waren nicht auf dem Markt-platz. Wie Landstreicher eben aussehen.

Jetzt wurde John Winsley wütend. Er schnauzte sie an: „So, so, das wisst ihr nicht! Ihr schöpft auch keinen Ver-dacht, wenn jemand, der aussieht, wie ein Verbrecher ein-fach mal eine Oma überfällt! Was glaubt ihr denn, wie unser Gefangener aussieht, nachdem er im Wald übernachten musste? Er hat sich beim Ausbruch das Hemd aufgerissen und Blutspuren hinterlassen. Und ihr Nappsülzen werdet bei solchen Nachrichten nicht wach? Ich sollte euch selbst nach Guantanamo schicken, unfähige Idioten!"

Die Wächter standen mit gesenkten Köpfen da und lie-ßen den Wutausbruch über sich ergehen.

Nachdem er ein paar Mal tief durchgeatmet hatte, beru-higte sich Winsley und stellte weitere Fragen: „Wenn er bei keinem von euch vorbeigekommen ist, wie konnte er unge-sehen aus dem Ort verschwinden? Wahrscheinlich treibt er sich noch im Wald herum. Bestimmt hat er versucht, an Es-sen zu kommen. Was hat er der alten Frau entwendet? Das sind die Fragen, auf die ich Antworten will und zwar sofort. Bewegt eure Ärsche in den Ort und fragt die Bewohner. Kommt nicht ohne stichhaltige Ergebnisse wieder. Jetzt wird es bald dunkel. Aber morgen machen wir uns auf die Suche. Wäre doch gelacht, wenn wir das renitente Bürsch-chen nicht wieder einfangen könnten."

Ralfs Unterschlupf im Wald

Ralf nahm sich nicht die Zeit, den Inhalt der Tasche zu untersuchen. Ihr entströmte ein herrlicher Duft nach geräu-chertem Fleisch. Gierig ergriff er das oben liegende kleine

Päckchen und wickelte es aus. Zum Vorschein kamen zwei Knacker. In Windeseile hatte er eine verschlungen. Ah, endlich wieder was im Magen, dachte er befriedigt. Das bisschen Wurst reichte zwar nicht. Aber zumindest brachte es ihm den Verstand zurück. Ehe er das nächste aß, wollte er lieber schauen, was er noch erbeutet hatte.

Das nächste Paket war gut ein Kilo schwer. Als er es auspackte, war die Enttäuschung groß. Es war ein Klumpen rohes Fleisch, wie man es für einen Braten verwendet. Wie sollte er das rohe Zeug genießbar machen? Kein Feuer, kein Topf, nichts, um es zuzubereiten. Bei den hohen Temperaturen würde es schnell verderben.

Dann kam ein halbes Brot zum Vorschein. Das war schon besser. Er brach ein Stück ab und stopfte es in den Mund. Es war frisch und schmeckte herrlich.

Kauend schaute er wieder in die Tasche. Weitere Lebensmittel fand er nicht, dafür eine Geldbörse und ein Handy. Es war ausgeschaltet. Ralf konnte sein Glück kaum fassen. Er schaltete es ein und hatte nochmals Glück. Es gab keine PIN zur Sicherung.

Das Display poppte auf. Als erstes erschien eine Meldung in polnischer Sprache. Er erkannte das Wort bateria und erschrak. Oben im Status wurden nur noch sieben Prozent Ladung angezeigt. Sofort schaltete er das Gerät wieder aus. Ihm war klar, dass er nicht viele Versuche hätte, um Hilfe zu holen. Wie er vorgehen sollte, musste er sich in Ruhe überlegen.

Die Geldbörse lag ganz unten in der Tasche. Sie enthielt zwanzig Zloty. Das wäre in Euro wahrscheinlich nicht viel. Die wenigen Münzen machten es nicht besser. Hinten steckte ein Ausweis. Ekaterina Pawlowska, eine Adresse in Borne Sulinowo wurde genannt. Es meldete sich Ralfs schlechtes Gewissen. Die arme Frau hatte bestimmt kein dickes Bankkonto. Er nahm sich vor, sollte er wirklich flüchten können, würde er ihr das Geraubte zurückgeben und sie großzügig entschädigen.

Sieben Prozent Ladung hatte der Handy Akku eben noch angezeigt. Im ungünstigsten Fall gab es nur einen Versuch für seinen Notruf. Es kam darauf an, dass er trotz der fremden Sprache alle Optionen schnell fand. Lagen die Menüs an den gleichen Stellen? Waren die Symbole identisch? Wenn das zutraf, sollte es gehen. Tief einatmen und Ruhe bewahren war die Devise. Er schaltete das Handy ein und erschrak. Jetzt waren es nur noch fünf Prozent Ladung.

Zuerst musste er einen Browser finden. Firefox sprang ihm ins Auge. In die Suchleiste gab er Maps ein. Es erschien als erster Eintrag Google Mapy. Das müsste es sein. Glück gehabt, Google zeigte eine Karte an. Da war auch der Button für den Standort. Die Karte rutschte ans Ufer eines Sees, richtig.

Noch vier Prozent Ladung.

Unten fanden sich die bekannten drei Punkte für das Menü. Eine riesige Leiste mit unverständlichem Kauderwelsch öffnete sich. Zum Glück stand unten das Symbol für versenden, wie in Deutschland. Ralf atmete hörbar aus.

Dort war auch das Mailprogramm. Google Mail wurde angezeigt.

Drei Prozent Ladung übrig.

Er drückte auf Mail. Wieder erschien ein unverständliches Menü, irgendwas mit bateria. Wahrscheinlich nur eine

Warnung zum Akkustand. Er tippte OK und das Mailprogramm stand vor ihm. Es sah aus wie auf seinem Handy.

Od hieß bestimmt von. Hier stand der Name der Besitzerin: ekaterina.pawlowska@gmail.pl.

Do: hier musste er Janas Adresse eintragen.

jana.meissner@t-online.de

Jetzt der Betreff. Das war auf Polnisch anscheinend Temat. Er schrieb nur ein Wort: Hilfe.

Im Text wurden seine Koordinaten angezeigt. Hoffentlich würde Jana das verstehen. Er tippte auf das Flieger Symbol. Es machte zisch und fast im gleichen Moment schaltete sich das Handy ab.

War die Mail gesendet worden? Das ließ sich nicht mehr feststellen. Obwohl er nicht abergläubisch war, drückte er beide Daumen. Schmerzhaft meldete sich die verletzte linke Hand. Die Wunde durfte auch nicht ewig unbehandelt bleiben, sonst würde sie sich entzünden.

Ralf fand, er hätte sich eine Stärkung verdient. Er riss ein großes Stück vom Brot ab. Eine halbe Knacker wollte er sich gönnen. Er biss hinein und kaute genüsslich. Schnell war die Hälfte aufgegessen. Auch das Brot, obwohl völlig trocken, rutschte gut.

Plötzlich war die Knacker alle. Er hatte seit gestern nichts gegessen, es deshalb nicht bemerkt. Nun war nur noch ein Kanten Brot übrig. Widerwillig trennte er sich davon und steckte ihn wieder in die Tasche.

Falls Hilfe käme, wäre sie frühestens übermorgen da. Er musste also noch ein bisschen aushalten. Sicherlich würde man nach ihm suchen. War er in dieser Hütte sicher? Aber wohin sollte er sonst gehen? Hier hatte er wenigstens ein

Dach über dem Kopf. Notfalls müsste er sich wieder im Schilf verstecken. Bei dieser Aussicht fröstelte es ihn.

Inzwischen war es dunkel geworden. Heute würde vermutlich niemand mehr nach ihm suchen. Er streckte sich auf seiner harten Liege aus und schlief fast sofort ein.

Ralfs und Janas Studentenbude in Berlin

Jana wollte soeben ins Bett gehen. Sie fürchtete, wieder nicht schlafen zu können. Letzte Nacht hatte sie bis zum Morgengrauen gegrübelt. Sie malte sich die schlimmsten Szenarien aus, was Ralf zugestoßen sein könnte. Gegen fünf Uhr war sie in einen leichten Schlaf gefallen.

Gewohnheitsmäßig checkte sie kurz ihre Mails. Plötzlich war sie wieder hellwach. Ihr hatte eine Frau aus Polen geschrieben. Hinter dem Wort Temat, was wohl Betreff hieß, stand nur das Wort Hilfe. Sie öffnete die Mail und fand im Text eine Webadresse von Google Maps. War das ein Fake, um sie auf eine virenverseuchte Seite zu leiten. Merkwürdig war vor allem die Absenderin. Wer sollte ihr aus Polen schreiben? Auf solche Links tippte sie niemals.

Dann fiel ihr ein, dass Ralf vielleicht nach Polen entführt worden war. War das sein Hilferuf? Aber warum hatte er dann so eine merkwürdige Absenderadresse benutzt.

Jana wusste keinen Rat. Vielleicht könnte ihr Michael helfen? Sie rief ihn an. Zum Glück war er zu Hause. Michael hatte nicht so viele Bedenken. Sein Rat war, die Adresse direkt in den Browser einzutippen. Damit könnte man im Netz lauernde Viren vielleicht umgehen.

Er ließ sich die Adresse ansagen und tippte sie in seinen Computer. Es dauerte einen Moment. Dann pfiff er durch die Zähne: „Das liegt in Polen, mitten im Wald an einem See. Die nächste Ortschaft heißt Borne Sulinowo.

Nun schob auch Jana alle Bedenken beiseite: „Wenn das Ralf war, müssen wir ihn retten. Kannst du mich dort hinbringen? Wir sollten gleich losfahren und ihn suchen!"

„Ich glaube nicht, dass das sinnvoll ist. Hast du mal die Strecke angesehen? Es sind dreihundert Kilometer. Wir würden fast vier Stunden brauchen. Jetzt ist es dunkel. Meinst du wirklich, wir würden ihn im finsteren Wald finden?"

„Aber er ist bestimmt in Gefahr. Wir könnten nach ihm rufen."

„Um seine Bewacher auf den Plan zu locken? Das kannst du vergessen. Wenn er ein Handy benutzen kann, scheint er nicht in akuter Gefahr zu sein. Ich fahre dich gerne dort hin, aber erst morgen früh."

Wohl oder übel musste sich Jana Michaels Argumenten beugen. Sie verabredeten, morgen sehr früh loszufahren. Jana hatte eine unruhige Nacht.

Ralfs Unterschlupf im Wald

Es dämmerte. Von fern hörte man Hundegebell. Wegen der harten Bank hatte Ralf einen leichten Schlaf. Er schreckte hoch und hörte die Hunde näherkommen. Sofort war er richtig wach. Sein erster Gedanke war, wieder ins Schilf zu springen. Wegen der Hunde erschien ihm das zu riskant. Es half nur Flucht. Er riss die erbeutete Tasche an sich und rannte in den Wald.

Nach ein paar Sekunden kamen die Hunde an. Zähne fletschend und bellend liefen sie in die Hütte. Atemlos kamen die Verfolger hinterher. Das Gras vor der Tür war niedergetrampelt. Sie schauten sich in der Hütte um.

Ralf hatte nichts zurückgelassen. Aber die Hunde schnüffelten jaulend an der Liege.

„Ich hoffe die blöden Viecher können noch mehr, als in der Hütte herumzuschnüffeln. Auf diese Bauerntölen ist kein Verlass. Ich wette, unser Mann war hier. Versucht, die Spur um die Hütte wieder aufzunehmen. Weit kann er nicht sein.", befahl John Winsley.

Ralf rannte kopflos immer tiefer in den Wald. Er war völlig außer Atem. Wenn kein Wunder geschah, würden sie ihn kriegen. Das Hundegebell kam näher. Er stieß auf einen kleinen Bach. Könnte er hier seine Spur verwischen? Der erste Hund erschien. Schützend hielt Ralf die Tasche vor seinen Körper. Der Hund schnappte zu. Die Tasche zerriss. Der Fleischklumpen fiel heraus. Der Hund stürzte sich darauf als hätte er Monate lang nichts gefressen. Zwei weitere Hunde erschienen. Zu dritt balgten sie sich um das Fleisch. Ralf war vergessen. Er schaute in die Reste der Tasche. Handy und Geldbörse waren noch drin. Nur weg hier war sein einziger Gedanke.

Er stieg in den Bach und hoffte damit seine Spur zu verwischen. Die Hunde hatten im Moment wichtigeres zu tun. Platschend entfernte er sich vom Ort des Geschehens. Das Gebell wurde leiser. Von Ferne hörte er plötzlich Winsleys Stimme. Der schimpfte wie ein Rohrspatz auf Englisch. Hatten die Hunde seine Spur verloren? Zur Sicherheit patschte er noch eine Weile den Bach entlang. Im dichten Wald kam er nicht schnell vorwärts. Aber das würde seinen Verfolgern auch so gehen.

Atemlos stieg er aus dem Bach und schaute sich um. Die Sonne war inzwischen höher gestiegen. Der Tag fing an.

Ralf hatte ein wenig Zeit, seine Lage zu überdenken. Er glaubte in östlicher Richtung in den Wald gerannt zu sein. Der an Jana gesendete Standort war die Hütte. Falls sie seinen Hilferuf verstanden hätte, würde sie dort nach ihm suchen. Er musste dorthin zurück. Das war gefährlich. Vielleicht hatten sie eine Wache zurückgelassen. Könnte er das Risiko minimieren, wenn er einen weiten Bogen schlug? Nördlich lag der große See. Er könnte sich nicht verlaufen.

Jana und Michael auf dem Weg nach Polen

Michael hatte Jana wie verabredet um sechs mit seinem Cabrio abgeholt. Sie war schon seit einer Stunde wach und stand ungeduldig vor der Haustür.

Er hatte als Ziel Borne Sulinowo ins Navi eingegeben. Sie würden ein bisschen laufen müssen, denn zu den Koordinaten führte keine Straße.

Michael fuhr mit Höchstgeschwindigkeit. Schweigend saß Jana neben ihm. Sie war viel zu aufgeregt, um einen Small Talk zu beginnen.

Die Fahrt verlief ohne Zwischenfälle. Wie geplant kamen sie kurz nach zehn auf dem Marktplatz an. Der Ort sah nicht sehr einladend aus. Im Hintergrund waren Ruinen von Plattenbauten zu sehen. Vereinzelt gab es aber auch renovierte Gebäude.

Michael schaute auf sein Handy. Anders als in Deutschland war der Internetempfang in Polen überall hervorragend. Er wollte möglichst nahe an die bezeichnete Stelle gelangen, um bei Gefahr schnell verschwinden zu können.

Näher als achthundert Meter kamen sie nicht heran. Am Ortsausgang standen die letzten Häuser. Die Straße endete und ein Waldweg am Ufer des Sees begann. Schweigend gingen sie den Weg entlang. Ein zufälliger Beobachter hätte sie für harmlose Spaziergänger gehalten.

Ralfs Unterschlupf im Wald

Ralf hatte auf seiner Wanderung wie gehofft das Ufer des Sees erreicht. Er ging in Richtung Hütte zurück. Vorsichtig lugte er um jede Biegung, um irgendwelche Bewacher rechtzeitig zu entdecken. Der Hunger bohrte erneut in seinen Eingeweiden. Außer einige Schluck Wasser aus dem See hatte er nichts zu sich genommen. Wenn ihn heute niemand fand, würde er erneut in den Ort gehen müssen, um sich etwas zu Essen zu organisieren. Davor hatte er große Angst. Womöglich würde man ihn als den Taschenräuber vom Vortag erkennen.

Es musste gegen acht Uhr sein, als er durch die Bäume seine Hütte sah. Vorsichtig näherte er sich. Es war niemand zu sehen. Einer Eingebung folgend verbarg er sich im Gebüsch und wartete. Die Minuten vergingen quälend langsam. Für alle Fälle suchte er sich einen starken Ast. Es knackte laut, als er dabei aus Versehen auf einen weiteren Ast trat. Wieder geschah nichts.

Erneut tröpfelte die Zeit dahin. Es musste gegen zehn Uhr sein als er sich entschloss, nun doch in die Hütte zu gehen. Jemand trat vor die Tür. Er erkannte einen seiner Bewacher. Am Gürtel trug der eine Pistole. Was nun?

Jana würde ihn genau hier suchen. Andererseits musste er etwas essen. Er konnte nicht ewig warten. Wenn sie nicht käme, wäre er in spätestens drei Tagen so schwach, dass er sich nur wieder in Gefangenschaft begeben müsste.

Jana und Michael nähern sich der Hütte

Michael hatte den Fußweg auf Google Maps eingestellt. Das Handy zeigte ihm das nahe Ziel an. Durch die Bäume war eine verfallene Hütte zu erkennen. Davor stand ein Mann, der sie misstrauisch ansah.

Michael flüsterte: „Hier muss es sein. Was machen wir jetzt?"

„Und wenn wir den Kerl einfach fragen? Vielleicht hat er mit Ralfs Entführung nichts zu tun, ist nur ein harmloser Angler."

Michael fragte: „Haben sie einen jungen Mann gesehen, ungefähr so alt wie wir?"

„Zo? Nix verstehn.", kam es zurück.

„Do you speak English?", fragte Michael nach.

Im gleichen Moment hatte Ralf seine Retter erkannt. Er trat aus dem Gebüsch und begrüßte sie freudig.

Der Bewacher fuhr herum, zog dabei die Pistole aus dem Gürtel und befahl: „zastój!"

Ralf war auf Armlänge herangekommen. Mit dem Mut der Verzweiflung schlug er mit aller Kraft dem Wächter seinen Knüppel auf den Kopf. Der hatte Ralfs Entschlossenheit unterschätzt. Während er zusammenbrach, feuerte er noch einen Schuss ab. Das Projektil pfiff an Ralf vorbei, schlug hinter ihm in einen Baum.

Michael rannte zu dem Bewusstlosen und trat ihm die Pistole aus der Hand. Er klaubte die Waffe vom Waldboden auf und rief: „Los weg hier! Unser Auto steht gleich in der Nähe!"

Alle drei liefen los. Ralf, der durch das lange Fasten geschwächt war, konnte nicht mithalten: „Wartet! Ich kann nicht so schnell!", rief er atemlos.

„Reiß dich zusammen. Wir sind gleich da!", Michael fasste ihn unter und zog ihn mit sich fort.

„Vielleicht haben die den Schuss gehört! Du musst es schaffen!", spornte Jana den Freund an.

Atemlos erreichten sie das Cabrio und sprangen hinein. Noch während sie losfuhren, kam ein schwarzer BMW an, bremste neben ihnen. Der Sand spritzte hoch.

Zum Glück hatte Michael sein Auto in Fluchtrichtung abgestellt. Er trat das Gaspedal bis zum Bodenblech durch. Der Wagen schleuderte auf dem sandigen Weg hin und her und drohte auszubrechen. Mit Mühe hielt er ihn in der Spur. Von den Hinterrädern flog Sand weg.

Aus dem BMW sprangen drei Typen und fingen sofort an zu schießen. Das schleudernde Auto war schwer zu treffen. Jana und Ralf duckten sich in den Wagen. Michael fuhr verzweifelt weiter. Ein Projektil traf die Frontscheibe. Sie wurde sofort zu Milchglas. Michael schaute links an der Scheibe vorbei und beglückwünschte sich, dass er sein Cabrio offengelassen hatte. Da kam eine rettende Kurve. Das Schießen hörte auf.

Sie erreichten den Ortskern und fuhren mit Maximalgeschwindigkeit einfach weiter. Eine ältere Frau wollte die Straße überqueren. Michael hupte anhaltend. Die Frau blieb wie angenagelt stehen. Um Haaresbreite fuhr er vorbei.

Hinter ihm schwang die Frau die Faust und brüllte etwas Unverständliches.

Dann hatten sie den Ortsausgang erreicht und fuhren weiter mit Höchstgeschwindigkeit auf der Landstraße. Ralf betete still um freie Fahrt ohne Polizeistreife. Niemand folgte ihnen.

Als sie durch ein Waldstück fuhren, bog Michael in einen Sandweg ein.

„Fahr weiter! Die sind bestimmt hinter uns!", rief Jana.

„Ich muss die Scheibe raushauen. So kann ich nicht fahren. Helft mir!"

Nach einer Wegbiegung hielt Michael an. Alle drei sprangen aus dem Wagen und versuchten mit herumliegenden Ästen das Glas zu beseitigen. Auf der Straße raste ein Auto mit heulendem Motor vorbei.

Sie blickten auf und hielten einen Moment inne. Michael grinste: „Denkste, sagte der Igel und stieg von der Bürste. Leider müssen wir jetzt zurückfahren. Ich gebe mal was ins Navi ein. Vielleicht findet sich noch ein anderer Weg nach Deutschland."

Einen Kreuzungspunkt gab es nur in Borne Sulinowo. Michael fuhr mit voller Geschwindigkeit zurück.

„Hoffentlich ist die Olle inzwischen nach Hause gegangen, um sich von ihrem Schock zu erholen.", meinte Michael sarkastisch. Erneut mussten sie wieder über den Marktplatz.

Ralf hatte den Einfall, der alten Frau ihr Handy und den Ausweis zurückzugeben. Er bat Michael anzuhalten und zog den Ausweis aus der Tasche.

Michael zeigte ihm einen Vogel: „Hat dir der Hunger das Gehirn vernebelt? Wenn wir hier nicht verschwinden, fangen sie uns noch ein."

Ralf ließ sich nicht beirren. Ihn plagte sein schlechtes Gewissen: „Fahr irgendwo hin, wo wir nicht sofort zu sehen sind! Dann kannst du im Navi die Adresse suchen. Es dauert bestimmt nicht lange."

Jana griff ein: „Du musst verrückt geworden sein. Wenn die uns erwischen, war alles umsonst."

„Ist mir egal.", sagte Ralf. „Ich bin ehrlich. Die arme Frau tut mir leid. Micha mach schon, ich zeige dir die Adresse."

Widerwillig hielt Michael an. Am Straßenrand wuchsen Büsche. Die verdeckten das Auto notdürftig. Von Weitem hörte man den sie verfolgenden BMW mit heulendem Motor vorbeirasen. Mit zitternden Fingern tippte Michael die Straße ein. Die polnische Schreibweise machte es besonders schwierig. Mehrfach musste er neu anfangen. Wieder hörten sie die Verfolger auf einer Seitenstraße vorbeifahren. Viel Zeit blieb nicht. Endlich war die Adresse im Navi. Sie war zweihundert Meter entfernt. Michael gab Gas. Schon erreichten sie ein heruntergekommenes Siedlungshaus. Ralf sprang aus dem Wagen und warf die Tasche über den Zaun. Die alte Frau hatte das Auto gehört und kam heraus. Als sie die Tasche liegen sah, schimpfte sie laut und drohte mit der Faust. Hinter ihr rannte ein großer Hund bellend zum Gartentor. Das war zum Glück verschlossen.

Michael und Jana winkten und riefen aufgeregt: „Komm endlich, sonst erwischt dich die Töle noch."

Ralf sprang in das Cabrio. Im gleichen Moment fuhr Michael los. Kies wurde hochgeschleudert. Sie bogen um die

Ecke und waren Sekunden später aus dem Ort. Niemand verfolgte sie.

Wieder zu Hause

Ralf brauchte ein paar Tage Erholung. Jana bemutterte ihn liebevoll. An seinem Projekt konnte er nicht arbeiten. Die Amis hatten ihm weder seinen Computer zurückgegeben, noch hatten sie ihm irgendwelche Entschädigungen zukommen lassen. Das hatte er auch nicht erwartet.

Irgendwann rief Michaels Vater an. Offenbar hatte er von Michael erfahren, was Ralf passiert war. Das Angebot, nun für Herrn Schüttke die Entwicklung von Aktienkursen zu berechnen lehnte er ab. Er wollte erst mal seinen Job im Kanzleramt beenden.

Nach ein paar Tagen begab er sich an seinen Arbeitsplatz. Er hatte große Probleme, eingelassen zu werden. Am Ende verdankte er den Zugang nur der Unsicherheit des Wachpersonals, das mit den neuen Verhältnissen nicht zurechtkam.

Die Regierung hatte unter dem Druck der Straße vollständig gewechselt. Von den alten Bekannten war nur Silberlippe geblieben.

Oben schilderte er sein Anliegen. Man begegnete ihm äußerst reserviert. Die Zukunft vorhersagen? Das wäre nicht mehr nötig. Sie hätten jetzt künstliche Intelligenz. Die Zukunft sei schon da, mit neuen Chancen und Möglichkeiten.

Das war das Beste, was man von der Zukunft sagen konnte, dachte Ralf spöttisch.

Viel zu früh war er wieder zu Hause. Zum Glück hatte Jana vorlesungsfrei: „Was machst du jetzt schon hier?"

„Die wollten mich nicht mehr haben. Angeblich wäre die Zukunft schon da. Niemand müsste sie mehr vorhersagen, so ein Quatsch!"

Jana schaute ihn lange an: „Vielleicht haben sie einfach Angst?"

„Wovor sollten sie Angst haben?", fragte Ralf verständnislos.

„Davor, dass es ihnen so ergeht, wie der alten Regierung. So etwas will man lieber nicht wissen. Willst du meinen Rat hören? Geh wieder zur Hochschule und kümmere dich ums Wetter. Das tut keinem weh."

ENDE

Lottofieber
Der kurze Traum vom großen Glück

Jede Woche gibt es Lottogewinne. Ist das nur Glück oder
kann man Fortuna beeinflussen? Auf diese Frage findet
Janine Schmidt eine unverhoffte Antwort. Sie träumt die Lot-
tozahlen. Aber es ist nicht einfach, die Träume in die Realität
zu holen. Das versetzt sie in Lottofieber, von dem auch
Freunde profitieren wollen. Als sie endlich Erfolg hat, fangen
die Probleme erst an. Wird Janine die Herausforderungen
meistern?
Gedrucktes Buch zum Preis von 13,99 €
Oder als E-Book zum Preis von 3,99 €
bei Book on Demand
**https://buchshop.bod.de/catalogsearch/result/?q=Lot-
tofieber**

362